Die Braut des Königs

Valerie Lord

Die Braut des Königs

ROMAN

Weltbild

Besuchen Sie uns im Internet:
www.weltbild.de

Genehmigte Lizenzausgabe für Verlagsgruppe Weltbild GmbH,
Steinerne Furt, 86167 Augsburg

Umschlaggestaltung: Atelier Seidel, Neuötting
Umschlagmotiv: Franco Accornero / Agentur Schlück
Gesamtherstellung: Clausen & Bosse GmbH,
Birkstraße 10, 25917 Leck
Printed in Germany
ISBN 3-8289-7698-0

2007 2006 2005 2004
Die letzte Jahreszahl gibt die aktuelle Lizenzausgabe an.

Prolog

Nansay Hall
20. Mai 1091

Die tödliche Schlinge um ihren Hals zog sich zu. Unaufhaltsam. Jeder mühsame Atemzug wurde zum Kampf. Panik überflutete ihr Denken und Fühlen. Sie wollte nicht sterben! Sie hatte doch noch gar nicht gelebt! Sie stemmte sich mit allen Kräften gegen den heimtückischen Sog und schlug wild um sich.

Metall klirrte scheppernd auf Stein. Der Lärm ließ sie hochfahren und ihre schmerzenden Lungen füllten sich bis in die letzten Winkel mit balsamisch kühler Nachtluft. Sie lebte! Sie atmete! Lediglich die Stundenkerze, die sie in vermeintlicher Verteidigung ihres Lebens vom Brett neben dem Alkoven geschlagen hatte, zeugte von den Schrecken des eben durchlebten Albtraumes.

Mit einem Aufschluchzen sank Marierose von Nansay in die Kissen zurück, die Hand auf das jagende Herz in ihrer Brust gepresst. Bei allen Heiligen des Himmels, wollten diese Albträume denn nie ein Ende nehmen? Seit Gils Tod im vergangenen Herbst wurde sie wieder und wieder von ihnen heimgesucht.

Auch acht Monate nach diesem schrecklichen Ereignis, konnte sie nicht ohne das Gefühl hilflosen Schmerzes an ihren schönen jungen Gemahl denken. Sie hatten ihn tot nach Nansay Hall zurückgebracht. Erschlagen von den Schotten, die immer wieder über die Grenze drängten und den Vasalleneid verletzten, den sie dem englischen König geschworen hatten. Die schottische Streitaxt hatte jedoch nicht nur den Erben von Nansay ermordet, sie hatte auch ihr Leben zerstört.

Obwohl sich ihr Herzschlag nach und nach beruhigte, konnte die junge Frau die Unruhe des Albtraumes nicht ohne weiteres abstreifen. Sie schlug die Decke zurück und stieg aus dem hohen Alkoven. Die zurück gebundenen Vorhänge gaben den Blick in ein fast quadratisches Gemach frei, das von einer breiten Bahn silbernen Mondlichts erhellt wurde. Durch die schmalen Lanzettbögen der Fenster fiel es auf die schwarz-weißen Steinquadrate des Bodens, zeichnete die breite Steineinfassung des großen Kamins nach und legte sich über die geschnitzte Truhe und den schlichten Betstuhl vor dem gehämmerten Bronzekreuz.

Zu Gils Lebzeiten hatte es Krüge mit Blumen und Zweigen, Wandteppiche und bunte Kissen in diesem Gemach gegeben. Felle und Teppiche auf dem Boden, Pelze und warme Decken im Alkoven. Krüge mit süßem Wein und Schalen mit Naschwerk auf silbernen Tischchen. Das Schachspiel mit den fein geschnitzten Figuren aus Alabaster und Ebenholz vermisste sie ebenso wie den polierten Spiegel und die gepolsterten Taburetts. Jetzt berührten ihre bloßen Sohlen kühlen Stein und sie fröstelte in dem schlichten Leinenhemd, das sie zur Nacht trug, weil die Decken ihres Bettes sogar im Sommer zu dünn waren, um nackt zu schlafen.

Sie hatten ihr nur die Truhe mit den einfachsten Gewändern gelassen und jeden Gegenstand entfernt, den man schön, bequem oder gar luxuriös hätte nennen können. Lediglich das mahnende Kreuz und der Betstuhl waren dieser Attacke entgangen. Hätte sie einfacherer Exemplare ihrer Art auf der Burg gefunden, sie hätte sie ausgetauscht. Aber Nansay Hall war das Haus eines reichen Mannes. Verschwenderisch eingerichtet und mit allem Luxus versehen, den Reichtum und Einfluss in den Norden bringen konnten.

Dennoch lagen schwere Schatten über seinem Dach. Nansay Hall war eine Festung ohne Gebieter. Sowohl Gilbert de Nansay, wie sein Sohn hatten ihr Leben viel zu früh verloren. Jetzt regierte Lady Margaux über Nansay Hall und über ihre Schwiegertochter.

Marierose gestattete sich einen Seufzer und trat auf den Söller hinaus. Tief unten breitete sich zu ihrer Rechten das Meer aus. Flüssiges, nächtliches Silber, das von einer leichten Brise gekräuselt im Mondlicht schimmerte. Dieselben Wellen liefen auch im Süden an die Küsten des englischen Königreiches. Sie benetzten dort die weißen Kalkfelsen und trugen ihr salziges Aroma ins Landesinnere, bis nach Hawkstone.

Vor sechs Jahren war sie aus dem Schatten des Rosenturmes von Hawkstone getreten, um nach Norden aufzubrechen. Eine fünfzehnjährige Braut, närrisch verliebt in ihren zwanzigjährigen Gatten und in das Abenteuer eine respektierte Ehefrau zu sein und nicht länger die Kleine, die Schwester, die Tochter.

Was war von all der Liebe und den Träumen geblieben? Nicht einmal die Rosenstöcke, die sie aus Hawkstone mitgebracht hatte, damit sie auch in ihrer neuen Heimat den Duft der einmaligen Blüten um sich hatte, die in Hawkstone den Rosenturm im Sommer in ein rotes Märchen verwandelten. Was das raue Klima des Nordens nicht umgebracht hatte, war Lady Margaux zum Opfer gefallen. Sie duldete keine sentimentalen Erinnerungen.

Marierose senkte die schmerzende Stirn gegen eine der Steinsäulen. Die Kälte besänftigte und vertrieb die Schatten, aber die Furcht blieb. Wovor hatte sie Angst? Sie besaß doch längst nichts mehr, das es sich zu verlieren lohnte.

Du hast dein Leben vergessen! Deine Freiheit!!

Marierose verzog gequält den Mund. Warum nicht auch diesen Rest dahingeben? Was hatte es für einen Sinn, dieses Leben weiter zu erhalten? Sie wusste jetzt, dass es nicht aus kindischen Träumen bestand. Es war grausam und einsam. Es hatte sie zum Spielzeug einer Lady gemacht. Zum Opfer, an dem diese ihren Zorn und ihre Enttäuschung darüber ausließ, das ihr geliebter Sohn getötet worden war, ehe er all die hochfliegenden Pläne erfüllen konnte, die sie für ihn im Sinn gehabt hatte.

Marierose konnte sich nicht daran erinnern, dass Margaux von Nansay um den eigenen Mann so verzweifelt wie um den Sohn getrauert hatte, als dieser kurz nach ihrer Ankunft in Nansay Hall einem tödlichen Fieber zum Opfer gefallen war. Im Gegenteil, die Energie mit der sie die Macht an sich gerissen hatte, kaum dass der Stein über der Gruft in der Burgkapelle geschlossen worden war, hatte ihresgleichen gesucht.

Ob die Lady es heute bereute, dass sie mit solchem Nachdruck darauf bestanden hatte, dass Gil den Trupp der Bewaffneten anführte, der zur Grenze aufgebrochen war, um die Schotten zu verfolgen, die das kleine Dorf am Oberlauf des Esk überfallen und zerstört hatten? Sicher nicht. Sie suchte die Schuld stets bei den anderen. Beim König, der seine Lehnsherrn im Norden nicht genug unterstützte. Bei den Kaledoniern, die keine Grenzen respektierten und auch bei der Ehefrau, die Gil angeblich daran gehindert hatte, seine ritterlichen Pflichten ernst zu nehmen.

Marierose wünschte sich verzweifelt, sie hätte Gil wirklich daran gehindert, auf diesen unsinnigen Rachefeldzug zu reiten. Er hatte ohnehin seine Zweifel am Erfolg des Unternehmens gehabt. Sie erinnerte sich zu gut an ihr letztes Gespräch. Gil war ratlos gewesen und hatte zum ersten Male seine über alles geliebte Mutter kritisiert.

«Warum muss man das Problem mit Waffen lösen? Vater hätte verhandelt. Väter wäre gegen jeden sinnlosen Mord gewesen.»

Aber Lady Margaux war aus anderem Holz geschnitzt wie ihr liebenswürdiger Sohn. Sie konnte sogar lächeln, wenn in ihrem Namen getötet wurde. Egal ob es nun darum ging einen Wilddieb aufzuhängen oder einen Wegelagerer zu bestrafen. Marierose hatte gelernt, das frostige Lächeln zu fürchten, das sich wie Raureif auf dumme Hoffnungen legte. Sie hasste es sogar mehr als die lieblosen Schläge mit Stickrahmen, Haarbürste oder anderen Gegenständen, die die Lady zur Hand nahm, wenn sie strafen wollte. Sie ahnte, dass es falsch war, sich diesem tyrannischen Regiment zu fügen und doch, was sollte sie tun?

Du bist eine Tochter des Rosenturmes! Kämpfe!

Die Stimme, die sie manchmal in ihrem Kopf zu hören glaubte, klang streng und mahnend. Marierose lachte bitter auf. Sie glaubte schon längst nicht mehr an das Ammenmärchen, dass der Rosenturm den Töchtern, die in seinem Schatten geboren wurden, besondere Stärke und besondere Gaben in die Wiege legte. Es war lediglich die geschickte Erfindung einer Kinderfrau gewesen, die mit allen Mitteln versucht hatte, eine Schar von lebhaften Frechdachsen zu bändigen.

In dieser Runde war sie eine der jüngsten gewesen. Ein zartes, verträumtes Kind. Die gehorsame Bewunderin ihrer größeren, temperamentvolleren Schwestern und das bevorzugte Opfer brüderlicher Streiche. Ihnen allen hatte sie an Kühnheit, Mut und Abenteuergeist gleichen wollen, als sie mit fünfzehn Jahren Gil von Nansay ihre Hand reichte, um künftig an seiner Seite in einer der nördlichsten Burgen des Königreiches zu leben.

Aber sie hatte einen verhängnisvollen Fehler begangen. Sie trug wie ihre Schwestern die Rose im Namen, aber sie war nicht so klug und erwachsen wie sie. Sie hatte Wunsch und Wirklichkeit verwechselt. Sie hatte sich von einem hübschen Gesicht und einem freundlichen Lächeln täuschen lassen und Gils fröhliche Kameradschaft für Liebe gehalten. Sie hatte zusätzlich die Dummheit begangen, einen heiligen Schwur zu leisten. Jetzt steckte sie für immer in der eigenen Falle.

Keine Angst, Gil, wo immer du bist, ich werde dich nicht verraten!, sandte sie ihre Botschaft hinaus in die Unendlichkeit, wo sie vielleicht von einer gequälten Seele empfangen wurde. Sie würde mir ohnehin nicht glauben und wenn ich es zu beweisen versuchte, würde sie mich dafür noch mehr hassen, als sie es ohnehin schon tut. Vielleicht würde sie mich sogar Lucien überlassen ...

Marierose fröstelte bei dem bloßen Gedanken daran. Sie legte die Fingerspitzen an ihren Hals. Sie fühlte glatte, kühle Haut, dennoch überlief sie ein unheilvolles Ahnen. Sie hatte das eigenartige Empfinden, dass sich auch im wirklichen Leben eine Schlinge um ihren Hals legte und unaufhaltsam zusammenzog.

Die letzten Schleier des Albtraumes wollten sich nicht vertreiben lassen. Die Nacht war mild und lau, aber Marierose von Nansay fror bis in die Tiefen ihrer einsamen und verängstigten Seele hinein.

Erstes Kapitel

Die Klippen von Whitby
21. Mai 1091

Der kleine Hase war elend in der Schlinge umgekommen. Die aufgekratzte Erde bewies, dass er bis zum bitteren Ende gekämpft hatte. Marierose fuhr sich mit dem Handrücken über die Augen. Sie wollte nicht weinen. Zorn war besser als Tränen. Lucien hatte diese Schlinge gelegt, sie wusste es, sobald sie den Lederriemen in den Händen hielt. Er liebte es zu töten. Vermutlich hatte er das Tier beobachtet, wie er auch sie immer beobachtete, lauernd, anstößig und böse.

Sie sank auf die Knie, um das Tier aus der Schlinge zu befreien. Sie konnte ihm nicht mehr helfen, aber es widerstrebte ihr, auch eine leblose Kreatur gefesselt zu lassen. Jedes Geschöpf hatte ein Recht auf Freiheit. Sie wusste, wie kostbar Freiheit war.

«Schau an, was haben wir da? Eine halbe Portion beim Wildern?»

Mit einem erstickten Laut fuhr Marierose herum, kam auf die Beine und spürte im selben Augenblick einen unerbittlichen Griff, der ihren Nacken umspannte. Ihr erschrockener Blick traf auf eine breite lederumhüllte Brust und wanderte zögernd nach oben. Das kantige, unrasierte Kinn mit den dunklen Bartstoppeln stand in krassem Widerspruch zu den wohlgeformten Lippen. Die kräftige Nase trug erkennbare Spuren eines früheren Schlages, der sie ihrer ursprünglichen, klassischen Form beraubt hatte, und unter dichten schwarzen Brauen funkelten die gelbgoldenen Augen eines aufmerksamen Luchses. Raubtieraugen, die sie in einer Weise hypnotisierten, dass sie zu denken und zu sprechen vergaß.

«Ich nehme nicht an, mein junger Freund, dass du die Erlaubnis des Herrn von Nansay Hall hast, deinen Kochtopf aus seinem Wildbestand zu füllen», hörte sie die raue, nicht einmal besonders unfreundliche Stimme von neuem, die sie eben so erschreckt hatte.

Der Griff in ihrem Nacken wurde fester und schüttelte sie dermaßen energisch, dass ihre Zähne aufeinander klapperten und sie sich auf die Zunge biss. Sie kam nicht zum Antworten, selbst wenn sie gewusst hätte, was sie auf die sarkastische Feststellung erwidern sollte. Ihr Schweigen schien den Fremden nicht zu verwundern. Mit einem Schnauben gab er sie so unverhofft frei, dass sie mit einem atemlosen Keuchen in die Knie ging.

«Bist du nicht zu jung, um schon am nächsten Eichenast aufgeknüpft zu werden, Bürschchen?»

Marieroses Augen weiteten sich in unverhohlenem Entsetzen. Er würde doch nicht? Oh ja, er sah ganz danach aus, als betrachte er die umliegenden Bäume mit dem Interesse eines Mannes, der genau nach diesem Ast suchte. Sie wollte protestieren, aber sie brachte keinen Ton heraus. Ihre Stimme versagte den Dienst.

«Das hättest du dir früher überlegen sollen.» Er nickte, als könne er den stummen Protest sehr wohl hören. «Die Wälder gehören dem König. Er hat das Wildern unter Strafe gestellt. Sag nur, du weißt das nicht?»

Marierose warf sich in blinder Panik in Richtung Büsche, aber so flink sie war, der Fremde reagierte schneller. Dieses Mal packte er sie am Wams und hob sie so hoch, dass ihre Füße den Kontakt zum Waldboden verloren. Sie erstarrte in seinem erbarmungslosen Griff.

«Du wiegst kaum mehr als ein Kätzchen, Knirps», sagte er überrascht und nahm sie mit gerunzelter Stirn ein wenig näher in Augenschein.

Sie wusste was er sah. Ein schmales blasses Gesicht, über und über dreckverschmiert und hohlwangig, unter kurzen, schlammfarbenen Haarsträhnen. Die schmucklos einfachen Knabenkleider, die Gil ihr besorgt hatte, waren weit genug um ihre Figur zu verbergen. Da sie zusätzlich ihre Brüste geschnürt hatte, würde er sicher nicht auf den Gedanken kommen, etwas anderes als einen halb verhungerten Bauernburschen vor sich zu haben. Dennoch, die gelben Luchsaugen drangen durch Wolle, Leinen und Haut bis in die Tiefe ihres Herzens, das ängstlich vor so viel männlicher Bedrohung jagte.

Mit einen Seufzer gab er sie frei, als sie schon gar nicht mehr daran glaubte. «Was treibt dich, das Wild deines Herrn zu stehlen? Leiden die Deinen Hunger? Kümmert man sich in Nansay Hall nicht um seine Pächter?»

Marierose schwieg eingeschüchtert. Wer war er? Ein Ritter? Seine Kleidung wirkte zweckmäßig, aber nicht kostbar. Das Messer an seinem Gürtel erkannte ihr geschultes Auge jedoch als Damaszenerarbeit und die kniehohen Stiefel waren aus spanischem Leder genäht. Ein Seigneur. Ein Normanne zweifellos, dessen schulterlange Haare im satten Braun eines winterlichen Biberfells schimmerten und der das höfische Französisch sprach, das der Adel bevorzugte. Er überragte sie um einen guten Kopf und seine athletische Gestalt mit den langen, lederumhüllten Beinen versperrte ihr so bedrohlich den Fluchtweg, dass sie gegen ihren Willen zu zittern begann.

«Verstehst du mich überhaupt?», erkundigte er sich jetzt und wechselte problemlos zum Sächsisch der einfachen

Bauern. «Nun komm schon, nimm' die Zähne auseinander, Bürschchen.»

Das letzte Wort machte Marierose Mut. Noch hatte er ihre Maskerade nicht durchschaut. Aber vor die Wahl gestellt aufgehängt oder ausgelacht zu werden, fand sie eines so abscheulich wie das andere.

«Lasst mich!», forderte sie heiser.

«Nicht im Traum», entgegnete der Mann prompt und grimmig. «Wofür hältst du mich? Ich sollte dich zu einem ordentlichen Paket verschnüren und nach Nansay Hall schaffen.»

Bei der bloßen Aussicht auf dieses zweifelhafte Vergnügen weiteten sich Marieroses Pupillen in sichtbarer Panik. Lady Margaux' scharfe Augen würden im Gegensatz zu diesem Fremden erkennen, wen sie vor sich hatte. Die grässlichen Folgen dieses Erkennens wollte sie sich gar nicht ausmalen.

Etwas in den weit aufgerissenen, seltsam hellen Augen brachte eine Saite in Cyrus d'Avals Innersten zum Klingen, die ihn davon abhielt den jämmerlichen Grünschnabel weiter zu quälen. Er hatte nie daran gedacht, ein Kind aufzuhängen, auch wenn das Gesetz des Königs diese Strafe für Wilderer tatsächlich vorsah. Dennoch, wenn er den kleinen Halunken laufen ließ, würde er dies als Freibrief für künftige Jagdausflüge betrachten. Er musste eine Strafe finden, die diesen Nichtsnutz und Seinesgleichen künftig davon abhielt, in den Wäldern von Nansay ihr Schlingen auszulegen.

Ehe er indes zu einem Ergebnis gekommen war, hatte Marierose ihre Entscheidung getroffen. Sie senkte den Kopf zwischen die schmalen Schultern und entschied sich in einer Mischung aus Überraschungsaktion und verzweifeltem

Angriff, zur Flucht um jeden Preis. Wie von einem Katapult geschnellt, schoss sie geradeaus nach vorne, rammte ihren Kopf mit aller Kraft in den Magen des überraschten Mannes und wollte dem außer Gefecht gesetzten Ritter durch die Büsche entkommen. Von der unverhofften Attacke verblüfft, reagierte d'Aval dennoch mit der ganzen Erfahrung eines routinierten Kriegers. Noch nach Luft schnappend packte er den vermeintlichen Schlingel am Hosenboden und hielt ihn eisern fest.

«Da soll doch ...» keuchte er atemlos, verwundert über die Kraft die in dem schmutzigen Zwerg steckte, der nun, wilde sächsische Flüche ausstoßend, mit allem auf ihn einschlug, was er bewegen konnte.

«Deine Mutter hat wohl vergessen, dir regelmäßig den Mund mit Seifenkraut auszuwaschen, Freundchen», knurrte er wütend. «Nun denn, wollen wir nachholen, was sie bei deiner Erziehung versäumt hat.»

Ehe Marierose begriff wie ihr geschah, fand sie sich mit der Vorderseite über ein ausgestrecktes Knie gehalten, während ihre Hinterseite nach allen Regeln der Kunst verdroschen wurde. Zuerst jappste sie vor Schock, dann begann sie zu kreischen und als sie merkte, dass alles nichts half unterdrückte sie das Schluchzen in ihrer Kehle und stellte sowohl Zappeln wie Gegenwehr ein. Als die Schläge aufhörten, sank sie lautlos auf den Waldboden. Ihre Rückseite brannte wie Feuer, aber innerlich loderte sie vor Zorn über die Demütigung.

«Lass es dir eine Lehre sein», erklärte der Fremde und bückte sich beiläufig nach dem Hasen. «Und wenn du einen guten Rat annimmst, dann lässt du dich künftig in den Wäldern von Nansay nicht mehr sehen. Verschwinde, ehe ich mich über meine eigene Milde ärgere.»

Milde! Marierose rappelte sich auf und bedachte den Fremden mit einem mörderischen Blick. Wie schade, dass sie nicht wirklich über die Hexenkräfte verfügte, die man den Töchtern des Rosenturmes abergläubisch nachsagte. Sie hätte diesen Rüpel gern in die Tiefen der Hölle gewünscht. Besser noch ein paar Fuß darunter. Nicht einmal Lady Margaux hatte sie bisher so tief und schmerzhaft erniedrigt. Niemand in ihrem ganzen Leben hatte je auf diese Weise die Hand gegen sie erhoben! Immerhin war sie eine Nobeldame, auch wenn sie einräumen musste, dass sie im Augenblick nicht so aussah.

Dass er jetzt geruhsam davonmarschierte und ihr einen amüsierten Blick über die Schulter zuwarf, erboste sie nur noch mehr. Wer war der unverschämte Kerl? Woher nahm er das Recht sie zu züchtigen?

Erst jetzt entdeckte sie zwischen den Bäumen den mächtigen grauen Hengst, der am Waldrand graste und auf seinen Herrn wartete. Sie war auf einem Landsitz aufgewachsen, auf dem prächtige Rösser für den König und seine Ritter gezüchtet wurden. Sie erkannte ein Rassepferd auf den ersten Blick und dieses dort konnte mit den von edelsten Vollblütern von Hawkstone wetteifern.

Es gab in der Gegend nur zwei Ziele, die der Besitzer eines solchen Streitrosses ansteuern konnte: Nansay Hall oder die Abtei von Whitby. Bei ihrem verflixten Glück war es vermutlich auch noch Nansay Hall. Sie schickte ein Stoßgebet zum Himmel, dass sie sich täuschte. Gleichzeitig rieb sie sich den verlängerten Rücken, während sie Schritt um Schritt auf dem Pfad vor ihm zurückwich. Würde er sie jetzt gehen lassen? Erst als er keine Anstalten machte, sie aufzuhalten schlüpfte sie so schnell wie ein Wiesel davon. Kaum dass sich die Zweige hinter ihr bewegten.

Cyrus d'Aval sah dem jugendlichen Wilderer kopfschüttelnd nach. Ein wildes, ungestümes Kind, das mit Sicherheit über Kurz oder Lang in ernsthaftere Schwierigkeiten geraten würde, wenn es so weiter machte. Hoffentlich hatte es seine Lehre begriffen.

«Nun, mein Lieber, was sagst du zu deiner neuen Heimat?» Seine Worte galten Bylord, dem mächtigen Streithengst, der den Kopf hob und leise schnaubte, als sein Herr zu ihm trat. Cyrus strich ihm sanft über die Nase und setzte die Inspektion fort, die er so abrupt unterbrochen hatte, als er den Jungen entdeckt hatte, der seine Schlingen kontrollierte.

Nansay Hall lag weithin sichtbar auf den Klippen, zu deren Füßen der Esk seinen Weg in das nördliche Meer nahm. Eine mächtige Festungsanlage mit vier gewaltigen Rundtürmen und zwei Mauerringen. Ein wahres Bollwerk königlicher Macht, das den Schotten durch sein bloßes Aussehen schon Respekt einflößen sollte. Mit seiner exponierten Lage beherrschte es sowohl das Hinterland, wie die kleine Stadt Whitby, deren Häuser sich zu beiden Seiten der Flussmündung reihten, die ebenfalls in seinem Blickwinkel lag. Wer zuerst gekommen war, die sächsischen Mönche, die das Kloster von Whitby gegründet hatten, oder die Fischer, die den geschützten Hafen entdeckt hatten, wusste niemand mehr zu sagen.

Cyrus d'Aval befasste sich in diesem Augenblick ausschließlich mit der Burg. Sein neues Lehen. König Wilhelm II., den alle seiner roten Haare wegen nur Rufus nannten, hatte es ihm zum Dank für seine treuen Dienste gegeben. Die zahllosen Feldzüge und Gefechte die er an der Seite seines Königs in der Normandie und in England gekämpft hatte, gehörten der Vergangenheit an. Nun würde er nur noch in den Krieg ziehen, wenn der König nach Recht und Gesetz zu den Waffen rief. Wenn es galt die Menschen zu verteidigen, deren Seigneur er jetzt war.

Je länger er die grauen Mauern betrachtete und seinen Gedanken nachhing, umso stärker wurde das Gefühl von Heimkommen. Es war, als habe Nansay Hall auf ihn gewartet und fülle eine Stelle in seinem Herzen aus, die bisher leer und ohne Bilder geblieben war. Er hatte sich nie den Wunsch nach einem eigenen Zuhause gestattet. Seit er im Alter von fünf Jahren die Burg seines Vaters verlassen hatte, um ein Knappe am königlichen Hof zu werden, kannte er nur Kammern und Quartiere, die er mit anderen teilen musste.

So gesehen hatte ihm der König seine Dienste wahrhaft großzügig entlohnt. Wäre da nicht der besondere Pferdefuß mit der Witwe gewesen. Hinter den Mauern von Nansay Hall wartete auch eine Gemahlin auf ihn und ob er sie ebenso freudig begrüßen würde wie die Festung, wagte er zu bezweifeln. Er sehnte sich nicht nach einer Ehefrau. Frauen waren lästig und kompliziert, nervtötend und ein wahres Elend für jeden vernünftigen Mann.

«Nun habt Euch nicht so, mein Freund», hatte der Sohn des großen Eroberers, der seinem Vater auf dem Thron gefolgt war, jeden Widerspruch abgetan. «Nansay Hall ist nach dem Tod seines Herrn ohne einen Gebieter. Die Festung ist eine meiner wichtigsten Bastionen im Norden und ich kann nicht zulassen, dass sie in die Hände der Schotten fällt. Bewahrt mir Nansay Hall und das Lehen von Whitby vor König Malcolm von Schottland und es soll Euer Schaden nicht sein. Zudem, die Witwe stammt aus einer Familie schönster Töchter. Ihr werdet mir am Ende noch dankbar sein, dass Ihr sie als Dreingabe bekommt. Seid gut zu ihr, mein Freund.»

Wie typisch für den König, dass er alle Welt um sich herum dazu drängte Ehen zu schließen und Erben in die Welt zu setzen, während er selbst nicht daran dachte, sich eine Königin zu nehmen. d'Aval unterdrückte eine Mischung aus Fluch und Seufzer, schwang sich wieder in Bylords Sattel und setzte das Ross in Bewegung.

Er würde die Witwe auch in Kauf nehmen müssen, wenn sie eher einem Getreidesack als einem Engel glich. Immerhin, das Lehen von Nansay schien das Opfer wert zu sein. Er sehnte sich nach einem Ort an dem er bleiben konnte, nach einem Haus das er das Seine nennen durfte, selbst wenn er es gegen die Schotten verteidigen musste. Es war an der Zeit, dass er sich niederließ und dafür sorgte, dass er mehr Spuren auf der Welt hinterließ, als nur die seines Schwertes.

«Reiten wir, mein Freund, sonst meinen meine Männer noch, ich hätte im letzten Augenblick Reißaus vor meiner unbekannten Braut genommen.»

Bylord reagierte auf gewohnte Weise. Er streckte den mächtigen Körper und stob mit fliegenden Hufen am Waldrand entlang auf die Straße zurück.

Marierose sah Pferd und Reiter aus ihrem Versteck im Unterholz nach. Sie konnte nicht umhin das Aufsehen erregende Bild zu bewundern, das beide abgaben, obwohl sie vor hilfsloser Wut kochte und dem Normannen die Pest an den Hals wünschte. Ihre Sitzfläche brannte und an ihren schmalen Handgelenken, zeichneten sich unter dem Schmutz blutunterlaufene Stellen ab. Es war jedoch weniger der Schmerz, der ihr zu schaffen machte, als die peinliche Demütigung.

Mach', dass du nach Hause kommst, riet sie sich selbst und schlug den vertrauten Pfad ein, der sie zum Klippenrand und nach Nansay Hall führte. Gil hatte ihr die halsbrecherische Kletterpartie vor Jahren gezeigt. Sie erforderte ein sicheres Auge und das Klettertalent eines Eichhörnchens. Marierose besaß beides.

Nansay Hall war von Gils Vater, Gilbert de Nansay, von einem kleinen Küstenposten zu einer wehrhaften Festung ausgebaut worden. Der Ritter und Waffengefährte ihres Vaters Raynal de Cambremer hatte diese Burg für seine Söhne und deren Nachkommen befestigt, ohne zu ahnen, dass das Geschlecht derer von Nansay schon mit dem eigenen Sohn aussterben würde.

Marierose erinnerte sich an ihn als einen liebenswürdigen, heiteren Mann, der seinen einzigen Sohn über alles geliebt und seine energische, tatkräftige Gemahlin ebenso bewundert, wie gefürchtet hatte. Gil hatte von ihm gelernt, wie man der Lady aus dem Weg ging, wenn sie ihren Launen nachgab. Aber so sehr Marierose den verstorbenen Ritter geschätzt hatte, inzwischen konnte sie ihm den Vorwurf nicht ersparen, dass er seinen einzigen Sohn, andere und wichtigere Dinge hätte lehren sollen.

Der Steig endete an einer Kaverne unterhalb der Klippe, in der sich klares Regenwasser zu gleichen Teilen mit einer kleinen Quelle sammelte. Das geheime Wasserreservoir der Burg war nur Gilbert von Nansay und seinem Sohn bekannt gewesen. Gil hatte dieses Geheimnis mit seiner jungen Gemahlin geteilt. Es ermöglichte ihr, die Schichten von Schlamm und Dreck aus Gesicht und Haar zu waschen, ehe sie ihre Jungenkleider mit dem dunklen Gewand vertauschte, das sie normalerweise trug.

Lady Margaux hatte ihr mit eigener Hand rücksichtslos den Kopf geschoren, ehe sie ihr die bunten Kleider und Schleier fortnahm und sie zu einer Nonne ohne Kloster machte. Marierose war so verzweifelt gewesen, dass sich ihre Tränen um die langen silbernen Flechten mit jenen um ihren Gemahl mischten. Gil hatte ihre schönen, hüftlangen Haare über alles geliebt und es war ihm ein Vergnügen gewesen, sie täglich zu kämmen und zu flechten. Woher wusste seine Mutter von den Dingen, die in der Vertrautheit ihrer persönlichen Gemächer geschehen waren? Oder hatte sie auf diese niederträchtige Weise nur versucht jede Andeutung von Schönheit zu zerstören? Sie hatte es aufgegeben nach einer Antwort zu forschen.

Inzwischen wuchs ihr Haar in kurzen, weichen Löckchen nach, aber es war nur eine Lächerlichkeit, die keinem Vergleich mit der wasserfallartigen silbernen Mähne Stand hielt, die Gil so entzückt hatte. Immerhin ließ es sich auf diese Weise problemlos tarnen und waschen. Dennoch war es eine ständige Erinnerung an Erniedrigung und Schande. Keine von Lady Margaux Damen hatte kurzes Haar. Nur Dirnen und Verbrecherinnen wurden wie die Schafe geschoren, ehe man sie an den Pranger stellte oder sie gar auf den Scheiterhaufen warf.

Marierose unterdrückte einen Seufzer und verzog das Gesicht, als das grobe Leinen des Untergewandes über ihre zarte Haut kratzte. Mit kläglich zusammengepressten Lippen verschnürte sie das dunkle Obergewand und zerrte die Kordel fest, die es um ihre Mitte hielt. Strümpfe, einfache Lederschuhe, Haube und Schleier vervollständigten ihre schmucklose Erscheinung. Ein Nonnengewand, das jede natürliche Farbe auf ihren ohnehin blassen Wangen wirkungsvoll erstickte.

Die Zeiten zartfarbiger Florstoffe, glänzender Seiden und bestickter Leinenhemden gehörten der Vergangenheit an. Ebenso wie Juwelen, Perlen, Gürtel aus Goldschnüren und

Silberkordeln. Was Lady Margaux mit all den Truhen voll modischem Schnickschnack wohl getan hatte? Sie waren aus ihrem Gemach verschwunden, wie die Teppiche, Kissen und Blumen.

«Du hast den Untergang des Hauses Nansay verschuldet!» Ihre Schwiegermutter wurde nie müde, jeden einzelnen ihrer zerstörten Träume aufzuzählen, als trüge Marierose daran Schuld, dass sie nie Wirklichkeit geworden waren. «Du wirst den Rest deines Lebens dafür Buße tun und den Himmel um Verzeihung für deine Sünden bitten. Es wäre deine Pflicht gewesen, meinem Sohn einen Erben zu schenken und die Linie unseres Blutes fortzuführen. Du hast unser Ende herbeigeführt.»

Marierose erduldete die Vorwürfe ohne Widerrede. Sie fühlte sich ebenfalls schuldig, wenn auch nicht aus den Gründen, die Lady Margaux ihr vorhielt. Sie konnte nicht leugnen, dass sie sich das harte Bett in dem sie jetzt schlief, selbst geschaffen hatte. In einer gefährlichen Mischung aus Geltungssucht, Einfältigkeit und Eigennutz hatte sie ein Gefühl für Liebe gehalten, das im besten Fall Sympathie, vielleicht Freundschaft gewesen war. Sie hatte es zugelassen, dass Gil sie benutzte, um seiner Mutter Sand in die Augen zu streuen.

Gütiger Himmel, was ging ihr nur heute alles durch den Kopf? Sie raffte ihre Röcke und wandte sich zur Tür, hinter der die schmale Wendeltreppe wartete, die in das Gemach mit dem Söller hinaufführte. Der Baumeister hatte sie höchst geschickt im Mauerwerk des Turmes versteckt und sie endete in der breiten Umrandung des mannshohen Kamins, der vielleicht ein wenig zu groß für das Turmgemach wirkte, aber keinen Verdacht erregte.

Wenigstens dieser Weg in die Freiheit war ihr erhalten

geblieben. Um so mehr, da Lady Margaux dazu neigte, sie ganze Tage in ihrer Kammer einzusperren, um sie auf diese Weise zum Gebet zu zwingen. Glücklicherweise war ihre Schwiegermutter noch nie auf die Idee verfallen, sie könne in dieser kahlen Kammer etwas anderes tun, als beten und unglücklich sein.

Marierose schwor sich die nächsten Stunden tatsächlich auf Knien zu verbringen. Schon, weil es ihr vermutlich nicht gut tun würde zu sitzen und weil sie für die unchristliche Serie sächsischer Flüche, mit denen sie den Ritter bedacht hatte, wahrhaftig Abbitte tun musste. Dank ihrer Mutter beherrschte sie die beiden Hauptsprachen Britanniens ebenso wie das Lateinische.

Als sie sich indes mit geschlossenen Augen über ihre gefalteten Hände neigte, wollten ihr die Worte der gewohnten Gebete nicht einfallen. Stattdessen sah sie die Züge des fremden Ritters vor sich. Warum nur? Er war kein schöner Mann. Aber ein beeindruckender, männlicher und faszinierender Mann ... Heilige Mutter Gottes, auf welche Abwege verirrten sich ihre Gedanken?

Zweites Kapitel

Nansay Hall
21. Mai 1091

«Öffnet das Tor! Wir kommen im Namen des Königs!»

Die hallende Stimme des Herolds drang bis auf die Wälle, wo Lady Margaux den Zug mit der fremden Standarte misstrauisch beäugte. Sie fixierte den Wimpel, der neben dem Wappen des Königs im Wind flatterte.

«Eine grüne Linde mit gekreuzten silbernen Schwertern. Wisst Ihr, um wen es sich da handelt?»

«Ein Ritter des Königs, Mylady!»

«Das herauszufinden ist keine Kunst, wenn er beide Wappen mit sich führt», erwiderte sie sarkastisch.

Lucien de Belcastel, ihrem Neffen und Burghauptmann, stieg zornig das Blut in den Kopf, aber sie beachtete es gar nicht. Sie schätzte mit schnellem Blick die Zahl der einfachen Bewaffneten, jene der Packpferde und Ritter. Insgesamt ein imponierender Trupp, der ihre eigenen Männer an Kampfstärke übertraf. Seit dem missglückten Rachefeldzug, der ihrem Sohn das Leben gekostet hatte, litt Nansay Hall unter einem eklatanten Mangel an Kriegsknechten, aber sie hatte sich bisher noch nicht dazu aufraffen können, neue Bewaffnete anzuwerben. War es nicht Sache des Königs, ihre Verluste auszugleichen?

«Zieht das Gitter hoch. Ich möchte wissen, wen uns der König da geschickt hat.»

«Und wenn ...» Belcastel kam nicht einmal dazu, den Satz zu Ende zu sprechen. Eine Geste der Lady brachte ihn zum Schweigen.

«Wenn er Nachricht vom König bringt, hat er ein Anrecht auf unsere Gastfreundschaft. Wir können ihn schlecht vor dem Tor stehen lassen. Die Herren von Nansay waren immer Lehnsmänner unseres Königs. Kümmert Euch um die Besucher. Ich werde Ihren Anführer in der Halle empfangen, wie es sich gehört.»

Sie erwartete keine Bestätigung. Sie setzte Gehorsam als selbstverständlich voraus und schritt davon, jeder Zoll die alleinige Herrin der Burg. Belcastel sah ihr aus schmalen Augen nach. Es fiel ihm schwer die Befehle eines Weibes auszuführen, aber noch sah er keine Möglichkeit, das despotische Regime seiner Tante zu beenden. Erst wenn sie ihm zur offiziellen Anerkennung seines Lehnsrechts auf Burg und Land verholfen hatte, würde er sich aus seiner demütigenden Abhängigkeit von ihr befreien können.

«Das wurde auch Zeit», knurrte der Ritter neben Cyrus d'Aval, als sich das mächtige, eiserne Gitter vor dem Haupttor von Nansay Hall knirschend hob und den Weg für die Ankömmlinge frei gab. «Man könnte meinen sie hätten überlegt, ob sie uns überhaupt einlassen wollen. Kennen sie das Wappen ihres Königs nicht?»

Cyrus gab keine Antwort. Er ließ seinen Blick über die mächtigen Mauern gleiten und registrierte mit erfahrenem Blick, dass die Wachleute miteinander schwatzten, statt ihre Pflicht zu tun. Auch die eiserne Kette ächzte, als hätte sie seit Monaten kein Fett mehr gesehen. Nansay Hall war eine trutzige Festung, aber es war auch eine Festung, die aus der Nähe erste Zeichen von Vernachlässigung erkennen ließ. Es schien an der Zeit, dass diese Burg einen Herrn bekam, der sich ihrer annahm wie sie es verdiente.

«Vielleicht liegt es daran, dass eine Frau all dies beherrscht», vermutete sein Gefährte, der den Schlendrian ebenfalls entdeckte. «Sie wird Angst haben und es spricht für ihre Vorsicht, dass sie nicht jedem Waffentrupp Tür und Tor öffnet. Schließlich hat sich Rufus viele Monate Zeit gelassen, ehe er über ihr Schicksal entschieden hat. Sicher hat ihr das nicht gefallen.»

«Willst du damit andeuten, dass sie sich das Recht heraus genommen hat, wegen dieser Verzögerung böse zu sein? Dass sie uns – und damit auch unseren König – absichtlich warten lässt?»

Der Gedanke gefiel Cyrus d'Aval überhaupt nicht. Je näher zudem der Augenblick kam, an dem er seiner Braut von Angesicht zu Angesicht gegenüber stehen sollte, umso übler wurde seine Laune.

«Woher soll ich wissen, was die Dame denkt?» Benoit le Bras, Gefährte und Freund d'Avals seit vielen Jahren, hob in nachlässiger Gefühllosigkeit die Schultern. «Du sollst sie zu deiner Gemahlin nehmen, nicht ich.»

«Danke für dein Mitgefühl.»

«Denk an die Festung.»

«Das musst du MIR nicht sagen.»

Le Bras warf einen prüfenden Blick in das Antlitz seines Freundes. Er kannte Cyrus lange genug, um die Beunruhigung hinter der gelassenen Fassade zu erspüren. So sehr sich der Ritter über die Ehre des königlichen Lehens freute, der damit verbundene Zwang zur Eheschließung missfiel ihm. Dies war sicher nicht der Augenblick darüber weitere Witze zu reißen. Also senkte er lediglich den Kopf und wartete bis die Kette arretiert worden war und die schweren Torflügel aufschwangen. Nansay Hall stand seinem neuen Herrn offen.

Bylord übernahm die Spitze des Trupps. Die hölzernen

Bohlen der Brücke über den Burggraben dröhnten unter seinen Hufen, ehe sie auf dem gepflasterten Weg klapperten, der unter dem Torgewölbe hindurch führte. Sein Reiter begutachtete das Glacis der Vorburg, das statt Verteidigungsfläche Gemüsegarten und Viehweide zu sein schien. Die Verbindung stieg zur Innenmauer schräg an, so dass im Falle eines Angriffes von beiden Mauern gleichzeitig mit Pfeilen auf die Gegner geschossen werden konnte. Eine löbliche Einrichtung, allerdings schienen die jungen Lämmer und Ziegen, die zu Füßen der Mauern weideten, eher den Schutz vor dem Seewind zu schätzen.

Es war ihm jedoch nicht mehr als ein flüchtiger Blick auf die Anlagen vergönnt, denn der Schatten des nächsten Torhauses nahm sie auf, ehe sie den inneren Burghof von Nansay Hall erreichten. Unerwartet groß und nahezu quadratisch war er von Ställen, Getreidespeichern, Küchen, Werkstätten, Back- und Brunnenhäusern sowie Wohnquartieren umgeben. Schutz, Zweckmäßigkeit und Schönheit verbanden sich zu einem beeindruckend, herrschaftlichen Wohnsitz.

Mauern und Türme der Burg waren aus grauen Granitsteinen errichtet und mit Schieferplatten gedeckt. Lediglich einzelne Gesinde- und Vorratshäuser sowie die Mannschaftsquartiere und Ställe besaßen hölzerne Schindeldächer. d'Aval nahm sich bereits jetzt vor, auch sie im Laufe der Zeit durch Schiefer zu ersetzen. Gegen Schieferdächer vermochten Brandpfeile nichts auszurichten.

Während sich Gilbert de Nansay bei den Zweckbauten für schmucklose Nützlichkeit entschieden hatte, präsentierte sich das Haupthaus als wahrer Palast. Von der eleganten Eingangstreppe, über das Portal mit der geschnitzten Doppelflügeltür, bis zu den hohen, von steinernem

Maßwerk geschmückten Fensteröffnungen, verkündete es Reichtum und Macht.

Cyrus d'Aval kamen jähe Zweifel. Rufus war großzügig seinen Freunden gegenüber, aber er gab nicht unbeschwert mit vollen Händen. Was, wenn er herausfand, dass er mit Nansay Hall ein Schmuckstück verschenkt hatte? Würde er es zurückfordern? Aber da war ja noch die Witwe. Er knirschte mit den Zähnen und schalt sich selbst einen Esel. Die Urkunde des Königs steckte in seiner Satteltasche und er musste endlich aufhören, das eigene Glück weiter zu beargwöhnen.

Auf den ersten Blick fehlte es in Nansay Hall an nichts, außer der festen Hand eines Herrn. Eine Aufgabe wie geschaffen für ihn. Er schwang sich aus dem Sattel und reichte einem herbeigeeilten Pferdeknecht die Zügel. Nachdem er sich mit einem prüfenden Blick davon überzeugt hatte, dass der Mann einen sauberen Eindruck machte und Bylord auf den ersten Griff im Zaum hatte, nickte er zufrieden.

«Das ist Bylord. Er hat einen strammen Ritt hinter sich. Ich erwarte von dir, dass du dich gut um ihn kümmerst. Gib ihm eine Extraration Hafer und halte ihn von den anderen Rössern fern. Er ist gerne für sich.»

«Ja, Herr. Ihr könnt Euch auf mich ...»

«Willkommen auf Nansay Hall, Seigneur.»

Lucien Belcastel schätzte mit einem schnellen Blick den Wert des mächtigen Streitrosses. Gleichzeitig verbarg er geschickt seine Verwunderung darüber, dass sein Reiter weder Kettenhemd noch Harnisch trug und mehr einem Jäger, denn einem Ritter glich. Seine schmalen Lippen kräuselten sich in voreiliger Verachtung.

«Seid bedankt», entgegnete Cyrus d'Aval knapp, während rings um ihn seine Männer absaßen. «Bringt mich zu Eurer Herrin.»

«Die Lady von Nansay ist meine Tante», glaubte Belcastel seine Stellung in der Burg erklären zu müssen. Hielt ihn dieser Kerl etwa für einen Dienstboten? «Die Dame wird Euch in der großen Halle empfangen.»

Cyrus und Benoit tauschten einen Blick hinter seinem Rücken. Beide empfanden sie auf Anhieb wenig Sympathie für den Burghauptmann, der mit seinen scharfen Zügen, den schmalen Lippen und den dunklen Augen eine fatale Ähnlichkeit mit einer zweibeinigen Ratte besaß. Daran konnten weder die bestickte Seide des Waffenrockes, noch die funkelnden Juwelen am Heft seines Schwertes etwas ändern. Auch entlarvten ihn sowohl der herrische Befehl, mit dem er den Knecht an der Tür anfuhr, wie die Angst in den Augen des Dieners.

«Der Bote des Königs, Mylady», verkündete er hochtrabend, als er vor den Gästen die Halle betrat.

Cyrus d'Aval verzichtete darauf, diese Vermutung über seinen Stand zu korrigieren. Er sah sich lieber unauffällig um. An der Stirnseite der großen Halle befand sich eine gemauerte Estrade, die den Privatbereich des Burgherrn vom Rest der Halle trennte. Dort, vor einem fast mannshohen Kamin, in dem ein großes Feuer glomm, wartete Lady Margaux in einem geschnitzten Lehnstuhl. Die Röcke ihrer dunkelroten Samtrobe flossen wie blutige Wellen auf ihre Füße und an den gefalteten Händen in ihrem Schoß, glomm ein kieselsteingroßer Rubin. Den stolzen Kopf hoch erhoben, blickte sie dem Abgesandten des Königs gelassen entgegen. Unter einem dünnen rosafarbenen Schleier hatte sie ihre blonden Flechten mit juwelengeschmückten Nadeln hochgesteckt und um ihren faltigen Hals lag ein handbreites Kollier aus Amethysten und Rubinen.

«Seid mir willkommen, Herr Ritter», grüßte sie majestätisch. «Ihr bringt mir Botschaft von seiner Majestät, unserem König?»

Cyrus d'Aval trat mit dem Gefühl näher, geradewegs in einen zügig geschwungenen Schmiedehammer zu laufen. Die Frau auf dem Stuhl war alles andere als eine hübsche, gefügige Witwe! Das marmorblasse Gesicht wies scharfe, unzufriedene Falten auf, die Lippen waren schmal und blutleer, die Augen unter den nobel geschwungenen Brauen kühl wie das graue Meer an einem Wintermorgen. Diese Kälte wurde durch das glühend rote Kleid eher betont als gemindert.

«Verzeiht, wer seid Ihr?» Die Frage rutschte ihm heraus, ehe er seiner Verblüffung Herr werden konnte.

«Ihr sprecht mit Lady Margaux von Nansay. Der Witwe unseres verstorbenen Seigneurs, Gilbert von Nansay», gab sie ihm in einer eigenartigen Mischung aus Herrschsucht und Herablassung bekannt.

«Das ist unmöglich ...»

Bei Gott, nein! Die Frau im Stuhl war weit über das vierte Lebensjahrzehnt hinaus. Hatte sich Rufus einen bösartigen Scherz mit ihm erlaubt? Musste er diese verblühte Schneekönigin heiraten, um Herr einer solchen Festung zu werden?

«Ihr habt ein wunderliches Benehmen, Herr Ritter», zischte die Lady im nächsten Moment ungnädig. «Ihr seid doch wenigstens ein Ritter?», fügte sie geradezu beleidigend noch hinzu.

«Ihr sprecht mit Cyrus d'Aval, dem Waffengefährten seiner Majestät und Lehnsherrn unseres Königs, Wilhelm des zweiten von England», nahm Benoit le Bras seinem Freund empört die Antwort in höfischem Zeremoniell ab. «Und er ist zudem ...»

«Lass gut sein», unterbrach d'Aval seinen Freund und

wandte sich mit schmalen Augen der Lady im Stuhl zu. «Man hat mir gesagt, Ihr seid Anfang Zwanzig und stündet in der Blüte Eures Frauenlebens. Ihr könnt sicher verstehen, dass mich die Wahrheit erstaunt. Ihr seid nicht die Frau, die ich erwartet habe.»

«Heilige Mutter Gottes, wollt Ihr mich beleidigen? Wovon redet Ihr, Mann?»

Lady Margaux hielt es nicht länger auf ihrem Stuhl. Sie stand so schnell auf, dass sie eine der Damen zur Seite stoßen musste, die neben ihr standen. Eine Nonne offensichtlich. Anders konnte sich Cyrus das dunkle Gewand und den dichten Schleier nicht erklären, hinter dem die Frau ihre Züge völlig verbarg.

«Kommt zur Sache, Mann!» Margaux von Nansay deutete mit ausgestreckter Hand auf Cyrus d'Aval. «Ihr tragt das Wappen des Königs, das sichert Euch meine Aufmerksamkeit, aber meine Geduld kennt wahrhaftig Grenzen.»

d'Aval gestand der Lady zu, dass sie eine imponierende Erscheinung war und in ihrer Jugend einmal wunderschön gewesen sein musste. Jetzt war sie nur noch eine gealterte Nobeldame mit mehr Hochmut, als ihr gut tat. Es war an der Zeit, auf Höflichkeit und diplomatische Erwägungen zu verzichten.

«Der König hat mir die Ehre erwiesen, mich zum Herrn von Nansay Hall zu machen», erwiderte er ohne Umschweife und musste zusehen, wie die bleiche Dame noch eine Spur blasser wurde. «Er hat seine Gnade mit dem Befehl verknüpft, dass ich die verwitwete Gräfin von Nansay zu meiner Gemahlin nehme und ihre Interessen gegen jedermann vertrete. Wie ist es Euch gelungen, ihn über all die Jahre hinweg über Euer wahres Alter zu täuschen? Ihr habt die Jugendblüte längst hinter Euch.»

Er bemerkte eine erkennbare Unruhe unter den Frauen der Lady, und auch die Männer von Nansay, die sich mit den seinen in die Halle gedrängt hatten, um Zeugen der Ereignisse zu werden, traten unruhig von einem Fuß auf den anderen. Er hörte unterdrückte Rufe, Gemurmel und Geflüster. In gewisser Weise konnte er die Aufregung nachvollziehen. Er widerstand der Versuchung sie alle mit einem strengen Blick zum Schweigen zu bringen.

Er konzentrierte sich ausschließlich auf die Reaktion der Frau im blutroten Samtkleid. Sie war beunruhigt. Ihre Augen glitten immer wieder zu der Nonne, die sie eben fast über die Empore gestoßen hätte. Was war so Besonderes an ihr? Auch hielten die anderen Damen einen winzigen, aber doch erkennbaren Abstand von ihr. Sie war eine Außenseiterin unter all den kostbar gekleideten Gefährtinnen der Lady. Eine traurige Witwe?

«Es liegt mir fern unseren König zu täuschen, Herr Ritter», erklärte Lady Margaux in diesem Moment hochtrabend. «Ich kann es mir nur so erklären, dass er geurteilt hat, ohne die wahren Verhältnisse von Nansay Hall zu kennen.»

«Dann klärt mich an seiner Stelle über diese Bewandtnisse auf», forderte d'Aval knapp. «Wenn Ihr die Lady von Nansay seid, dann müsst Ihr doch auch die Witwe des verstorbenen Seigneurs sein.»

Wieder dieser eigenartige Blick zur Seite. Dachte sie er bemerke es nicht? Wann wollte sie endlich die Wahrheit verkünden, die er sich bereits ohne ihre Hilfe zusammen zu reimen versuchte.

«Der letzte Herr von Nansay war mein einziger Sohn, Seigneur.» Der Stimme der Lady war der Schmerz um diesen Jungen anzuhören, deswegen verzichtete er darauf sie zu unterbrechen. «Die Schotten haben ihn im vergangenen

Herbst getötet. Diese Wilden kamen über die Grenze und brachten Tod und Verderben an das Ufer des Esk. Mein Sohn hat sie um den Preis seines Lebens zurückgeschlagen. Sie brachten ihn mir zum Sterben nach Hause und jene ist seine Witwe.»

Das deutlich verächtliche Kopfnicken galt der vermeintlichen Gottesbraut. Sie wich unter dieser Erklärung sichtlich erschrocken zurück, bis die Umrandung des Kamins ihren Weg aufhielt. Ihre Röcke schwangen so nahe an die Glut, dass der stechende Gestank von brennender Wolle aufstieg. Niemand machte Anstalten, sich darum zu kümmern. Ein feiner Rauchfaden kräuselte in ihrem Rücken nach oben. Merkte sie denn nicht, dass ihre Röcke Feuer gefangen hatten?

Mit einem knappen Fluch sprang Cyrus d'Aval auf die Estrade, packte die junge Frau und stieß sie vom Feuer weg. Während er mit dem Absatz die Glut an ihrem Rocksaum austrat, musste er sie festhalten, damit sie sich nicht losriss. Wie närrisch kämpfte sie gegen seinen Griff und er musste die fragilen Handgelenke mit so viel Kraft umfangen, dass er ihr sicher wehtat.

«So haltet doch still», schimpfte er aufgebracht. «Was habt Ihr vor? Euch bei lebendigem Leibe zu verbrennen? Ist Euch der Gedanke von neuem zu heiraten so unerträglich, dass Ihr lieber sterben wollt?»

«Sie ist ein wenig einfältig, Seigneur», hörte er die Lady ohne die geringste Wärme in der Stimme erklären. «Ihr könnt sie nicht zur Frau nehmen.»

«Überlasst es mir, diese Entscheidung zu fällen», knurrte der Ritter.

Lady Margaux widersprach trotzdem. «Sie ist unfruchtbar, wenn Ihr es genau wissen wollt. Sie hat meinem Sohn in sechs

Jahren der Ehe kein einziges Kind geschenkt. Eine solche Ehefrau würde ich meinem ärgsten Feind nicht wünschen.»

«Und deswegen rührt Ihr keinen Finger, wenn sie zu verbrennen droht?», durchschaute d'Aval das gespannte Verhältnis zwischen der Lady und ihrer verwitweten Schwiegertochter auf Anhieb. «Ihr habt eine seltsame Art die Dinge zu handhaben, Lady.»

Die junge Frau hatte ihren Widerstand aufgegeben und stand nun völlig reglos, mit gesenktem Scheitel vor ihm. Durch den dichten Schleier konnte er keine Züge erkennen. Lediglich das schmale Handgelenk und ihre geringe Größe ließen ihn vermuten, dass sie von zierlicher Gestalt sein musste, jedoch ängstlich und von der gebieterischen Lady völlig eingeschüchtert.

«Sagt mir Euren Namen?», bat er.

«Sie heißt Marierose von Nansay», antwortete die Lady für sie und fügte hinzu. «Ihr könnt sie nicht zur Frau nehmen. Das ist unmöglich.»

«Das habt ihr schon einmal gesagt.»

«Dann hört auf mich. Ihr wollt doch sicher Söhne und Töchter. Von ihr bekommt Ihr sie nicht.»

Cyrus d'Aval legte wahrhaftig keinen Wert darauf verheiratet zu werden, aber etwas im bedingungslosen Widerspruch der anmaßenden Lady zwang ihn einfach dazu, ihr die Stirn zu bieten.

«Kümmert Euch nicht um meine Angelegenheiten, Madame. Gebt Befehl, meine Männer unterzubringen, lasst ein anständiges Gemach für mich richten. Dann gebt überall Bescheid, dass Nansay einen neuen Herrn hat. Ihr selbst habt die Wahl, ob Ihr weiterhin im Hause bleiben oder ob Ihr Euch in das Kloster von Whitby zurückziehen wollt. Mir ist beides Recht.»

Es war nicht zu übersehen, dass die Hausherrin keine Freude daran hatte, so mir nichts dir nichts entmachtet zu werden. Während sie noch nach den richtigen Worten suchte, zog d'Aval die königliche Urkunde aus seinem Wams. Das breite rote Wachssiegel mit dem Band bewies, dass sie aus der Schreibstube des Königs stammte und von ihm selbst gegengezeichnet worden war.

«Falls Ihr Zweifel habt, gebt das Eurem Priester, er wird es Euch vorlesen, Madame.»

Lady Margaux gab das Pergament schweigend an die junge Verschleierte weiter. Verblüfft sah es Cyrus hinter dem Florstoff verschwinden und hörte eine leise, tonlose Mädchenstimme, die ohne zu stocken die Worte las, die ihn als künftigen Herrn der Festung und der Ländereien an der Mündung des Esk bestätigten. Im Gegensatz zu ihrer Schwiegermutter konnte sie lesen. Eine höchst interessante Tatsache. Soweit er wusste gab es nicht einmal bei Hofe viele Frauen die diese Kunst beherrschten.

Er bemerkte auch, dass die Herrin der Burg halb erschüttert, halb zornig ihre Finger verschlang und ihre Lippen noch schmaler aufeinander presste. Bei Gott, er hoffte inständig, dass sie sich für das Kloster entscheiden würde. Mit dieser Dame unter einem Dach zu leben, versprach höchst ungemütlich zu werden.

«Seid bedankt», wandte er sich an Marierose von Nansay, die wieder verstummt war und die Urkunde zusammenfaltete. «Damit sind wohl alle Fragen fürs Erste geklärt. Werdet Ihr einmal den Schleier für mich heben, damit wir uns von Angesicht zu Angesicht kennen lernen können, Marierose von Nansay?»

Marierose unterdrückte den hysterischen Wunsch auf dem Absatz kehrt zu machen und genau dieser Situation zu fliehen. Die schmerzenden Folgen ihres Kennenlernens spürte sie bei jeder unvorsichtigen Bewegung. Was für ein aberwitziger Streich des Schicksals dies doch war. Der König hatte ihr einen Ehemann geschickt. Einen Ritter mit den Manieren eines Rüpels und der einschüchternden Autorität eines Mannes, der sich nicht von seinen Plänen abbringen ließ.

Sie zweifelte dennoch keinen Augenblick daran, dass Lady Margaux diese Ehe verhindern würde. Wenn Cyrus d'Aval annahm, dass er ihre Macht brechen konnte, würde er sich schnell getäuscht sehen. Es hatte keinen Sinn zu hoffen. Dennoch war sie einen Augenblick lang in Versuchung, lieber den Rüpel als die Verzweiflung zu wählen. Aber nein, sie konnte nicht heiraten. Sie durfte keinen neuen Gemahl nehmen, nur so vermochte sie das Geheimnis zu hüten. Sie hatte einen Eid geleistet.

Er wartete geduldig, bis sie sich dazu entschied seiner Aufforderung zu folgen. Mit bebenden Händen hob sie den Schleier über den Kopf und bot ihm ein spitzes, dreieckiges Antlitz, das von der weißen Leinenhaube eng umschlossen wurde. Ebenso blass wie das ihrer Schwiegermutter, mit züchtig niedergeschlagenen Augen, deren feine Wimpern fächerförmige Schatten auf die zarten Jochbögen warfen. Der helle Schwung ihrer Brauen und das wächserne Rosa der Lippen wurden von all der Farblosigkeit geradezu verschluckt.

Umrahmt von der weißen Kopfbedeckung kam es ihm vor, als würde das Antlitz bei längerem Hinsehen immer weiter verblassen. Eine Frau wie ein Schatten. Kaum wahrnehmbar. Kein Wunder, dass sie dem Erben von Nansay keine Kinder geschenkt hatte. Sie schien nicht einmal genügend Kraft zu besitzen, sich auf den eigenen Beinen zu halten.

«Nun?» Einmal mehr mischte sich Lady Margaux in das Geschehen. «Da seht Ihr es. Sie ist ein Schatten ihres Selbst», bestätigte sie seine Gedanken. «Seit mein Sohn verstorben ist, verbringt sie ihre Tage in Trauer und endlosem Gebet. Wollt ihr sie wirklich in ihrem Schmerz stören?»

Obwohl er ahnte, dass sie in erster Linie für ihre eigenen Interessen sprach, konnte er die Richtigkeit ihrer Worte nicht von der Hand weisen. Gegen so viel erkennbare Verzweiflung kam er sich wie ein ungehobelter Klotz vor, der eine Heilige belästigte.

«Grämt Euch nicht länger, Madame», sprach er sie in seinem schönsten und höfischen Normannisch an. «Auch die größte Verzweiflung geht irgendwann zu Ende und es ist nicht das Schlechteste, wenn sie es im Gehorsam für den König tut. Ihr müsst Euch nicht heute entscheiden, aber Ihr solltet es schnell tun. Es liegt mir daran, die Dinge nicht auf die lange Bank zu schieben.»

«Bitte ...» Marierose brach ab und machte eine hilflose Geste mit den Händen. Ihr war schwach vor Angst, denn sie hatte bei jedem Herzschlag damit gerechnet erkannt zu werden. Sie konnte kaum glauben, dass es nicht geschah. War dieser Mann denn blind?

Die Handbewegung machte Cyrus d'Aval auf die dunklen Male seines Griffes um ihre Handgelenke aufmerksam. Er konnte nicht ahnen, dass sie zu ganz anderer Zeit von ihm verursacht worden waren. Immerhin beschämte ihn seine eigene Grobheit auf das Heftigste.

«Verzeiht, Mylady. Ich habe Euch weh getan», entschuldigte er sich zerknirscht.

Lady Margaux mischte sich ungeduldig ein. Es missfiel ihr wie d'Aval die Nonne ansah. Viel zu freundlich und zu aufmerksam.

«Lasst sie», befahl sie schroff. «Wenn Ihr schon kein Herz für die Trauer einer Mutter und Witwe habt, dann entsinnt Euch wenigstens der Gesetze der Höflichkeit. Sie wird mit Euch sprechen, wenn sie dazu bereit ist. Nicht eher.»

Das wird nie sein, fügte Marierose stumm hinzu und zog hastig den Schleier wieder über ihr Gesicht. Sie wusste kaum wie ihre Beine sie noch tragen sollten, ihr schwindelte vor Aufregung. Eine Hand schob sich unter ihren Arm und stützte sie unauffällig. Blanche von Bolton, die mit ihrer Mutter zu Lady Margaux Damen gehörte, half ihr sich zu fassen. Marierose dankte ihr mit einem Nicken, denn sie wagte nicht zu sprechen. Hätte Lady Bolton die mitleidige Geste ihrer Tochter bemerkt, sie hätte sie streng dafür gerügt. Sie war ihrer Herrin tief ergeben und teilte im Gegensatz zu ihrer Tochter sogar deren Vorlieben und Abneigungen.

Sobald Marierose sich wieder sicher fühlte, trat sie zur Seite. Jetzt hörte sie auch, dass sich Lady Margaux und der Fremde inzwischen über die Unterbringung von Rittern und Pferden auseinandersetzten. Eine Atempause, in der sie endlich versuchen konnte, die Geschehnisse zu begreifen, in deren Mittelpunkt sie unversehens stand.

Eigentlich hatte sie schon im Wald geahnt, dass die Burg sein Ziel sein würde. Seine Mischung aus Stärke, Arroganz und selbstverständlicher Autorität passte nicht zu einem Mann der Kirche. So benahm sich nur ein Edelmann, der sich seiner Stärke und seiner Stellung bewusst war.

Der König hat dir einen neuen Gemahl geschickt, Marierose!

Der Gedanke tanzte wie ein übermütiger Schmetterling durch ihren Kopf. Hatte sie diese Möglichkeit nicht in Betracht gezogen, seit sie wusste, dass Lady Margaux einen

Boten an den Hof geschickt hatte? Wusste sie nicht von ihrem Vater, dass es das Recht es Königs war ein Lehen neu zu vergeben, wenn der Ritter starb, der es verwaltete? Hatte sie nicht heimlich gehofft und gebetet, auf diese Weise von ihrer Schwiegermutter und Kerkermeisterin erlöst zu werden?

Nur vor sich selbst konnte sie ihre dummen Träume zugeben. Träume, die bis in törichte Details gegangen waren. In den Ehegatten ihrer Schwestern besaß sie schließlich Beispiele für gut aussehende und beeindruckende junge Männer. Sie hatte sich lediglich nicht entscheiden können, ob sie lieber einen Sachsenkrieger wollte, wie ihn Ryan Fitzgeorge verkörperte, der Sophia Rose geheiratet hatte, oder einen edlen Normannen, wie Justin von Amonceux, der ihre Schwester Roselynne auch nach Jahren noch auf Händen trug. Beide hatten die Sympathie des Königs gewonnen und vielleicht befand sich ja unter seinen Rittern ein anderer, der ihnen glich.

Fast hätte Marierose unter ihrem Schleier bitter aufgelacht. Cyrus d'Aval ähnelte weder dem einen noch dem anderen. Er war von ganz eigener Art. Kantig, hart, männlich und es fehlte ihm jede Spur von Eleganz oder gar Charme. In der Rüstung eines Ritters mochte er einschüchternd wirken, aber in schlichtem Leder kam er ihr vor wie ein wandernder Handwerker. Ein Kesselschmied, ein Gaukler, ein Zigeuner, mit einer Haut braun von Sonne und Veranlagung und einem Gesicht, das die Spuren seiner Kämpfe zeigte. Mit Händen, die einem Gegner das Genick brechen konnten, ohne dass er dazu kam seine Waffe zu gebrauchen. Dazu die ungebärdigen braunen Haare, die gelben Raubtieraugen und die starken Zähne, über die er die Lippen hochzog, wenn ihm etwas missfiel ...

Ein Mann zum Fürchten – und nicht zum Heiraten. Ein Mann für Abenteuer und Aufregung. Lauter Dinge für die sie selbst viel zu ängstlich und zu schüchtern war. Sie würde auch nicht mehr in den Wald fliehen. Nach dem heutigen Erlebnis würde sie ohnehin nie wieder den Mut dafür aufbringen.

Sie wechselte unbehaglich die Haltung und presste die Lippen aufeinander, um einen Schmerzenslaut zu unterdrücken. Ihr Hinterteil brannte wie Feuer und erinnerte sie bei jeder Bewegung an die Tracht Prügel, die ihr Cyrus d'-Aval beim ersten kennen lernen so rüde geschenkt hatte. Der König konnte unmöglich von ihr erwarten, dass sie sich mit einem Flegel verband, der sie wie einen Stalljungen verdrosch!

Aber warum machte sie sich überhaupt solche Gedanken? Sie würde ihn nicht heiraten. Sie durfte ihn nicht heiraten. Wenigstens das war sie Gil schuldig. Sie hatte ihr Wort gegeben. Sie mochte vielleicht feige sein, aber sie würde nie ihr Wort brechen.

Drittes Kapitel

Nansay Hall
21. Mai 1091

«Es kommt nicht in Frage, dass du dich mit diesem Ritter verbindest», verkündete Lady Margaux in einem Ton, der keinen Widerspruch duldete.

Marierose schwieg. Die Herrin von Nansay Hall mochte es nicht, wenn man ihr ins Wort fiel. Sie herrschte mit absoluter Gewalt über den Haushalt und die Burg. Marierose hatte es schon in den ersten Wochen ihrer Ehe aufgegeben, dagegen zu opponieren. Solange Gil lebte war es ihr ohnehin leicht gefallen, der Lady aus dem Weg zu gehen. Sie hatte sich hinter ihrem Gemahl versteckt und der wiederum hatte es hervorragend verstanden, seine Mutter, die ihn abgöttisch liebte, um den Finger zu wickeln.

Das Erwachen nach Gils Tod war ebenso grausam wie schmerzhaft gewesen. Sie hatte einen lieben Freund, einen fröhlichen Gefährten verloren und betrauerte zudem den Verlust des einzigen Menschen, der ihr Nansay Hall erträglich gemacht hatte. Nichts hatte sie indes darauf vorbereitet, nach seinem Tod auch noch zum Opfer von Dame Margaux' Zorn gegen den Himmel, die Menschen und das Schicksal zu werden. Gils Mutter war wie eine Furie in ihr Leben gefahren und hatte ihr mehr genommen, als nur ihre langen Locken und ihre gewohnte Freiheit.

Marierose stand vor den Trümmern ihres Lebens. Sie hatte keine Ahnung, wie es weiter gehen sollte. Sie durfte weder eine neuerliche Ehe eingehen, noch wollte sie den Rest ihrer Tage unter der Aufsicht einer tyrannischen Frau verbringen, die allein ihr die Schuld daran gab, dass sie keinen Erben zum Verhätscheln hatte. Allein, wann war es je um ihre Wünsche gegangen?

«Das hätte noch gefehlt, dass ausgerechnet deine Person das Argument dafür liefert, dass der König Nansay Hall in fremde Hände gibt», fauchte die Lady in diesem Moment. «Diese Burg gehört meinem Gemahl. Er hat sie erbaut. Er hat aus einem hinterwäldlerischen Küstenposten ein Haus gemacht, das keinen Vergleich mit einer normannischen Burg zu scheuen braucht. Dieser Eindringling hat kein Recht, mich zu vertreiben.»

Marierose starrte auf ihre Hände, die wie üblich gefaltet in ihrem Schoß lagen. Sie ließ den eigenen Gedanken freien Lauf, während die Lady mit schwingenden Röcken im Gemach auf und ab marschierte und ihrem Zorn Luft machte. Bis sie endlich mit schmalen Augen vor ihr stehen blieb und sie musterte, war geraume Zeit vergangen. Lady Margaux' Wut war wie ihre Energie und ihr Stolz von beachtlichem Ausmaß.

«Du wirst d'Aval meiden, hörst du», befahl sie jetzt knapp. «Es ist nicht zu verhindern, dass du heute Abend beim Mahl an seiner Seite sitzen musst, aber ich erwarte, dass du ihm in Worten und Taten beweist, dass dir nicht an einer neuen Ehe liegt. Sag ihm, dass du dein künftiges Leben wohltätigen Werken und Gebeten widmen willst. Dass er sich eine andere suchen soll.»

«Wie Ihr wünscht», murmelte Marierose die übliche Floskel, die es ihr erlaubte, auf eine Anrede zu verzichten.

Ihre Zunge weigerte sich, das Wort Mutter im Zusammenhang mit Lady Margaux auszusprechen. Sie hatte so gar nichts von der Mutter, unter deren liebevoller Aufsicht Marierose und ihre Geschwister am Ufer des Cuckmere aufgewachsen waren.

«Dann geh.»

Marierose nickte gehorsam und verließ die prächtigen Gemächer des Hausherrn, die Lady Margaux nach dem Tode ihres Gemahls nicht für den Sohn und seine junge Frau geräumt hatte. Marierose mochte gar nicht daran denken, wie es sich in der sonnigen Kemenate lebte, wo die Fenster nach Süden lagen und das Licht durch bunte Glasscheiben schien, die auch im Winter die Illusion von Blumen und Sonne hervorriefen. Sie hatte es sich abgewöhnt über solche Dinge nachzugrübeln. So wie sie es sich abgewöhnt hatte zu lachen, zu singen, zu tanzen und zu hoffen.

«Ganz in Gedanken versunken, liebste Kusine?»

Marierose entfuhr ein leiser Aufschrei. Wenn Lucien de Belcastel ihr auf diese Weise auflauerte, blieb ihr jedes Mal fast das Herz stehen. Seit Gils Tod hielt er sich für den Herrn dieser Burg. Allerdings nur, wenn Lady Margaux davon nichts mitbekam. Die Dame wusste auch nichts von den hartnäckigen und höchst unliebsamen Aufmerksamkeiten, mit denen ihr Neffe die Witwe ihres Sohnes bedachte, der er jetzt den Weg zur Treppe in den Nordturm versperrte.

«Ich bin nicht Eure Kusine. Lasst mich vorbei.»

«Meine Tante ist die Mutter Eures armen Gemahls, das verbindet uns, Kusine.»

Das Wort allein machte Marierose schon wütend. Der Zorn half ihr die instinktive Furcht vor dem Burghauptmann besser zu verbergen. Ihre Angst zu zeigen, hätte ihm noch mehr Macht eingeräumt.

«Uns verbindet nichts.»

«So stolz, kleine Kusine? Weil ein neuer Freier unter unserem Dach weilt?»

Was geht's dich an? hätte Marierose ihn am liebsten gefragt. Ihre Schwestern hätten so reagiert. Aber nicht sie. Sie fühlte das Böse, das in Lucien de Belcastel lauerte. Sie wusste wie dünn die höfliche Fassade, und wie gefährlich es war, den Neffen Lady Margaux' zu provozieren. Also schwieg sie und sah ihn nur aus großen, hellen Augen an, während sie darauf wartete, dass er es müde wurde mit einer Beute zu spielen, die ihn um seine höchste Befriedigung brachte, weil sie sich die Furcht, die sie sehr wohl empfand, nicht anmerken ließ.

Dabei war es genau dieser Blick, der Lucien de Belcastel von Anfang an fasziniert hatte. Diese eigenartige Mischung aus Vorsicht und Unschuld, aus mühsam kontrollierter Befangenheit und rätselhafter Herausforderung. In den vergangenen Monaten war es ihm nicht gelungen, herauszufinden, ob ihre Augen nun blau, grün oder grau waren. Es kam ihm inzwischen so vor, als würden sie mit jeder Stimmung in eine andere Farbe tauchen. Im Augenblick wirkten sie fast silbern.

«Macht Euch keine Illusionen, Kusine, er wird Euch nicht bekommen. Ihr gehört mir.»

«Ich weiß nicht, was Ihr von mir wollt.» Marierose weigerte sich, auf das Thema einzugehen. Sie traute ihm nicht über den Weg.

«Ich bin gern bereit, dir einen Vorgeschmack auf meine Wünsche zu geben.»

Marierose unterdrückte tapfer ein Erschauern und schlüpfte so schnell unter seinen erhobenen Armen hindurch, dass sie schon zwei Stufen über ihm stand, als er ein böses Lachen ausstieß. Sie errötete unter seinem Blick. Seine Augen besaßen das zweifelhafte Talent zu beschmutzen und zu beleidigen.

«Was ist hier los? Was hast du mit Lucien zu tändeln? Habe ich dir nicht befohlen in deine Kammer zu gehen und zu beten?»

Die kalten Augen Lady Margaux' erfassten die Situation in unbewegter Schärfe. Lucien strich schon seit Wochen wie ein läufiger Kater um Marierose herum. Sie würde freilich nicht dulden, dass sich ein weiterer Mann in den Netzen dieser Sirene verfing. Sie hatte hilflos zusehen müssen wie sie ihren Gemahl und ihren Sohn bezauberte, aber inzwischen hatte sie die Macht weitere Dummheiten zu unterbinden. Sie hatte genug unter den Dirnen des Rosenturmes gelitten, jetzt genoss sie ihre Rache. Nur sie selbst wusste, wie sie es gehasst hatte, die Anbetung in den Augen Gilberts von Nansay zu entdecken, wenn er nur von Marieroses' Mutter sprach. Lady Liliana war die Gemahlin seines besten Freundes und nur seine Ritterehre hatte ihn davon abgehalten, sie ebenfalls zu umwerben.

Marierose spürte ihren Hass wie einen unsichtbaren Schlag. Sie ersparte sich jede Rechtfertigung. Sie raffte ihre Röcke und eilte die steinerne Wendeltreppe in den Turm hinauf. Atemlos schlug sie die Tür hinter sich zu, ehe sie sich heftig atmend dagegen lehnte und versuchte zu Atem und zu Vernunft zu kommen. Inzwischen schmerzte nicht nur ihre Rückseite, sondern auch ihr armer Kopf. Wie sollte sie nur die übrigen Stunden dieses Tages überstehen?

Sie senkte erschöpft die Lider und riss sie auf der Stelle wieder auf. Sie sah ein kantiges Gesicht mit goldenen Augen vor sich, das sie in höflichem Mitgefühl, aber ohne eine Spur von Wiedererkennen betrachtete. Blieb nur die Frage, wen er so flüchtig gemustert hatte, dass ihm sein Bild nicht in Erinnerung blieb. Die Witwe oder den Wilderer?

* * *

«Du kannst diese nichts sagende, unfruchtbare Person auf keinen Fall heiraten, Cyr!» Unter vier Augen hielt Benoit le Bras mit seiner Meinung über die befohlene Ehe nicht zurück. «Rufus wird es begreifen, wenn er die Umstände erfährt. Er braucht einen starken Lehnsherrn an dieser Grenze. Erinnere dich wie wütend er war, als die Nachricht vom Tode Nansays eintraf.»

«Bei Gott, alle Welt ist so sehr daran interessiert, mir meine königliche Braut auszureden, dass es fast schon zum Lachen ist», entgegnete sein Freund verdrossen. «Eigentlich sollte doch ich derjenige sein, der sich darüber empört und sich weigert das Frauenzimmer zu heiraten.»

«Und warum tust du es dann nicht?»

«Was habt ihr nur alle gegen die Kleine?»

«Hast du nicht gehört, was die Lady gesagt hat? Sie kann keine Kinder gebären. Sie ist jetzt schon mehr Nonne als Frau. Sie gehört in ein Kloster und nicht in dein Bett. Was willst du mit einer Gemahlin, die nur betet und dir keine Söhne schenken wird?»

Cyrus d'Aval runzelte die Stirn. Er konnte den Worten seines Freundes schlecht widersprechen. Zudem verlangte ihn ohnedies nicht nach einer Ehefrau. Schon gleich gar nicht nach einer, die lieber mit Jesus Christus als mit ihm verheiratet war. Andererseits – hatte er nicht bei Hofe oft genug gesehen, dass Ehefrauen ebenso lästig wie kostspielig sein konnten? Vielleicht war er mit einem frommen, bescheidenen und stillen Exemplar von Gemahlin besser dran als die meisten anderen Männer? Die Nonne würde ihn nicht weiter stören.

Und was die Söhne betraf ... seine Brüder in der Normandie hatten genügend Kinder in die Welt gesetzt, damit sich unter ihnen ein Erbe fand, wenn es einmal nötig sein sollte. Es drängte ihn nicht sonderlich danach, die eigene Blutlinie um jeden Preis fortzusetzen. Wenn es nach ihm gegangen wäre, er hätte ganz auf eine Ehefrau verzichtet. Die Dienste, für die er eine Frau benötigte, konnte jede Magd und jede Dirne leisten, ohne dass er sich bis ans Ende seiner Tage an sie fesselte und ihr leeres Geschwätz ertrug.

«Ich schätze es, dass sich alle Welt den Kopf über meine Probleme zerbricht», erwiderte er dennoch sarkastisch. «Ich werde mir mit meiner Entscheidung Zeit lassen, wenn du gestattest. Und nun sag mir, was du über die Männer dieser Burg denkst, das scheint mir gewichtiger als die Frage meiner künftigen Ehe.»

Le Bras verzog den Mund, aber er akzeptierte den Wechsel des Themas. Die Frage der Familiengründung machte seinen Freund ohnehin reizbar und was er in der Kürze der Zeit über Nansay Hall erfahren hatte, trug sicher nicht dazu bei, seine Laune zu bessern.

«Wenn der Schotte heute käme, würde er Nansay Hall trotz seines doppelten Mauerringes überrennen, ehe sich die Lady mit den roten Röcken in der Halle von ihrem Stuhl erhoben hat», brachte er die Lage knapp auf den Punkt. «Die Männer machen keine regelmäßigen Waffenübungen, der Schmied hämmert Kerzenleuchter für das Herrenhaus und die Wachen glauben es genügt, das Fallgitter vor das Tor zu senken. Ganz davon abgesehen, dass es niemand für nötig gehalten hat, die Männer zu ersetzen, die im Kampf gegen die Schotten gefallen sind. Hier herrscht eine Nachlässigkeit, wie ich sie selten gesehen habe.»

«Und Belcastel, der Burghauptmann?»

«Scheint öfter in den Hafenschänken von Whitby zu feiern, als seine Pflicht zu tun. Wie er die Lady von seinen Fähigkeiten überzeugt hat, ist mir ein Rätsel. Sie hat sich die kleine Ratte aus Rouen kommen lassen, nachdem ihr Sohn im Kampf gegen die Schotten gefallen ist. Mehr ein Ersatz für diesen, als ein vernünftiger Anführer für ihre Männer, will mir scheinen.»

d'Aval trat an das Fenster des Gemachs, das nach Norden zeigte. Es mochte als subtile Kränkung gedacht gewesen sein, dass man ihn hier einquartiert hatte, aber ihm gefiel der Blick über den Fluss und das Meer hinüber zur schottischen Grenze. Es erinnerte ihn daran, weshalb er hier war. Es galt das Erbe des Eroberers vor Malcolm Canmore und seinen verräterischen Schotten zu schützen und nicht über Söhne und Weiber zu schwadronieren.

«Der Kerl ist mir höllisch zuwider. Er wird uns Ärger machen», prophezeite Benoit.

Cyrus d'Aval dachte an diese Worte, als er wenig später am Kopfende der Tafel saß und seine Blicke über die Halle und die Gäste am Tisch schweifen ließ. Sein Tisch, das musste er sich im Stillen ausdrücklich sagen, denn zu seiner Linken thronte Lady Margaux in einem geschnitzten Stuhl mit hoher Lehne und hielt Hof, wie es Prinzessin Mathilda, die Schwester des Königs, in Winchester nicht besser gekonnt hätte. An ihrer anderen Seite saß Lucien de Belcastel in einem bestickten gelbroten Samtwams, wie es die Gecken bei Hofe nicht schöner trugen.

Gegen ihn sah die stille Witwe zu seiner Rechten wie ein schüchterner kleiner Spatz aus. Ganz dunkle Wolle, weißer Schleier und mit Ausnahme des goldenen Eheringes kein einziges Schmuckstück.

«Gott schütze Cyrus d'Aval, den neuen Herrn von Nansay Hall!»

Benoit le Bras riss ihn aus seinen Gedanken. Er ließ es sich nicht nehmen, den ersten Trinkspruch auf seinen Freund auszubringen. Die Männer die zu ihm gehörten, wiederholten ihn mit donnernden Stimmen, so dass es nicht auffiel, ob auch die übrigen Bewohner der Festung einfielen. Cyrus trank seinem Freund zu und hob den Becher danach in Richtung Lady Margaux, die ihm säuerlich lächelnd Bescheid gab. Der dunkle, schwere Malvasier war hervorragend, aber ihrer Miene nach hätte sie ebenso gut Essig trinken können. Er hatte Mühe ein zufriedenes Lächeln zu unterdrücken. Wenn die Lady annahm, dass sie ihn mit ihrem hoheitsvollen Gehabe einschüchterte, so würde sie sich schnell getäuscht sehen.

«Habt Dank», wandte er sich an seine Männer und noch mehr an die fremden Gesichter, die diese Tafel umgaben. «Wir werden gemeinsam unserem König dienen und seine Grenze vor den lästigen Eindringlingen aus Kaledonien schützen. Gott sei mit uns und unserem König! Lang lebe König Rufus!»

Auch dieser Trinkspruch fand donnernden Widerhall bis hinauf zu den geschnitzten Balken der hohen Decke. Marierose zuckte vor Schreck über so viel Lärm zusammen und stieß gegen den Becher neben ihrem Teller, so dass der Rotwein in breitem Schwall auf das weiße Leinen des festlichen Tischtuches floss. Ein kleines Missgeschick, aber sie sah so verzagt zu ihrer Schwiegermutter und erntete einen dermaßen vernichtenden Blick, dass es sogar Cyrus d'Aval auffiel.

Er beugte sich freundlich zu ihr hinüber und reichte ihr den kostbar verzierten Pokal, der seinen eigenen Wein enthielt. «Trinkt, meine Liebe. Ihr könnt ein wenig Farbe auf Euren blassen Wangen vertragen.»

Marierose spürte, dass ihr die Röte auch ohne Wein ins Gesicht stieg. Seine Gleichgültigkeit war ihr lieber als seine Freundlichkeit. Sie wusste nicht was sie darauf antworten sollte. Also nahm sie in ihrer Ratlosigkeit den Pokal entgegen und trank einen viel zu großen Schluck Wein, so dass sie sich prompt verschluckte.

Armes verschüchtertes Ding, dachte d'Aval und klopfte ihr wie einem tapsigen Welpen zwischen die Schultern, damit sich ihr Husten wieder löste.

«Da habt ihr es», mischte sich Lady Margaux immerhin so leise ein, dass nur er und die Witwe es verstanden. «Ungeschickt und unfähig in jeder Beziehung. Sie wäre nie fähig ein Haus für euch zu führen.»

«Dessen ungeachtet hat Euer eigener Sohn sie so geschätzt, dass er sie geheiratet hat.»

«Jugendliche Dummheit», erklärte die Lady vernichtend. «Er war beeinflusst von seinem Vater, der mit ihrem Vater den Eroberer nach England begleitet hat. Männerfreundschaft und Männertorheit.»

Der vernichtende Kommentar, der im Grunde auch ihm galt, ließ den Ritter unberührt. Er betrachtete Marierose beiläufig, aber dennoch so intensiv, dass ihm der flammende Blick auffiel, der für den Bruchteil eines Herzschlages an ihm vorbei zu Lady Margaux flog, die sich bereits wieder ihrer Mahlzeit widmete. Ein Blick wie ein Pfeil, klar, zornig und keineswegs unterwürfig.

Schau an, die Witwe besaß eine Spur von Lebhaftigkeit. Mit jähem Interesse wandte er sich ihr zu, aber sie hatte sich bereits wieder in der Gewalt. Sie rückte ihren Zinnteller leicht zur Seite, so dass er den größten Teil des

Rotweinfleckes verdeckte und säbelte mit ihrem kleinen Essmesser ein winziges Eck von der Fasanenbrust, die er ihr vorgelegt hatte. Sie aß kaum etwas, gleichwohl ertappte er sich dabei, dass er Gefallen an den fließenden, eleganten Bewegungen ihrer schmalen Hände fand. Es waren schöne Hände, mit schlanken, rassigen Fingern, die in ihm die befremdliche Frage wach riefen, wie es sich wohl anfühlen mochte, von diesen feinen Händen berührt zu werden.

Energisch rief er sich zur Ordnung. Er würde seine Position in Nansay Hall nicht festigen, indem er über die unerwartete Anmut seiner aufgezwungenen Braut nachgrübelte. Es gab Wichtigeres in und um die Burg zu tun. Er musste sich nur an den Frechdachs erinnern, den er erst heute Morgen beim Wildern ertappt hatte. Nun, der Junge würde sich ebenfalls eine Zeit an ihn erinnern. Er hatte ihn kräftig genug versohlt, damit die Warnung auf längere Zeit Wirkung tat.

Marierose hätte ihrerseits einen guten Teil ihrer ewigen Seligkeit dafür gegeben, dem prüfenden Blick der gelben Luchsaugen zu entkommen. Sie hatte den beunruhigenden Eindruck, auf einem abschüssigen feuchten Hang ins Rutschen zu geraten und keinen Halt mehr zu finden. Sie rückte angespannt auf ihrem Stuhl und konnte im letzten Moment einen Schmerzenslaut unterdrücken. Je länger sie saß, umso schlimmer wurde es. Zum Teufel mit diesem Kerl da neben ihr!

Cyrus d'Aval bemerkte ihr Unbehagen, aber er schrieb ihm andere Gründe zu. Es lebte sich vermutlich nicht besonders angenehm mit Lady Margaux. Auch er würde dem Himmel danken, wenn es ihm gelang sie ins Kloster abzuschieben. Besser sie, als dieses Schattenmädchen, das kaum ein paar Happen zu sich nahm. Immerhin würde er mit ihr eine Frau bekommen, die keinen Ärger machte, ihren Mund zu halten wusste und ihn nicht mit weiblichen Grillen belästigte. Nach allem was er am Hofe des Königs erlebt hatte, war die scheue Witwe vielleicht nicht das schlechteste Los für einen Ehemann.

«Hier, nehmt wenigstens ein paar von diesen Zuckermandeln.» Er schob ihr das Schälchen mit den Süßigkeiten näher. «Ihr esst nicht mehr als ein Spatz und wahrscheinlich wiegt Ihr noch weniger.»

«Ich faste», erklärte Marierose leise.

«Es gehört sich nicht in der Trauer Zuckerwerk und Naschereien zu schlecken», mischte sich einmal mehr Lady Margaux ein. Cyrus musste an sich halten, ihr nicht über den Mund zu fahren. Er drehte ihr den Rücken zu und widmete sich ausschließlich der Witwe.

«Eure Trauerzeit ist vorbei», sagte er bedächtig. «Habt Ihr es schon vergessen? Der König hat Euch zu meiner Gemahlin bestimmt. Ihr seid mir angelobt aufgrund seines königlichen Willens und wir werden so schnell wie möglich heiraten müssen.»

Marierose schlug die Augen nieder, um seinen Blick auszusperren. Gleichzeitig hörte sie wie Lady Margaux scharf Luft holte und wartete auf ihren heftigen Einspruch. Als er nicht kam, sah sie auf und erkannte, dass Cyrus d'Aval die Herrin der Burg mit seinen seltsamen goldenen Augen fixierte. Zu ihrem beträchtlichen Erstaunen klappte sie den halb geöffneten Mund wieder zu und griff nach leicht fahrigen Händen nach ihrem Weinbecher.

Seit Marierose die Dame kannte, hatte sie noch niemand mit einem Blick zum Schweigen gebracht. Empfand auch sie die geballte Wolke kraftvoller Energie, die gleich einem drohenden Gewitter die Luft um diesen Mann zum Vibrieren brachte?

Cyrus d'Aval hob den Weinpokal und prostete Marierose zu, als habe er nichts von all diesen stummen Botschaften verstanden oder bemerkt.

«Erlaubt mir, dass ich auf die alte und die neue Herrin von Nansay Hall trinke, edle Dame. Gott schütze Lady Marierose, meine geschätzte Verlobte.»

Marierose hätte sich um ein Haar von neuem verschluckt. Dieses Mal konnte sie jedoch den Hustenanfall unterdrücken. Sie bedankte sich für den Trinkspruch mit einem kaum merklichen Neigen des Kopfes und kam zu der endgültigen Überzeugung, dass dieser Mann nicht nur ein Grobian, sondern auch ein Verrückter sein musste. Nur ein Narr legte sich mit Margaux von Nansay an.

Viertes Kapitel

Nansay Hall,
25. Mai 1091

«Je eher wir diesen Menschen loswerden, umso wohler werde ich mich fühlen.»

Margaux von Nansay schäumte vor Zorn. Wenige Tage hatten genügt, um ihr zu zeigen, dass der neue Herr der Burg seine Macht nicht zu teilen gedachte. Jetzt ließ sie ihre Wut an Lucien de Belcastel ab, der Zeuge ihrer Demütigungen geworden war.

«Denkt Ihr, er lässt sich so einfach zum König zurückschicken verehrte Frau Tante?»

«Lass den König aus dem Spiel», fauchte die Lady ungnädig. «Ich weiß, es war ein Fehler, die Botschaft von Gils Tod an Rufus zu schicken. Aber ich musste es tun, um jedes Risiko auszuschalten. Ich wusste ja nicht, ob dieses Mädchen seinem Vater einen Boten gesandt hatte, als ich in meiner abgrundtiefen Verzweiflung noch nicht fähig war, die Dinge in meinem Sinne zu lenken.»

Allein an die Tage zu denken, die dem Tod ihres Sohnes gefolgt waren, brachte den Schmerz zurück. Zwar war es weniger das Leid einer liebenden Mutter, als die zornige Verzweiflung einer machthungrigen Frau, die ihren Sohn als Werkzeug für die eigenen Pläne benötigt hatte, aber das Ergebnis blieb das Gleiche. Sie musste sich mit dem Scheitern ihre Träume abfinden. Eine Frau konnte in diesen Zeiten nicht ohne einen Mann über eine Festung herrschen oder gar dem König Trotz bieten. Es mochte ungerecht und dumm sein, aber es war so.

«Marierose empfängt Briefe und Botschaften, aber sie beantwortet sie nie, habt Ihr das nicht gewusst?» Lucien klang ein wenig hämisch. Er mochte es, Dinge zu wissen, die seiner Tante entgingen.

«Das Mädchen ist nicht bei Trost», urteilte die Lady in einem Tone als würde dies alles erklären. «Dennoch kommt es nicht in Frage, dass Aval sie zur Gemahlin nimmt. Der König hat das Lehen mit ihrer Hand verknüpft, also wirst du sie heiraten.»

«Heiraten?»

Lucien hatte durchaus den Wunsch Marierose zu besitzen, aber er hatte nie eine Heirat in Betracht gezogen. Wenn er mit ihr fertig war, würde sie weder zur Ehefrau noch zur Geliebten taugen. Er liebte es Schmerzen zu bereiten und Schrecken zu verbreiten. Marierose würde ein so wunderbares Opfer dafür sein.

«Was sonst, Dummkopf», zischte seine Tante ärgerlich. «Sie ist eine Tochter des Lords von Hawkstone. Das Mädchen selbst ist unwichtig, aber ihre Mitgift und ihre Person sind mit einer der einflussreichsten Familien des Königreiches verknüpft. Heirate sie, dann bleibt das Lehen in meinen Händen und niemand fragt nach dem Verbleib ihrer Mitgift. Doch zunächst muss verhindert werden, dass Aval dir in dieser Angelegenheit zuvorkommt.»

«Wie wollt Ihr das verhindern?»

«Ich werde ihm sagen, dass sie beabsichtigt in das Kloster von Whitby einzutreten und dass die Mitgift dem Stift bereits übergeben wurde. Ehe die Äbtissin und ich die Frage der Rückgabe nicht geklärt haben, widerspricht es Recht und Sitte sie zu verheiraten.»

Lucien zweifelte keinen Augenblick daran, dass die Lady die Äbtissin von Whitby mit einer geschickt angebotenen Spende dazu überreden konnte, diese Behauptung zu bestätigen. Sogar wenn Marierose dem Komplott widersprechen wollte, würde dies nur als weiteres Zeichen für ihre vermeintliche Torheit gewertet werden.

«Cyrus d'Aval sieht nicht nach einem Mann aus, der sich von seinen Zielen abbringen lässt», widersprach er dennoch, weil es ihm gefiel seine Tante zu piesacken.

«Dann müssen wir uns eben anders um ihn kümmern», plante seine Tante dennoch ungerührt weiter.

Lucien hob die Brauen. «Kümmern?»

«Kannst du nicht aufhören, jedes Wort zu wiederholen wie ein Possenreißer auf dem Markt?» Lady Margaux hatte Mühe ihren Unmut zu beherrschen. «Dieser Mensch steckt seinen Kopf in jede Pechnase und unter jedes Fallgatter. Ich denke, dass es durchaus gefährlich für ihn sein kann, auf hohen Mauern und gefährlichen Gerüsten herum zu klettern. Es geschehen so leicht Unfälle ...»

Belcastel betrachtete seine Tante mit einer Mischung aus Respekt und Abscheu. Man konnte sich wahrhaftig darauf verlassen, dass die Dame keinerlei moralische Skrupel besaß. Der Tod ihres Sohnes hatte sie nicht geschwächt, sondern gestärkt.

«Ich nehme doch an, dass ich mich auf dich verlassen kann, lieber Neffe?», erkundigte sie sich, als habe sie ihn lediglich danach gefragt, ob die Vorräte im Weinkeller für das nächste Fest ausreichten.

«Ich bin Euer gehorsamer Diener, verehrte Lady.» Belcastel verneigte sich und verließ die Kemenate der Burgherrin in bester Laune. Ein zynisches Lächeln stand um seine schmalen Lippen, als er die breite Treppe zur Halle hinab stieg. Auch er hatte keine Hemmungen den Ritter ins Jenseits zu befördern. Nansay Hall war unter der Herrschaft der Lady ein Reich für sich geworden und der König im Süden viel zu weit entfernt. Bis ihn die Nachricht erreichte, dass der neue Lehnsherr einem bedauernswerten Unfall zum Opfer gefallen war, würde noch viel Wasser aus dem Esk in das Nordmeer fließen.

Marierose sah das unheilvolle Lächeln und wich hastig unter den Torbogen zurück, der zur Kellertreppe führte. Die Hand auf ihr rasendes Herz gepresst, drängte sie sich eng gegen die Mauer und wünschte sich mit den Steinen zu verschmelzen. Hoffentlich entdeckte er sie nicht. Erst als sich seine Schritte und das leise Pfeifen entfernten, wagte sie die Augen wieder zu öffnen. Dennoch wagte sie es nicht, ihren Weg zum Zwinger fortzusetzen, wo sie nach Gils liebster Jagdhündin sehen wollte, die in diesen Tagen werfen würde. Lady Margaux hatte die Tiere ebenso in den Zwinger verbannt wie ihre Schwiegertochter auf den Betstuhl.

Marierose fuhr sich mit bebenden Fingerspitzen über die Stirn. Kalter Schweiß stand auf ihrer Haut. Die Wände schienen immer näher zu rücken, die Decke tiefer zu sinken. Obwohl sie sich vorgenommen hatte nie wieder in den Wald zu gehen, zog es sie mit allen Fasern ihres Seins nach draußen, unter den freien Himmel. Sie ertrug es nicht länger eingesperrt zu sein, bedroht zu werden. Sie musste aus der Burg!

Ehe sie sich anders besinnen konnte, raffte sie ihre Röcke und lief in den Nordturm zurück. Egal ob sie ein Risiko einging oder nicht, wenn sie blieb würden ihr die Sinne schwinden.

* * *

Cyrus d'Aval ließ Bylord die Zügel locker, sobald er die schmale gepflasterte Straße zur Festung hinter sich gelassen hatte. Das große Streitross warf schnaubend den Kopf zurück und streckte die mächtigen Beine. Auch Bylord war es Leid im Stall eingesperrt zu sein und von lustlosen Stallknechten versorgt zu werden. Sein makelloses silbergraues Fell war nur nachlässig gestriegelt worden und keiner hatte daran gedacht, seine Hufe zu säubern.

Sein Herr hatte einen Fluch gemurmelt als er es entdeckte, aber die Abrechnung mit den Stallknechten auf später verschoben. Für den Augenblick hatte er sich eine Stunde gestohlen, um Bylord zu bewegen und den eigenen Kopf auszulüften. Nansay Hall entpuppte sich mehr und mehr als Fass ohne Boden. Die Waffenkammer war beängstigend leer und die Küchen- und Hausmägde zahlreicher als die Männer der Wachmannschaften. Er brauchte dringend weitere Kriegsknechte und Waffen, ehe die Schotten herausfanden, dass Nansay Hall längst nicht so wehrhaft war wie es aussah.

Lucien de Belcastel versah seinen Dienst als Burghauptmann noch nachlässiger als der Pferdeknecht den seinen. Wenn man ihn brauchte, steckte er bei Lady Margaux und was er tat, wenn er nicht bei ihr war, wusste der Himmel.

Cyrus hatte vor der Wahl gestanden, einen Wutanfall zu bekommen oder den eigenen Zorn bei einem stürmischen Galopp auf Bylords Rücken abzureagieren. Er hatte sich für Letzteres entschieden. Der graue Hengst stürmte am Waldsaum entlang, erschreckte ein paar Fasane und jagte einen Hasen im Zickzack über das nächste Feld. Erde und Gras flogen unter seinen Hufen und sein Reiter duckte sich tief über den mächtigen Hals des Hengstes, ohne diesem Rasen Einhalt zu gebieten, das wie ein Sturmwind durch den lieblichen Frühlingstag fegte.

Erst als sie beide außer Atem waren, lenkte er Bylord in

den Schatten des Waldes und sog in tiefen Zügen die frische, würzige Luft ein. Es lag nahe, an den kleinen Wilddieb zu denken. Hoffentlich lief er ihm nicht wieder über den Weg, er legte keinen Wert darauf, zu einer noch schmerzhafteren Strafe greifen zu müssen. Auch weil er inzwischen an den fast leeren Vorratskammern von Nansay Hall entdeckt hatte, dass ein schwerer und langer Winter hinter den Menschen in dieser Gegend lag.

Im Norden Britanniens waren das Wetter rauer und die Jahreszeiten extremer als im Süden. Auch den Bäumen dieses Waldes sah man die Stürme an, die im Herbst und Frühjahr über die Klippen fegten. Cyrus d'Aval bewunderte die mächtigen Stämme, die seit Jahrhunderten diesen Naturgewalten trotzten. Dieser Wald war wie geschaffen für die Jagd. Der König würde begeistert sein, falls nicht im letzten Moment andere Ereignisse seine Pläne wieder umwarfen.

Bylord trabte zielstrebig unter Bäumen hindurch und an Lichtungen vorbei, bis er an einem kleinen, versteckten Waldweiher inne hielt. Eigentlich war es nur ein Tümpel, der von einer emsig rinnenden Quelle gebildet wurde, die über moosbedeckte Steine plätscherte und sich zwischen hohen Eiben, Weiden und Haselnussbüschen in ein natürliches Becken ergoss.

Bezaubert von der unerwarteten Idylle sprang Cyrus d'-Aval aus dem Sattel und führte Bylord ans Wasser, damit er seinen Durst löschen konnte. Auch er hatte eine trockene Kehle, aber während sich das Pferd über den Wasserspiegel neigte, hielt der Ritter seine Hände unter den klaren Strahl der Quelle und trank aus dieser Schale. Nachdem er seinen Durst gestillt hatte, wusch er sich den Schweiß von der Stirn und hielt kurzerhand den ganzen Kopf unter den kühlen Wasserfall.

Im Aufrichten entdeckte er aus dem Augenwinkel eine Bewegung hinter einer besonders dichten Eibe. Ein Tier? Nein, Tiere trugen keine Männerhosen und braune Tuniken. Cyrus neigte sich erneut über die Quelle und ließ sich seine Vorsicht nicht anmerken. Er trat zu Bylord, klopfte dem mächtigen Streitross liebevoll auf die Flanke und gab sich den Anschein eines Mannes, der nur mit sich und seinem Ross beschäftigt ist. Dennoch registrierten seine Augen jede noch so kleine Abweichung des natürlichen Bildes und seine Rechte schwebte unmittelbar über dem Dolch an seinem Gürtel. Eine Waffe, die er nicht nur im Kampf einsetzen, sondern auch mit beträchtlichem Geschick gezielt werfen konnte.

Ein Rascheln erregte seine Aufmerksamkeit und im selben Augenblick trat ein Reh auf der anderen Seite des Tümpels ans Wasser. Völlig furchtlos sah es den Mann und das Pferd aus großen Augen an, spielte mit den spitzen Ohren und wandte sich in vollendeter Majestät wieder ab, weil ihm die Gesellschaft nicht zusagte.

Cyrus d'Aval hatte unbewusst den Atem angehalten. Die reine Schönheit des Waldgeschöpfes hatte ihn in seinen Bann geschlagen und als er jetzt zu den Nussbüschen hinüber sah, wunderte er sich nicht, dass sein Beobachter die Chance zur Flucht genutzt hatte. Es war ebenso lautlos verschwunden, wie das Reh. Für einen Augenblick spielte er mit dem Gedanken, beide zu verfolgen. Wenn es tatsächlich, wie er vermutete, wieder der lästige kleine Wilddieb gewesen war, hatte er möglicherweise das Reh im Visier. Dennoch entschied er sich dagegen.

«Ich bin heute nicht in Stimmung ungezogene Lümmel zu verdreschen, mein Freund», gestand er Bylord mit leiser Stimme. «Lass uns dieses Geschenk von Ruhe und Einsamkeit lieber genießen.»

Marierose hatte sich im hohlen, gespaltenen Stamm einer alten Eiche in Sicherheit gebracht. Sie war schmal genug um völlig darin zu verschwinden. Durch den winzigen Spalt an der Vorderseite konnte sie die Szene am Tümpel beobachten ohne selbst entdeckt zu werden. Wie hatte er diesen kleinen Teich gefunden? Niemand außer den Tieren des Waldes kannte ihn und die Haselsträucher, die in grauer Vorzeit Druiden und Priestern Zeichen für die Heiligkeit dieses Ortes gewesen waren, wurden längst nicht mehr mit Opfergaben und Bändern geschmückt.

Man hatte diesen Hain vergessen, aber als der Zufall Marierose zum ersten Mal in seinen behüteten Zauber geführt hatte, empfand sie einen Frieden, den sie in Nansay Hall vergeblich suchte. Hier fand sie Trost, wenn sie nicht mehr weiter wusste, und Linderung, wenn sie das Heimweh mit seinem scharfen Schmerz überkam. Sie hatte diesen Ort mit den Tieren geteilt und sich bis zu diesem Tag sicher und beschützt gefühlt.

Ein Irrtum. Dort drüben stand der Ritter und kühlte sich das erhitzte Gesicht nach einem stürmischen Ritt mit dem Wasser der Quelle, während sein Ross an den Frühlingskräutern am Ufer knabberte. Beide schienen recht angetan von dem kleinen Paradies, in das sie der Zufall geführt hatte und sie machten keine Anstalten es bald wieder zu verlassen.

Marierose konnte die Augen nicht von dem Mann nehmen, der sich so ungezwungen gab, wie sie ihn noch nie erlebt hatte. Er dehnte die mächtigen Arme mit der Geschmeidigkeit eines Raubtieres und fuhr sich mit allen zehn Fingern durch die braunen Haare. Dann ließ er mit jungenhaftem Vergnügen ein paar flache Steine über die silberne Fläche des Wassers hüpfen. Sie hatte selten einen

Menschen beobachtet, der so mit sich selbst im Reinen und von den eigenen Fähigkeiten überzeugt zu sein schien. Er besaß eine Selbstsicherheit, die sie umso mehr bewunderte, weil sie ihr fehlte. Waren alle Männer so? Männer, die nicht wie Gil waren?

Ihr Vater vielleicht, aber den hatte sie verlassen, ehe sie erwachsen geworden war. Damals hatte sie ihn mit den Augen eines Kindes wahrgenommen und es fiel ihr mittlerweile schon schwer sich sein genaues Bild in Erinnerung zu rufen. Heute besaß sie die Augen einer Frau und die entzückten sich an den kraftvollen Linien der athletischen Gestalt, die sich so ungeniert vergnügte. Am flüssigen Ablauf seiner Bewegungen und der männlichen Kraft seiner Erscheinung.

Im Vergleich zu ihm war Gil ein Jüngling gewesen. Ein feingliedriger fast zu schöner Page mit goldenem Haar und dem unbeschwerten Charme eines fröhlichen Cherubim. Ihn mit dem Mann dort am Weiher zu vergleichen, bedeutete Bylord und ein Frühlingsfohlen auf die gleiche Stufe zu stellen.

Marierose wusste nicht wie sie die Gefühle einordnen sollte, die sie beim Anblick des neuen Herrn von Nansay Hall beschlichen. Sie glichen in Nichts den schwärmerischen Empfindungen, die sie in die Ehefalle mit Gil de Nansay gelockt hatten. Doch ihr Herzschlag kam aus dem Takt und sie empfand ein jähes Bedauern darüber, dass sie nicht an seiner Seite war und das unschuldige Vergnügen seiner Spiele teilen konnte.

Bist du verrückt? rief sie sich selbst zur Ordnung. Es liegt nur an deiner Furcht vor Lady Margaux, dass du ihn in so rosigem Licht siehst. Du glaubst, er könnte dich aus ihrem Joch befreien, weil er keine Angst vor ihr hat. Aber das wird nie geschehen, du weißt was du geschworen hast. Es gibt keinen neuen Gemahl für dich!

Sie unterdrückte einen Seufzer, weil es ihr vorkam, als könne der Ritter dort drüben sogar diesen verstohlenen Laut hören. Neugierig verfolgte sie, wie er sich bückte und ein paar der Maiglöckchen pflückte, die unter den Haselbüschen erblüht waren. Er roch an den zarten Blüten, machte eine Bemerkung zu seinem Ross, das leise schnaubte, und barg die weißen Kelche unter seinem Wams. Welch seltsamer Mann dies doch war. Er pflückte mit derselben Hand Blumen, mit der er unbarmherzig zuschlagen konnte. Die Erinnerung an Letzteres hatte sich in ihren Stolz gebrannt, auch wenn sie die unmittelbaren Folgen inzwischen nicht mehr verspürte.

Immerhin passte sein Verhalten zu der nachsichtigen Freundlichkeit, mit der er ihr bei Tisch begegnete. Sie erinnerte sie an die Art, mit der ihr Vater in Hawkstone die Hunde auf ihre Plätze verwiesen hatte. Freundlich, amüsiert, aber man merkte ihm an, dass er sie nicht besonders wichtig nahm. Vielleicht konnte sie sich deswegen nicht darüber freuen.

Wo sie dankbar für seine Rücksicht sein sollte, wuchs tief in ihrem Inneren der kindische Wunsch, ihn am Wams zu packen und so lange zu schütteln, bis er sie endlich einmal richtig ansah. Auf jeden Fall nicht mit dieser erkennbaren Interesselosigkeit, die sie in einen Einrichtungsgegenstand verwandelte und nicht in einen Menschen aus Fleisch und Blut. Er wollte sie zur Frau nehmen, aber nicht weil er sie liebte, sondern weil es der König befohlen hatte und dies seine Position als Herr von Nansay Hall stärkte.

Unwillkürlich ballte sie die Fäuste, während er endlich sein Pferd bestieg, den Kopf ein wenig einzog, damit er nicht an den Ästen streifte und dem stillen Waldteich den Rücken kehrte. Was hatte er hier gesucht? Lucien hatte bei Tisch von einer Jagd gesprochen, die in den nächsten Tagen abgehalten werden sollte, weil die Vorräte zur Neige gingen. Wollte sich der neue Herr von Nansay vorher im Wald umsehen? Vermeintliche Wilderer vertreiben?

Sie versuchte sich zu beruhigen, ihren Atem zu kontrollieren. Trotzdem verharrte sie in ihrem Versteck, bis sie sicher sein konnte, dass er nicht mehr zurückkam, obwohl sie am liebsten auf der Stelle in die Burg gelaufen wäre. Sie fühlte sich nicht länger sicher, im Herzen des Waldes.

Sie legte zum Andenken an Gil am Rand der Quelle ebenfalls ein paar Maiglöckchen nieder, dann eilte sie so schnell ihre Füße sie trugen nach Nansay Hall zurück. Schluss mit den närrischen Ausflügen. Sie verdankte es nur einem Reh, dass sie Cyrus d'Aval heute nicht erneut in die Hände gelaufen war.

* * *

«Trauerzeit? Euer Sohn ist vor acht Monaten getötet worden, Lady. Das reicht wahrhaftig seinen Tod zu beweinen. Sagt dem Priester Bescheid, dass er meine Braut und mich am Tag nach der Jagd zusammen gibt.»

Lady Margaux erstarrte, aber sie hielt dem ungerührten Blick des neuen Burgherrn stand. «Ihr seid ungeduldig, Seigneur.»

«Ich habe die Dinge gern in Ordnung», entgegnete Cyrus d'Aval in derselben Kälte wie sie.

«Dennoch müsst Ihr Euch gedulden.» Die Lady bedachte ihn mit einem falschen Lächeln und widmete sich wieder ihrer Mahlzeit. «Ehe die Sache mit der Äbtissin von Whitby nicht geklärt ist, wäre es wider die guten Sitten und die

Religion, würde meine Schwiegertochter eine neue Ehe mit Euch eingehen.»

«Was wollt Ihr damit sagen?» Cyrus verengte die Augen. «Was hat das Kloster mit meiner Ehe zu tun?»

Es widerstrebte ihm in aller Öffentlichkeit an der Tafel in eine solche Unterhaltung verwickelt zu werden, aber er wollte Antworten auf seine Fragen. Außerdem warnte ihn die heuchlerische Frömmigkeit der Lady, als trüge sie in schwarzen Lettern das Wort LÜGE auf der Stirn.

«Eure Braut hat nach dem Tode meines Sohnes den verständlichen Wunsch geäußert, in einem Kloster um ihn zu trauern. Da wir nichts von den Plänen seiner Majestät wussten, wurden alle nötigen Arrangements mit der Äbtissin von Whitby getroffen. Die Sitte schreibt jedoch vor, nach dem Ableben eines Ehemannes gewisse Monate verstreichen zu lassen, damit sich herausstellt, ob er möglicherweise einen Sohn gezeugt hat. Zwar hat uns der dürr unfruchtbare Leib wie erwartet enttäuscht, aber dem Brauch musste Genüge getan werden.»

Marierose errötete und senkte ihren Kopf so tief über die Mahlzeit, dass der zurückgeschlagene Schleier zu beiden Seiten wieder herabfiel. Gedemütigt, zornig und stumm kränkte sie sich über die Worte der Lady. Sie wusste nichts von einer solchen Abmachung. Sie hielt es freilich für möglich, dass die Dame Vorsorge für den Augenblick getroffen hatte, da sie es müde wurde sie zu tyrannisieren und sich an ihrem Elend zu weiden. Noch allerdings ergötzte sie sich an ihrer Erniedrigung, die in diesem Tischgespräch einen neuerlichen Höhepunkt fand.

«Ihr wollt ins Kloster?», wandte sich Cyrus d'Aval jetzt direkt an die Witwe, die wie üblich keinen Ton von sich gab und schattengleich in ihren Teller pickte.

Sie nickte still und Lady Margaux erklärte schneidend: «Es wäre angemessener als eine neue Ehe.»

«Überlasst es mir zu beurteilen, was angemessen ist», knurrte d'Aval.

Dann mäßigte er seinen Ton und wandte sich wieder an Marierose. «Könnt Ihr nicht einmal selbst für Euch sprechen, my Lady?»

«Wenn Ihr es wünscht», wisperte sie tonlos.

Am liebsten hätte er sie geschüttelt, aber etwas hielt ihn davon ab, dieses verschüchterte Wesen ebenso rüde zu behandeln, wie es Lady Margaux trat. «Ich respektiere Eure Trauer, edle Dame, aber es gibt in diesem Königreich wahrhaftig genügend Betschwestern. Nehmt Abstand davon ihre Zahl zu vergrößern und gewöhnt Euch an den Gedanken, dass Ihr die Meine werdet, sobald diese Sache mit der Äbtissin geklärt ist.»

Marierose zwang sich, den Blick gesenkt zu halten. Sie spürte seinen Unwillen ebenso, wie die Gewalt mit der er sich zügelte, um sie nicht anzuschreien. Offensichtlich erlaubte er seinem heftigen Temperament nur in den seltensten Fällen die Oberhand zu gewinnen. Wenn er Wilderer verdrosch zum Beispiel.

Als ihr Cyrus d'Aval nach der Mahlzeit den Weg zurück in ihre Kammer vertrat, erschrak sie dennoch. Was wollte er noch von ihr?

«Begleitet Ihr mich auf einem Spaziergang über die Wälle, Lady Marierose?»

Sie warf einen hilflosen Blick in den Saal zurück, wo ihre Schwiegermutter und Lucien die Köpfe zusammen steckten. Was sollte sie tun?

«Ich werde Euch weder in den Burggraben werfen, noch mit rüpelhaftem Benehmen belästigen», versprach d'Aval, den ihr Zögern verärgerte. «Hat Euch die Lady davor gewarnt, dass Ihr es bei mir mit einem ungezogenen Tölpel zu tun habt? Ich habe bei Hofe gelebt und ich kann Euch versichern, dass ich sehr wohl weiß, wie ich einer Dame von Stand begegnen muss.»

«Entschuldigt.» Marierose errötete über die eigene Ungeschicklichkeit. «Ich wollte Euch nicht beleidigen. Ich dachte ... es schickt sich nicht, dass ich alleine ...»

«Herr im Himmel, man könnte meinen Ihr wollt nicht nur eine Klosterschwester werden, sondern Ihr seid schon eine», brauste er auf. «Kommt mit nach draußen, ich möchte mit Euch reden, ohne dass dieser Drachen sich ständig einmischt. Ich will Eure Antworten hören und nicht die ihren.»

Die durchaus treffende Bezeichnung für Lady Margaux entlockte Marierose ein leises Glucksen, das sie schnell mit einem Hüsteln tarnte. «Wie Ihr wünscht, Seigneur.»

Bis sie den oberen Mauerring erreicht hatten, der die innere Burg umgab, fiel kein weiteres Wort zwischen ihnen. Die breiten Steintreppen zur Wallkrone hatten hohe Stufen, aber Marierose geriet nicht außer Atem. Die heimlichen Abenteuer hatten ihren Körper gestählt und der Ritter wunderte sich flüchtig über die Unbeschwertheit mit der sie die Anstrengung bewältigte, deren voller Umfang ihm erst ins Bewusstsein drang, als sie die Hälfte des Weges bereits hinter sich hatten. Aber nein, sie atmete leicht und sah im Schein der untergehenden Sonne angespannt nach Westen, so dass das Naturschauspiel ungewohnte, zarte Röte auf ihre Wangen zeichnete.

In entsprechenden Kleidern und ohne diesen schrecklichen Schleier würde sie durchaus erfreulich anzusehen sein, obwohl sie vermutlich nicht mit den eleganten Damen am Hofe des Königs konkurrieren konnte, schoss es ihm durch den Kopf. Aber jene Ladys hatten ihn ohnehin noch nie verlockt. Sie waren ihm zu raffiniert, zu spitzzüngig, zu eitel, zu anspruchsvoll, lauter Eigenschaften die dieser jungen Frau fehlten. Sie erinnerte ihn auf seltsame Weise an den Teich, den Bylord an diesem Nachmittag entdeckt hatte. Rein, glänzend, aber doch ein wenig geheimnisvoll.

«Ich will Euch nicht befehlen Euren Gemahl zu vergessen, Mylady», begann er ohne große Vorreden mit dem was er ihr sagen wollte, weil ihm der Weg, den seine Gedanken gingen, unheimlich wurde. «Wie ich gehört habe, war Gil von Nansay noch sehr jung und Euch voll ergeben. Ich bin kein Barbar, der sich Euch aufzwingt, aber ich muss auf dieser Ehe bestehen, was immer die Lady dagegen ins Feld führt. Der König hat mir Nansay Hall und Euch anvertraut. Ich habe einen Schwur getan, für beides gut zu sorgen und ich bin nicht der Mann, der seine Eide bricht. Ihr habt mein Wort, dass ich Euch nichts Böses will und immer für Euch sorgen werde.»

Marierose lauschte seinen knappen Worten, während sie ihrerseits das kantige Gesicht betrachtete, das im letzten Sonnenschein eine seltsame Wirkung auf sie ausübte. Sie verspürte den närrischen Wunsch, seine Wangen mit den Fingerspitzen zu berühren und zu prüfen, ob sich der Schatten des dunklen Bartes, der sich dort abzeichnete, wirklich so kratzig und rau anfühlte, wie er aussah. Ob der unmerkliche Knick in seiner Nase nicht nur eine Täuschung war und ob die breiten Schultern einer Frau den Halt boten, die sie versprachen. Auch ob das wirklich ein Funken von Humor war, den sie im Hintergrund seiner Augen entdeckte, deren Gelb die untergehende Sonne in dunkle Bronze verwandelte.

«Ich weiß nicht was Ihr von mir erwartet, Seigneur», sagte sie so leise, dass sie im ersten Augenblick annahm, er habe es überhört.

«Ihr könnt nicht so mit der Welt abgeschlossen haben, wie es die Lady behauptet», widersprach er nach einem tiefen Atemzug. «Ihr wart mit einem jungen Edelmann verheiratet. Sagt, hat Euch die Ehe kein Vergnügen bereitet? Wenn Ihr so trauert, müsst Ihr doch glücklich gewesen sein?»

Glücklich? Welch eine Frage. Marierose seufzte, ohne dass ihr dieser Laut ins eigene Bewusstsein drang. Sie hatte sich nur eines von Gil erhofft: Liebe. Jene Liebe, welche die Ehe ihrer Eltern prägte. Auch die Leidenschaft, die ihre Schwestern dazu gebracht hatte über sich selbst hinaus zu wachsen. Die wilde Ausschließlichkeit eines Schicksals, das alles unwichtig machte und zwei Menschen für immer aneinander schweißte.

Sie wollte nicht an die Enttäuschung denken, die ihr die Wirklichkeit bereitet hatte. Lieber an die Freundschaft, das Lachen, die Fröhlichkeit, an einen sanften liebenswürdigen Gil der ihr das Haar kämmte und ihren Schmuck auswählte. Der sie mit Seiden und Florstoffen schmückte und alles Erdenkliche tat, damit sie ihm nicht gram war für den Verrat den er an ihr als Frau begangen hatte.

«Ich war meinem Gemahl von Herzen zugetan, Seigneur», fasste sie all das in wenigen Worten zusammen. «Er fehlt mir. Es ist nicht gerecht, dass der Himmel ihn mir genommen hat.»

Jetzt war es Cyrus d'Aval, der einen Seufzer unterdrückte. Was blieben ihm noch für Argumente?

«Vermisst Ihr denn nicht den ganz normalen Alltag einer Ehe, Mylady?»

Marierose wusste nicht was er im Sinn hatte, als er einen Schritt näher trat. Sie standen nun so dicht beieinander, dass sie den Wein in seinem Atem roch, den er zum Mahl getrunken hatte und etwas anderes. Etwas Süßes, Unverwechselbares ...

«Ihr riecht nach Maiglöckchen!» rutschte es ihr verblüfft heraus.

Jetzt war er es, dem das Blut in den Kopf stieg. Zum ersten Male erlebte sie, dass er befangen nach Worten suchte. Er fasste in sein Wams und brachte einen Buschen zerdrückter, welker Blüten zum Vorschein.

«Ich habe sie vergessen», sagte er bedauernd. «Ich habe sie heute gefunden und wollte sie Euch neben den Teller legen. Meine Mutter und ihre Damen waren immer ganz närrisch auf die ersten Maiglöckchen des Jahres.»

Marierose sah auf die erschlafften Blütenkelche und schwankte zwischen Rührung und Verlegenheit. Die unerwartete Geste machte sie sprachlos. Sie hatte seit Monaten kein Geschenk und keine Aufmerksamkeit mehr erhalten. Sie hatte vergessen, dass es so etwas gab.

«Je nun, es war eine Dummheit.» Er warf die Blüten in hohem Bogen über die Brüstung, ehe sie danach greifen konnte. «Ich weiß nicht so Recht was ich tun muss, um Euch für mich einzunehmen, my Lady. Aber seid versichert, dass ich Euch ehren und respektieren werde.»

Die Empörung ließ Marierose die gewohnte Rolle vergessen. Er hatte ihre Blumen fortgeworfen und er sprach von Ehre und Respekt, statt von Liebe. Nein, sogar wenn sie die Wahl gehabt hätte, einen so herzlosen Klotz wollte sie nicht zum Manne haben.

«Wenn ihr keine Dummheiten machen wollt, dann dürft ihr mich auch nicht heiraten», rief sie mit belegter

Stimme. «Habt Ihr es immer noch nicht begriffen? Sie wird es nie erlauben, dass wir einander angehören. Sie will es nicht. Sie würde es als Verrat an ihrem Sohn betrachten.»

Cyrus wusste sehr wohl, wer mit SIE gemeint war. «Sie hat mir nichts zu befehlen. Ich bin hier der Herr und Ihr werdet mir ebenso gehorchen wie sie.»

«Das glaubt nur Ihr.»

Der vermeintliche Spott machte ihn wütend. Was als sanfte Verführung geplant gewesen war, wurde nun zu einer Demonstration männlicher Überlegenheit. Er riss Marierose in seine Arme und küsste sie ungestüm. Er würde ihr eben zeigen was ihr fehlte, wenn sie es wirklich vergessen haben sollte.

Er setzte seine volle Kraft ein, denn er rechnete mit Widerstand, mit Sträuben und Empörung, aber nichts von alledem geschah. Die kühlen, seidigen Lippen unter der Wärme seines eigenen Mundes riefen stattdessen eine Fülle der unterschiedlichsten Empfindungen in ihm wach. Zu viele um sie zu sortieren und ihre Gesamtheit konnte er höchstens mit den Gefühlen vergleichen, die ihn beim ersten Anblick von Nansay Hall gepackt hatten. Es war richtig. Es war das, worauf er immer gewartet hatte.

Marierose erstarrte in der zornigen Umarmung, doch der stürmische Kuss verblüffte sie dermaßen, dass sie vergaß sich zu wehren. Unter seiner überwältigenden Männlichkeit lag so viel mehr als sie erwartet hatte. War das wirklich der ungehobelte Grobian, der sie im Wald übers Knie gelegt hatte? Der Seigneur, der Lady Margaux mit einem einzigen Blick zum Schweigen brachte? Der Ritter, der sein Schlachtross mit lässiger Hand bändigte? Die Wärme und Sanftheit, die sie unter soviel Autorität und Energie entdeckte, entwaffneten sie wirksamer als jedes Wort. Erst als ihr klar wurde, dass sie den Kuss erwiderte, befreite sie sich mit einem erstickten Laut von ihm.

Sie raffte ihre Röcke und stürmte blindlings die Treppe hinunter. Sie hatte nur den einen Impuls: Fliehen! Fort, ehe sie einen schrecklichen Fehler beging!

Cyrus d'Aval sah ihr in einer Mischung aus Enttäuschung und Zufriedenheit nach. Er war enttäuscht, dass sie sich ihm so schnell entzogen hatte, aber zufrieden, weil dies beileibe nicht der Kuss einer weltfremden Klosterfrau gewesen war. Marierose mochte ihm erzählen was sie wollte, da war noch so viel Leben, so viel Süße und Sehnsucht in ihr, dass er am Ende den Sieg gegen Jesus Christus davontragen würde.

Er bekreuzigte sich hastig, damit ihn der Himmel für diesen blasphemischen Gedanken nicht auf der Stelle strafte. Dann sah er breit grinsend auf das Meer hinaus. Er hatte erfahren, was er wissen wollte. Die Lippen der Witwe schmeckten nach Rosen und Zärtlichkeit.

Auch Marierose stand auf ihrem Söller, freilich sie atmete in schnellen panischen Zügen und blickte zum Horizont, als könne sie von dort Hilfe erwarten. Ihr Herz raste, während ihre Hände eiskalt waren und in ihrem Kopf ein einziges Durcheinander herrschte. Was um Himmels willen war in sie gefahren? Weshalb hatte sie diesen Kuss erwidert? Wie konnte sie alles vergessen was sie Gil geschworen hatte? Verlor sie nun nach dem Lachen und der Freude auch noch ihr letztes Gut: Ihre Ehre?

Fünftes Kapitel

Nansay Hall
26. Mai 1091

«Wie ist das möglich?»

Marierose sah verwirrt in alle Ecken des Hundezwingers. Keine Spur von Lexa. Aber Gils liebste Jagdhündin musste hier sein. Keiner der Hundeführer würde sie in ihrem Zustand in die Jagdmeute aufnehmen. Sie stand kurz davor, Junge zu werfen und ...

Ihre Gedanken überschlugen sich jäh, als sie den dunklen, schon fast trockenen Fleck auf dem Lehmboden des Zwingers entdeckte. Sie ging in die Knie, reckte die Hand durch die Stäbe und fuhr mit dem Finger über die Stelle. Nachdenklich verrieb sie den dunklen Staub zwischen den Fingern. Blut? Hatte Lexa Probleme mit ihrem Wurf gehabt? Wo steckte das Tier, das seinen jungen Herrn mehr vermisste, als alle Menschen die in Nansay Hall angeblich so sehr um ihn trauerten?

Marierose sah sich um, da war niemand den sie fragen konnte. Alle hatten sich nach einem opulenten Morgenmahl im Burghof versammelt und waren zu einer Jagd aufgebrochen, welche die Vorratskammern wieder mit Fleisch füllen sollte. Sogar Lady Margaux hatte einen lammfrommen Zelter satteln lassen und sich mit ihren Damen der Gruppe angeschlossen. Bis auf das niedere Gesinde und die notwendigsten Wachmannschaften, die der neue Burgherr durch vertrauenswürdige Männer seiner eigenen Wahl hatte verstärken lassen, befand sich niemand von Bedeutung in den Mauern von Nansay Hall.

Marierose richtete sich wieder auf und schritt an den Gittern des Zwingers entlang. Sie hätte nicht zu sagen gewusst, was sie suchte, aber sie ließ ihre Augen in alle Richtungen schweifen. An der Ecke, zwischen dem Zwinger und den Ställen, befand sich ein Unrathaufen. Er unterstrich die Nachlässigkeit, mit der die Burg in den letzten Monaten geführt wurde. Zu Gils Lebzeiten hätte es so etwas nicht gegeben und die Zwinger wären auch besser gesäubert gewesen. Im ersten Augenblick wollte sich Marierose mit gerümpfter Nase abwenden, aber dann sah sie einen Schimmer braun-weiß gefleckten Fells zwischen altem Stroh und zweifelhaftem Abfall.

«Nein ...»

Sie trat näher und fand ihre schlimme Ahnung bestätigt. Lexa lag dort. Getötet von einem Pfeil, der sie erbarmungslos ermordet hatte, noch ehe sie ihre Jungen zur Welt bringen konnte. Kein Lebewesen mehr, sondern Kadaver und Zeugnis menschlicher Brutalität.

Marieroses Augen brannten und das entsetzliche Bild verschwamm vor ihren Augen. Wer konnte eine so grauenvolle Tat vollbracht haben? Wer schoss auf ein Tier, das völlig wehrlos war und neues Leben in sich trug? Ohne Rücksicht auf Schmutz und Gestank trat sie näher und legte ihre Hand auf den steifen, kalten Hundekörper. Etwas zwang sie dazu, mit einer solchen Berührung Abschied von Lexa zu nehmen. Während sie noch das glatte seidige Fell bemerkte, überflutete sie ein solches Maß an Elend und Schmerz, dass ihre Hand zurückfuhr, als hätte sie mitten in loderndes Feuer gefasst.

Was war das? Woher kam diese Qual, die sie tief ins Herz hinein traf? Sie war allein in dieser Ecke der Burg. Allein mit einer toten Hündin und Gefühlen, die auf sie einstürmten, als würde sie plötzlich einen ihrer gewohnten Albträume in Wirklichkeit erleben. Panik. Todesangst. Qual. Dunkelheit.

Worüber wunderst du dich? Hast du vergessen, dass du eine Tochter des Rosenturmes bist?

Marierose erzitterte und wusste nicht, ob sie sich diese Erklärung selbst gegeben hatte oder ob es die Stimme aus ihren Träumen war, die sie manchmal leitete, tröstete und noch öfter aufstachelte. Sie war selten mit ihr zufrieden und sie klang auch in diesem Moment mahnend, wenn nicht gar rügend. So als gäbe es Wichtigeres zu tun, als sich über den Tod einer Hündin zu grämen, so schrecklich er auch sein mochte. Nur ein Mensch, der Gefallen daran fand, andere Lebewesen zu quälen, konnte so etwas tun.

Lucien de Belcastel! Der Name machte sie frösteln und Marierose zweifelte keinen Herzschlag lang daran, dass er diese Untat begangen hatte. Sie schloss die Augen und zog den Pfeil aus Lexas Körper. Es war ein einfacher Pfeil wie ihn die schottischen Räuber bei ihren Überfällen verwendeten. Schlicht und zweckmäßig. Aber die Eisenspitze mit dem tödlichen Widerhaken war trotz des simplen Schaftes feinste Schmiedearbeit. Ein solcher Pfeil schlug in jedem Fall eine tödliche Wunde, sobald er einen lebenswichtigen Teil des Körpers traf. Man verschwendete keine solchen Spitzen aus Lust und böser Laune an eine Jagdhündin. Es sei denn, man wollte für wichtigere Zwecke ihre verheerende Durchschlagskraft prüfen.

Wofür? Ob ihr der Pfeil Antwort geben konnte? Marierose sah sich besorgt um. Sie fürchtete sich lächerlich zu machen, wenn sie sich auf einen Pfeil konzentrierte. Aber war sie nicht oft genug Zeugin geworden, wie ihre Mutter Dinge voraus ahnte, die erst in ferner Zukunft geschahen?

Vielleicht hatte sie ja doch einen winzigen Teil dieser seltsamen Fähigkeiten aus grauer Vorzeit geerbt? Sie war eine Tochter des Rosenturmes und was schadete es schon, einen Versuch zu machen? Bisher hatte sie es für Zufall, für Einbildung gehalten, dass sie einen Gegenstand oder einen Menschen berühren konnte und dabei mehr fühlte als alle anderen sahen.

Sie versteckte den Pfeil in den Falten ihres dunklen Gewandes und eilte in das Herrenhaus zurück. Welch ein Segen, dass alle fort waren und niemand von ihr Rechenschaft forderte. Dennoch verriegelte sie ihre Kammer, ehe sie den närrischen Versuch wagte.

Zuerst sank sie freilich auf den Betstuhl und bat die Mutter Gottes um Hilfe, bis sich ihr rasendes Herz beruhigt hatte. Dann umfasste sie den tödlichen Pfeil mit beiden Händen und schloss die Augen. Sie zwang sich ihren Kopf ganz leer zu halten, an nichts zu denken, nichts zu glauben und noch weniger zu vermuten. Eben als sie aufgeben wollte, begann es. Es waren weder Worte noch Bilder, sie hatte vielmehr das erschreckende Empfinden, die Gedanken des Menschen mitzudenken, im Augenblick, da er diesen Pfeil in seinen Bogen spannte.

Zorn, Hass, Ehrgeiz und bedingungsloser Wille zu töten, durchrieselten sie zu gleichen Teilen. Aber auch Zufriedenheit über die meisterliche Anfertigung der Pfeile, denen niemand ansehen würde, dass ihre Spitzen in Gift getaucht waren. Schon die geringste Wunde wurde damit zum Todesurteil, aber niemand würde Verdacht schöpfen, denn das Ende kam als Wundfieber getarnt. Das passierte immer wieder und kein Mensch, egal ob Ritter oder Knecht, konnte sich davor schützen.

Die Töle jaulte und brach zusammen. Gut, es dauerte erfreulich lange. Sie litt. So wie er leiden würde, wenn ihn der Pfeil auf der morgigen Jagd traf. Spätestens am Abend würde er wieder der Herr von Nansay Hall sein.

Marierose rutschte zitternd vom Betstuhl und warf den Pfeil entsetzt von sich. Sie schlug die Hände vor das Gesicht, ihr war übel. Am liebsten hätte sie sich übergeben, um all die grässlichen Dinge auszuspeien, die sie soeben gedacht und gefühlt hatte. Sie kam sich beschmutzt und schäbig vor. Sie konnte erst wieder klar denken, nachdem sie sich den Mund mit frischem Minzewasser ausgespült und die Hände gereinigt hatte.

So sehr sie sich davor fürchtete, sie musste versuchen dieses rätselhafte Wissen, das ihr zuteil geworden war, zu verstehen und zu erklären. Sie war für einen grauenvollen Augenblick lang Lucien de Belcastel gewesen. Er plante einen Mord! Und er plante ihn ohne Zweifel an Cyrus d'Aval, den er aus tiefster, schwarzer Seele hasste.

Die Jagd! Marierose zuckte erschrocken zusammen. Er wollte die Jagd dazu nützen, den Ritter zu töten. Vermutlich hatte er ein leichtes Spiel, denn d'Aval rechnete vielleicht mit Widerspruch und heimlichem Groll, aber sicher nicht mit heimtückischen Mord. Er glaubte sich bei Belcastel und Lady Margaux unter Seinesgleichen. Unter Edelleuten, die an einen ritterlichen Ehrenkodex gebunden, gewisse Dinge nie tun würden. Er konnte nicht ahnen, dass beide den dünnen Firnis ihrer guten Erziehung nur nutzten, um ihre schwarze Seele darunter zu verbergen.

Marierose rang die Hände. Was konnte sie tun, um das Verhängnis zu wenden? Es gab nur eine Möglichkeit, sie musste die Jagdgesellschaft finden und Cyrus d'Aval ohne Aufsehen vor dem Anschlag warnen. Da sie dies nicht als Marierose de Nansay tun konnte, musste sie noch einmal in die Maske schlüpfen, von der sie geschworen hatte, dass sie sie nie mehr tragen wollte. Sie hatte keine andere Wahl. Wenn ihm etwas zustieß, würde sie sich am Ende die Schuld dafür geben.

In ihrer eiligen Hast, die versäumte Zeit aufzuholen und so schnell wie möglich die Jagdgesellschaft zu erreichen, musste sie ein tollkühnes Wagnis eingehen. Zu Fuß hatte sie keine Chance. Sie brauchte eines der Pferde von der Weide draußen vor der Festung.

Wenn man sie erwischte, hatte sie die Wahl als Pferdedieb gehängt oder demaskiert zu werden. Beides mutete ihr gleich verheerend an. Aber damit würde sie sich befassen, wenn es so weit kam. Jetzt war Eile angesagt.

* * *

Cyrus d'Aval duckte sich tief über Bylords Hals, während die Jagdgesellschaft durch den Wald sprengte, vom heiseren Bellen der Hundemeute geführt. Lady Margaux saß wie eine Amazone im Sattel und scheute kein Hindernis, um den Männern dicht auf den Fersen zu bleiben. Ihre Damen fielen immer weiter hinter sie zurück. Benoit le Bras hatte ihm die Liste ihrer Namen vorgelegt und ihre Schicksale in Erfahrung gebracht. Die meisten von ihnen hatte Lady Margaux anlässlich ihrer Heirat aus der Normandie mitgebracht. Einige wenige wie Lady Bolton und Mary Newton stammten aus dem armen Landadel des Nordens.

Alle gemeinsam hatten sie gehofft, im Dienst der Lady zu Macht und Einfluss zu kommen. Doch schon der Tod des Lords hatte die Bande zum Königshof gelockert und nach der Ermordung seines Sohnes fanden sie sich plötzlich ohne Fürsprecher in den äußersten Norden des Königreiches verbannt. Fernab vom Glanz des Hofes und dem Reichtum der Hafenstädte im Süden.

Besonders die Damen aus der Normandie hatten sich in einer Enklave des Luxus' und Müßigganges um ihre Herrin geschart und wussten auch noch Jahren nichts Besseres zu tun, als über die sächsischen Tölpel die Nase zu rümpfen, deren Königreich inzwischen der Sohn des Eroberers regierte. Sie waren allesamt Parasiten und d'Aval würde noch seine liebe Not haben, sie loszuwerden. Denn genau das hatte er im Sinn.

Bylord scheute unwillig, als ein kleiner Hase erschreckt vor seinen Hufen aus dem Gebüsch flitzte. Der Hengst stieg auf die Hinterbeine und Cyrus hatte alle Hände voll zu tun, sein temperamentvolles Pferd zu bändigen, während die übrige Jagdgesellschaft an ihm vorbei stob. Erst als er den Hals des Rosses tätschelte und beruhigend auf es einredete, entdeckte er den Pfeil. Er steckte im Sattelholm und hatte einen Teil seines kurzen Reitumhanges aufgespießt. Eine Handbreit zur Seite und er wäre wahlweise in seiner Flanke oder in Bylords Hals gelandet.

Welcher Idiot hatte diesen Fehlschuss getan? Also war es doch nicht der Hase gewesen, der Bylord aus der Ruhe gebracht hatte. Cyrus wusste, dass das mächtige Streitross über eine ganz eigene Witterung verfügte, wenn seinem Reiter Gefahr drohte. Er riss den Pfeil gereizt aus dem Lederüberzogenen Holz und hielt nach der Jagdgesellschaft Ausschau. Allein der Lärm der Pferde, Hunde und Stimmen klang bereits weit entfernt.

Er wusste, dass Bylord sie mühelos einholen konnte, deswegen nahm er sich die Zeit den Pfeil zu prüfen. Als er jedoch mit der Daumenkuppe die Spitze berühren wollte, hielt ihn ein schriller Schrei davon ab.

«Niiicht! Nicht berühren! Der Pfeil ist vergiftet!»

«Was zum ...» Der Rest des Satzes blieb ihm im Halse stecken, als der die schmale Gestalt erkannte, die nun hinter einem Baumstamm auftauchte. «Gift? Woher willst du das wissen, Lümmel? Habe ich etwa dir dieses gefährliche Geschenk zu verdanken?»

«Fasst die Spitze nicht an!»

d'Aval musterte den Jungen misstrauisch. Er trug den gleichen schlichten Kittel wie beim letzten Mal und eine schmuddelige, unförmige Kappe bedeckte seinen Kopf. Vermutlich war auch der Dreck in seinem Gesicht derselbe. Wie kam er dazu, ihm Anordnungen zu geben? Und was war mit den Befehlen, die ER ihm gegeben hatte? Glaubte er sich darüber hinweg setzen zu können?

«Habe ich dir nicht gesagt, dass ich dich im Wald nicht mehr sehen möchte?»

«Wäre es Euch lieber gewesen, ich hätte zugesehen, wie Ihr Euch mit eigener Hand tötet?»

Marierose war so empört über seine Reaktion, dass sie jede Vorsicht vergaß. Hatte sie sich dafür die Seele aus dem Leib gerannt und die eigene Sicherheit aufs Spiel gesetzt? Damit er sie zurechtwies und sich aufspielte? Ein wenig mehr Dankbarkeit könnte er schon zeigen.

«Du führst ein loses Mundwerk, Bürschchen», fand der Ritter und lenkte Bylord näher, während sie zurückwich, bis ihr dichtes Buschwerk den Weg versperrte. Er sprang vom Pferd und ragte vor ihr auf, ehe sie die Gefahr begriff, in der sie sich plötzlich befand. «Was ist das für eine Geschichte mit dem Pfeil? Willst du davon ablenken, dass ich dich schon wieder im Wald erwischt habe?»

Sie starrte ihn an. Verstand sie ihn richtig? Er glaubte ihr nicht? Er verdächtigte sie? War ihm nicht klar, dass er sie nie zu Gesicht bekommen hätte, wenn sie es auf ihn abgesehen hätte?

«Ihr müsst verrückt sein, dass Ihr Euch so sicher fühlt», platzte sie anklagend heraus. Sie versuchte ihrer Stimme einen dunkleren Ton zu geben. «Lucien de Belcastel will Euch ans Leder, habt Ihr das nicht gemerkt? Er sieht sich als Herr von Nansay Hall und die Lady bestätigt ihn darin. Er ist nicht glücklich, dass Ihr aufgetaucht seid. Er will Euch loswerden.»

«Und woher willst DU das wissen?»

Halb verblüfft, halb amüsiert betrachtete der Ritter den aufgeregten Burschen. Wie er es wohl fertig gebracht hatte, sich dermaßen mit Schlamm zu verunstalten, dass seine hellen Augen wie grüne Sterne aus dem Grau des Schmutzes leuchteten?

«Das weiß doch jeder in Whitby und darüber hinaus», versuchte Marierose ihr Glück mit Kaltschnäuzigkeit. «Belcastel ist ehrgeizig, böse und von dem Wunsch besessen ein großer Herr zu sein.»

Da sich diese Einschätzung des Burghauptmannes auf die Silbe mit seiner eigenen traf, hob Cyrus d'Aval nachdenklich den Pfeil und betrachtete ihn genauer. Unversehens fiel ihm die Diskrepanz zwischen dem einfachen, zweckmäßigen Schaft und der fein geschmiedeten Spitze auf. Er achtete jetzt sorgsam darauf, sie nicht zu berühren. «Hast du ihn dabei beobachtet, wie er auf mich geschossen hat?»

Marierose zögerte. Sie war zu spät gekommen. Sie hatte ihn genau in dem Augenblick entdeckt, als Bylord auf die Hinterbeine stieg und auf diese Weise verhinderte, dass der

Pfeil sein anvisiertes Ziel traf. Von wo Belcastel geschossen hatte, ob er es selbst getan oder einen Helfershelfer beauftragt hatte, sie konnte es nicht sagen. Die Lüge lag ihr auf der Zunge, aber dann schwieg sie. Zu lügen hätte bedeutet, sich auf eine Ebene mit dem Burghauptmann zu stellen und dagegen bäumte sich alles in ihr auf. Sie log nie! Höchstens verschwieg sie manchmal bestimmte Teile der Wahrheit.

«Ich hab' nur den Pfeil gesehen», gab sie zu. «Eine Hündin auf Nansay Hall wurde mit dem gleichen Pfeil getötet. Vermutlich wollte er wissen wie schnell das Gift wirkt. Er hat sie benutzt, wie die Bogenschützen eine Strohpuppe, ehe sie ihre Jungen zur Welt bringen konnte.» Ihre Stimme brach und das ganze Elend von Lexas Tod stieg in ihr auf.

d'Aval sah die kristallklaren Tränen in den grünen Augen und ein Gedanke führte zum nächsten. Das waren nicht die Augen eines Burschen, der kühlen Herzens Schlingen legte und zum Wildern ging. Das waren Mädchenaugen. So wie die aufgeregte melodiöse Stimme eine Mädchenstimme war und nicht die eines halbwüchsigen Knaben.

«Du hältst mich zum Narren, kleiner Freund, nicht wahr?», sagte er ruhig.

«Nein!» Marierose stampfte in ihrer Verzweiflung mit dem Fuß auf. «So glaubt mir doch, Ihr müsst vorsichtig sein. Ihr müsst Euch vor Belcastel schützen. Er ist gefährlich. Er wird nicht aufgeben, nachdem sein erster Versuch gescheitert ist.»

«Er ist auch nicht gefährlicher als Mädchen, die sich für Jungen ausgeben», entgegnete er und riss ihr mit einem Ruck die Kappe vom Kopf.

Ihr Aufschrei ließ Bylord prusten, aber sein Herr pfiff nur viel sagend durch die bemerkenswert kräftigen weißen Zähne. Das schmutzige Geschöpf hatte einen Kopf voll silberfarbener, engelhaft kurzer Löckchen. Eine kurz geschorene Knabenfrisur aus seidigen Mädchenhaaren. Nun erst richtig irritiert packte er sie bei den Schultern und begegnete dem flammend grünen, zornigen Blick der ihn aus all dem Schmutz und Schlamm anloderte.

«Was du doch für ein Ferkel bist, Kind», sagte er mehr zu sich selbst als zu ihr. «Komm mit.»

Ehe Marierose sich wehren konnte, hatte er sie auf Bylord gehoben und lenkte den Hengst schweigend mit sicherem Gespür durch das dichte Unterholz, bis er den versteckten Waldteich erreicht hatte.

«Was wollt Ihr von mir?» Marierose kämpfte mit aller Kraft gegen seinen eisernen Griff. «Lasst mich. Ist das Euer Dank dafür, dass ich Euch das Leben gerettet habe? Gebt mich frei!»

Was auch immer sie vorbrachte, wie sehr sie mit ihren kleinen Fäusten gegen seine Brust trommelte und zeterte, er widerstand allem, als hätte er nicht sein übliches Lederwams, sondern einen Harnisch an. Erst als er am Wasser vom Pferd stieg und sie wie eine Puppe mit sich zerrte, verließ ihn die Geduld. Eigentlich hatte er ihr nur das Gesicht waschen wollen, weil er neugierig war was unter all dem Schmutz steckte. Jetzt jedoch war er am Ende seiner Langmut. Er zog ihr den Kittel über den Kopf und warf sie im hohen Bogen ins Wasser. Das würde sowohl ihr stürmisches Temperament abkühlen, wie den Schmutz entfernen.

Marierose kam gar nicht dazu zu protestieren, weil sich im nächsten Augenblick bereits das eiskalte Wasser des Tümpels über ihrem Kopf schloss. Sie konnte gerade noch rechtzeitig den Mund zuklappen und die Luft anhalten, dann sank sie schon in die Tiefe. In einem Anflug von Vernunft hörte sie auf zu strampeln und ließ sich weiter sinken. Sie konnte sowohl schwimmen wie tauchen, denn sie war inmitten einer abenteuerlustigen Kinderschar am Ufer des Cuckmere aufgewachsen, aber das konnte Cyrus d'Aval nicht wissen. Sollte er doch glauben, dass er sie mit seiner Rücksichtslosigkeit ertränkt hatte.

Der Ritter starrte in zunehmender Besorgnis auf die Wasserfläche, deren Kreise sich beruhigten, bis nur noch vereinzelte Luftbläschen an die Oberfläche stiegen. Dann kam nichts mehr. Himmel Herrgott, hatte er den Fratz in seinem Zorn ersäuft? Seit wann neigte er zu unkontrollierten Wutanfällen?

Er hatte gerade den ersten Schritt ins Wasser getan und seine Stiefel ruiniert, als sie wieder auftauchte. Mit eng anliegenden nassen Locken und mit funkelnden grünen Augen in einem kleinen dreieckigen Gesichtchen, das ihre Ähnlichkeit mit einer fauchenden kleinen Katze auf geradezu absurde Weise vervollständigte. Sie maß ihn mit einem stummen, vorwurfsvollen Blick, als sie auf ihn zu schwamm und sich im flachen Uferbereich aufrichtete. Da er ihr den Kittel herabgerissen hatte, trug sie nur die Jungenhosen und ein schlichtes Leinenhemd. Beides klebte wie eine zweite Haut an einem Körper, der ihm unvermittelt das Blut in gewisse Körperteile schießen ließ.

Unter dem unförmigen Kittel hatte sie die Figur einer zierlichen Sirene versteckt. Lange schlanke Beine, wohl gerundete Hüften und eine Taille, die ein Mann leicht mit zwei Handflächen umspannen konnte. Darüber wölbten sich zwei überraschend volle Brüste, deren Spitzen sich so dunkel und hart gegen den Stoff drückten, dass er die Augen gar nicht mehr davon abwenden konnte. Wie hatte er das beim ersten Mal übersehen können?

«Bei Gott, es tut mir Leid, dass ich dich geschlagen habe», platzte er mit dem Ersten heraus, das ihm in den Sinn kam. «Wie sollte ich ahnen, dass du mich zum Narren hältst? Zum Henker, warum verkleidest du dich als Knabe, wenn du doch eine Frau bist?»

Marierose versuchte die Zähne zusammenzubeißen, aber sie klapperten dennoch hörbar aufeinander. Der Mai war im Norden noch zu kühl zum Baden, auch wenn die Sonne schien, und sie hatte wahrhaftig keine Lust in klammen Kleidern vor ihm zu stehen, die wie Raureif auf ihrer Haut klebten.

«M-m-mir ist k-kalt ...»

«Hier, nimm das.» Ohne zu zögern öffnete er sein Lederwams und zog das Hemd aus, das er darunter trug. «Du solltest das nasse Zeug dort über den Busch hängen, damit es trocknet. Die Sonne wird bestimmt ...»

Er brach ab, weil sie ihm das Kleidungsstück aus der Hand gerissen und längst hinter einer Eibe verschwunden war. Bylord schnaubte leise und betrachtete ihn aus seinen klugen, großen Augen.

«Du hast Recht mein Freund, ich bin ein Trottel», erwiderte Cyrus d'Aval als könne ihn das Ross verstehen.

Marierose hörte sein Gemurmel während sie nassen Stoff von ihrer Haut zerrte und in das feine Hemd schlüpfte, das noch warm von seiner Haut die Kälte vertrieb. Die Hose behielt sie an, denn sie wagte nicht mit nackten Beinen vor ihn zu treten, da das Hemd nur bis zum Knie reichte. Das Kleidungsstück hüllte sie in den Duft des Kusses, den sie nicht vergessen konnte. Eine Spur Cyrus d'Aval, eine Prise Pferd, etwas Moschus und Schweiß und jenes geheimnisvolle Aroma, das eine unbestimmte Sehnsucht in ihr weckte und sie noch unsicherer machte, als sie es ohnehin schon war. Jetzt würde er sie erkennen. Was, bei allen Heiligen, sollte sie ihm sagen, ohne Gil zu verraten?

Cyrus d'Aval starrte ihr entgegen als sie zurückkam und ihre nassen Sachen über ein paar Zweige breitete, die voll im Sonnenlicht lagen. Wer war sie? In seinen Kreisen gab es keine einzige Frau, die so schockierend kurze Haare besaß. Sie konnte unmöglich aus ehrbarer Familie stammen. Nur Dirnen und Verbrecherin wurden zur Strafe für ihre Schandtaten kahl geschoren. Ihr Kopf sah in der Tat so aus, als sei er auf diese rüde Weise seines ursprünglichen Schmuckes beraubt worden. Aber das reine, alabasterzarte Gesicht mit den verwirrenden hellgrünen Augen gehörte keinem Menschen, der auf Abwege geraten war, das sagten ihm sowohl sein Gefühl, wie seine Menschenkenntnis. In diesen Augen stand soviel unschuldige Empörung, dass sie unmöglich gespielt sein konnte.

«Du bist nicht aus Whitby, stimmts?», vermutete er auf gutes Glück und wurde mit einem vorsichtigen, stummen Nicken belohnt.

«Hast du die Schlingen gelegt, weil du Hunger hattest?», setzte er das Verhör fort und rieb nachdenklich eins der kurzen silbernen Löckchen zwischen seinen Fingern. Es fühlte sich wie feuchte Seide an.

Marierose wollte zurückweichen, aber dann begriff sie, dass er sie immer noch nicht erkannte. Halb erleichtert, halb erbost nickte sie erneut. So wenig hatte er sie also in Nansay Hall zur Kenntnis genommen. Dabei hatte er sie auf den Wällen geküsst! Aber vermutlich hatte er es nur getan um seine männliche Überlegenheit zu demonstrieren. Von Gil wusste sie, wie wichtig es den Männern war, diese Vorherrschaft auszuüben.

«Es tut mir in der Seele Leid, dass ich dich geschlagen

habe. Es ist nicht meine Art Frauen weh zu tun. Wenn du dich in deiner wahren Gestalt gezeigt hättest, wäre das nicht passiert. Warum treibst du eine solche Maskerade? Gehörst du zu einem Gauklertrupp?»

Marierose ergriff den Rettungsanker auf der Stelle. «Und wenn es so wäre?»

«Dann muss ich dich fragen wo deine Gefährten sind. Ernähren sie sich ebenfalls aus meinen Wäldern?»

War das seine ganze Sorge? Marierose schlang die Arme um den Oberkörper um sich zusätzlich zu wärmen und zu schützen.

«Sag schon, wo treiben sie sich herum?»

«Sie sind weiter gezogen.» Sie zuckte mit den Achseln und schmückte die Geschichte ein wenig mehr aus. «Ich wollte hier bleiben. Es gefällt mir.»

«Du kannst doch nicht ohne einen männlichen Beschützer leben. Keine Frau kann das. Du darfst auch nicht weiter wildern und stehlen. Du musst dich in eine Gemeinschaft einfügen. In ein Dorf, einen Haushalt, eine Familie.»

«Wer sagt Euch, dass ich stehle?» Marierose nahm nur zu einer Frage Stellung.

«Du siehst nicht so aus, als könntest du dir dein Essen in der nächsten Schänke kaufen und ich möchte gar nicht wissen, wo du schläfst.»

«Es gibt Scheunen und Köhlerhütten ...», erwiderte sie vage. Sie empfand immer größeren Gefallen an der Geschichte, die da entstand. Sie erschuf ein Mädchen aus dem Nichts. Eine Person die nicht Marierose de Nansay war und deswegen auch ganz anders handeln und ganz anders fühlen konnte. Eine kühne, mutige Frau die ihr Leben aus eigener Kraft bestimmte. Eine Frau, die sich selbst aussuchte wo und wie sie den Tag verbrachte. Eine Frau die sie nur zu gerne gewesen wäre.

«Du bist närrisch, Kind», schimpfte Cyrus d'Aval und war sich gleichzeitig der Tatsache bewusst, dass sie kein Kind war. Sein Körper reagierte auf sie als Frau und er hatte größte Mühe, seine Hände bei sich zu behalten. Trotz ihrer kurzen Haare verströmte sie eine höchst verführerische Anziehungskraft. Er begehrte sie, daran gab es nichts zu leugnen. Vielleicht war sie ja doch eine Dirne. Ein unschuldiges Mädchen würde nie und nimmer diese Wirkung auf ihn ausüben. «Du kannst nicht so leichtsinnig sein. Der Wald ist gefährlich.»

«Der Wald ist mein Freund, macht Euch keine Sorgen um mich. Ich lebe schon so lange hier, dass ich jeden Busch und jedes Tier kenne», widersprach sie ihm. «Der Wald ist freundlicher zu mir als die Menschen. Wollt Ihr mich vertreiben?»

Das klang so besorgt, dass er wider besseres Wissen den Kopf schüttelte. «Natürlich nicht. Aber ...»

«Vergesst mich, das ist das Beste was Ihr für mich tun könnt.»

«Du verlangst Unmögliches.»

Marierose hätte gerne gefragt weshalb, aber sie ahnte, dass seine Antwort vielleicht neue Fragen aufwerfen würde, deswegen wandte sie sich ab und mied seinen Blick. Es genügte, dass sie seinen Duft mit jedem Atemzug in sich aufnahm.

«Ich wusste, dass es ein Fehler sein würde, Euch zu warnen», seufzte sie mehr für sich selbst bestimmt, als für ihn.

«Hier.» Der Ritter hatte sich zu Bylord umgewandt und brachte aus einer Satteltasche einen Weinschlauch und ein in reines Leinen gewickeltes Paket zum Vorschein. «Das muss dir für heute genügen. Ich führe nur wenig Proviant mit, denn die Jagd sollte bloß ein paar Stunden dauern. Aber ich kann morgen wieder kommen und dir mehr zu Essen bringen, dann brauchst du wenigstens keine Schlingen mehr zu legen.»

Sie zögerte die Gaben anzunehmen. War es nicht besser, wenn sich ihre Wege für immer trennten? Aber dann sah sie das Lächeln in den goldenen Luchsaugen, den amüsierten Schwung der Mundwinkel und fasste zu. Sie wusste nicht, was sie dazu trieb. Sie handelte ohne Nachdenken und ohne den Blick von ihm zu nehmen. Die fremde neue Frau handelte, die sie geschaffen hatte und nicht die ängstliche, scheue Marierose de Nansay.

Erst in diesem Augenblick erfasste sie, dass er mit blankem Oberkörper vor ihr stand. Ein wahres Gebirge aus sehnigen Muskeln, breiten Schultern und einer erstaunlich schmalen Taille. Die gewaltige Masse Mann strömte soviel Wärme ab, dass sie daran Teil haben wollte. Sie verspürte den dringenden Wunsch ihn zu berühren und hätte es auch fast getan, wäre nicht aus der Ferne ein Jagdsignal erklungen. Der Klang des Hornes riss sie aus ihrem stummen, gegenseitigen Betrachten.

«Sie rufen zum Sammeln. Ich muss dich verlassen. Willst du mir nicht wenigstens deinen Namen sagen, damit ich weiß an wen ich bis morgen denken soll?»

Marierose schluckte und spürte ihren Herzschlag bis in die Kehle hinauf. Es befriedigte sie tief, dass er sie wenigstens jetzt genau ansah. Das kühne Mädchen am Teich würde er nicht so ohne weiteres vergessen, wie die stille Witwe von Nansay Hall. Sie wusste, es war pure Torheit und doch konnte sie der Versuchung nicht widerstehen, das Spiel fortzusetzen.

«Man nennt mich Liliana.»

Es war der Name ihrer Mutter und er war ausgefallen genug, um vielleicht auch für eine Vagabundin oder Gauklerin zu passen.

Das Signalhorn ertönte noch näher.

«Geht», drängte sie ihn. «Sie werden Euch sonst suchen. Sicher denkt Belcastel bereits, dass sein Anschlag erfolgreich war, weil ihr verschwunden seid. Geht, und bereitet ihm eine Überraschung.»

Es war nicht von der Hand zu weisen, dass sie Recht hatte. Aval zog sein Wams ohne das Hemd darunter an und fasste nach Bylords Zügeln. «Es ist Wahnsinn, dich hier allein zu lassen, Liliana.»

«Ich bin's gewohnt Seigneur», entgegnete sie ernst. «Ich war schon allein, ehe Ihr kamt und ich werde es wieder sein, wenn Ihr geht.»

Es war etwas an dieser stolzen Verabschiedung das ihn davon abhielt sie zu küssen, obwohl er es zu gerne getan hätte. Er entdeckte Skrupel, von denen er nicht gewusst hatte, dass er sie besaß. Er sprang in den Sattel und betrachtete ein letztes Mal das feenhafte Geschöpf mit den unglaublichen, silbernen Haaren.

«Wirst du morgen hier sein?»

«Vielleicht.»

Sie legte sich nicht fest. Sondern sie verschwand im Grün der Eiben und Haselnussbüsche, als hätte ihm seine Einbildung einen Streich gespielt.

Träumte er? Cyrus fuhr sich mit dem Handrücken über die Augen. Nein, die Ledernähte kratzten unangenehm auf der bloßen Haut. Sein Hemd war fort, Liliana trug es jetzt. War das nun ein Beweis oder ein Trugschluss? Er zog seinen kurzen Reiterumhang eng um die Schultern, damit es nicht auffiel, dass er kein Hemd mehr trug. Allein, was zählte ein Kleidungsstück, wenn man in Betracht zog, dass er auch keinen Verstand mehr hatte? Wie sonst war es zu erklären, dass er dermaßen unsinnig auf eine Frau reagierte, die sich allen Regeln eines normalen Lebens entzog? Die vielleicht sogar eine Gesetzlose war?

Marierose erreichte Nansay Hall vor der Jagdgesellschaft. Sie dankte dem Himmel, dass niemand sie dabei beobachtete, wie sie die kleine Stute in die Koppel zurückbrachte und über die Klippen verschwand. Bis Lady Margaux zusammen mit ihrem Hofstaat und einem schweigsamen, mürrischen Cyrus d'Aval in den Innenhof der Burg ritt, hatte sie sich längst wieder in die stumme Witwe verwandelt.

Durch eine Schießscharte im Nordturm beobachtete sie das Treiben vor dem Portal des Herrenhauses. Belcastel schnauzte die Jäger und Treiber an, trat nach den Hunden und benahm sich noch abscheulicher als sonst. Er brachte nicht einmal genügend Höflichkeit auf, Lady Margaux in die Halle zu führen. Im Kreise ihrer Damen rauschte sie davon und ließ den neuen Herrn von Nansay Hall unbeachtet zurück.

Marierose sah, dass Cyrus seinen großen Hengst dem Stallknecht persönlich übergab und mit strenger Miene auf den Mann einredete. Anschließend kümmerte er sich um die Verteilung der Jagdbeute auf Küche und Schlachthaus, ehe er ein langes Gespräch mit Benoit le Bras führte. Endlich blieb er allein zurück und fuhr sich mit den Händen durch die braune Mähne. Seltsam eckig wandte er dann den Kopf und schaute zum Burgtor zurück. Es kam der jungen Frau so vor, als verfolge er den Weg, den er gekommen war. Woran dachte er? An Liliana?

Marierose wich von ihrem Aussichtspunkt zurück und presste die Hand auf ein Herz, das mit einem Mal ungestüm pochte.

Sechstes Kapitel

Nansay Hall
29. Mai 1091

«Du wirst heute Abend nicht an der Tafel erscheinen, ist das klar?»

Lady Margaux bedachte Marierose mit einem so strafenden Blick, dass sie sich augenblicklich fragte, womit sie Gils Mutter dieses Mal verärgert hatte. Sie konnte nicht ahnen, dass es allein an der Art lag, wie sie vom Söller in das Gemach trat, um die Lady mit einer respektvollen Reverenz zu grüßen.

Sie hatte Mühe, ihr Erschrecken zu meistern. Seit Lady Margaux das schöne Kabinett in eine kahle Klosterzelle verwandelt hatte, pflegte sie die ungeliebte Schwiegertochter zu sich zu bestellen und sie nicht aufzusuchen. Die Möglichkeit, dass sie diese Gewohnheit zu ändern gedachte, versetzte Marierose in Panik. Wie sollte sie eine von innen verriegelte Tür oder gar ihre Abwesenheit erklären? Was, wenn sie tatsächlich irgendwann den Mut aufbrachte, jene Verabredung einzuhalten, die ihr nicht aus dem Sinn ging und die sie nun seit Tagen so feige versäumte?

«Du bist Witwe und in tiefer Trauer. Es gehört sich nicht, dass du Abend für Abend mit den Männern speist und dich vor ihren Augen spreizt.»

Marierose überging den ungerechten Vorwurf und bekundete ihren Gehorsam mit einem stummen Kopfnicken. Noch eine jener Bewegungen, die Lady Margaux' Zorn anfachten. Sie hatte ihrer Schwiegertochter den Luxus genommen, das Haar geschoren und ihr das Singen und Lachen verboten. Aber sie sah sich außer Stande, etwas gegen die natürliche Grazie ihrer Bewegungen zu tun. Jede noch so unbewusste Geste strafte das blasse Antlitz und die frommen Gewänder Lügen. Sogar sie selbst ertappt sich dabei, einen Funken widerwilliger Bewunderung für so viel Haltung und Anmut zu verspüren. Was musste erst ein Mann fühlen, der ohnehin wild entschlossen war sie für sich zu gewinnen, egal wie sie aussah oder sich bewegte?

«Es wird auch keine abendlichen Spaziergänge auf den Wällen mit dem Seigneur mehr geben», fuhr sie deswegen scharf fort. «Setz' dir da bloß keine Flausen in den Kopf, Mädchen. Du wirst eine Braut Christi und niemals mehr die eines Mannes.»

Marierose beobachtete die Lady unter halb gesenkten Lidern. Hatte sie da neben der üblichen Verachtung nicht auch eine Spur von Nervosität vernommen? Etwas setzte ihrer Schwiegermutter zu. Nur was? Die Ereignisse der vergangenen Jagd? Hatte sie Anteil am Mordkomplott Lucien de Belcastels? Unmöglich, bei aller Herzlosigkeit war sie schließlich eine Edeldame. Eine Aristokratin und keine gemeine Mörderin.

«Hast du mich verstanden?», fuhr sie Marierose in diesem Augenblick an, von ihrem stummen Gehorsam gereizt. «Eine Magd wird dir das Essen bringen.»

Grobes Brot, Hafergrütze und verdünnten Wein, Marierose wusste, was sie zu erwarten hatte. Sie senkte gehorsam den Kopf mit der sittsamen Leinenhaube. «Wie Ihr wünscht.»

Lady Margaux gab einen gereizten Laut von sich. Es gab nichts an Marieroses Reaktion auszusetzen und genau das verärgerte sie mehr als alles andere. Die Ergebenheit ihrer Schwiegertochter glich der eines Opferlammes und verlieh jedem ihrer Siege einen schalen Beigeschmack. Es wurde Zeit, das Mädchen loszuwerden. Lediglich die Tatsache, dass ihr Vater bei Hofe über Einfluss und Ansehen verfügte und sie vielleicht noch als Gemahlin für Lucien gebraucht wurde, hielt sie davon ab das ärgerliche Geschöpf schon morgen in die Abtei von Whitby abzuschieben.

«Ich wünschte, Gil hätte dich nie geheiratet», sagte sie aus diesen Gedanken heraus schroff. «Jede andere wäre besser gewesen als du.»

Der letzte Satz kränkte Marierose, obwohl sie dem ersten aus ganzem Herzen zustimmte. Schließlich hatte Gil in ihrer Ehe ein Glück gefunden, das ihm wohl keine andere Frau geschenkt hätte. Wenn es einen Menschen unter der Sonne gab, der diese Verbindung bereuen musste, dann war das wohl sie. Und warum musste ausgerechnet sie dafür büßen? Der rebellische Gedanke verlieh ihr den Mut dem Verdacht nachzugehen, der sich hartnäckig in ihrem Kopf einnistete. Sie musste herausfinden, ob Lady Margaux tatsächlich Anteil an dem Mordanschlag auf Cyrus d'Aval hatte.

«Gils Jagdhündin wurde getötet.»

Es kam so selten vor, dass Marierose von sich aus das Wort ergriff, dass die Lady mehr darüber die Stirn runzelte, als über den verblüffenden Inhalt des Satzes.

«Ja und?», fragte sie schließlich unwirsch.

«Wer auf Nansay Hall tötet eine trächtige Hündin mit einem Giftpfeil? Noch dazu Gils liebste Jagdhündin», fügte Marierose hinzu.

Lady Margaux reagierte irritiert auf ihre Fragen. Für sie war die Nachricht ein weiterer Beweis, dass es ihrer Schwiegertochter am nötigen Verstand fehlte. Wen interessierte schon eine Jagdhündin? Die Tatsache, dass das Tier kurz vor dem Wurf gestanden hatte, war ihr nur Anlass zu einem Vergleich, der Marierose kränken sollte.

«Da hast du es, jede gemeine Hündin in Nansay kommt ihren Pflichten besser nach, als die Gemahlin meines geliebten Sohnes», schnaubte sie vernichtend und verließ die Kammer.

Marierose presste die Lippen aufeinander. Es kam sie zunehmend härter an, solche Beleidigungen stumm hinzunehmen. Doch sie hatte keine Zeit ihre eigenen Empfindlichkeiten zu pflegen. Es gab Wichtigeres zu bedenken. Hatte Lady Margaux geschickt von Lexas Tod abgelenkt oder hatte sie tatsächlich keine Ahnung von Luciens mörderischen Alleingängen?

Der kurze Anflug von Tapferkeit, der sie zu ihrer Frage getrieben hatte, verflog über der Erkenntnis, dass sie an ihr eigenes Schicksal gekettet, ohnehin nichts tun konnte, das Lucien oder die Lady dazu zwang, von ihren Plänen Abstand zu nehmen. Sie war allein in Nansay Hall. Es gab keine Menschenseele der sie vertrauen konnte und die ihr im Notfall zur Seite stand. Sie musste es dem neuen Seigneur überlassen, sich selbst zu schützen.

Cyrus d'Aval mochte eine lästige Anlage zum Jähzorn haben, aber er war ein kluger Kopf. Nachdem sie ihn auf die Gefahr aufmerksam gemacht hatte, würde er künftig besser auf sich aufpassen. Sie hatte ihm sogar den Namen seines potenziellen Mörders genannt und damit sichergestellt, dass er Lucien im Auge behielt. In diese Kammer verbannt, blieb ihr nichts anderes übrig, als ihm zuzutrauen, dass er sein Leben aus eigener Kraft schützen konnte.

Sein Bild tauchte vor ihrem Auge auf, wie sie ihn am Waldteich erblickt hatte. Beeindruckend männlich und kraftvoll, so willensstark und beherzt, dass der Gedanke geradezu lächerlich erschien, er benötige die Hilfe einer Frau, um zu bestehen. Noch dazu die einer Frau, die zu zittern begann, wenn Lady Margaux sie ins Visier nahm.

Freilich war es nicht Marierose gewesen, die sich am Anblick seines nackten Oberkörpers und seiner männlichen Stärke geweidet hatte. Liliana, die andere, die leichtsinnige, abenteuerlustige, mutige Hälfte ihrer Person hatte atemlos und fasziniert nach seiner Berührung gehungert. Das Fantasiewesen, das all die Dinge tun durfte, die der jungen Lady von Nansay verwehrt waren. Wie schade, dass sie trotz allem nicht den Mut aufgebracht hatte, ihre gefährlichen Wünsche zu verwirklichen. Alles in ihr hatte danach gedrängt, sich in seine kraftvollen Arme zu werfen und diese beeindruckenden Muskeln zu spüren, die seine Haut wölbten und einer Frau Schutz und Versprechen zugleich boten.

Marierose legte beschämt die Handflächen auf ihre glühenden Wangen. Lilianas Wünsche entfachten eine jähe Hitze in ihr, die sie beunruhigte und verwirrte. Sie konnte sich nicht erinnern, dass sie ihren eigenen Körper jemals so intensiv verspürt hatte. Er entwickelte ein Eigenleben und schmerzte im Nachhall einer Sehnsucht, für die sie keinen Namen hatte. Was geschah mit ihr? Wonach um Himmels Willen verlangte sie so schrecklich?

Sie wollte diese mannigfachen Emotionen nicht, die sie ungeduldig und gereizt machten. Die alles änderten und dazu führten, dass die Wände ihres Gemaches zum Gefängnis wurden. Sie ertappte sich bei dem Wunsch auf dem Rücken eines Pferdes an den Klippen entlang zu jagen, bis sie nur noch das Brausen des Windes und das Donnern der Hufe hörte. Lady Margaux würde auf der Stelle der Schlag treffen, wenn sie eine solche Ungeheuerlichkeit wagte. Also blieb ihr nur beten.

Marierose sank auf das harte Holz des Betstuhles unter dem Kreuz. Aber auch als sie die Augen schloss und die Finger verkrampfte, bis der Nacken schmerzte, wollten ihr die vertrauen Litaneien nicht mehr einfallen. Stattdessen sah sie die goldenen Augen des Ritters vor sich und ihre Lippen erinnerten sich an den Kuss auf den Wällen. Würde er auch Liliana so küssen?

* * *

«Ich kann keine Unterlagen entdecken, die genauen Aufschluss über die Einnahmen und Ausgaben des Lehens geben.»

Cyrus d'Aval verschränkte die Arme vor dem Brustkorb und lehnte sich gegen den schweren Eichentisch, hinter dem noch vor kurzem Lady Margaux die Geschicke von Nansay gelenkt hatte. Er sprach geradezu beiläufig, ohne eine Frage. Er überließ es der Lady Schlüsse daraus zu ziehen und ihre verkniffenen Lippen verrieten ihm, dass sie sehr wohl auch die unausgesprochene Drohung verstand. Dennoch schwieg sie erst einmal.

«Ihr werdet mir doch nicht erzählen wollen, Mylady, dass in Nansay dermaßen dilettantisch gewirtschaftet wurde, dass es weder ordentliche Aufzeichnungen noch flüssige Mittel gibt.»

«Was kümmert das Euch, was in der Vergangenheit geschehen ist?» Endlich bequemte sich Lady Margaux zu einer bissigen Frage.

«Nachdem ich der Herr dieser Festung bin, geht es mich sehr wohl etwas an, werte Dame.»

«Der König hat Euch das Lehen von Nansay übereignet, nicht mehr», entgegnete sie nach kurzer Überlegung frostig. «Ihr werdet Euch schon selbst zu Recht finden müssen. Ich bin nur eine arme Witwe, die seine Majestät bei seinen Entscheidungen nicht zu Rate gezogen hat.»

Es war eine offene Kriegserklärung und d'Aval nahm sie ohne Zögern an. Wenn ihm die Dame so in die Hände spielte, umso besser. Hielt sie ihn für einen Dummkopf, der ihre Märchen glaubte? Was war dies nur für ein Wespennest, in das ihn Rufus da entsandt hatte?

«Ich nehme an, dass die eisenbeschlagene Truhe, die Ihr so eilig in Eure Gemächer bringen habt lassen, das Gesuchte enthält», vermutete er.

«Und wenn dem so wäre?»

«Würde ich es begrüßen, dass Ihr Truhe und Inhalt umgehend wieder in meine Hände gebt. Ihr seid des Lesens und Schreibens nicht kundig, wie wollt Ihr ohne Hilfe kontrollieren, ob alles seine Ordnung hat?»

«Ich bin sehr wohl im Stande zu zählen, Seigneur, und mein Neffe zeichnet das Nötige für mich auf.»

«Euer Neffe muss mir seine Eignung für das wichtige Amt des Haushofmeisters, mit dem Ihr ihn offensichtlich zu jenem das Burghauptmannes hinzu, betraut habt, erst noch unter Beweis stellen, Madame. Bis dahin werde ich mich selbst um alles Wichtige kümmern.»

Der Ritter verschwieg, dass Belcastel bis zum jüngsten Gericht auf eine solche Beförderung warten würde. Eher würde er mit dem Henker Bekanntschaft machen.

«Was tut Ihr, wenn ich mich weigere? Meine Türen aufbrechen? Euch mit Gewalt nehmen, was Euch mit Recht nicht gehört?» Lady Margaux spielte die entrüstete Edeldame mit der Überzeugung einer Frau, die bisher noch jeden Mann eingeschüchtert und getäuscht hatte.

In Cyrus d'Aval fand sie ihren Meister. Er erwiderte den

eisigen Blick so ungerührt, dass sie zum ersten Male Zweifel an den eigenen Fähigkeiten beschlichen. Er hatte das Recht auf seiner Seite und wenn sie nicht wollte, dass der König von ihren Machenschaften erfuhr, durfte sie den Konflikt nicht auf die Spitze treiben. Also traf sie eine schnelle Entscheidung und zwang sich zu einem einlenkenden Seufzer. Sie senkte die Lider, da sie ahnte, dass ihre Augen ihre wahren Gefühle verrieten.

«Verzeiht», erklärte sie doppelzüngig. «Ihr seht in mir eine Frau, der das Schicksal übel mitgespielt hat. Ich habe nicht nur den Gatten, sondern auch den Sohn verloren und ich musste in meinem ausweglosen Gram auch noch eine Festung für den König halten. Es fällt mir mittlerweile schwer zu vertrauen und an die edlen Motive der Menschen zu glauben.»

Wäre der Ritter nicht in den vergangenen Tagen Zeuge geworden, mit welch eiserner Hand die Lady über Nansay regierte, er wäre möglicherweise in Versuchung geraten ihr zu glauben. So aber musste er nur an den leeren Platz denken, der Mahlzeit für Mahlzeit an seiner Rechten blieb, um die Ränke der Dame zu durchschauen.

«Mein Gefährte Benoit le Bras wird Euch mit zwei Hausknechten in Eure Gemächer begleiten. Ihr könnt ihm Truhe und Schlüssel anvertrauen», beendete er das diplomatische Scharmützel.

«Misstraut Ihr mir?» Lady Margaux zog in erkennbarem Zorn die Oberlippe über scharfe, gelbliche Zähne. Wenn sie wütend wurde, erschien unter der Dame eine Furie.

«Ich misstraue sogar mir von Fall zu Fall, Madame», entgegnete Cyrus d'Aval kurz angebunden.

Er löste die Arme vor der Brust und wandte ihr halb den Rücken zu, so dass sie einsehen musste, dass sie keine andere Wahl mehr hatte. Kaum hatte sie den Gang betreten, schloss sich ihr bereits le Bras mit den angekündigten Männern an. Man gönnte ihr keinen noch so winzigen Moment, etwas heimlich zur Seite zu bringen. Sie machte sich nicht länger die Mühe ihren Unmut zu verbergen.

«Am liebsten hätte sie uns mit ihren Blicken erdolcht», berichtete Benoit, während Cyrus d'Aval den Inhalt der Truhe sichtete.

Wie erwartet fand er eine Menge gerollter Urkunden, wenige sorgsam verwahrte Briefe und Lederbeutel mit Münzen. Darunter lagen ein in Seide geschlagener, rechteckiger Gegenstand und ein schweres Kästchen. Auf dem Deckel der Kassette leuchteten helle Elfenbeinarabesken und die Kanten waren mit goldenen Ecken geschützt. Bewundernd hob er sie hoch und stellte sie auf dem Tisch ab, damit er das Kunstwerk bei Lichte betrachten konnte.

Unzweifelhaft die Schmuckschatulle einer Dame. Aber die zierliche Handwerksarbeit passte nicht zu Lady Margaux. Man musste nur ihre überaus prächtigen Gewänder ansehen, um zu wissen, dass sie protzige Steine und überladene Kolliers schätzte. Zudem hätte sie Zeter und Mordio geschrien, hätte er sich an ihrem persönlichen Eigentum vergriffen. Es erforderte nicht viel Fantasie zu vermuten, wem dieses exquisite Schatzkästlein gehörte.

Ehe er sich damit beschäftigte, löste er jedoch unter den neugierigen Augen seines Gefährten die Seidenhülle um den anderen Gegenstand. Vor ihm lag ein Buch. Genauer gesagt eine Bibel, gebunden zwischen gold gehämmerte, juwelenverzierte Deckplatten. Ein wahrer Schatz, dessen Seiten Cyrus d'Aval mit einer gewissen Scheu betrachtete. Die lateinischen Worte sagten ihm wenig, aber die sorgfältig ausgeführte Handschrift mit ihren wunderschönen Illustrationen und den künstlerisch gezeichneten Versalien, hätte sogar in den Klöstern von Winchester oder Canterbury Aufmerksamkeit erregt.

Als er Blatt für Blatt umwandte, um die Bilder zu betrachten, fiel das Buch wie von selbst in der Mitte in zwei Hälften. Ein mehrfach gefaltetes Pergament lag dort zwischen den Seiten verborgen. Der gelbliche Schimmer der Maserung und die brüchigen Faltstellen verrieten, dass es viele Jahre alt sein musste.

«Was ist das?»

Benoit le Bras sah Cyrus neugierig über die Schulter, während der Ritter das Dokument ausbreitete und die Abmachung überflog, die zwei Unterschriften und ein altertümliches Siegel trug.

«Ein Vertrag, so wie es aussieht», sagte d'Aval nach kurzem Stutzen. «Ein Vertrag zwischen dem verstorbenen Lord von Nansay Hall und dem schottischen König Malcolm Canmore. Bei Gott, er hat den Frieden für sein Lehen schlicht ERKAUFT!»

«Wie das? Frieden ist keine Handelsware.»

«Aber Getreide, Vieh und Salz sind Handelswaren», erwiderte der Ritter und überflog den Wortlaut des Schriftstückes gründlicher. «Der Herr von Nansay sagt seinen armen schottischen Nachbarn die jährliche Lieferung von Wintervorräten und Vieh zu. Der schottische König verspricht im Gegenzug, dass er dafür sorgen wird, dass seine Untertanen keine Raubzüge auf dem Gebiet Nansay Hall unternehmen.»

Benoit le Bras vermochte den Sinn dieses Paktes nicht zu begreifen. «Warum hat er nicht einfach gegen die Schotten gekämpft, wie es sich gehört und die Kaledonier zum Teufel gejagt?»

Im Gegensatz zu seinem Gefährten, konnte sich Cyrus d'Aval sehr wohl einen Grund dafür vorstellen.

«Vielleicht war er schlicht des ewigen Kämpfens müde? Er hat dem Eroberer geholfen dieses Königreich zu errichten. Wilhelm und seine Männer sind bei der Schlacht von Hastings förmlich durch Blut gewatet und die Jahre danach waren auch kein unbeschwertes Honigschlecken. Ich könnte mir vorstellen, dass Nansay für ein einziges Leben genügend getötet hatte.»

«Welch ein Feigling!» Benoit le Bras hielt mit seiner Verachtung nicht hinter dem Berg.

«Findest du? Man könnte auch sagen, Gilbert von Nansay hat der Stimme der Vernunft den Vorzug vor überflüssigem Heldentum gegeben. Wie schade, dass dieser Mann so früh sterben musste.»

«Und zum Dank haben ihm die Schotten im vergangenen Herbst den einzigen Sohn erschlagen.»

Auch dafür lag der Grund auf der Hand, vermutete d'Aval.

«Sicher ist die Abmachung nach dem Tode des Lords nicht mehr eingehalten worden. Lady Margaux ist nicht die Frau, die einen solchen Vertrag respektiert. Andererseits fühlten sich die Schotten nach so langer Zeit vermutlich berechtigt, ihre Wintervorräte gewaltsam einzutreiben. Der Friede ist gemeinsam mit Gilbert von Nansay zu Grabe getragen worden.»

«Ich bezweifle das Rufus davon weiß.» Benoit le Bras sah Cyrus fragend an. «Wirst du ihm davon berichten? Es erklärt immerhin, warum sich die schottischen Übergriffe so hartnäckig auf dieses Gebiet konzentrieren.»

«Nansay Hall ist die Verkörperung von Reichtum und Luxus. So etwas weckt immer Begehrlichkeiten, auch bei den Schotten.» Cyrus studiert den Vertrag, als könne er zwischen den Zeilen noch etwas lesen, das ihm bisher entgangen war.

«Es könnte auch sein, dass Canmore gemerkt hat, dass Nansay von einem Mann verteidigt wird, der schlicht unfähig ist.» Benoits Verachtung für Belcastel schwang in jeder Silbe mit. «Was die Lady dazu veranlasst hat, diesen Schwachkopf die Verteidigung ihrer Burg anzuvertrauen, ist mir ein Rätsel.»

«Er ist ihr Neffe.»

«Der Himmel bewahre mich vor solcher Verwandtschaft», rief Benoit erbost.

Cyrus ersparte sich die Antwort. Was würde sein Freund erst sagen, wenn er von dem Anschlag mit dem vergifteten Pfeil erfuhr? Er wusste selbst nicht genau, weshalb er dieses Geheimnis für sich behielt. Oder doch? War es, weil er sonst von Liliana sprechen musste und weil er die verführerische kleine Waldfee nicht einmal in Worten mit jemand teilen wollte? Sie spukte ständig im Hintergrund seiner Gedanken und je mehr er sich bemühte, sie zu vergessen, umso lebendiger wurde sie.

Sie ließ sich mit keinem anderen weiblichen Wesen vergleichen, das er jemals getroffen hatte. Sie war weder Magd noch Edeldame, weder Frau noch Kind. Am ehesten noch Waldfee, Zaubergeschöpf, Ärgernis, Faszination und Ablenkung. Aber auch Geheimnis. Seit Tagen ging sie ihm aus dem Weg und obwohl er sich erbittert geschworen hatte den Teich zu meiden, stahl er sich viel zu oft davon, der dummen Hoffnung nachzuhecheln, dass sie irgendwann dort wieder auftauchen würde.

«Du solltest die Schwierigkeiten ernster nehmen», mahnte le Bras eindringlich. «Bitte den König um Kriegsknechte und Unterstützung. Berichte ihm von der schändlichen Abmachung.»

Cyrus warf ihm einen nachdenklichen Blick zu und kehrte schweren Herzens wieder zu den aktuellen Problemen zurück.

«Was sollte das bewirken? Gilbert von Nansay ist tot und sein Sohn ebenfalls. Was bringt es, Rufus mit der Nase darauf zu stoßen, dass einer der treuen Vasallen seines Vaters im Norden ein eigenes Süppchen gekocht hat? Der König ringt ohnehin im Geheimen mit dem übermächtigen Vorbild seines Vaters. Wozu Dinge aufrühren, die seit Jahren vergessen sind? «

«Weil Rufus Ruhe an dieser Grenze haben will. Aber solange die Schotten glauben, sie hätten ein verbrieftes Recht sich auf unserer Seite zu bedienen, bleibt diese Ruhe gefährdet.»

Benoit wunderte sich, dass er Cyrus d'Aval diese Dinge erklären musste. Normalerweise verstand er es wie kein anderer im Gefolge des Königs, die Wünsche und den schwierigen Charakter des Herrschers einzuschätzen.

«Es ist mein Auftrag, Malcolm Canmores Männer auf dem Gebiet von Nansay Hall in ihre Schranken zu verweisen», widersprach d'Aval seinem Gefährten knapp. «Wenn ich dessen nicht fähig bin, verdiene ich es nicht dieses Lehen in seinem Namen zu verwalten.»

Sein Ton machte klar, dass das Thema damit für ihn beendet war. Er trat an den Tisch und hielt das Pergament über die brennenden Kerzen, bis nur noch ein geschwärzter Rest davon übrig blieb, den er nachlässig in den Kamin warf. Dann öffnete er das Kästchen mit den Elfenbeinverzierungen. Wie erwartet, enthielt es Frauenschmuck.

Sorgsam aufgerollte, mit erlesenen Juwelen geschmückte Haarbänder, Ketten, Gürtel, Mantelspangen und Ringe lagen in Fächern mit Samtbespannung. Trotz ihres unverkennbaren Wertes wirkten sie geschmackvoll und diskret. Es handelte sich erkennbar um feine Stücke, die eine junge Edeldame aus wohlhabendem Hause mit in ihre Ehe brachte. Weshalb befanden sie sich in dieser Truhe und nicht in der Kemenate der Witwe?

Er ließ den glitzernden Tand durch die Finger rieseln. Hatte die Lady ihrer Schwiegertochter diese Dinge abgenommen, weil eine Dienerin Gottes keinen Schmuck trug, oder hatte sich Marierose von Nansay selbst dazu entschieden, dem weltlichen Glanz zu entsagen? Noch ein Problem, das der dringenden Erledigung harrte. Er klappte den Kasten zu und klemmte ihn kurz entschlossen unter den Arm.

«Stell eine vertrauenswürdige Wache vor dieses Gemach. Ich möchte nicht, dass die Truhe wieder verschwunden ist, wenn ich zurückkomme», wies er seinen Freund an und ging.

* * *

«Erlaubt, dass ich Euch Euer Eigentum zurückbringe.»

Marierose fuhr mit einem erschreckten Laut vom Betstuhl hoch und starrte den Mann, der in der Tür zu ihrem Gemach stand, entsetzt an. Dies war entschieden ein Tag der überraschenden Besuche. Obwohl sich ihre Gedanken ununterbrochen mit Cyrus d'Aval beschäftigt hatten, konnte sie es nicht fassen, dass er nun leibhaftig mitten in ihrer Kemenate vor ihr aufragte.

Der Ritter bemerkte, dass sie ängstlich vor ihm zurückwich. Das Licht fiel in ihrem Rücken, durch schmale Fensteröffnungen, so dass ihr Gesicht im Schatten blieb. Er sah nur die Umrisse ihrer Gestalt.

«Ihr seid allein?» Verblüfft sah er sich in der kahlen Kammer um. «Wo sind Eure Frauen? Eure Mägde?»

«Ich habe keine», erwiderte Marierose tonlos.

«Weil Ihr bereits wie eine Nonne leben wollt, obwohl Ihr noch keine seid und nie eine werdet?»

Cyrus d'Aval trat näher. In ihrer Gegenwart fiel es ihm schwerer als sonst, sein aufbrausendes Temperament zu zügeln. Es verärgerte ihn, dass die Witwe nach wie vor ihren Wunsch ins Kloster zu gehen, in Verhalten und Kleidung bekundete. Hatte sie noch nicht begriffen, dass ihr Schicksal einen anderen Weg nahm oder trotzte sie ihm auf diese wortlose Weise.

«Warum versteift Ihr Euch auf diese Narretei?», fragte er brummig. «Habt Ihr deswegen Euren Schmuck fortgegeben? Hier ist er zurück. Ich möchte, dass Ihr ihn tragt und dass Ihr die Nonnenkleider endlich ablegt.»

Marierose begriff halb erleichtert, halb ärgerlich, dass er ihr Doppelspiel noch immer nicht durchschaute. Dass er wegen des Schmucks und der fehlenden Mägde so polterte und nicht weil er sie erkannt hatte. Was fiel ihm eigentlich auf, wenn er in ihr Gesicht blickte? Er musste doch die Ähnlichkeit der Züge wahrnehmen, die Einzelheiten von Knochenbau und Hautstruktur? Oder war sie als eigenständige Person so unwichtig für ihn, dass er keinen überflüssigen Gedanken daran verschwendete, wie sie aussah?

Im Gegensatz zu ihm, nahm sie jede Einzelheit der Erscheinung ihres Besuchers wahr. Er hatte eine Vorliebe für schlichte Oberteile aus weichem, aufgerautem Wildleder. Das heutige schimmerte im selben dunklen Braun wie seine dichten Haare und Brauen. Darunter trug er ein Hemd, wie jenes, das sie in den Tiefen ihrer Truhe versteckt hatte und manchmal heraus nahm, um närrisch das Gesicht darin zu vergraben und seinen Duft wieder zu finden.

«Ihr müsst mir antworten, my Lady», forderte er unerbittlich. Er stellte das Schmuckkästchen auf den Tisch und nahm ihre Gestalt so gründlich in Augenschein, dass sich alle feinen Härchen in ihrem Nacken sträubten. Jetzt musste er es entdecken!

Cyrus d'Aval hingegen fiel lediglich auf, dass sie ihn belauerte wie eine arme kleine Maus, die sich vor dem ersten Tatzenhieb des Katers fürchtete. Ihr Gesicht leuchtete dermaßen weiß, dass es sich kaum vom Leinen der Haube unterschied. Es verärgerte ihn, sie so ängstlich und abwehrend zu finden. Was trug sie ihm nach? Den Kuss auf den Wällen? Graute ihr vor der neuerlichen Versuchung, da ihr diese Liebkosung so unzweifelhaft gefallen hatte?

«Kommt schon, redet mit mir», forderte er nachdrücklich. «Es hat keinen Sinn, wenn Ihr Euch den Tatsachen verweigert. Aber ich kann Euch versichern, dass es auch kein Vergnügen sein wird, bis ans Ende Eurer Tage hinter Klostermauern zu vermodern.»

«Es wäre angemessener für mich.» Die geforderte Antwort kam stockend und kaum hörbar.

«Überlasst es mir, künftig zu entscheiden, was für Euch angemessen ist. Es ist die Aufgabe eines Ehemannes und Ihr werdet es nicht bereuen.»

Ach ja? Marierose starrte hartnäckig auf den Boden und mied seinen Blick. Was hatte sie davon, Lady Margaux gegen einen Gatten einzutauschen? Beide forderten Unterwerfung und Gehorsam. Keiner fragte sie, wie ihre eigenen Wünsche aussahen.

«Ich nehme an, Ihr seid mit mir einer Meinung, weil Ihr

mir nicht widersprecht. Nun, es das ist immerhin ein Anfang», versuchte der Ritter die Situation mit Humor zu entschärfen. «Vielleicht werdet Ihr es im Laufe unserer Ehe lernen, ein wenig mitteilsamer zu werden. Kann ich sonst noch etwas für Euch tun, my Lady? Habt Ihr besondere Wünsche? Eine behaglichere Ausstattung für diese Klosterzelle vielleicht? Hübschere Kleider? Ein kostbares Musikinstrument? Zuckerwerk?»

Die Aufzählung entlockte Marierose einen erstickten Laut. Er konnte nicht ahnen, dass er den Zustand ihrer Kemenate zu Gils Lebzeiten schilderte. Er wollte ihr das müßige Leben zurückschenken, das sie an Gils Seite geführt hatte und das sie heute bereute. Ganz sicher war es ein Fehler gewesen, sich damals in diesem Luxus einzurichten und so zu tun, als wäre alles in Ordnung, nur weil er sie darum bat und sie ihm zu Gefallen sein wollte.

Sie sah auf, begegnete einem fragenden, lohfarbenen Blick. Augenblicklich senkte sie wieder die Lider. Es war gefährlich, sich im Feuer dieser Augen zu verlieren. Sie sagte und tat dann Dinge, die sich nicht gehörten.

«Ich habe alles, was ich brauche.»

«Das bezweifle ich. Auf jeden Fall solltet Ihr Gesellschaft haben, eine Gefährtin, eine Magd. Es ziemt sich nicht, dass Ihr alleine seid.»

«Nein, bitte nicht ... Ich bin gerne allein ...»

Marierose wusste zu gut, dass auf Nansay Hall nur Frauen lebten, die Lady Margaux dienten. Sie alle folgten dem Beispiel ihrer Herrin und rümpften die Nase über die kinderlose Witwe, der sie die alleinige Schuld am Kummer ihrer Herrin gaben. Die Einzige die ihr im Alter nahe stand war Blanche. Aber ausgerechnet ihre Mutter war die engste Vertraute der Lady. Sie würde nie erlauben, dass sie Marierose aufwartete. Lady Bolton war auf der Suche nach einer guten Partie für Blanche und sie setzte ihre ganzen Hoffnungen dabei auf Lady Margaux. Vielleicht spekulierte sie gar auf eine Verbindung mit Lucien de Belcastel. Arme Blanche. Marierose erschauerte schon, wenn sie nur an ihn dachte.

«Und ich dachte immer, Frauen tun nichts lieber, als miteinander zu schnattern und die Köpfe zusammen zu stecken», hörte sie Cyrus d'Aval erwidern. «Ihr seid wahrhaftig ein höchst seltenes Exemplar Eurer Gattung, Mylady. Bescheiden, schweigsam, genügsam und fromm. Was kann ein Mann mehr von seiner künftigen Gemahlin verlangen?»

Marierose wusste nicht zu sagen, ob er ihr schmeicheln wollte oder ob er sich über sie lustig machte. Sein spöttischneckender Ton sprach für Letzteres. In jäher Gereiztheit reckte sie die Schultern, verschränkte die Hände und trat an eines der Turmfenster, so dass sie ihm den Rücken zuwandte. Dennoch spürte sie seine Blicke wie eine Berührung.

Cyrus d'Aval unterdrückte einen Fluch. Wie schaffte es die Witwe ohne ein Wort, dass er sich wie der letzte Bauerntölpel vorkam? Ehe er ihr begegnet war, hatte er noch nie Probleme gehabt eine Frau für sich einzunehmen. Ganz davon abgesehen, dass er auch noch nie mehr in einer Frau gesehen hatte, als einen flüchtigen Zeitvertreib. Er würde auch dieser nicht erlauben, zu viel von seinen Gedanken und seiner Zeit in Anspruch zu nehmen, sobald er ihren kindischen Trotz besiegt hatte.

In jähem Entschluss trat er so dicht hinter sie, dass seine Stiefelspitzen ihre Rocksäume berührten, ehe er seine Hände auf ihre schmalen Schultern legte. Die Haube versperrte ihm den Blick in ihr Gesicht, aber er spürte, wie sie sich unter seiner Fühlungnahme versteifte. Aus ihren Kleidern stieg ihm ein Hauch von Rosenduft entgegen und die stolze Zerbrechlichkeit der eigensinnig durchgedrückten Schultern rührte ihn auf eine Weise, die er selbst nicht genau erklären konnte.

«Warum wehrt Ihr Euch so dagegen in das Leben zurück zu kehren, Mylady?»

«Weil ich Angst davor habe, von Neuem verletzt zu werden», offenbarte Marierose mit erstickter Stimme. So unmittelbar von ihm bedrängt, raste ihr Herz, und der Blick auf die Küste und das nördliche Meer verschwamm vor ihren Augen.

«Unter meinem Schutz wird es niemand wagen, Euch zu verletzen.»

«Ihr selbst werdet es tun», widersprach Marierose, ohne zu wissen, woher sie die Überzeugung nahm, die in ihren Worten mitschwang.

«Narretei!»

Cyrus d'Aval drehte sie an ihren Schultern zu sich herum, aber sie weigerte sich hartnäckig den Kopf zu heben. Sie bot ihm auch von vorne nur den Blick auf eine steife, hässliche Haube. Erst ein Finger unter ihrem Kinn, der es unbeirrbar und kraftvoll nach oben drückte, besiegte ihren Widerstand. Der Ritter betrachtete das durchsichtig blasse Antlitz, die bebenden Lippen, die aus der Nähe viel rosiger schienen, die gesenkten Lider, mit dem goldbraunen, seidigen Wimpernschleier. Sie hatte durchaus ein wenig Farbe und ein paar Vorzüge, welche die Tatsache angenehm machten, dass ihre Hand mit seinem Lehen verknüpft worden war. Es galt nur ihre Bedenken zu besiegen.

Dieses Mal war Marierose auf den Überfall und den Kuss

gefasst. Sie versuchte der zärtlichen Überredung der geschmeidigen Männerlippen zu trotzen, aber es war ihr nicht möglich. Unter der erfahrenen Liebkosung brach etwas in ihr auf, von dessen Existenz sie keine Ahnung gehabt hatte. Ein fremder Sog trug sie fort und ließ sie bis in die Tiefen ihres Leibes erschauern.

«So ist's gut», hörte sie ihn zufrieden raunen, ehe er ihre Wangen, ihre geschlossenen Lider und die zarten durchscheinenden Schläfen mit dem Mund streifte. «Was für eine hübsche weiche Haut Ihr habt, meine Süße. Ich möchte wetten, dass noch mehr davon unter diesem abscheulichen Kleid versteckt ist. Ich freue mich schon auf den Tag, da es mir erlaubt sein wird, sie zu kosten.»

Marierose keuchte erstickt, als seine streichelnde Hand über ihre Taille nach oben glitt und eine Brust umfasste. Der Schock verursachte ein eigenartiges Prickeln und verhärtete die Spitze so sehr, dass sie sich unverkennbar durch den Stoff drückte. Marierose empfand einen seltsamen Schmerz, der sich unter ihrer Haut entzündete und den verblüffenden Wunsch weckte, dass er auch die andere Brust so berühren möge. Aber jeder Protest wurde von heißen Lippen erstickt, die ihre Gegenwehr unterdrückten und vernünftige Gedanken auslöschten.

«Siehst du, es gefällt dir.»

Cyrus d'Aval konnte den Triumph in seiner Stimme nicht ganz unterdrücken. Wie erfreulich, dass unter dieser Kutte eine Frau steckte, die sehr wohl zu Lust und Leidenschaft überredet werden konnte. So schwer es ihm indes fiel, die Vernunft riet ihm nichts zu überstürzen und sie langsam zum Leben zurückzuführen. Er gab sie wieder frei und sah zufrieden, dass sie schwankte und ihn aus verschleierten, rätselhaften Augen anstarrte.

«Wir sehen uns an der Tafel, Mylady.»

Er widmete ihr eine höchst feierliche Reverenz und marschierte fröhlich pfeifend aus ihrer Kammer. Erkennbar mit sich und seinem Erfolg zufrieden.

Marierose sank mit zitternden Knien auf den nächsten Fenstersitz. Das Blut rauschte in ihren Ohren und die Wände des Raumes drehten sich vor ihren Augen. Sie legte die Hände auf ihre Brüste, als könne sie auf diese Weise das Rätsel lösen, das ihr der eigene Körper aufgegeben hatte. Sie versuchte die Gefühle festzuhalten, die er in ihr erweckt hatte, aber die eigenen Hände versagten. Sie hatten nicht dieselbe Macht wie seine.

Egal ob sie Cyrus d'Aval als Liliana oder als Marierose de Nansay begegnete, er brachte sie in beiden Fällen völlig durcheinander. Um so mehr, als ihm selbst nie auffiel, dass er ein und dieselbe Person mit seinen Aufmerksamkeiten verwirrte. War dies nicht der beste Beweis dafür, dass er nichts von dem wirklich ernst und tief fühlte, was er sagte und tat, wenn er sie in seine Arme nahm?

Sie durfte ihr Herz nicht an einen Mann hängen, der ihr nicht mehr Augenmerk schenkte als den Stiefeln, in die er des Morgens schlüpfte. Er umgarnte sie nur, damit er Nansay bekam und weil der König es ihm befohlen hatte. Zudem hatte er nicht die geringsten Skrupel, zur selben Zeit ein Gauklermädchen zu einem Stelldichein zu bitten und mit ihm zu tändeln.

Marierose stieß ein bitteres Lachen aus. War es nicht geradezu der Gipfel aller menschlichen Torheit, auch noch auf sich selbst eifersüchtig zu sein? Sie musste Lady Margaux leider Recht geben. Sie hatte den Verstand verloren und taugte für gar nichts mehr.

Siebtes Kapitel

Nansay Hall
30. Mai 1091

«Bei Gott, wenn Ihr die Außenmauern ohne Bewachung lasst, brauchen wir das Tor gar nicht mehr schließen. Dann kann Jedermann nach Nansay Hall hereinspazieren und sich bedienen.» Cyrus d'Aval versuchte nicht zu brüllen, aber Lucien de Belcastel brachte ihn immerhin so weit, dass seine dunkle Stimme vor Grimm bebte. «Ich habe befohlen Wachen aufzustellen und wenn ich Euch einen Befehl gebe, erwarte ich, dass Ihr ihn ausführt, ist das klar?»

«Wir haben zu wenig Männer, um die Festung innerhalb von ein paar Tagen in das Bollwerk zu verwandeln, dass Euch vorschwebt, Seigneur», antwortete Belcastel in seiner üblichen Mischung aus Unterwürfigkeit und heimlicher Herausforderung.

«Dann stellt die Faulpelze auf die Wälle, die in der Halle herumlungern und ihre Zeit mit Ale und Würfelspielen verschwenden», knurrte d'Aval.

«Aber das sind die Ritter unseres armen jungen Herrn.»

«Sie werden schon bald Hundefutter für die Schotten sein, wenn sie nicht bereit sind ihren Dienst zu tun. Diese Burg hat mehr Schlupflöcher und Schwachstellen als ein mürbes Fischernetz.»

«Ich habe mich stets bemüht ...»

«Die Vergangenheit interessiert mich nicht», unterbrach ihn d'Aval rüde. «Tut, was ich befohlen habe und tut es schnell oder tragt die Folgen.»

Er wartete nicht ab, bis Belcastel zustimmte. Er setzte seine Inspektion fort und hatte Mühe seinen Zorn zu bändigen. Obwohl Nansay Hall von Hammerschlägen widerhallte und allenthalben Gerüste aufgebaut waren und die Sägen knirschten, fand er nirgendwo Anzeichen von getaner Arbeit und befolgten Befehlen. Offensichtlich waren die Renovierungsmaßnahmen genauso verdreht organisiert, wie Kontrollrunden der Wachen. Die meisten der Männer standen sich selbst im Wege und richteten mehr Schaden als Nutzen an.

Der Verdacht, dass dies alles mit Absicht geschah, lag nahe. Er trug nicht dazu bei, seine Laune zu verbessern, die sich ohnehin ihrem Tiefpunkt näherte. Seit er Nansay Hall eingenommen hatte, kam es ihm vor, als versuche er Wasser mit Sieben zu schöpfen. Seine eigenen Männer, denen er vertrauen konnte, berichteten alle dasselbe. In der Festung existierte, vermutlich von Lady Margaux und ihrem unfähigen Neffen befohlen, ein ebenso heftiger wie unsichtbarer Widerstand gegen den neuen Herrn.

Seine Sinne signalisierten ihm Gefahr. Aber seine persönliche Ehre erforderte einen hieb- und stichfesten Beweis für seinen Verdacht, damit er die Burgherrin und ihren heimtückischen Neffen zur Rechenschaft ziehen konnte. Mit Ausnahme eines Pfeils und der vagen Auskunft einer Waldfee, hielt er jedoch nichts in den Händen. Im Grunde hatte er nicht einmal mehr diese Aussage, denn Liliana war wie vom Erdboden verschluckt. Es kam ihm langsam so vor, als habe er die Existenz des Kobolds mit den Silberhaaren nur geträumt. Möglicherweise war auch der Pfeil nur ein unglücklicher Zufall gewesen. Inzwischen wusste er nicht mehr was er glauben sollte.

Cyrus d'Aval unterdrückte eine lästerlichen Fluch. Nansay machte es ihm schwer die Heimat zu finden, die er sich beim ersten Blick auf die Festung von ihr erhofft hatte. Er war auch nicht der Mann, der seine Macht durch die Anwendung körperlicher Gewalt und rigoroser Strafen demonstrieren wollte. Es musste andere Mittel geben, seine Position zu festigen und sich Respekt zu verschaffen, ehe er zu unnachsichtiger Härte griff.

«Was ist das für ein Unsinn, dort am Torturm?»

Das nächste Ärgernis riss ihn aus seinen Überlegungen. Unterhalb des Wehrganges war ein schweres Holzfuhrwerk, gezogen von zwei höchst störrischen Ochsen, gegen das eiserne Kettenrad gefahren, mit dem das Torgitter bewegt wurde. Die Ochsen stemmten sich unter den Knüppelhieben den Burschen, der das Unglück verursacht hatte, so panisch in ihr Geschirr, dass Cyrus um die Konstruktion fürchtete. Merkte dieser Narr denn nicht, dass er die Tiere in Raserei versetzte?

Mit finsterer Miene eilte er zur nahe gelegenen Stiege, als eine Bewegung im Innenhof seine zusätzliche Aufmerksamkeit erregte. Eine schmale, dunkle Gestalt flitzte so schnellfüßig zur Unfallstelle, dass er inne hielt. Noch nie hatte er die störrische Witwe in solchem Ungestüm erlebt. Was wollte sie am Tor?

Der halb gereizte, halb spöttische Name, den er ihr in Gedanken gab, kennzeichnete sein Verhältnis zu ihr am treffendsten. Es widerstrebte ihm auch hier Gewalt anzuwenden. Sie war eine Edeldame, er konnte sie schlecht wie einen Sack Weizen vor den Priester schleppen. Er war nicht übermäßig begeistert davon, sie zur Gemahlin zu nehmen, aber wenn er es tat, gedachte er sie mit Respekt zu behandeln. Allein, sie machte es ihm schwer diesen Respekt für sie aufzubringen.

In seiner Ungeduld ebenfalls nach unten zu kommen,

achtete er nicht auf seinen Weg. Er stieß sich an der Mauer ab und sprang mit seinem ganzen Gewicht auf die erste Stufe. Im selben Augenblick brach das Holz krachend unter ihm ein, sein Fuß sackte weg und er stürzte haltlos nach vorne. Einen erschreckenden Augenblick lang schwebte er zwischen Himmel und Erde. Als erfahrenem Reiter gelang es ihm jedoch, noch im Fallen den Körper zu kontrollieren und den harten Sturz abzurollen.

Der Schwung dieser geradezu akrobatischen Aktion trug ihn glücklicherweise über die Steinplatten am Fuße der Treppe hinaus. Er landete fluchend im Schlamm neben dem Aufgang, schlug sich hart die Schulter und kam umgehend wieder auf die Füße. Obwohl sein Schädel ein wenig brummte und der gestauchte Arm höllisch schmerzte, schöpfte er erst Verdacht, als er die entsetzten Gesichter um sich herum wahrnahm.

Er sah nach oben und begriff mit einem Male, dass er sich um Haaresbreite den Hals gebrochen hätte. Nur die Kombination aus Kraft und körperlicher Geschicklichkeit, die er sich in den Diensten seines Königs errungen hatte, hatte ihn vor Schlimmerem bewahrt. Ehe er indes den Mund öffnen konnte, hörte er die sonst so tonlose und leise Stimme der Witwe höchst energisch auf den Fuhrknecht einschimpfen.

«Bist du noch bei Trost? Hör sofort auf, die Tiere zu prügeln. Denkst du, sie spüren keine Schmerzen? Was bist du nur für ein Dummkopf! Du versetzt sie nur in Panik. Lass mich ...»

«Um Gottes willen, Lady!»

Cyrus vergaß auf der Stelle seine oberflächlichen Blessuren als er sah, dass Marierose von Nansay in die Mitte zwischen die beiden Zugochsen trat, die mit rollenden, blutunterlaufenen Augen gegen das eiserne Zahnrad ankämpften, das sie aufhielt. Ehe er die Menschen um sich herum zur Seite stoßen konnte, hatte sie jedem der beiden Tiere eine Handfläche auf die bullige Stirn gelegt. An ihrer Mundbewegung sah er, dass sie etwas sagte, aber das Kreischen des Fahrzeugs, das Knirschen des Rades, das Brüllen der Ochsen und das Durcheinander der Menschenstimmen übertönten alles. Erst als er sie erreichte, fiel ihm auf, dass im Missklang des allgemeinen Lärmes, inzwischen das Rumoren der Zugtiere fehlte.

Die gewaltigen Tiere standen mit einem Male still und erschöpft, mit hängenden Köpfen zwischen ihren Deichseln. Ruhig. Ohne jede Panik. Es dauerte einen Augenblick, bis auch die aufgeregten Burgbewohner begriffen hatten, dass die Gefahr vorbei vor. Entschärft von einer dunkel gekleideten Lady, die nun erschrocken den Schmutz und die Schrammen an Cyrus d'Aval entdeckte.

«Was ist geschehen?»

Cyrus wischte knurrend den Schmutz von seinen Händen und musterte sie aufgebracht. «Das sollte ich besser Euch fragen, Lady? Habt Ihr den Verstand verloren? Ihr hättet unter die Hufe dieses Gespannes geraten und Euer Leben verlieren können. Wisst Ihr nicht wie gefährlich gereizte Ochsen sind?»

«Nur wenn ein Schwachkopf auf sie einprügelt.» Sie winkte ab, als wäre es unwichtig weiter darüber zu reden. «Sagt mir lieber was mit Euch passiert ist?»

«Das wüsste ich auch gerne», antwortete er zähneknirschend. «Die Stiege zum Wehrgang ist unter meinen Füßen geborsten, als ich versuchte, Euch noch rechtzeitig vor dieser Dummheit zu bewahren.»

Neuerlich glitten seine Augen zwischen den Ochsen und

der Witwe hin und her, die alle drei ein Bild absoluter Gelassenheit und Beherrschung vermittelten. Sogar die Gaffer ringsum hatten sich wieder zerstreut. Nur der Fuhrknecht stand da wie vom Donner gerührt. Er begriff ebenso wenig wie der Ritter, was Marierose mit den Tieren getan hatte.

«Wäre es Euch lieber gewesen, die Ochsen hätten das Rad aus der Verankerung gerissen?»

Marierose verriet ihm nicht, dass sie gar nicht darüber nachgedacht hatte, was sie tat. Sie hatte gehandelt, um eine Katastrophe zu verhindern. Sie liebte Tiere und sie verstand die Panik der geprügelten Kreaturen. Ihre beruhigenden Hände hatten die beiden Ochsen ebenso besänftigt wie die Tatsache, dass die Schläge aufgehört hatten.

«Es war purer Leichtsinn», warf ihr der Ritter entrüstet vor. «Ihr könnt dem Himmel danken, dass er einen Schutzengel gesandt hat, der Euch vor einem schlimmeren Schicksal bewahrt hat.»

«Es ist immer gut dem Himmel zu danken», hörte er sie sanft sagen und für einen Augenblick glaube er sogar eine Spur von Ironie in ihrer Stimme zu hören. Aber nein, er musste sich täuschen. Gewöhnliche Spottlust passte nicht zum reinen unbescholtenen Gemüt dieser aufreizenden Person.

«Macht so etwas nie wieder», mahnte er und rieb sich mechanisch die Schulter.

Der Schmerz erinnerte ihn an das andere Problem und er trat an die Stiege. Nachdenklich sah er zu den beiden durchgebrochenen Stufen hinauf. Er war kein Zimmermann, aber Holz das so exakt in der Mitte brach, tat dies mit Sicherheit nicht aus natürlichen Gründen. Er wäre bereit gewesen Bylord zu verwetten, dass die beiden Stufen angesägt worden waren. Für Ihn?

«Sie sehen nicht morsch aus ...», sagte eine ruhige Stimme in diesem Augenblick neben ihm.

Die Witwe war ihm gefolgt und er entdeckte eine feine, zerstreute Falte zwischen den hellbraunen Bögen ihrer Brauen. Die turbulenten Ereignisse hatten einen rosigen Schimmer auf ihre Wangen gezaubert, der ihn dazu verlockte mit dem Finger darüber zu streichen, um herauszufinden ob er sich so warm anfühlte wie er aussah. Im letzten Moment unterdrückte er den kindischen Impuls und ließ die Hand wieder sinken. Wie es aussah, hatte er sich den Kopf doch stärker angeschlagen, als er anfangs geglaubt hatte.

«Ihr solltet eher auf Euch achten, statt mir Vorschriften zu machen», sagt sie vorwurfsvoll. «Ihr hättet Euch schlimmer verletzen können.»

Kein Zweifel, ich hätte sogar tot sein können, stimmte ihr Cyrus d'Aval im Geheimen zu. Er warf einen Blick zum Wehrgang hinauf und sann darüber nach, ob ihn sein Rundgang mit dem Burghauptmann zufällig zum Zeitpunkt des Unfalles zu dieser präparierten Stiege geführt hatte. Fügung oder geschickte Planung? Noch ein Rätsel in der langen Liste der Probleme von Nansay Hall.

«Wenn Ihr mir folgt, kann ich Euch einen Balsam für Eure Schulter geben», unterbrach die Witwe unerwartet gesprächig seine Überlegungen.

«Ich bin nicht verletzt», knurrte er gereizt, weil er nicht wusste, wie er mit ihrer Besorgnis um sein Wohlergehen umgehen sollte. «Was habt Ihr überhaupt hier bei den Männern zu suchen? Frauen gehören ins Haus, dort ist ihr Platz und ihre Arbeit.»

Marierose presste die Lippen aufeinander und senkte schnell die Lider, damit er nicht sah wie sehr er sie kränkte. Ein wenig mehr Freundlichkeit und Dankbarkeit für ihr Eingreifen hatte sie sich schon erwartet. Ganz davon zu schweigen, dass sie es abscheulich fand, wenn er sie wie eine dumme Gans ins Haus schickte. Wenn das ein Vorgeschmack darauf sein sollte, wie er seine Ehefrau behandeln wollte, dann musste sie Lady Margaux vielleicht sogar dankbar dafür sein, dass sie diese Verbindung um jeden Preis verhindern wollte.

«Wie Ihr meint.» Aus ihrer Stimme klang immer noch eine Spur von Vorwurf. «Glaubt nicht, dass es meine Absicht gewesen ist Euch meine Hilfe aufzudrängen. Mir taten lediglich die armen Tiere Leid. Der Fuhrknecht hat den Fehler gemacht und sie mussten darunter leiden.»

Sie wandte ihm den Rücken zu und schritt davon. Grußlos. Freilich, ihre Bewegungen, ihre aufrechte Gestalt und die heftige, ungewohnt lange Rede, bewiesen eine Lebhaftigkeit, die der Ritter ihr nie zugetraut hätte. Er sah ihr nach. Die Szene mit den beiden brüllenden Zugtieren stand ihm in aller Deutlichkeit vor den Augen. Es hatte nicht viel gefehlt und der harmlose Zwischenfall wäre zum Drama geworden. Die Witwe benötigte dringend einen Gemahl, der sie davon abhielt ähnlichen Unsinn zu wiederholen. Was fiel ihr nur ein, sich dermaßen in Gefahr zu bringen, weil ein Fuhrknecht seine Ochsen prügelte?

Hinter ihm hatte eben dieser Fuhrknecht seine Zugtiere endlich wieder auf den richtigen Weg gebracht. Die massigen Tiere trotteten mit ihrer Fracht hinter seinem Rücken weiter. Es kam ihm vor, als bebe der Burghof unter ihren Hufen. Der Gedanke, dass sie fast das zierliche Rückgrat der störrischen Witwe gebrochen hätten, machte ihm mehr zu schaffen, als der eigene Unfall.

Warum glaubte dieser Holzklotz von einem Mann eigentlich nicht, dass er in Lebensgefahr schwebte? Marierose entdeckte zu ihrer Überraschung, dass sie sich sehr wohl einerseits um den neuen Burgherrn sorgen und ihn andererseits aus tiefster Seele verabscheuen konnte. Frauen gehören ins Haus. Wenn Lady Margaux solche Dinge sagte, dann war das nicht weiter überraschend. Aber dass ER sie dermaßen rüde abwies, obwohl sie nichts anderes als Hilfe im Sinn gehabt hatte, tat weh.

Wann begriff der Ritter endlich, dass Nansay Hall eine Welt mit eigenen Gesetzen und eigenen Gefahren war? Was musste sie tun, damit er ihre Warnungen ernst nahm? Und warum konnte sie nicht einfach in ihrer Kammer bleiben, die Hände falten und den Dingen ihren Lauf lassen? Was trieb sie dazu, jeden seiner Schritte zu belauern und sich um einen Kerl zu sorgen, der in seiner selbstherrlichen Arroganz gar nicht merkte, dass sich weder Lady Margaux noch ihr Neffe und Helfershelfer einen Deut um ritterliche Tugenden scherten?

Gils Mutter hatte ihrem Gemahl nie verziehen, dass er darauf verzichtet hatte, seinen Einfluss beim König geltend zu machen. Im Gegensatz zu vielen anderen Männern, die bei Hastings dem Eroberer zum Sieg verholfen hatten, genügte es ihm in den Norden zu gehen. Er war zufrieden mit seinem Lehen und seinem Leben an der Grenze zu Schottland, und seine Lady war gezwungen gewesen, dies zu akzeptieren. Ihr Drang nach Macht, ihr Anspruch auf Bedeutung, hatte sich mit den Jahren jedoch keineswegs verloren. Nach dem Tode ihres Gatten riss sie die Herrschaft über Burg und Lehen an sich und Gil hatte nie einen Versuch unternommen, sich gegen seine Mutter zu behaupten. Jetzt hielt sie für ihr gutes Recht, was von Anfang an nur Eigenmächtigkeit gewesen war.

«Was ... was tut Ihr hier?»

Marierose hatte ihre Kammer erreicht und starrte Blanche von Bolton an, die in einer Fensternische saß und nun ihre Stickarbeit sinken ließ.

«Der Seigneur hat befohlen, dass ich Euch Gesellschaft leiste.» Blanche lächelte unbeschwert und die zahllosen Sommersprossen auf ihrem feinen Nasenrücken tanzten bei jeder Bewegung. «Meine Mutter schäumt, Lady Margaux grollt, aber keine von ihnen hat gewagt, ihm zu widersprechen. Ich kann gar nicht sagen, wie froh ich bin, den Damen dort unten zu entkommen.»

Marierose ertappte sich dabei, dass sie das Lächeln des jungen Mädchens erwiderte. Nur Blanche wagte ihr manchmal Freundlichkeit zu zeigen. Im nächsten Augenblick jedoch wurde sie wieder ernst.

«Ich brauche keine Gesellschaft. Sagt das dem Ritter und lasst mich allein.»

«Aber ...» Blanche stand verwirrt auf. Ihr Stickzeug fiel zu Boden.

«Es geht nicht gegen Euch. Aber ich kann besser alleine beten. Geht zu Eurer Mutter, Blanche.»

Blanche von Bolton beugte sich verletzt nach ihrem Sticktuch und ging zur Tür. «Ich dachte wir könnten Freundinnen werden», sagte sie tonlos.

Sie tat Marierose Leid, aber sie wagte die gebotene Freundschaft nicht anzunehmen. Sie kannte Blanche zu wenig und fürchtete Lady Margaux zu sehr. Sie schwieg und legte hinter dem jungen Mädchen den Riegel um, ehe sie mit dem Rücken gegen die Tür sank. In Blanches Beisein wäre es unmöglich gewesen den Plan in die Tat umzusetzen, der in ihrem Hinterkopf immer konkretere Gestalt annahm.

Bei aller Entrüstung wollte sie dennoch nicht tatenlos zusehen, wie Cyrus d'Aval in diesem Spiel unterlag, nur weil er die Regeln des Ritterstandes achtete und seinem König gehorchte. Sie brachte die Stimme ihrer Vernunft gewaltsam zum Schweigen, die ihr davon abriet sich für einen Mann in Gefahr zu begeben, der es ihr nicht einmal dankte. Wenn er nicht auf Marierose hörte, dann würde ihm eben Liliana den Ernst der Lage vor Augen führen müssen.

Es trieb sie förmlich hinaus in den Wald und an das Ufer des alten Druidenteiches, egal welches Risiko sie mit ihrer geschlossenen Tür und ihrem Verschwinden einging. Würde er dort auf sie warten, obwohl Tage seit der Jagd vergangen waren?

Mit einem Male wollte sie nicht langer ehrenwert und gelangweilt, fromm und gehorsam sein. Sie sehnte sich nach dem Duft des Waldes und nicht nach jenem von kalter Asche und muffigem Kampfer, den Lady Margaux mit ihren Rocksäumen verteilte. Das Blut in ihren Adern floss seit dem Streit im Burghof schneller. Alles war unwichtig geworden, außer der Tatsache, dass Cyrus d'Aval an Liliana mehr Gefallen fand als an Marierose.

Wenig später eilte sie auf dem Klippenpfad zum Buschwerk am Waldrand hinauf. Über ihr zeichnete die schräg stehende Sonne scharfe Schatten auf die Erde, während das Meer zu Füßen der Klippen wie der silbern beschichtete Spiegel glänzte, den sie einmal besessen hatte. Eine leichte Brise zerrte an ihrem Wams und sie drückte die Kappe fester auf ihre kurzen Locken.

Reine Eitelkeit hatte sie davon abgehalten, die übliche Schutzschicht aus Dreck und Lehm auf Gesicht, Hände und Haare aufzutragen. Es hatte ihr ohnehin stets widerstrebt, die Maskerade mit diesen unerfreulichen Mitteln auf die Spitze zu treiben.

Der Wald von Nansay umfing sie mit dem weichen, besonderen Licht eines späten Mainachmittages. Die vielfältigen Stimmen des Vogelkonzertes mischten sich mit dem Rauschen der Blätter und den kaum hörbaren Lebenslauten der übrigen Waldbewohner, die unter Blättern und Nadeln, Erde und Rinde, Nahrung und Schutz suchten. Marierose verlangsamte ihre Schritte und sog die balsamische Luft in tiefen Zügen ein. Die besänftigende Wirkung des Waldes tat ihr gut. Sie half die Dinge zu ordnen, welche die Ankunft des Ritters und der königliche Befehl, den er in seinem Gepäck mit sich führte, durcheinander gebracht hatten.

Bis zu seinem Erscheinen hatte sie sich in ihr Leben gefunden und die unabänderlichen Tatsachen geduldet. Nun aber brachen so viele Fragen, Möglichkeiten und Hoffnungen in ihr auf, dass sie kaum noch wusste woher sie zuvor die Fügsamkeit und die Geduld genommen hatte, die ihr der Alltag in Nansay Hall abforderte.

Die Lähmung, die sie seit Gils unerwartetem Tod umfangen hielt, war mit einem Male geschwunden. Sie empfand etwas, das ihr so fremd und so seltsam anmutete, dass sie erst über einen Namen dafür nachdenken musste. Konnte es Hoffnung sein?

Achtes Kapitel

Im Wald von Nansay
30. Mai 1091

«Wo bist du gewesen?»

Er klang mürrisch, dennoch atmete Marierose ein wenig schneller. Ihr Gefühl hatte sie nicht getrogen. Er war gekommen und er lastete ihr all die anderen Male an, bei denen er umsonst auf sie gewartet hatte.

«Ihr habt mich erschreckt.» Sie vermied die direkte Antwort auf seine Frage.

«Und du hast mich besorgt. Wo hast du gesteckt? Warum hast du mich auf die Folter gespannt?»

«Ich bin Euch keine Rechenschaft schuldig.»

Sie wagte einen vorsichtigen Blick unter der Kante ihrer Kappe heraus in die goldenen Luchsaugen und gewahrte unbehaglich, dass er sie wütend fixierte. Sein Zorn erschreckte und erfreute sie zugleich. Liliana hatte die Macht zu verärgern, wo Marierose nur gleichgültige Freundlichkeit bekam. Um ihre Gedanken zu verbergen, drehte sie ihm den Rücken zu und ließ das vertraute Bild des Weihers auf sich wirken.

Die schräg stehende Sonne berührte die Baumspitzen und färbte das Wasser zu heller Bronze. Kleine Mücken flirrten im goldenen Licht und ein paar Frösche quakten auf der Suche nach Gesellschaft. Das träge Summen wilder Bienen füllte die Luft. Es roch nach Moor und Moos, nach frischen Kräutern, nach Pferd und Leder. Ihr Herz beschleunigte sich auf die bereits vertraute Weise, als sie spürte, dass er hinter sie trat.

«Verzeih!» Berührt von dem zierlichen Nacken, der so zerbrechlich und weiblich unter der hässlichen Mütze aus dem Wams stieg, rutschten Cyrus d'Aval die Worte gegen seinen Willen heraus. «Es scheint, ich vergesse jedes Mal auf mein Benehmen, wenn wir uns treffen. Halt' es meiner Sorge um dich zu Gute. Ich wusste nicht, ob dir etwas zugestoßen ist.»

Marierose versuchte tief durchzuatmen. Es war bestimmt nicht gut, wenn er herausfand, wie seltsam sie auf seine Gegenwart reagierte. Ihre Glieder schienen weich zu werden und ihre Haut glühte, wenn sein Blick sie traf. Sie fühlte sich benommen und seine unerwartete Entschuldigung trug nicht dazu bei, dass sie ihre Fassung schneller wieder fand.

«Ich bin hier und ich bin heil und gesund», entgegnete sie in ihrer Befangenheit viel zu schroff. «Was man von Euch wohl nicht sagen kann, Seigneur. Ich habe gehört, dass Ihr Euch fast den Hals gebrochen hättet.»

Cyrus d'Aval runzelte die Stirn. «Du weißt Dinge, von denen ich dachte, dass sie nicht über die Burg hinaus getragen werden.»

«Ihr vergesst, dass das Gesinde aus Whitby und den umliegenden Dörfern stammt.» Marierose log nicht und das verlieh ihren Worten überzeugende Glaubhaftigkeit. «Die Leute tratschen gern. Sie fragen sich, ob sie unter einem neuen Herrn ein besseres Los zu erwarten haben als unter dem alten Regiment. Sie sind zurückhaltend und schwer zu überzeugen hier im Norden. Sie mögen keine Veränderungen. Sie haben gerade erst akzeptiert, dass sie jetzt von Normannen regiert werden.»

«Willst du mir mitteilen, dass sie keine Tränen an meinem Grab vergießen werden, wenn ich bei ihnen das Zeitliche segne?»

Marierose gab den verdrossenen Laut von sich, der vor vielen Jahren für ihren kleinen Bruder reserviert gewesen war. Der Erbe des Rosenturmes, der nach vier älteren Schwestern das Leben erblickt hatte, hatte es bestens verstanden die Mädchen zur Weißglut zu treiben. Auch Cyrus d'Aval besaß dieses zweifelhafte Talent. War es allen Männern eigen? An Gil erinnerte sie sich nur freundlich, liebenswürdig und gutmütig.

«Ich will damit sagen, dass sie vorerst keine Partei für oder gegen Euch ergreifen werden, Seigneur. Wieso habt Ihr Lucien de Belcastel nicht einfach in das Verließ von Nansay Hall geworfen. Ihr lasst einen Mörder frei herum laufen und neue Pläne schmieden.»

Jetzt war der Ritter mit Unmut an der Reihe. «Mit welcher Begründung?»

«Genügt es Euch nicht, dass er mit vergifteten Pfeilen nach Euch schießt? Dass er Treppenstufen ansägt und vermutlich bereits eifrig dabei ist, den nächsten Anschlag auf Euer Leben zu ersinnen?»

Marierose wandte dem Ritter ihr empörtes Antlitz mit den flammenden Augen zu. Die letzten Sonnenstrahlen verwandelten das helle Grün und zorniges Blitzen. Fürchtete sie tatsächlich so sehr um seine Sicherheit?

Cyrus d'Aval hatte eine sarkastische Bemerkung auf der Zunge, dann jedoch schluckte er sie wieder hinunter. Der letzte Mensch, der sich mit solcher Leidenschaft um sein Wohlergehen gesorgt hatte, war seine Mutter gewesen. Die Dame war schon so lange tot, dass er sich kaum mehr an ihr Gesicht erinnern konnte. Nur an ihre Wärme, ihre Weichheit, ihre Sanftheit, die grenzenlose Zärtlichkeit ihrer liebevollen Umarmungen.

Von ihr hatte er nur Gutes erfahren, im Gegensatz zu seinem Vater, der den jüngsten seiner Söhne schon mit sechs Jahren zum Knappendienst geschickt und aus seiner Erinnerung gestrichen hatte. Söhne waren gut, aber das Haus d'-Aval war zu klein, um auf fünf junge Wölfe aufgeteilt zu werden. Seit jener Zeit hatte es keine Frau mehr gegeben, die sich um sein Wohlergehen kümmerte. Es hatten einige seinen Weg gekreuzt, die ihn als Mann geschätzt, die seine Stärke und seine Fähigkeit bewundert hatten, einer Frau Genuss zu bereiten. Aber keine, der es ein solches Anliegen war, ob er lebte oder starb, wie dies bei Liliana der Fall zu sein schien.

«Schtscht ...», versuchte er sie zu beruhigen. «Ich beabsichtige nicht so schnell zur Hölle zu fahren. Weder für Nansay Hall, noch für irgendeinen Menschen. Und schon gar nicht, ehe ich dich in meinen Armen gehalten habe, meine wilde Waldfee.»

Er sah die Röte in ihre blassen Wangen steigen und ihre Lider mit den unendlich feinen, dichten Wimpern flatterten, als könne sie selbst nicht entscheiden, ob sie ihn ansehen oder die Gefahr besser meiden sollte.

«Sagt nicht solche Dinge, Ihr versündigt Euch gegen Gott den Herrn.»

Die Tatsache, dass sie nur den ersten Teil seiner Rede kommentierte, entlockte ihm ein leises Lachen. «Vergessen wir die Hölle, meine Schöne, wenden wir uns der Wirklichkeit zu. Wo bist du gewesen?»

Genau diese Frage hatte Marierose gefürchtet. Sie hatte Liliana zum Leben erweckt, ohne sich Gedanken über das Leben ihrer Fantasiefigur zu machen.

«Lasst mir meine Geheimnisse, Seigneur ...»

«Was bietest du mir im Austausch dafür?»

«Ich besitze nichts, dass für einen Seigneur von Interesse sein könnte.»

«Das möchte ich bestreiten.»

Marierose vergaß zu atmen. Diesmal rettete sie kein Jagdhorn. Sie erschauerte als seine Hände über ihre Arme und Schulten nach oben glitten, bis sie ihre Wangen mit langen, Besitz ergreifenden Fingern umfassten. Fest und beschützend, freilich doch so sanft, dass ihren Lippen ein leiser Seufzer entfloh, ehe er sie mit seinem ersten Kuss versiegelte.

Es geschah ohne bewusstes Überlegen, dass sie sich in die Umarmung und den Kuss hinein fallen ließ. Eines stand indes fest, sie würde keine Abbitte dafür leisten, Liliana war frei. Sie hatte weder einen Eid geschworen, noch musste sie Rücksichten nehmen. Sie konnte tun was sie wollte. Die gehorsame Witwe in ihr wusste vielleicht nicht so genau, was dieses Wollen bedeutete, aber auch sie ahnte, dass sie nur in den Armen dieses Mannes eine Antwort finden konnte.

«Liliana», raunte Cyrus d'Aval mit angespannter Stimme und der nächste Kuss war noch heißer, gründlicher. Er drang in die Tiefen ihres Mundes ein und verwirrte sie mit seinem ungewohnten Geschmack nach Mann und Leidenschaft. Er fand glühenden Widerhall in ihrem Herzen und schwächte sie so nachhaltig, dass sie ihre Arme um die breiten Schultern des Ritters schlingen musste, damit sie Halt fand und nicht taumelte.

Cyrus d'Aval hatte keinen großen Widerstand erwartet, aber die andächtige Hingabe mit der Liliana auf seine Liebkosungen reagierte, überraschte ihn dennoch. Ihre Küsse schmeckten nach Honig und Rosen, aber sie waren auch auf süße Weise einmalig und unschuldig. Ihre zierliche Gestalt fühlte sich in der Umarmung nicht länger zerbrechlich, sondern biegsam und gelenkig an. Sie war genau die Art von Muße, die ein Mann benötigte, der den lieben langen Tag nichts als Ärger gehabt hatte.

«Wie bezaubernd du bist, meine Schöne.» Er zog ihr die Kappe von den Haaren und pustete in die feinen silberfarbenen Löckchen, die ihr das Koboldaussehen gaben und sie so absolut einmalig und unverwechselbar machte. «Sag', hast du bei den Gauklern einen Mann gehabt? Wieso hat er dich allein gelassen?»

«Er ist gestorben», erwiderte Marierose der Wahrheit entsprechend. «Lass uns nicht von ihm reden. Es macht mich traurig an ihn zu denken. Er hatte ein verschwendetes Leben, das ihm wenig Glück brachte.»

Cyrus sah den Schatten, der ihre schönen Augen für einen Augenblick farblos und grau machte und ihn auf irritierende Weise an etwas erinnerte. Etwas das er wissen und berücksichtigen sollte, nur fiel ihm nicht ein, um was es sich dabei handeln konnte. Wie sollte er auch denken, wenn sich eine sanfte Hand an seine Wange legte und liebevolle Finger über seine Haut strichen. Liliana besaß eine Kühnheit des Benehmens die ihn faszinierte.

«Ich will nicht, dass du traurig bist», raunte er und drehte den Kopf, so dass er die Innenfläche dieser Hand küssen konnte.

Marierose spürte die Berührung der warmen Lippen und erschauerte vor Glück. Sie versuchte sich zu erinnern, weshalb sie gekommen war, aber der Verstand gehorchte ihr inzwischen ebenso wenig wie ihr Körper. Beide hatten sich darin verschworen sie Dinge fühlen zu lassen, die jeden Funken Vernunft vertrieben.

«Hab keine Angst.» Cyrus d'Aval küsste inzwischen ihr Handgelenk und sie spürte seine Zunge am Jagen ihres Pulses. «Ich weiß, wie man eine Frau glücklich macht, kleine Waldfee.»

Eine lästige kleine Stimme in ihrem Kopf mahnte Marierose, dass das nur schöne Worte sein konnten, die sie einlullen sollten, aber Liliana setzte sich darüber hinweg. Was hatte sie schon zu verlieren? Aber wie viele kostbare Erinnerungen konnte sie stattdessen gewinnen? Wenigstens einmal wollte sie den Zauber kennen lernen, der zwischen Mann und Frau entfacht wurde und um den Gil sie so tragisch betrogen hatte.

«Zeigt es mir, Seigneur», hauchte sie aus diesem Grund. «Ich würde gerne einmal richtig glücklich sein.»

Sie sah ihn aus großen, glänzenden Augen an, die das dunkle Grün der Eiben widerspiegelten. In ihren Tiefen lag trotz aller Herausforderung auch ein Hauch von Verletzlichkeit. Er mahnte Cyrus d'Aval, die eigenen Wünsche zu zügeln, die nichts von Zärtlichkeit und Verzögerung wissen wollten.

Jeden Tag dieser vermaledeiten Woche war er mit dem Ziel in den Wald gegangen, Liliana zu finden und zu besitzen. Auch wenn ihm dieser Umstand jetzt erst klar wurde, änderte er nichts an der Dringlichkeit seines Wunsches. Er presste seine Lippen auf die schlanke Säule des Halses, der ihn von Anfang an zu dieser Liebkosung gereizt hatte. Er entdeckte den schnellen Strom ihres Blutes, das Jagen ihres Herzens. Sie wusste, dass sie ihm gehörte!

Marierose fühlte seinen Triumph in ihrer Berührung, aber sie verspürte auch Empfindungen, die ihm selbst noch nicht ins Bewusstsein gedrungen waren. Eine Sehnsucht und eine Einsamkeit, die der ihren glichen. Diesem Manne konnte sie sich nicht verweigern. Sie folgte ihm willig, als er sie auf einen umgestürzten Baumstamm zog, dessen Wipfel halb im Wasser lag und der mit seiner breiten moosbedeckten Fläche eine duftende natürliche Bank abgab. Sie kam auf Cyrus' Schoß zu sitzen und vergrub ihr brennendes Gesicht an seiner Schulter, während er die Schnur ihres Wamses löste und es so geschickt über ihre Schultern und Brüste schob, dass sie erst an der Sonne auf ihrer Haut merkte, was geschah.

Ein leises Stöhnen stieg aus ihrer Kehle und wurde von einem feurigen Kuss erstickt. Zielstrebige Hände umfassten ihre Brüste, ergötzten sich an ihrer Fülle, ihrer Festigkeit und verwandelten die rosigen Spitzen in pochend harte Perlen. Sie pressten sich in verräterischem Begehren gegen Handflächen, die vom Gebrauch der Zügel und des Schwertes rau, aber verführerisch und raffiniert die unglaublichsten Reize auslösten. Marierose bewegte sich unruhig auf seinem Schoß.

«Was tut Ihr ...»

Die naive Frage entlockte ihm ein Lachen. «Was wohl, mein Herzchen? Ich liebkose deine hübschen Brüste, die wie geschaffen dafür sind, einem Mann Entzücken zu bereiten.»

Da er gleichzeitig die bewunderten Hügel mit Küssen übersäte erhielt er nur ein lustvolles Seufzen zur Antwort.

«Siehst du», setzte er sein Spiel fort. «Es gefällt dir also, von mir geliebt zu werden.»

Marierose kam nicht dazu, darüber nachzudenken, dass er unter «lieben» etwas anderes, handgreiflicheres verstand wie sie. Die sanfte Brise des sinkenden Nachmittags verbündete sich mit seinen Zärtlichkeiten und strich erregend über ihre Blöße. Sie kühlte die feinen Schweißperlen an ihren Schläfen und ihre erhitzten Brüste.

«Wie schön du bist, Liliana. Eine Prinzessin aus Mondschein und Silber. Nie hab' ich ein Mädchen wie dich im Arm gehalten ...»

Liliana. Marierose hielt sich an diesem Namen fest. Das

hier geschah Liliana, der Abenteurerin. Es hatte nichts mit Marierose von Nansay zu tun. Liliana war kühn und leidenschaftlich, sie vergrub ihre Fingerspitzen in der schweren, überraschend weichen Mähne des Ritters und dehnte sich unter seinen gewagten Zärtlichkeiten.

Seine heißen Küsse kosteten ihre Brüste und umschmeichelten die stolzen Knospen, so dass feurige Pfeile der Lust von dort in die geheimnisvollen Bereiche ihres Schoßes zuckten. Als sich die Männerlippen um eine der Spitzen schlossen und Zungenspitze, wie Zähne neckten und verführten, wurde ihr Atem schwerer. Leises Wimmern ersetzte die Seufzer und die unruhigen Bewegungen ihres hübschen festen Hinterteiles auf seinem Schoß entlockten auch Cyrus d'Aval einen heiseren Laut der Begierde.

«Bei Gott, Liliana, du bist geschaffen, einen Mann um den Verstand zu bringen», ächzte er und knirschte mit den Zähnen. «Du machst mich wahnsinnig vor Verlangen, meine Süße.»

Der Vorwurf drang dunkel in den Nebel des sinnlichen Begehrens, das Marierose umfangen hielt. Machte sie etwas falsch? Sie wollte nicht, dass er aufhörte. Sie würde sterben, wenn er sie jetzt von sich stieß. Gil hatte das getan, als sie sich ihm ein einziges Mal im Alkoven genähert hatte. Er hatte ihren Körper, ihre Berührungen, ihre Zärtlichkeiten nie gewollt.

«Verzeiht», entschuldigte sie sich im Versuch ihn zu besänftigen. Sie erntete ein atemloses Lachen, das den Ritter für einen Augenblick davon abhielt, die Bänder der Knabenhose zu lösen, die über ihren schmalen Hüften geknüpft waren.

«Kein Grund zur Reue», schmunzelte er und amüsierte sich über die Mischung aus sinnlicher Betörung und treuherziger Unschuld die sie verströmte. «Ich leide gerne, wenn ich von einer so bestrickenden kleinen Hexe gefoltert werde. Mach nur weiter, wenn es dir gefällt. Du wirst schon sehen, was du davon hast.»

Während Marierose sich noch fragte, wie er diese Worte gemeint haben konnte, befreite er sie mit dem Geschick eines Mannes, der eine gewisse Übung in diesen Dingen hatte, von ihren Kleidern. Wenngleich er sich im Stillen sagte, dass er noch nie eine so verführerische Gestalt aus ländlichen Knabenkleidern befreit hatte. Wie würde sie erst aussehen, wenn sie Seide und Schleierstoffe trug, Bänder, Schmuck und all die törichten Kleinigkeiten die Frauen anlegten um ihre Schönheit zu betonen?

«Du hast all dies nicht nötig», raunte er, als könnte sie an seinen Gedanken teilhaben. «Der Himmel hat Vollkommenheit geschaffen, als er dir Leben einhauchte. Wie schön du bist, Liliana.»

In seinen goldenen Augen stand schrankenlose Bewunderung und Marierose vergaß ihre Scheu unter dem Leuchten dieses Blickes. Sie ließ die Hände sinken, die sie instinktiv gehoben hatte, um sich zu verbergen. Unter Gils Kostüm waren eine winzige Taille, überraschend volle Brüste und lange, schlanke Beine verborgen gewesen. Sie hatte ihrem Körper dennoch keine Aufmerksamkeit geschenkt. Er war nicht begehrenswert. Sie wusste, dass es an etwas Wichtigem fehlte, sonst hätte Gil nach ihm verlangt. Sonst hätte er sie geliebt, wie die Gatten ihrer Schwestern ihre Frauen liebten.

Sie schob die dummen Gedanken gewaltsam von sich. Sie sah lieber in das Antlitz des Ritters, dem sie gefiel. Es tat gut, von ihm bewundert zu werden. Bei ihrer Heirat war sie eine knabenhaft schlanke Fünfzehnjährige gewesen, noch ein wenig ungelenk wie ein junges Fohlen und bereit für ein Abenteuer, das sie nie kennen gelernt hatte. Ihr Körper mochte inzwischen der einer Frau geworden sein, ihre Seele gehörte noch der verträumten Jungfer, die sich selbst die Schuld daran gab, dass ihr Leben eine so tragische Wende genommen hatte.

«Ich muss dich haben», hörte sie den Ritter mit so angestrengter, fremder Stimme keuchen, dass sie sich augenblicklich wieder um ihn sorgte.

Die Sonne hatte jetzt die Spitzen der Bäume erreicht und ihr rötliches Licht ließ Flammen in seinen goldenen Augen aufleuchten. Seine Blicke brannten sich in ihre blasse Haut, als wolle er sie für immer als die Seine markieren. Wusste er nicht, dass sie ihm längst gehörte?

«Komm, meine Kleine ...»

Cyrus d'Aval breitete einen Umhang auf dem Moos aus und schlüpfte ungeniert aus seinen Kleidern. Ehe sie sich von dem Schock erholt hatte, den ihr der Anblick des muskulösen Männerkörpers und seines unverkennbaren Begehrens versetzte, befand sie sich bereits in seinen Armen und lag unter ihm. Der Ritter verschwendete keinen einzigen Gedanken an die Möglichkeit, dass ihr all dies zum ersten Male passierte.

In einem Anflug jäher Panik stemmte sie die Handflächen gegen seine breite Brust und versuchte sich unter ihm hervorzuwinden. Wieso setzte er nicht das zärtliche Spiel der Küsse und sanften Berührungen fort? Was hatte seine Züge auf so eigenartige Weise verhärtet, dass er ihr jetzt fremd und bedrohlich vorkam?

«Es ist zu spät.» Er unterband jede Gegenwehr, indem er ihre Hände an den Gelenken fasste und über ihrem Kopf festhielt. Das dunkle Dreieck seiner spröden Brusthaare reizte die sensiblen Spitzen ihrer Brüste und Marierose spürte in allem Schrecken auch wieder das Aufflackern der Lust. «Du kannst nicht mehr zurück, Liliana. Hast du schon vergessen, wie Männer sind?»

Marierose biss sich auf die Lippen. Sie wusste nicht wie Männer waren. Aber das konnte sie schlecht sagen. Schon gar nicht, wenn seine Lippen jeden Widerspruch von ihrem Mund pflückten und seine Zunge sich unerbittlich tief in die warme, süße Tiefe hinter ihren Zähnen vorwagte. Der leidenschaftliche Ansturm aus Küssen und erotischen Zärtlichkeiten entwaffnete sie. Ihr Körper war hungrig und wollte nichts von Vorsicht wissen. Er antwortete mit hitzigem Begehren und floss der Hand entgegen, die sich in ihren Schoß drängte, um zu streicheln, zu suchen und zu plündern.

Mehr an Aufforderung bedurfte es für Cyrus d'Aval nicht. Er spreizte die schlanken Beine und vollendete die Eroberung, indem er seinen mächtigen Phallus zwischen die begehrlich feuchten Lippen ihrer Weiblichkeit führte. Er war so mit seinem eigenen Drängen beschäftigt, dass er nicht einmal bemerkte, dass Liliana unter ihm erstarrte. Als er erbarmungslos zustieß und jenen Schmerz verursachte, der Marierose wie ein scharfes Messer aus dem Glühen ihrer Leidenschaft riss, war er bereits die hilflose Beute seines eigenen Verlangens.

Ernüchtert, enttäuscht und wütend über sich selbst, blieb Marierose reglos liegen, als er über ihr zusammenbrach. Sie bekam kaum Luft und ihr Herz hämmerte in viel zu schnellen Schlägen. Was war geschehen? Was hatte sie bloß falsch gemacht? Irgendetwas musste sie falsch gemacht haben, sonst hätte sie doch kaum diese grässliche Pein verspürt. Sonst würde Cyrus d'Aval nicht wie ein gefällter Baum über ihr liegen und stöhnen als habe seine letzte Stunde geschlagen.

Als er sich endlich von ihr rollte und mit geschlossenen Augen liegen blieb, nutzte sie unverzüglich die Gelegenheit. Sie erhob sich so schnell und lautlos, dass er es im ersten Moment gar nicht wahrnahm. Der Nachhall einer nie erlebten Leidenschaft trübte sein Bewusstsein. Keine Frau hatte ihn jemals in solche Verzückung versetzt, wie Liliana.

«Meine Süße», murmelte er und tastete nach ihr.

Bei dem Atemzug mit dem ihm klar wurde, dass die Dinge nicht so waren, wie sie sein sollten, war es schon zu spät. Er fuhr hoch und sah eben noch einen blassen Schatten zwischen den Eiben verschwinden. Seine Waldfee hatte in Windeseile ihre Kleider zusammengerafft und floh Hals über Kopf. Weshalb, bei allen Heiligen?

Er starrte auf die Stelle, wo sie eben noch gelegen hatte. Ein paar Ameisen und Käfer flitzten über den Stoff zu einem dunklen Fleck. Neugierig rieb er mit dem Finger darüber. Blut? Blut von Liliana? Unmöglich!

Neuntes Kapitel

Nansay Hall
30. Mai 1091

Benommen stützte sich Marierose auf das Geländer des kleinen Söllers. Sie starrte auf das Meer hinaus, ohne etwas zu sehen. Unter ihrer gewohnten Rüstung aus dunkler Wolle und sittsam gefaltetem Leinen, raste ihr Herz als könne es nie wieder seinen normalen Rhythmus finden. Sie hätte gerne in einen Spiegel geblickt, um herauszufinden, ob man es ihr ansah? Was hatte sie getan? Welche Kühnheit? Welche Dummheit?

Es hätte des ungewohnten Schmerzes in ihrem Leib nicht bedurft, um die ständige Erinnerung an die Geschehnisse in ihr wach zu halten. Mit welchem Bann hatte Cyrus d'Aval sie belegt? Was war das nur für eine Wirrnis der Gefühle und Gedanken, die er in ihr wach gerufen hatte und die sich nun wie ein Bündel verwickelter Stickfäden in alle Richtungen schlängelten und jede normale Ordnung verweigerten.

«Neiiin! Lasst mich ...»

Der schrille Schrei riss Marierose aus ihren Gedanken. Eine Frauenstimme in ihrem Gemach? Nein, auf der Treppe draußen. Sie trat in die Kammer zurück, durchquerte sie mit schnellen Schritten und riss den Riegel ihrer Tür zurück. Im Halbdämmer des Ganges dauerte es ein wenig, bis sie die dunklen Schatten erkennen konnte. Lucien de Belcastel und eine Frau die sich mit Händen und Füßen gegen seinen Übergriff wehrte.

«Lasst sie los! Was untersteht Ihr Euch!»

Marierose erhob so selten die Stimme, dass Belcastel, verblüfft von dem scharfen Befehl, sein Opfer freigab. Blanche von Bolton taumelte mit hochrotem Gesicht aus seiner Reichweite. Der Schleier war aus dem Reif über ihren Haaren gerissen und das Vorderteil ihres Kleides klaffte, so dass ihre Brüste cremig blass zwischen hellgrünem Samt leuchteten. Hastig legte sie die Hände darüber und flüchtete an Marieroses Seite. In ihrem hochroten Gesicht stand helles Entsetzen.

«Ihr seid schlimmer als der gemeinste Strauchdieb!» Marierose vergaß sich wie üblich zu zügeln. Der Übergriff des Burghauptmannes auf eine wehrlose Jungfer war der Tropfen, der das Fass zum Überlaufen brachte. Sie hatte keine Geduld mehr mit Männern. «Schert Euch fort, Ihr habt in meinem Turm nichts zu suchen.»

«Schau an, unsere Äbtissin zeigt Feuer.» Belcastel grinste hinterhältig und richtete so herausfordernd seine Beinkleider, dass Blanche noch tiefer errötete.

Marierose spürte die Bedrohlichkeit der Geste. Ihre Erlebnisse sorgten zudem dafür, dass sie jäh Angst vor dem eigenen Mut bekam. Sie zog Blanche überstürzt in ihre Kammer und schlug hastig die Tür hinter ihnen beiden zu. Während Belcastel draußen hämisch lachte und seine Schritte sich entfernten, sahen sie sich an und suchten gemeinsam nach Worten.

Blanche fand sie zuerst.

«Ich weiß nicht, wie ich Euch danken soll, Mylady», schluchzte sie. «Ich hatte noch nie so viel Angst. Er hätte mich vergewaltigt, wenn Ihr mich nicht gerettet hättet. Ich hätte nie gedacht ... Hier im Haus glaubte ich sicher zu sein, aber er hat mich einfach gepackt, als wäre ich eine Küchenmagd, die ihm zu Diensten sein muss. Er verfolgt mich schon seit Wochen, aber bisher konnte ich ihm immer aus dem Wege gehen.»

Marierose wusste nichts anderes zu tun, als ihr beruhigend über den Rücken zu streichen. «Er hat es ausgenutzt, dass Ihr allein wart. Wieso seid Ihr nicht bei Lady Margaux und ihren Damen?»

Blanche schluchzte noch heftiger. Sie schlug die Hände vor ihr Gesicht.

«Ich habe gewartet, dass Ihr es Euch vielleicht anders überlegt», verriet sie kaum verständlich vor Weinen. «Ich ... ich wollte nicht zu diesen alten Frauen und ihren ständig gleichen Klagen zurück. Ich war doch so froh, dass ich ihnen endlich entkommen bin. Aber ... dann hat es solange gedauert und ich habe nichts von Euch gehört. Also habe ich mich auf die Treppenstufen gesetzt und da bin ich wohl ein wenig eingenickt. Bis plötzlich der Burghauptmann ...»

«Schon gut», beruhigte Marierose das erschütterte Mädchen. «Am besten vergesst Ihr die ganze Sache auf dem schnellsten Wege.»

«Er hat mein Kleid zerrissen», protestierte Blanche entrüstet. «Meine Mutter wird mich schelten, wenn sie es sieht. Sie wird mir nicht glauben, dass ich nichts dafür kann. Sie wird mich strafen.»

Marierose verzog das Gesicht. Lady Margaux und ihre liebste Gesellschafterin hatten auch die Art gemeinsam, mit der sie ihre Töchter behandelten.

«Wir werden sehen, ob wir es nähen können, Blanche. Nun beruhigt Euch doch endlich. Es tut mir Leid, dass ich Euch fortgeschickt habe. Ich werde es nie wieder tun. Ich verspreche es Euch. Bleibt bei mir und lasst uns vereint den alten Frauen Trotz bieten.»

«Oh, ich danke Euch!» Unter Blanches Tränen breitete

sich ein zaghaftes Lächeln aus. «Ihr werdet es nicht bereuen. Ich will Euch eine gute Freundin und Gefährtin sein.»

«Ja, sicher.» Marierose wollte in diesem Moment nichts weniger als eine Freundin und Gefährtin, aber sie konnte Blanche nicht im Stich lassen. Sie öffnete ihre Truhe und suchte nach Nadel und Faden. «Dort im Krug ist Wasser. Wascht Euch das Gesicht, dann werdet Ihr Euch gleich besser fühlen.»

Blanche folgte dem Rat und sah sich um. «Wo habt Ihr Euren Spiegel? Ich muss meinen Schleier richten.»

«Es gibt keinen Spiegel», erwiderte Marierose knapp. «Setzt Euch hier ans Licht, damit wir sehen können, wie wir den Schaden beheben. Danach helfe ich Euch mit Eurem Schleier.»

«Sie hat Euch den Spiegel genommen, nicht wahr?» Je mehr sich Blanche beruhigte, umso gesprächiger wurde sie. «Auch den Schmuck, die Kleider, die Teppiche und alles andere. Sie ist eine böse Frau. Sie will, dass alle anderen leiden, nur weil sie leidet.»

Marierose verzog den Mund. «Sie leidet nicht, sie zürnt. Dem Himmel, dem Schicksal, dem König ...»

«Den Männern», fügte Blanche naseweis hinzu.

Marierose stutzte. «Was wisst Ihr von Männern, Kind?» Blanche war kaum siebzehn und gegen sie kam sich Marierose uralt und erfahren vor.

«Nun, sie grollt ihrem verstorbenen Gatten, dass er ihr keinen Platz am Hofe des Königs verschafft hat. Ihrem Sohn, dass er Euch geheiratet hat und Monsieur de Belcastel, dass er nicht im Stande ist unseren neuen Seigneur in seine Schranken zu weisen. Das sind doch alles Männer, nicht wahr?» Blanche warf ihrer neuen Herrin einen fragenden Blick zu. «Aber am meisten hasst sie Euch, und das verstehe ich am allerwenigsten. Jeder konnte sehen, wie sehr der junge Seigneur Euch geliebt hat.»

«Ach Blanche.» Marierose unterdrückte ein Seufzen. Sie war es nicht gewohnt, über diese Dinge zu sprechen. Sie hatte Schweigen geschworen. Und mochte sie auch feige, schwach und dumm sein, sie war keine Frau die ihren Eid brach.

«Es macht Euch traurig von ihm zu sprechen.» Blanche bildete sich ihre eigene Meinung über die knappe Antwort. «Das kann ich verstehen. Er war liebenswürdig, fröhlich und galant. Ich konnte nie begreifen, dass eine so herrische und kalte Mutter wie Lady Margaux einen so sonnigen Sohn zur Welt gebracht hat.»

Marierose schloss die Augen. Sie besaß kein Talent für diese Art von verbindlichem Geschnatter.

«Tut mir bitte einen Gefallen», bat sie mit zusammengebissenen Zähnen. «Erzählt mir nicht pausenlos von Lady Margaux.»

Blanche klappte augenblicklich den Mund wieder zu. Sie kannte offenkundig nur ein Bemühen, Marierose zu Gefallen zu sein, die jetzt mit präzisen schnellen Stichen den Riss am Ausschnitt ihres Kleides behob.

«Es ist nur die Naht», erklärte sie, weil Blanche im Gegensatz zu vorher jetzt so eingeschüchtert da saß, dass ihr das eigene Verbot Leid tat. «Niemand wird etwas davon bemerken. Fasst den Ausschnitt mit einem hellen grünen Seidenband ein, dann ist der Schaden noch zum Vorteil dieses Kleides.»

«Ihr versteht viel von modischen Dingern», wagte Blanche leise zu erwidern.

Marierose antwortete nicht. Vor ihrer Ehe hatte sie sich mehr für die Geschehnisse in den Ställen von Hawkstone interessiert, denn für Gewänder und Schmuck. Es war Gils größtes Vergnügen gewesen, sich um diese Dinge zu kümmern und sich in ihrem Bild zu erfreuen. Aber diese Freude hatte ihn dennoch nicht dazu verleitet, mehr als Freundschaft für sie zu empfinden. Aufgrund ihrer neuesten Erfahrung fragte sie sich jedoch, ob er gewusst hatte, dass er ihr Schmerz ersparte? Vielleicht grämte sie sich wegen Dingen, die sie bisher nicht verstanden hatte?

«Habt Ihr Euch schon überlegt, welches Kleid Ihr tragen werdet, wenn Ihr Cyrus d'Aval den Eheschwur leistet?» Blanche hatte die Ermahnung von eben schon wieder vergessen. «Ihr werdet doch nicht in diesen hässlichen Nonnengewändern vor den Altar treten?»

«Bei allen Heiligen des Himmels, stellt mir keine solchen Fragen», platzte Marierose heraus und stach sich aus Versehen. Sie steckte hastig den verletzten Finger in den Mund. Es hielt sie davon ab Blanches Gewand mit Blut zu betropfen und gab ihr Zeit sich zu fassen. Dann sagte sie ein wenig undeutlich: «Lady Margaux wird nie erlauben, dass er mich zur Frau nimmt.»

«Es bleibt ihr nichts anderes übrig», widersprach Blanche. «Ich habe gehört, wie sie sich mit meiner Mutter darüber ausgetauscht hat. Der König hat die Festung und Eure Hand an Cyrus d'Aval versprochen. Ein solches Wort kann nur der Tod lösen.»

«Der meine oder der seine», bestätigte Marierose und unterdrückte vergeblich einen Schauer.

«Da ihr beide in der Blüte Eurer Jahre steht, ist nicht damit zu rechen», erwiderte Blanche zuvorkommend. «Macht Euch keine Sorgen, bis zur Mittsommerwende seid Ihr seine Lady und vielleicht geht Ihr bis dahin schon mit Eurem ersten Sohn.»

Jetzt war es an Marierose zu erröten. «Redet keinen Unsinn. Ihr wisst, was Lady Margaux sagt. Ich bin taub, unfähig, unfruchtbar.»

«Der Fehler kann sehr wohl auch bei Eurem Gemahl gelegen haben.» Blanche dämpfte ihre Stimme. «Es gibt Männer die keine Kinder zeugen können, obwohl sie dem Augenschein nach gesund sind. Die Frauen haben darüber getuschelt. Vielleicht war der Lord mit dieser schlimmen Krankheit geschlagen. Meist sind nur ältere Männer von ihr befallen, aber es soll auch vorkommen, dass junge Männer darunter leiden.»

Die unausgesprochene Frage am Ende des Satzes wagte Marierose nicht zu beantworten. Sie konnte dieser netten Tratschliese schlecht sagen, dass sie mit Gil zwar das Lager geteilt hatte, aber nie jene erregenden, unglaublichen Zärtlichkeiten, die sie vor wenigen Stunden erst kennen gelernt hatte. Gil hatte sie nie besessen. Er hatte ihr auch nie Schmerz bereitet. Freilich, je mehr das scharfe Ziehen in ihrem Schoß nachließ, um so mehr fragte sie sich, ob der Schmerz nicht doch ein angemessener Preis für die Wonne davor gewesen war.

«Es gehört sich nicht, dass wir über solche Dinge reden.» Marierose schwankte zwischen Neugier und schlechtem Gewissen über die eigene Wissbegier.

Blanche sah sie verblüfft an. «Die Frauen der Lady reden ständig über solche Dinge. Sie vergessen manchmal, dass ich als Einzige nicht verheiratet bin und nehme kein Blatt vor den Mund. Aber vielleicht ändert sich das ja auch bald.»

«Wie soll das gehen?»

«Nun, bisher gab es in Nansay Hall keine Partie für mich, die meine Mutter für angemessen gehalten hätte. Aber jetzt, nachdem der neue Seigneur über uns herrscht, kann sich doch alles ändern. Es wird sogar davon getuschelt, dass er zu den Gefährten unseres Königs gehört hat. Vielleicht besucht ihn der König in Nansay Hall. Sein Vater ist schließlich auch nach York gekommen um Malcolm Canmore den Vasalleneid abzunehmen. Stellt Euch nur vor, der König und sein Hofstaat in unserer Burg!»

«Sehnst du dich wirklich so dringlich nach einem Gemahl?» In ihrem Entsetzen rutschte Marierose das vertraute Du einfach heraus und Blanche freute sich über den Vertrauensbeweis dermaßen, dass sie ihr auf der Stelle das ganze Herz ausschüttete.

«Wer tut das nicht? Ich möchte zu gerne endlich meine eigne Herrin sein.»

«Dein Gemahl könnte eine Mutter wie Lady Margaux haben», warnte Marierose.

Blanche lächelte mutwillig. «Es gibt auch Männer, deren Mütter fern sind.»

«Du sprichst aber wohl nicht von Belcastel?» Marierose erschauerte bei dem bloßen Gedanken.

«Heiliger Mutter Gottes, nein!» Blanche bekreuzigte sich hastig. «Aber ... bitte verratet mich nicht. Benoit le Bras lächelt mich auf eine Weise an, die mir schon gefallen könnte.»

Marierose beendete ihre Näharbeit und versorgte Nadel und Faden wieder in der Truhe, ehe sie sich aufrichtete und Blanche betrachtete. Auch sie war einmal jung, naiv und vertrauensvoll gewesen. Verliebt in ein reizendes Lächeln und einen noblen Namen. Geblendet von der Aussicht auf den eigenen Hausstand und die eigene Machtvollkommenheit, die jene ihrer Mutter und ihrer Schwestern weit übertreffen sollte. Waren alle jungen Frauen so blind?

«Der Ehestand ist kein Freibrief für die eigenen Wünsche, Blanche», warnte sie endlich. «Du tauschst die allumfassende Macht deines Vaters gegen jene deines Gemahls ein. Er darf mit dir tun was er möchte und du musst es erleiden. Er ist auf immer dein Herr.»

«Erleiden?» Blanche runzelte die Stirn. «Ihr meint die Hochzeitsnacht? Ei, das ist ein Schmerz, den ich beim ersten Male gerne auf mich nehme. Danach soll das Vergnügen nur umso größer sein.»

«Ich kann nicht glauben, dass wir so miteinander reden.» Marierose glättete verwirrt die Falten ihres Rockes. «Weißt du das auch von den Frauen?»

Blanche kicherte. «Nein, das hat mir die Kammermagd erzählt, die mir aufwartet. Ann ist einem Schmiedegesellen in Whitby versprochen und dem dauert das Warten zu lang, bis sie genügend für einen eigenen Hausstand zusammengelegt haben. Er hat sie an Lichtmess überredet, das Lager mit ihm zu teilen und seitdem kommen sie ein jedes Mal zusammen, wenn ich ihr erlaube, nach Whitby zu laufen.»

Marierose schüttelte fassungslos den Kopf.

«Ihr könnt es doch sicher bestätigen», forschte Blanche, von ihrem Schweigen verunsichert. «Euer junger Gemahl hat Euch bestimmt nur Freude bereitet, wenn er Euch beigewohnt hat.»

«Das ist nun wahrlich kein Thema für zwei Frauen aus noblem Hause», erwiderte Marierose in ihrer Verlegenheit so streng, dass es Lady Margaux nicht besser gekonnt hätte. Allerdings verdarb sie die Wirkung, weil sie Blanche gleichzeitig anlächelte. Sie konnte der Fröhlichkeit nicht widerstehen, die ihre Gefährtin verbreitete, obwohl sie eben noch geweint hatte, als wolle sie die nächste Sintflut herbeiführen.

«Lasst mich Eure Freundin sein», erwiderte Blanche von

diesem so seltenen Lächeln erobert. «Ich schwöre Euch bei meiner Seligkeit, dass ich Euch immer dienen, Euch nie verraten und zu jeder Zeit beistehen werde.»

«Das klingt wie ein Vasalleneid.»

«Wer behauptet, dass Frauen einander keine Eide schwören dürfen?»

Marierose sah in das eifrige Gesicht mit den heiteren Sommersprossen auf der Nase. Die hellblauen Augen blickten so offen und bittend, dass sie nach Blanches Händen griff und es zuließ, dass ihre Gefühle sich mit den ihren vermengten. Die Wärme die aus diesem Griff bis in ihr Herz strömte, machte es leicht, Blanche in die Arme zu schließen und als Freundin anzunehmen.

Welch ein Tag! Er hatte Schrecken, Furcht, Freude, Leidenschaft, Schmerz und Freundschaft in einem gebracht und sie fragte sich im Geheimen, was davon bleiben würde. Das Gute oder das Böse?

* * *

Nansay Hall
31. Mai 1091

Die Witwe trat unter den Rundbogen in den Kapellenturm. Cyrus d'Aval sah eben noch den weißen Schleier wehen. Schon wieder Gebete. So schön auch er das kleine Gotteshaus fand, das in das Rund des Kapellenturmes eingefügt worden war der nach Osten zeigte, er verspürte nicht den Wunsch ständig dort seine Gebete zu verrichten. Genau genommen verspürte er ohnehin eher das Bedürfnis zu fluchen, als jenes zu beten. Wie hatte es nur geschehen können, dass aus seinem geordneten Leben ein solches Chaos geworden war?

Sein Anstand und seine Ehre sagten ihm, dass der der Witwe folgen und die Gelegenheit nutzen sollte. Er musste sie auf seine Seite bringen, damit ihr sanftes Herz den Mut aufbrachte Lady Margaux zu trotzen. Gleichzeitig sagte ihm seine Ehre jedoch auch, dass er sich von ihr fern halten sollte, solange er von einer verwirrenden kleinen Waldfee träumte, die ihn mit ihrem Körper und ihren Küssen völlig verhext hatte.

Es gehörte sich nicht einer Frau wie Marierose von Nansay den Hof zu machen, während er gleichzeitig des Nachts keinen Schlaf fand, weil er jeden einzelnen Augenblick seiner berauschenden Begegnung mit Liliana in Gedanken nachvollzog. Und dann war da auch noch das Rätsel dieser Blutspuren. Es war doch wohl kaum möglich, dass sie ihm ihre Jungfräulichkeit geschenkt hatte? Ein Mädchen was mit Jahrmarktsgauklern durch die Lande zog, musste mit allen Wassern gewaschen sein. Und doch – weshalb war sie geflohen, ehe er ihr all diese Fragen stellen konnte? Hatte er sie enttäuscht?

«Ihr sucht nach meiner Herrin? Sie ist zum Beten gegangen.»

Blanche von Bolton knickste in aller Ehrerbietung vor ihm, aber der schelmische Zug in ihrem Mundwinkel bewies, dass sie sowohl seinen Blick, wie sein Zögern bemerkt hatte und falsch auslegte. Wenn er nicht wie ein Tölpel dastehen wollte, dem der Mut fehlte sich der eigenen Braut zu nähern, musste er ihr für die Auskunft danken und der Lady in die Kirche folgen.

«Seid bedankt, mein Fräulein», hielt er sich an die Gebote der Höflichkeit und eilte hinter Blanche her, als sei dies von Beginn an seine Absicht gewesen.

Im Dämmerlicht des schlichten Gotteshauses, das nur zu beiden Seiten des Kreuzes durch zwei dünne Schlitze ein wenig Licht erhielt, verharrte er einen Herzschlag lang und bekreuzigte sich. Ob der Himmel ein Einsehen mit einem Mann hatte, der zwei Frauen zugleich an sich binden wollte? Wohl kaum.

Er fand Marierose von Nansay vor der Steinplatte, die das Grab ihres jungen Gemahls anzeigte. Sie schien nicht zu beten. Sie stand mit geneigtem Kopf und betrachtete die Schriftzeichen, als prüfe sie ein jedes einzelne auf seine Richtigkeit.

«Mylady.»

Marierose fuhr mit einem leisen Aufschrei zusammen und trat augenblicklich aus der schmalen Lichtbahn, die genau auf Gils Grab fiel. Erst im Halbdunkel wagte sie Cyril d'Aval anzusehen, aber auch da bot sie ihm nur ein halbes, vages Profil.

«Verzeiht, wenn ich Euch erschreckt habe. Es ist schwierig Eure Gesellschaft zu suchen.»

Marierose versuchte ihr jagendes Herz unter Kontrolle zu bringen. Die Tatsache, dass er sie nicht ansah, sondern die Grabplatte betrachtete, zeigte ihr, dass er einmal mehr ihre Nähe suchte, ohne ihre Person richtig wahrzunehmen. In ihre Erleichterung mischte sich Empörung und es fiel ihr schwerer als sonst zu schweigen.

«Seid Ihr mir denn immer noch böse? Ich war ein wenig heftig zu Euch, aber könnt Ihr dies einem Manne verübeln, der zusehen muss, wie Ihr Euch mit einem rasenden Ochsengespann anlegt?»

Erst im Laufe der kleinen Rede erkannte Marierose, dass er auf den Vorfall mit den Ochsen anspielte und nicht auf die Schmerzen, die er ihr bei einer anderen Gelegenheit zugefügt hatte. War es möglich, dass er ihren Seiltanz zwischen zwei Frauen tatsächlich nie entdeckte? Himmel, wie sollte sie ihre fünf Sinne beieinander behalten, wenn er sie schon durch seine bloße Gegenwart so durcheinander brachte?

«Ich habe nicht das Recht Euch böse zu sein», sagte sie so leise und tonlos, dass er die Worte nur verstand, weil er über ein außergewöhnlich gutes Gehör verfügte.

«Macht Euch nicht geringer als Ihr es seid, Mylady.» d'Aval trat näher und musste erkennen, dass sie augenblicklich vor ihm zurückwich. «Ihr habt keinen Grund, mich zu fürchten.»

Wenn du wüsstest, schoss es Marierose durch den Kopf und sie biss die Zähne zusammen, um nicht etwas Falsches zu sagen. Sie musste ihren ganzen Mut aufbieten, damit sie stehen blieb und nicht Hals über Kopf davonlief. Das verwirrende Erlebnis im Wald hatte sie noch empfänglicher für seine überwältigende, männliche Ausstrahlung gemacht. Seine Gegenwart ließ sie Dinge wünschen, die nicht unter dieses heilige Dach gehörten. Seit sie seine Schultern mit ihren Händen umspannt hatte, kamen sie ihr noch breiter vor. Die Tatsache, dass sie nun wusste wie die vollen Lippen schmeckten, die sich vor Ärger über ihre Reaktion verzogen, machte ihr das Leben ebenfalls nicht leichter.

«Ich fürchte Euch nicht», hauchte sie mit einer Spur von Trotz.

«Um so besser.»

Der Ritter griff nach ihrer Hand und umfasste die kleine Faust, ehe er ihre Finger mit der anderen Hand einen um den anderen löste. Marierose erschauerte unter seiner Berührung und schloss unwillkürlich die Augen. Sie fürchtete ihn nicht, sie liebte ihn! Die Erkenntnis kam so plötzlich und unerwartet, dass sie um Luft rang.

Es war ein Gefühl so elementar und gewaltig, dass es sich ihrem Begreifen entzog. Es hatte nichts mit der kindlichen Schwärmerei zu tun, die sie für den armen Gil empfunden hatte. Nichts mit der Zuneigung, die sie für Eltern und Geschwister empfand und wenig mit der Achtung, die sie jeder lebendigen Kreatur entgegenbrachte. Wie hatte sie nur je das Wort Liebe für diese freundlichen harmlosen Empfindungen gebrauchen können? Wahre Liebe war mächtig, schmerzvoll, sehnsüchtig und bereits so sehr mit ihr verwachsen, dass es keinen Sinn hatte, sich gegen sie zu wehren. Aber wie bei allen Heiligen des Himmels sollte sie mit dieser Liebe leben?

Cyrus d'Aval bemerkte nichts von dem Aufruhr, der die stumme Witwe durchtobte. Es fiel ihm lediglich auf, dass die zierliche Frauenhand in seinem Griff bebte. Sie war so schmal, so klein und hilflos. Er musste sie nur ansehen, um zu wissen, dass Marierose von Nansay ihn und den Schutz seines Namens dringend benötigte. Ohne ihn würde sie von Lady Margaux bis ans Ende ihrer Tage gepiesackt und drangsaliert werden. Das durfte er nicht zulassen.

Dennoch hielt ihn etwas davon ab, sich ihr zu erklären. Liliana. Was war er nur für ein Schurke, dass er sich in diesem Augenblick nach einer anderen Frau sehnte? Es war pure Charakterlosigkeit, die Witwe zu umwerben und gleichzeitig eine andere zu begehren. Er verachtete sich selbst für so viel Schwäche. Deswegen verneigte er sich knapp, gab die Hand wieder frei und trat zurück, ehe er noch mehr Lügen aussprach.

«Schließt mich in Eure Gebete ein, Mylady. Ich kann es gebrauchen.»

Mit eiligen Schritten ging er davon und Marierose sank vor der Grabplatte ihres verstorbenen Gemahls in die Knie. Weshalb hatte er sie so jäh verlassen?

Welche Frage. Sie wusste doch, dass er ihre Gefühle nicht teilte. Er wollte die Witwe, weil er Nansay wollte und Liliana, weil sie ihn in seiner Männlichkeit herausforderte. Wenn er entdeckte, dass alle beide Wachs in seiner Hand waren, wie würde er mit diesem Wissen umgehen?

Zehntes Kapitel

Nansay Hall
1. Juni 1091

«Ich kann mich nicht erinnern, dass es zu dieser Jahreszeit jemals ein solches Gewitter gegeben hat.»

Blanche von Bolton zuckte unter dem nächsten Donnerschlag zusammen, obwohl sie mit ihm gerechnet hatte. Marierose hingegen saß stumm und in sich versunken auf dem Fenstersitz und sah in das Toben der Elemente hinaus. Alle Arbeiten auf den Wällen und in der Vorburg waren schon vor Beginn des Unwetters eingestellt worden, als eine schwarze Wolkenwand von Westen über das Meer heran trieb. Bis sie Nansay Hall erreicht hatte, stürzten wahre Fluten von Wasser über seine Mauern herab, zudem spalteten mächtige Blitze, gefolgt von hallenden Donnerschlägen, immer wieder den dichten Regenvorhang.

Im Gegensatz zu Blanche fürchtete sie weder Blitz noch Donner. Im Gegenteil, das Toben spiegelte den Aufruhr in ihrem Inneren wider. Jeder neue Morgen, der sich über Nansay Hall erhob, schien ihre Schwierigkeiten zu verdoppeln. Die Tatsache, dass sie ihren Gefühlen für Cyrus d'Aval jetzt einen Namen geben konnte, machte das Leben nicht leichter. Wenn Lady Margaux herausfand, dass sie den Ritter liebend gerne zum Gemahl genommen hätte, würde sie sich noch mehr bemühen, die mögliche Verbindung zu hintertreiben.

Wenn es eines gab, auf das sich Marierose verlassen konnte, dann auf die Tatsache, dass Gils Mutter jedes noch so kleine Fünkchen Glück in ihrem Leben auslöschen wollte.

Aber auch ohne die grimmige Lady hatte sie keine Hoffnung, dass ihre Gefühle jemals Erfüllung finden konnten. Dazu war die Lage einfach zu verfahren.

Früher oder später musste der Ritter das Doppelspiel entdecken, in das sie sich ohne böse Absicht verwickelt hatte. Sie glaubte seine Reaktion schon heute vorhersagen zu können. Der Edelmann in ihm würde vor der waghalsigen Person zurückschrecken, die sich einem Fremden im Wald hingab. Schlimmer noch, er musste sie für eine Dirne halten. Eine leichtfertige Metze die kein Mann von Stand freiwillig zur Gemahlin nehmen würde.

Aber da war noch Nansay Hall. Cyrus betrachtete Burg und Lehen bereits als das Seine. Um beides zu behalten musste er ihren Bruch von Sitte und Moral dem König mitteilen, wenn er davon erfuhr. Rufus würde sie unter diesen Umständen noch schneller in das nächste Kloster befördern, als Lady Margaux. Was immer sie tat, am Ende würde sie für den Rest ihres Lebens hinter unüberwindlichen Mauern landen.

«Was bekümmert Euch?»

Blanche hatte schnell gelernt, die feinen Anzeichen der Stimmungen zu deuten, die sich in Marieroses grauen traurigen Augen und den gesenkten Schultern verrieten. Sie ließ auch nicht locker, bis ihre stumme Herrin abwinkte und weiterhin in den Regen starrte, als würden dort die Rätsel der Welt gelöst.

«Er wird unversehrt zurückkommen, dessen könnt Ihr gewiss sein», versicherte sie deswegen eindringlich. «Bei diesem Gewitter sind auch die Schotten lieber zu Hause im Trockenen.»

«Die Schotten?» Marierose schrak auf. «Was willst du damit sagen?»

«Ihr wisst nichts davon?», wunderte sich Blanche erstaunt. «Der Bote traf kurz vor dem Gewitter ein. Man hat die Kaledonier am anderen Ufer des Esk erspäht. Der Seigneur ist schneller als das herannahende Unwetter zur nächsten Brücke aufgebrochen.»

«Allein?»

«Natürlich nicht.» Blanche zählte an den Fingern auf. «Der Großteil der Ritter, die restlichen Kriegsknechte und der Burghauptmann sind mit ihm geritten. Ein stattlicher Trupp, der nichts zu fürchten hat.»

Marierose schluckte. Sie sah das anders, wenn Lucien de Belcastel zu diesem Aufgebot gehörte. Wieso hatte Cyrus d'Aval ausgerechnet seinen ärgsten Feind auf eine solche Mission mitgenommen? Woher wusste er überhaupt, dass es seine Richtigkeit mit dieser Information hatte?

«Wer hat die Schotten gesehen?»

«Ein Kundschafter des neuen Herrn. Niemand wusste, dass er an den Grenzen des Lehens zu Schottland Wachposten aufgestellt hat», berichtete Blanche eilfertig. «Ein kluger Schachzug, um den räuberischen Plänen von Malcolms Männern zuvorzukommen.»

«Woher weißt du solche Dinge?», wunderte sich Marierose. Sie bemerkte, dass die hellen Sommersprossen ihrer neuen Gefährtin in einem roterglühten Gesicht fast verschwanden.

«Der Ritter hat es mir gesagt.»

«d'Aval?»

«Aber nein, sein Gefährte, Benoit le Bras.»

«Dann hat sein Lächeln Erfolg gehabt? Du lässt es zu, dass er um dich wirbt?»

Blanche errötete noch tiefer. «Ich ... ich dachte, ich könnte auch Euch damit helfen. Er ist der engste Freund unseres neuen Herrn. Er weiß um die Wünsche und Pläne des Seigneurs.»

Marierose wusste nicht, ob sie sich über Blanches Anteilnahme ärgern oder freuen sollte.

«Beide sind kein Geheimnis», erwiderte sie deswegen schroffer, als es sonst ihre Art war. «Die Herrschaft über Burg und Lehen liegt ihm am meisten am Herzen. Für sie wird er alles tun.»

«Besser er gibt die Befehle in Nansay Hall, als Lucien de Belcastel.» Blanche hatten den Schock seines heimtückischen Überfalles noch nicht völlig überwunden. «Ich hoffe inständig, einer der schottischen Pfeile trifft diesen Schurken, damit ein anständiges Mädchen wieder durch diese Burg gehen kann, ohne von ihm belästigt zu werden.»

Blanche schoss in ihrer Abneigung ein wenig über das Ziel hinaus. Erst ein erstickter Laut am Fenster brachte ihr zu Bewusstsein, dass sie mit diesem bösen Wunsch eine schreckliche Erinnerung aufgerührt hatte. Gil von Nansay war zu einer ähnlichen Aktion aufgebrochen. Schuldbewusst sank sie vor Marierose auf die Knie und versuchte den Fehler ungeschehen zu machen.

«Entschuldigt, Mylady. Himmel, ich bin wirklich eine schlimme Schwatzliese. Meine liebe Mutter hat wohl Recht, wenn sie mich ständig schilt. Es tut mir Leid, ich habe nicht daran gedacht, dass ja Euer Gemahl ...»

«Schon gut!»

Marierose hob die Hand, um sie zum Schweigen zu bringen. Blanche konnte nicht wissen, dass sie im ersten Augenblick nicht Gil, sondern Cyrus d'Aval verletzt vor sich gesehen hatte. Die Möglichkeit, dass man auch ihn leblos nach Hause brachte, machte sie ganz krank vor Elend und Angst.

Eine Besorgnis, die umso berechtigter war, weil Lucien die Schar begleitete. Er würde die günstige Gelegenheit eines Kampfes mit den Schotten zu nutzen wissen, skrupellos wie er war. Marierose begegnete Blanches besorgten Augen und versuchte ein Lächeln, das völlig misslang.

«Lass uns beten, Das ist das Einzige, was uns Frauen zu tun bleibt. Lady Margaux hat ganz Recht.»

«Wäre es nicht besser, sich mit einem erfreulicheren Zeitvertreib abzulenken?», wagte Blanche heiter vorzuschlagen. «Wenn wir einmal so alt sind wie Lady Margaux können wir immer noch beten. In meinem Stickkorb ist auch ein Würfelbecher ...»

«Glücksspiel ist eine Sünde.»

«Noch seid Ihr keine Nonne», entgegnete Blanche unnachgiebig. «Und wenn der Himmel auch nur eine Spur von Gerechtigkeit kennt, dann wird er nicht zulassen, dass Ihr als Klosterfrau endet.»

«Wie sollte ich diesem Schicksal entkommen?»

«Indem Ihr kämpft!» Blanche sah sie mit blitzenden Augen an. «Warum lasst Ihr alles mit Euch geschehen? Wo bleibt Euer Mut?»

«Ich habe keinen.»

«Das vermag ich nicht zu glauben. Meine Mutter hat gesagt, dass Lady Margaux nur über Euch herrscht, weil Ihr es zulasst. Es liegt an Euch, ihre Macht zu brechen. Wehrt Euch!»

Marierose schwieg. Wie konnte sie Blanche erklären, dass Lady Margaux' Vorwürfe sehr wohl ein Quäntchen Wahrheit enthielten? Wäre es nicht ihre Aufgabe gewesen, den jungen Lord von seiner widernatürlichen Vorliebe für das eigene Geschlecht abzubringen? Stattdessen hatte sie die unnatürliche Kameradschaft ihrer jungen Ehe nach dem ersten Schock klaglos akzeptiert. Auch hatte ihr das unbeschwerte Leben auf Nansay Hall unter Gils Schutz zugesagt. Es glich jenem das sie von zu Hause gewohnt war, nur dass es keine Geschwister gab, die ihr den Rang und die Aufmerksamkeit ihres Gefährten streitig machten. Mit den Jahren hatte sie gelernt, die aufkommenden Zweifel beiseite zu schieben und in den Tag hineinzuleben, ohne an das Morgen zu denken.

«Ihr kommt aus einer Familie, die unserem König nahe steht», erinnerte Blanche. Sie ließ sich nicht einmal von einem neuerlichen, schmetternden Donnerschlag irritieren. «Deswegen hat Euch Seine Majestät auch einen neuen Gemahl geschickt. Lady Margaux wettert dagegen, weil sie mit Recht fürchtet, dass am Ende sie im Kloster landet und nicht Ihr.»

«Es ist nicht das Schlechteste im Kloster zu landen. Es bietet frommen Seelen die Aussicht auf Frieden.»

«Heilige Mutter Gottes!» Blanche rang über so viel fehl geleiteten Eigensinn die Hände. «Was muss ich tun, um Euch aufzurütteln?»

«Ich weiß es nicht.»

Marierose lauschte dem Plätschern des Regens, das alle anderen Geräusche in der kahlen Kammer übertönte. Mit sinkender Nacht schien die Gewalt des Unwetters nachzulassen. Es kam ihr vor, als spüre sie die Feuchtigkeit auf der eigenen Haut, gleichzeitig griff die Angst aus ihren Albträumen plötzlich und unerwartet mit Spinnenfingern nach ihrem Herzen. Es raste, stolperte und überschlug sich, während sie vergeblich um Luft rang. Ein Gesicht tauchte vor ihren Augen auf. Ihre Furcht war nicht länger namenlos. Cyrus d'Aval war in Gefahr, in tödlicher Bedrängnis.

Sie versuchte seinen Namen zu rufen, seine Aufmerksamkeit zu erregen, ihn zu warnen. Im selben Augenblick spaltete ein gewaltiger Blitz den Himmel und lud die Luft um sie herum mit so viel Spannung auf, dass sich alle feinen Härchen auf ihrer Haut sträubten. Geblendet schlug sie die Hand vor die Augen.

* * *

Weiler Eskbridge
1. Juni 1091

Cyrus d'Aval beugte sich über den reglosen Schotten. Fraglos der Erbe einer bedeutenden Familie. Dafür sprachen sowohl die Stiefel, wie das kurze Schwert, das der jugendliche Krieger im Fallen verloren hatte. Welch sinnlose Verschwendung und Jugend und Leben, nur um ein jämmerliches kleines Dorf zu überfallen. Die geschwärzten Reste des Weilers an der alten römischen Brücke über den Esk, kündeten nicht gerade von Reichtum. Zwar hatte der Regen die Flammen erstickt und den beißenden Gestank nach Tod und Vernichtung gelindert, aber die Tatsache, dass sie zu spät gekommen waren, um das Schlimmste zu verhindern, ließ sich nicht leugnen.

Von Eskbridge standen nur noch die Scheune des sächsischen Thans und die Mühle am Fluss. Zwar hatten sie die Nachhut der Schotten daran gehindert, das erbeutete Vieh davonzutreiben und die eigenen Toten mitzunehmen, aber ihre erschöpften Pferde waren nicht mehr fähig gewesen, die kaledonischen Krieger über den Esk hinaus zu verfolgen. Auch den Jungen im Schlamm hatten seine Kameraden für tot gehalten, obwohl Cyrus d'Aval jetzt bemerkte, dass sich seine breite Brust in kaum merklichen Atemzüge langsam hob und senkte.

Die wenigen Bewohner des Flussdorfes, die unverletzt in den Wald geflüchtet waren oder sich noch auf den Beinen halten konnten, musterten den Ohnmächtigen mit Blicken, die den Ritter Schlimmstes für den Schotten befürchten ließen. Sie glaubten ein Opfer gefunden zu haben, an dem sie ihren Zorn auslassen konnten.

«Niemand rührt ihn an», befahl er streng. «Wir nehmen ihn mit nach Nansay Hall.»

«Aufknüpfen sollte man ihn», schrie eine Frauenstimme schrill vor Wut und Entsetzen. «Er und die Seinen haben unsere Männer und Kinder getötet, unser Vieh gestohlen, unsere Häuser zerstört!»

«Es macht keine Seele lebendig und baut kein Haus wieder auf, wenn Ihr ebenfalls zu Mördern werdet, gute Frau», erwiderte d'Aval gebieterisch. «Aber es rettet vielleicht andere Leben, wenn wir diesen Burschen verhören können. Die Schotten sind eine verschworene Gemeinschaft. Eine Geisel aus ihren Reihen ist ein Glücksfall.»

Er beugte sich noch einmal prüfend über den Verletzten. Außer einer gewaltigen Beule am Hinterkopf fand er keine weiteren Wunden. Alles sprach dafür, dass der Bursche irgendwann wieder zu sich kommen würde.

«Kümmert Euch darum, dass man ihn fesselt und bewacht. Sobald er zu sich kommt wird er zu fliehen versuchen», wies er einen der Kriegsknechte von Nansay Hall an, der tatenlos zusah wie die Dorfbewohner die Reste ihrer Habe unter glühenden Balken und nasser Asche hervorsuchten. «Muss ich Euch erst Beine machen?»

Es lag ein so stählerner Ton in seiner sonst gemäßigten

Stimme, dass nicht nur der Angesprochene, sondern auch seine Kameraden in Bewegung gerieten.

Bis die Dunkelheit sie zum Aufhören zwang, halfen d'-Aval und seine Männer den verstörten Dorfbewohnern die Toten zu beerdigen und die Lebenden in Sicherheit zu bringen. Die bedrückende Geschäftigkeit zwang den Ritter dazu, seinen Zorn unter Kontrolle zu halten, aber er wurde deswegen nicht geringer. Er hatte Rufus um ein Lehen gebeten, weil er der Kriege und Kämpfe überdrüssig war. Doch das Schicksal hatte ihn mitten in einen neuen Krieg geführt. Welcher Teufel ritt die Schotten, sich mit dem englischen König anzulegen? Hatten sie noch nicht begriffen, wie gefährlich es war, den Sohn des Eroberers zu unterschätzen?

Der heftige Gewittersturm des späten Nachmittags war bis zum Abend einem leichten, aber stetigen Dauerregen gewichen. Das ganze Dorf tropfte vor Nässe, was nicht dazu verlockte ein Lager unter freiem Himmel aufzuschlagen. Cyrus d'Aval kümmerte sich persönlich darum, dass Frauen und Kinder in der trockenen Sicherheit der Scheune schlafen konnten, die Belcastel und seine Kriegsknechte schon zu Anfang für sich requiriert hatten.

«Es ist die vornehmste Pflicht eines Ritters, für die Schwachen und Schutzlosen zu sorgen», erinnerte er den entrüsteten Burghauptmann und seine murrenden Männer an die selbstverständlichsten Aufgaben eines Edelmannes. «Wer diese Pflichten verletzt, verdient es nicht Sporen und Schwert zu tragen.»

Er ließ Belcastel in dem Bewusstsein zurück, dass der es nach dieser strengen Rede nicht wagen würde, seine Befehle zu unterlaufen. Lilianas Warnungen mahnten ihn zur Vorsicht, wenngleich er ihre persönliche Angst vor dem Burghauptmann für übertrieben hielt. Nun, da er wusste von welcher Seite die Gefahr drohte, fühlte er sich im Stande sie zu kontrollieren.

Cyrus merkte nicht, dass der bloße Gedanke an Liliana ein Lächeln um seine Mundwinkel legte und seine Augen zum Glitzern brachte. Noch keine Frau hatte je so nachhaltig seine Gedanken beherrscht und – er musste es eingestehen – seine Leidenschaft geweckt. Die zierliche Geschmeidigkeit ihres Körpers, die reine Glut ihrer Hingabe und nicht zuletzt ihre ärgerliche Flucht, hatten ihn ebenso fasziniert wie unbefriedigt zurückgelassen. Er musste sie wieder sehen und in seinen Armen halten ... allein, zuallererst musste er sich um seine Männer und die Schotten kümmern.

Nachdem er sich davon überzeugt hatte, dass der Gefangene noch immer in tiefer Bewusstlosigkeit lag und mit kräftigen Stricken an einen tragenden Balken im Innenhof der Mühle gebunden war, ging er trotz des Regens zum Fluss hinunter. Benoit und seine Ritter hatten dort die Nachtwache übernommen. Auf beiden Seiten der Brücke stand ein Posten und spähte in die Nacht hinaus.

Die Römer hatten Brücken wie diese überall auf der Insel hinterlassen. Dank ihr boten Dorf und Mühle in Friedenszeiten sicher ein einträgliches Auskommen für die Bewohner und ihren Lehnsherrn. Bequeme Flussübergänge waren selten und zogen sowohl Reisende wie Händler magisch an. Er würde dies berücksichtigen müssen, wenn man Eskbridge wieder aufbaute.

Einmal mehr bewunderte er das Geschick des verstorbenen Gilbert von Nansay, diesem Fleck Erde Frieden und Wohlstand zu sichern. Nachdem er mit eigener Hand dabei geholfen hatte, die Toten des Überfalls zu begraben, ertappte er sich bei der Überlegung, ob es auch ihm möglich sein könnte, den Frieden mit den Schotten ohne weiteres Blutvergießen zu erkaufen. Vielleicht sogar mit Hilfe der jugendlichen Geisel, die in der Mühle lag. Wenn er den Jungen nach einem ausgiebigen Verhör mit einer Botschaft zu den Schotten schicken würde, die ...

d'Avals Überlegungen explodierten in einem heftigen Schlag auf seinen Hinterkopf. Er stürzte sich überschlagend wie ein gefällter Baum zum Flussufer hinunter. Er merkte nichts davon, dass der Wachposten auf der Brücke das Klirren seines Harnisches vernahm und mit scharfer Stimme Alarm auslöste. Er konnte auch nicht sehen, wie ein zweiter Mann eine leblose Gestalt herbeischleppte und neben ihn legte, ehe er wieder im Dunkel verschwand. Als Benoit le Bras und zwei seiner Männer mit einer Fackel heraneilten, bot sich ihnen eine unmissverständliche Szene.

d'Avals Dolch steckte bis zum Heft in der Brust des jungen Schotten, dem es irgendwie gelungen sein musste, seine Fesseln zu lösen. Die schwere Keule, mit der er den Ritter niedergeschlagen hatte, lag blutbesudelt im nassen Gras. Im Dunkel der Nacht musste sich ein blutiger Zweikampf zugetragen haben, der am Ende ohne Sieger geblieben war.

«Herr im Himmel, wie konnte das passieren?»

Benoit le Bras starrte auf die leblose Gestalt seines Freundes. Seine Augen brannten und unter seinem Harnisch schlug sein Herz schwer vor Sorge. Einen solchen Hieb konnte nicht einmal ein Eisenschädel wie Cyrus überleben.

«Der Seigneur muss den Schotten bei seiner Flucht ertappt haben», vermutete die Brückenwache.

Le Bras zog den schweren Handschuh von der Rechten und prüfte mit bloßen Fingern die Wunde am Hinterkopf des Ritters. Sie blutete kaum, denn der dichte Schopf der dunklen Haare hatte einen Teil des wuchtigen Schlages abgefangen. Als er die wirre Mähne aus dem Gesicht strich, um nach weiteren Verletzungen zu suchen, entdeckte er zudem das regelmäßige Pochen der Schläfenadern. «Er lebt! Dem Himmel sei Dank! Helft mir, ihn in die Mühle zu bringen. Schnell, bewegt euch!»

Keiner der Ritter kümmerte sich in diesem Augenblick um das zweite Opfer des rätselhaften Vorfalles. Der tote Schotte blieb am Ufer zurück. Erst am Morgen erinnerte sich le Bras an ihn, aber als seine Männer den Leichnam, wie es sich für einen Christenmenschen gehörte, ihn bestatten wollten, war er verschwunden.

«Die Schotten werden ihn geholt haben.»

«Auf der Brücke standen Wachposten», erinnerte le Bras. «Wie sollten sie das vollbracht haben?»

«Wen kümmert das schon», entgegnete der andere Ritter wegwerfend. «Es erspart uns die Mühe den Kerl unter die Erde zu bringen und wir können aufbrechen, ohne weitere Zeit zu verlieren.»

Benoit musste ihm Recht geben. Sie hatten Grund zur Eile. Cyrus d'Aval war noch immer nicht aus seiner todesähnlichen Ohnmacht aufgewacht, er benötigte dringend die Hilfe eines Heilers. Man bettete ihn auf einen Karren, um ihn nach Nansay Hall zu bringen. Bylord schritt mit leerem Sattel nebenher.

Elftes Kapitel

Nansay Hall
2. Juni 1091

Auf dem Wehrgang über dem Torturm glänzte die Sonne in den Wasserpfützen, die das Unwetter vom Vortag zurück gelassen hatte. Ein paar Spatzen badeten darin und flogen tschilpend und Wassertropfen versprühend um die reglose Gestalt, die seit dem frühen Morgen zwischen den Zinnen stand und das Band der Landstraße verfolgte, die nach Nansay Hall führte. Sie bewegte sich ebenso wenig wie die Steine und die Vögel hatten sich an ihre stille Gegenwart gewöhnt.

Marierose wollte nicht darüber nachdenken, worauf sie so beklommen wartete. Sie hatte alle fortgeschickt, die sie vom Wehrgang holen wollten. Blanche ebenso wie deren Mutter und sogar Lady Margaux, die sich nicht erklären konnte, welche Narretei die Witwe mit dieser stummen Wache im Sinn führte.

Die Sonne stand bereits im mittäglichen Zenit, als sie den Reitertrupp entdeckte. Er näherte sich langsam und schwerfällig, denn alle passten sich dem Tempo eines Bauernkarrens an, der in seiner Mitte dahinrumpelte. Die Reiterin in Marierose erkannte augenblicklich das Pferd mit dem leeren Sattel an der Seite des Gefährts. Bylord. Ihre Furcht hatte sie nicht getrogen. Diesmal brachten sie ihr Cyrus d'Aval und dieses Mal schmerzte es tausend Mal mehr als bei Gil, denn heute liebte sie den Mann, dessen Leben die Schotten genommen hatten, mit der ganzen Kraft ihres einsamen Herzens.

Marierose raffte die Röcke, eilte die Stiege hinunter und lief vom Innentor, über die Vorburg bis zum Tor hinaus. Sie stand im Staub des Weges und schaute ihnen entgegen. Eine schmale, dunkle Gestalt mit stolz erhobenem Kopf und den schmerzvollen Zügen einer Madonna unter ihrer steifen, schmucklosen Haube. Der Zug teilte sich um sie, wie die Strömung des Wassers um einen Felsen im Fluss. Erst als der Wagen sie erreichte blieb Bylord stehen und hinderte alle am Weiterreiten.

«Was ist geschehen?»

Marierose wandte sich mit so viel Autorität an Benoit le Bras, dass niemand die Bösartigkeit in den Augen des Burghauptmannes aufflackern sah. Luicien de Belcastel führte den Tross an und er hatte erwartet, dass sie ihre Fragen an ihn richten würde und nicht an diesen Grünschnabel, der ständig an d'Avals Hemdzipfel hing. Mürrisch wandte er sich im Sattel um und beäugte aus schmalen Pupillen die Sorge in Marieroses' bleichem Gesicht.

«Ein Schlag mit einer Kriegskeule, Mylady», erwiderte le Bras soeben bedrückt. «Er kämpfte ohne Helm. Seit dem gestrigen Abend fehlt ihm das Bewusstsein, obwohl die Wunde nur wenig geblutet hat und sein Herz stetig schlägt.»

«Er ist nicht tot?»

Marierose senkte in unnennbarer Erleichterung für einen kurzen Atemzug die Lider, während der junge Ritter die bloße Frage schon als Angriff auf seine Ehre wertete.

«Natürlich nicht. Wäre dies der Fall, Ihr würdet uns nicht hier sehen. Wir hätten seine Mörder bis ans Ende der Welt verfolgt.»

Die schlichte Freundschaft und Loyalität dieser Auskunft rührte Marierose. Gleichzeitig erwachte sie zu ungewohntem Leben. Sie schenkte le Bras ein Lächeln, das diesem vor Erstaunen die Sprache verschlug. «Helft mir, Euren Seigneur in die Krankenstation neben der Kräuterkammer zu bringen. Dort kann ich mich um seine Wunde kümmern.»

«Wäre sein Gemach ...»

«Es hat keine Feuerstelle und man müsste jeden Tropfen Wasser viel zu lange dorthin tragen. Hinzu kommt, dass er lange genug in diesem Karren durchgeschüttelt wurde. Bei Kopfverletzungen ist Ruhe angebracht.»

«Wir brauchen einen Wundarzt oder einen Bader», warf le Bras ein.

«Das überlasst nur mir», widersprach Marierose in ungewohnter Energie. «Meine Mutter hat mich die Grundbegriffe des Heilens gelehrt. Der Bader würde ihm die Wunde ausbrennen und mehr Schaden als Nutzen anrichten.»

Bereits kurze Zeit später musste Benoit le Bras einräumen, dass sie tatsächlich unvermutete Fähigkeiten besaß. Nie hätte er der scheuen kleinen Witwe soviel ärztlichen Sachverstand zugetraut. Sie scheuchte Blanche und eine weitere Magd an die Arbeit, als habe sie das Befehlen mit der Muttermilch eingesogen. Unter ihrer Anleitung wurde der Ritter bis auf Hose und Hemd entkleidet, so vorsichtig wie möglich auf den Strohsack eines bescheidenen Gurtbettes gelegt und auf den Bauch gedreht. Erst danach versorgte sie die hühnereigroße Schwellung an seinem Hinterkopf.

Blanche hielt eine Tonschüssel mit dampfend heißem Wasser, in das Marierose immer wieder ein sauberes Tuch tauchte und auswusch, ehe sie es zusammenlegte, um damit sanft die Wunde zu säubern. Die Prozedur wurde so lange wiederholt, bis Haare und Kopfhaut vom Schlamm befreit waren. Danach reinigte sie die Verletzung ein zweites Mal mit Rotwein.

Während all dieser Emsigkeit lag Cyrus d'Aval bewegungslos da. Sein Gefährte musste sich immer von Neuem vergewissern, dass sich seine Brust in langsamen, regelmäßigen Atemzügen bewegte. Inzwischen hatte Marierose eine Paste aus getrockneten Kräutern und heilenden Ölen gemischt, die sie nun zwischen zwei dünne Leinenlagen packte und auf die Wunde legte.

«Fürs Erste ist es wichtig, die Schwellung zu lindern.» Sie sah dem jungen Ritter an, dass er Fragen hatte. «Was ihn in der Bewusstlosigkeit hält, ist mit Sicherheit der Druck der Geschwulst und die Heftigkeit des Schlages. Dass weder Blut in den Ohren, noch in der Nase zu finden ist, halte ich für ein gutes Zeichen.»

«Wieso kommt er dann nicht wieder zu sich?»

«Die Ohnmacht erspart ihm Schmerzen. Der menschliche Leib schützt sich manchmal selbst, indem er die Seele, die in ihm wohnt, gewaltsam zur Ruhe zwingt.»

«Woher wisst Ihr solche Dinge?»

«Es gehört zu den Aufgaben einer Edelfrau, sich um die Gesundheit aller zu kümmern, die zu ihrem Hausstand gehören.»

«Aber die wenigsten tun es mit soviel Kompetenz, Mylady.»

Marierose nahm das Kompliment mit einem Neigen des Kopfes an. Dann warf sie einen schnellen Blick in die Runde und stellte fest, dass sie gerade allein waren. Blanche trug das schmutzige, blutige Wasser fort. Die kleine Magd holte frisches und die übrigen Waffenbrüder d'Avals hatten sich zurückgezogen, nachdem sie sich davon überzeugt hatten, dass ihr Anführer in guten Händen war.

«Seid Ihr sicher, dass es der Schotte war, der ihm diese Wunde zugefügt hat?», fragte sie leise.

«Sein Dolch steckte in der Brust des Schotten.» Der junge Ritter hätte am liebsten geflucht, wagte es aber nicht im Angesicht der ernsthaften, kleinen Witwe. «Allerdings ist es mir nach wie vor ein Rätsel, wie sich der Junge von seinen Fesseln befreien konnte. Ich habe sie mit eigener Hand verknotet. Cyr wollte ihn als Geisel und erhoffte sich viel von seiner Befragung.»

Marierose presste die Lippen aufeinander. Sie hatte die Gefahr für ihn gespürt, aber sie hielt Lucien de Belcastel für den Mordbuben und nicht einen namenlosen Schotten. Täuschte sie sich? Sie durften in keinem Fall ein weiteres Risiko eingehen.

«Habt Ihr genügend vertrauenswürdige Männer, um eine ständige Wache vor die Tür dieser Kammer zu stellen?» Sie sah Benoit le Bras eindringlich an. «Wenn Ihr Euch täuscht und es war nicht der Schotte, könnte der Seigneur auch in Nansay Hall in Gefahr sein. Erinnert Euch an seinen Sturz von der Wehrmauer ...»

Le Bras zögerte, konnte er der Witwe glauben? Da es um das Leben seines Freundes ging, entschied er sich für brutale Ehrlichkeit. Lieber beleidigte er eine Unschuldige, als eine Vorsichtsmaßnahme außer Acht zu lassen.

«Es kann nicht schaden, vorsichtig zu sein, da stimme ich Euch zu. Aber wie ist es mit Euch selbst? Man sagt, Ihr seid nicht an einer Verbindung mit ihm interessiert, weil Ihr lieber eine Braut Gottes werden wollt. Was kann Euch Besseres passieren, als sein Tod? Warum sollte ich ausgerechnet auf Euch zählen?»

Eine atemlose Spanne Zeit fixierten sich klare graue und misstrauische blaue Augen. Benoit le Bras war sich nicht ganz sicher, was er in den ihren sah. Schmerz. Einsamkeit. Leid. Aber auch eine so absolute Wahrhaftigkeit und Reinheit, dass er sich für seinen Verdacht auf der Stelle schämte. Diese Frau würde Cyrus d'Aval niemals ein Haar krümmen.

«Verzeiht», fuhr er fort, ehe sie sich gegen seine Unterstellung wehren konnte. «Ich rede dummes Zeug. Ich weiß, dass Ihr ihm nie Böses tun würdet. Es liegt wohl an dieser Burg, dass ich so über die Maßen argwöhnisch bin.»

«Ihr besitzt in überreichem Maße, das Misstrauen das ihm bedauerlicherweise fehlt», stellte Marierose trocken fest. «Doch Ihr könnt versichert sein, dass ich mit meinem Leben für seine Gesundheit einstehe. Gebt bekannt, dass er absolute Ruhe benötigt. Keine Aufregungen, niemand der ihn besucht oder Fragen stellt. Auch nicht Lady Margaux oder ihr Burghauptmann. Außer Euch, Blanche und der Magd will ich niemand hier sehen.»

«Wie Ihr wünscht.»

Nach einem letzten Blick auf den Verletzten verließ der junge Ritter die Krankenkammer. Erst im Burghof fragte er sich, was aus der stummen, furchtsamen Nonne diese befehlsgewohnte, gebieterische Frau gemacht hatte? Die Sorge um seinen Freund? Aber das würde doch bedeuten, dass sie mehr für ihn fühlte, als nur christliche Nächstenliebe?

* * *

Nansay Hall
3. Juni 1091

«Was hast du mit dem Seigneur zu schaffen? Es gehört sich nicht, dass du ständig an seinem Krankenlager sitzt. Sollen ihn die Mägde pflegen. Ich wünsche nicht, dass du wie eine Dirne durch die Burg streifst.»

«Der König hat ihm meine Hand gegeben», erwiderte Marierose leise, aber bestimmt. «Wollt Ihr, dass man seiner Majestät berichtet, ich hätte einem königlichen Befehl widersprochen und meinen Bräutigam nicht jene Sorge angedeihen lassen, die ihm gebührt? Denkt Ihr nicht, seine Ritter werden ihm berichten, was in Nansay Hall geschah, wenn er nicht wieder aufwachen sollte?»

Lady Margaux bedachte sie mit einem vernichtenden Blick. «Deine Pflicht ist Gehorsam. Erfülle wenigstens diese Pflicht einer Nansay, wenn du bei allem anderen schon so schmählich versagt hast.»

Marierose zuckte unter dem gewohnten Vorwurf zusammen, aber sie wagte dennoch Widerspruch. «Ich BIN gehorsam und ich bin auch eine Tochter des Rosenturmes. Die Frauen unserer Familie dienen seit undenklichen Zeiten dem König von England.»

Woher sie den Mut nahm diese Dinge zu sagen, wusste sie selbst nicht. Gleichwohl sie hatte das richtige Stichwort gefunden. Lady Margaux trat nach kurzem Überlegen zurück und gab den Weg durch die große Halle frei. Auch sie kannte die Gerüchte, die sich um den Rosenturm rankten. Allerdings war sie fern von Aberglauben. Sie nutzte die Sagen auf andere Weise.

«Meinetwegen, spiel die besorgte Braut, Tochter des Rosenturmes», höhnte sie und fügte hinzu: «Kann es sein, dass du dich entschieden hast, lieber als Hexe verbrannt zu werden, als eine Nonne zu werden?»

«Ihr droht mir?»

«Das herauszufinden bleibt dir überlassen, TOCHTER», zischte Lady Margaux viel sagend.

Marierose musste die Lady nicht berühren, um ihren Hass und ihren Wunsch nach Rache zu spüren. Es stand nicht in ihrer Macht etwas daran zu ändern. Sie unterdrückte ihre Furcht so gut es ging, entbot ihr nichtsdestotrotz eine gehorsame Reverenz und eilte, gefolgt von Blanche, zu ihrem Patienten.

Sie waren beide außer Atem, als Benoit le Bras zur Seite trat und ihnen den Weg in die Krankenkammer frei gab. Wenn es seine Zeit zuließ, bewachte er die todesähnliche Ohnmacht seines Gefährten am liebsten selbst. Inzwischen lag d'Aval schon mehr als zwei Tage in diesem Zustand und er hatte Mühe, die Sorge um den Freund und Anführer zu beherrschen.

«Glaubt Ihr wirklich, dass er wieder zu sich kommt?», fragte er angespannt.

Nur Blanche machte sich die Mühe ihn zu beruhigen. «Wie könnt Ihr nur daran zweifeln?», erwiderte sie energisch. «Ihr sorgt Euch umsonst. Meine Herrin weiß genau was sie tut.»

Marierose hörte ihre Worte und wünschte, sie hätte diese bedingungslose Gewissheit teilen können. Im Halbdunkel der Kammer starrte sie mit brennenden Augen in das kantige Antlitz mit den geschlossenen Lidern. Das halblange, dichte Haar lag noch so auf dem Kissen wie sie es gekämmt hatte und dunkle Bartschatten konturierten die männlichen Züge mit jeder Stunde schärfer. Die Beule auf dem Hinterkopf war wie erwartet kleiner geworden. Sie hatten ihn auf den Rücken betten können. Warum also schlug er nicht die Augen auf und kam zurück ins Leben?

Ohne sich Rechenschaft über diese Geste abzulegen griff sie nach einer seiner Hände, die still zu beiden Seiten des Körpers ruhten. Die kräftigen Finger lagen warm und vertraut zwischen ihren Handflächen. Sie hatten sie berührt, gestreichelt, ihr Entzücken bereitet, allerdings hatten sie sie auch gepackt und geschlagen. Eine Hand mit vielen Fähigkeiten. Eine gefährliche Hand, die ebenso Wonne wie Pein in sich barg.

Sie legte ihre kühle Wange in die Innenfläche dieser Hand und schloss die Augen. Sie versuchte zu beten, aber es wurde nur eine ungestüme Forderung an den Allmächtigen: Lass ihn nicht sterben, Gott! Ich ertrage es nicht, wenn er stirbt. Ich brauche ihn so sehr. Ich liebe ihn so sehr! Raube mir nicht die einzige Hoffnung auf Glück, die ich jemals gekannt habe! Ich werde alles tun was du verlangst, wenn du ihn nur leben lässt. Alles, ich schwöre es dir!

«Wollt Ihr eine neue Kräuterpackung aufbringen?»

Das diffuse Licht der Kammer erlaubte Blanche nicht genau zu sehen, was ihre Herrin da tat. Ebenso wenig wie sie die tiefe Röte sah, die auf Marieroses Wangen brannte, als sie sich so hastig aufrichtete, dass sich ihre steife Haube verschob.

«Erst zur Nacht», antwortete sie leise und legte die Hand vorsichtig auf das Laken zurück.

«Wie dunkel es hier ist, wäre es nicht besser eine Kerze zu entfachen?» Blanche stieß gegen einen Hocker und rieb sich das schmerzende Schienbein.

«Nein.» Marierose schüttelte den Kopf. «Wenn er die Augen aufschlägt, würde zu grelles Licht ihn blenden und ihm Schmerzen verursachen.»

«Ich glaube nicht, dass es für die Qual in meinem Schädel noch eine Steigerung gibt», hörten sie beide in diesem Moment eine heisere angestrengte Stimme. «Was zur Hölle ist mit mir geschehen? Hat jemand meinen Kopf zum Holz spalten benutzt? Wo bin ich?»

«Schscht, bleibt liegen.»

Marierose fuhr herum und drückte Cyrus d'Aval an den

Schultern auf sein Lager zurück. Sie musste nicht viel Kraft dafür aufwenden, denn der scharfe Schmerz, der schon seine erste kleine Bewegung begleitet hatte, ließ ihn ganz von selbst reglos liegen bleiben. Im schwachen Licht sah er eine helle Haube, ein kleines Gesicht. Vertrauter Rosenduft stieg in seine Nase. Die Witwe!

«Was zum Henker macht Ihr an meinem Bett?»

«Wenn Ihr endlich aufhören würdet wie ein Stallknecht zu fluchen, könnte ich Euch vielleicht antworten», erwiderte sie spitz, zwischen unendlicher Erleichterung und Ungeduld über so viel männliche Sturheit hin- und hergerissen.

«Das ist nicht mein Bett», beschwerte er sich dennoch.

«War das seine Stimme?» Benoit le Bras polterte in die Kammer, das Gesicht ein einziges Strahlen, als er die offenen Augen seines Freundes entdeckte. «Dem Himmel sei Dank, du bist wieder bei uns. Verdammt, du hast uns vielleicht einen Schrecken eingejagt.»

«Könntet Ihr bitte alle beide aufhören zu poltern und zu lärmen», fuhr Marierose empört dazwischen. «Der Seigneur ist krank. Ebenso wenig wie er grelles Licht verträgt, kann er Lärm und Aufregung brauchen. Gebt mir lieber einen Becher von diesem Wein dort. Ich würde meinen, Ihr habt Durst, Herr Ritter.»

Fast schon eingeschüchtert von ihrem Befehlston folgte le Bras der Bitte und sah zu, wie die Witwe den Kranken beim Trinken stützte und Blanche anwies das Wasser auf dem Tisch mit Kamillentinktur zu versetzen. Dann tauchte sie ein frisches Leinentuch in die duftende Flüssigkeit und faltete es zu einer breiten Binde, die sie sorgsam über Stirn und Augen des Kranken platzierte.

«Jetzt könnt Ihr mit Eurem Herrn sprechen», trat sie vom

Bett zurück. «Und Ihr lasst das Tuch wo es ist», wandte sie sich an den Kranken, der bereits die Hand zu dem lästigen Hindernis gehoben hatte. «Es lindert Euren Kopfschmerz. Reden könnt Ihr auch ohne zu sehen.»

Sie zog sich mit Blanche in den Hintergrund der Kammer zurück. Von dort lauschten sie beide der stockenden Schilderung Cyrus d'Avals, der mühsam versuchte, sich an die Ereignisse am Ufer des Esk zu erinnern, die ihn auf dieses Krankenlager gebracht hatten.

Benoit konnte nur wenige Lücken in dieser Erinnerung füllen. «So wie wir eure Körper gefunden haben, machte es den Anschein, als hättest du den jungen Schotten bei der Flucht ertappt und in einen Kampf verwickelt. Sein Hieb mit der Kriegskeule muss dich im selben Augenblick getroffen haben, als du ihn das Messer in die Brust gestoßen hast.»

«Unmöglich. Ich entsinne mich, dass ich kurz zuvor seine Fesseln geprüft habe. Ich hatte den Eindruck, dass er nicht einmal richtig bei sich war. Wie hätte er sich in einem solchen Zustand, befreien, bewaffnen und auch noch zum Kampfe stellen können?»

«Das musst du mich nicht fragen.» Le Bras zuckte mit den Achseln und begann eine gereizte Wanderung durch die kleine Kammer. Fünf Schritte zur Tür und wieder zurück. «Alles was ich weiß, ist, dass dein Dolch in der Brust des Jungen steckte.»

«Welch eine Narretei, ich hätte den Milchbart doch nie getötet. Der Junge war kaum den Kinderhemden entwachsen. Ich wollte ihn als Geisel für eventuelle Verhandlungen mit den Schotten.»

«Je nun, in der Nacht hast du ihn vielleicht gar nicht erkannt.»

«Hör auf, mich für einen Trottel zu halten», knurrte d'-Aval missmutig.

«Verzeih, ich suche nur nach Erklärungen ...»

«Habt ihr die Taschen des Toten durchsucht, ehe ihr ihn beerdigt habt? Gab es einen Hinweis, um wen es sich bei ihm gehandelt hat?»

Le Bras räusperte sich unbehaglich. «Nicht den kleinsten, denn wir konnten ihn weder in die Erde legen, noch durchsuchen. Am nächsten Morgen war seine Leiche verschwunden. Wir hatten uns natürlich zuerst um dich gekümmert.»

«Zum Henker, also ein Desaster auf der ganzen Linie», murrte der Verletzte übel gelaunt und zog das Tuch doch von seiner Stirn. «Ich kann nicht im Bett liegen und meinen Schädel pflegen, während die Dinge dermaßen drunter und drüber gehen.»

«Und ob Ihr das werdet», mischte sich Marierose aus dem Hintergrund ein. «Mit Kopfverletzungen ist nicht zu spaßen. Ihr habt einen ordentlichen Hieb erhalten und wart lange Zeit ohne Bewusstsein. Da kommt es auf die nächsten paar Stunden auch nicht mehr an. Bleibt liegen oder ich bitte Eure Männer Euch an diese Bettstatt zu fesseln. Wenn ich Ihnen klar machen kann, dass es dazu dient Eure Gesundheit und Euren Verstand zu erhalten, werden sie es sicherlich tun.»

Marierose errötete unter den verblüfften Blicken Blanches und des jungen Ritters. Vom Bett her klang eine Mischung aus Stöhnen und Glucksen. Offensichtlich überraschte den Verletzten die Tatsache, dass sich unter ihrer sanften Hülle stählerner Wille verborgen hatte, am wenigsten von allen Dreien. Sie sah, dass d'Aval sich aufzurichten versuchte, aber in derselben Bewegung wieder zurücksank.

Vermutlich tanzte die Kammer vor seinen Augen. Seine Stimme hingegen hatte keinen Schaden gelitten. Sie troff vor spöttischer Anerkennung.

«Bei Gott, Ihr seid schlimmer als der alte Drachen, Mylady. Wie lange glaubt Ihr, könnt Ihr mich in Eurer Krankenkammer einsperren?»

«Bis die Geschwulst völlig verschwunden ist und Ihr Euch aufrichten könnt, ohne dass sich alles vor Euren Augen dreht, wie es soeben der Fall gewesen ist.»

«Was bleibt mir anderes übrig», brummte d'Aval seufzend, denn sie schätzte sein Befinden völlig richtig ein. «Ist noch mehr von diesem Wein im Krug? Ich könnte ein ganzes Fass leer trinken.»

«Es ist wichtiger, dass Ihr zuerst ein wenig Nahrung zu Euch nehmt. Blanche wird Euch auch eine leichte Mahlzeit aus der Küche bringen. Ein wenig Eierspeise und Suppe. Ihr müsst Hunger haben. Sagt der Köchin es sei für mich, Blanche, und verratet keinem Menschen, dass der Seigneur wieder bei Sinnen ist. Darum bitte ich auch Euch, Ritter le Bras.»

«Sie glaubt, man will dir ans Leben», fühlte sich le Bras bemüßigt zu erklären. «Sie hat auf einer Wache vor dieser Kammer bestanden und behütet dich wie eine Glucke ihr liebstes Junges.»

Marierose erröte sowohl wegen der Schilderung als auch wegen der Wortwahl. Sie sah, dass der Kranke in ihre Richtung schaute, aber bei diesen Lichtverhältnissen würde er glücklicherweise kaum mehr einen dunklen Schatten von ihr sehen. Das fehlte noch, dass er ausgerechnet jetzt ihr Geheimnis entdeckte.

«Es ist nichts gewonnen, wenn Ihr dem Seigneur mehr Probleme aufladet, als er im Moment lösen kann», mahnte sie den anderen Ritter. «Geht und beruhigt Eure Männer, soweit dies nötig ist, aber gönnt Eurem Gefährten ein wenig Zeit seinen Kopf auszukurieren. Blanche, die Mahlzeit. Worauf wartest du?»

Es lag etwas in der ruhigen Stimme, das augenblicklichen Gehorsam erforderte, obwohl weder Blanche noch Benoit le Bras es genau benennen konnten. Auf jeden Fall verbot es, die sanfte Scheu der Witwe für Schwäche zu halten. Auch Cyrus d'Aval kam zu diesem Schluss, während sich die Kammertür hinter seinem Freund und dem Edelfräulein schloss, dass er Marierose von Nansay als Gefährtin aufgedrängt hatte.

Marierose spürte, wie er sie beobachtete, prüfte und sich Fragen stellte. Sie achtete darauf, außerhalb des schwachen Lichtscheins zu bleiben, der durch das kleine Kammerfenster fiel, das mit einem Holzrahmen verschlossen war, dessen Latten mit dünn geschabter Tierhaut bespannt waren.

«Warum so schweigsam, meine Liebe? Eben habt Ihr uns noch mit Eurer Redekunst verblüfft.»

Marierose unterdrückte einen zornigen Laut. Sie durfte ihn nicht unterschätzen. Auch mit brummendem Schädel und frischen Wunden war dieser Mann im Stande zu denken und zu forschen.

«Es gibt nichts zu reden, Seigneur», erwiderte sie beherrscht und dachte zusätzlich daran ihre Stimme so zu dämpfen, dass sie möglichst neutral klang. «Ihre müsst ruhen. Lasst Euch das Tuch wieder auf die Stirn legen. Es dämpft Eure Schmerzen.»

Geschäftig tauchte sie das Leinen erneut ins Wasser, wrang es aus und legte es zu einer Bandage zusammen, die Stirn und Augen bedeckte.

«Muss das sein», knurrte er unwillig, wehrte sich indes

nicht gegen die kühle Linderung, die tatsächlich das Hämmern hinter seinen Schläfen auf ein erträgliches Maß reduzierte.

«Ihr braucht Eure Kraft und Eure gesunden Sinne, wenn Ihr Nansay Hall beherrschen wollt», erwiderte sie sanft.

Sie bekämpfte den närrischen Wunsch, ihm wie einem Kind über die Haare zu streichen. Wann hatte es begonnen, dass sie ihn so sehr liebte? Dass sie kaum an sich halten konnte, ihn zu berühren? Dass sich sogar ihre Fingerspitzen nach ihm sehnten?

«Setzt Euch zu mir», forderte er jetzt nicht mehr ganz so mürrisch, aber doch keinen Widerspruch duldend. «Es gefällt mir nicht, blind zu sein.»

«Ich nehme an, es gefällt niemand, blind zu sein», erwiderte Marierose betont sachlich.

Sie zog gehorsam den dreibeinigen, hölzernen Hocker heran, der vor dem Kräutertisch stand. Wenn ihn ihre Gegenwart zur Ruhe brachte, sollte es ihr Recht sein. Sie würde alles tun, um ihm Schmerzen zu ersparen und sie war nirgendwo lieber als an seiner Seite. Aufrecht, die Hände im Schoß ihres düsteren Gewandes gefaltet, nahm sie schweigend Platz.

«Reicht mir Eure Hand», befahl er knapp.

Marierose zögerte, legte aber dann doch ihre Finger in die sehnige, große Hand des Ritters. Im Dämmerlicht der Kammer verschwand sie blass und zerbrechlich in einer Männerpranke, deren Berührung ihr einen Schauer heimlicher Erregung bescherte. Sie fühlte sein prüfendes Streicheln, als überlasse er es seinen Fingerkuppen sich ein Bild von ihr zu machen.

Was ging hinter seiner Stirn vor? Hatte er in seiner Bewusstlosigkeit doch bemerkt, dass sie versucht hatte, ihm durch die Wärme ihrer Hand Kraft und Heilung zu übermitteln? War er schon wach gewesen, als sie ihre Wange in seine Hand geschmiegt und sich ein wenig Zärtlichkeit und Nähe von ihm gestohlen hatte?

«Nun sagt schon, was Euch auf der Zunge brennt. Es wird Euch nicht bekommen, all die lästigen Ermahnungen ungesagt hinunterschlucken zu müssen. Es macht Euch sicher Beschwerden im Magen.» Sein unterdrücktes Lachen trieb ihr die Hitze in die Stirn.

«Ich hatte nicht vor Euch zu schelten», versuchte sie gelassen zu bleiben.

«Wie kann eine junge Frau, die ihr Leben dem Gebet weihen will, so dreist lügen?»

Marierose verspürte den kuriosen Wunsch zu lachen. Woher nahm er die Fähigkeit ihre Gedanken zu lesen? Erspürte er dieselbe Verbundenheit, die auch sie empfand? Ein gefährliches Gefühl. Sie durfte nicht zulassen, dass er ihr so nahe kam.

«Sagen wir, ich wollte Euch im Moment nicht schelten. Es würde Eure Genesung behindern», rückte sie die Dinge spröde zurecht.

«Mich behindert viel eher der Gedanke, wer meinen Dolch dazu benutzt hat, einen jungen Schotten zu töten, der eine prächtige Geisel für uns abgegeben hätte.»

«Der gleiche Mann der Euch mit vergifteten Pfeilen, angesägten Stufen und Keulenhieben nach dem Leben trachtet», erwiderte sie ohne großes Nachdenken. «Ihr macht einen Fehler, wenn Ihr den ritterlichen Ehrenkodex befolgt und nach hieb- und stichfesten Beweisen sucht, ehe Ihr ihm das Handwerk legt. Ihr habt es mit einer Ratte zu tun, die keine Ehre besitzt. Ein solches Geschöpf müsst auch Ihr mit den Methoden einer Ratte bekämpfen.»

Das Streicheln auf ihrer Handfläche hielt inne. Sie spürte, dass Cyrus d'Aval ihren Worten nachlauschte, als könne er in ihrer Stimme etwas anderes hören. Sie ahnte, dass er das Echo von Lilianas Worten vernahm und nicht einordnen konnte, was er fühlte. Sie verwirrte ihn und früher oder später würde er ihr genau dies zum Vorwurf machen. Heilige Mutter Gottes, welch ein Durcheinander.

«Ihr unterschätzt mich, Mylady.» Das Streicheln setzte erneut ein und verbreitete sehnsüchtige Schwäche in ihren Gliedern. «In den Diensten des Königs lernt man ebenso gegen Ratten kämpfen, wie man es lernt den lieblichen Damen seines Hofes eine Freude zu machen. Also überlasst mir das Ungeziefer und widmet Euch uneingeschränkt der Freude. Das Schicksal hat es gut mit Euch gemeint, als es mich nach Nansay Hall schickte.»

Marierose fühlte, dass er ihre Hand fester umspannte. Noch tastete er sich mit seinen Gedanken durch undurchdringliches Dickicht, aber es war nur eine Frage der Zeit, bis er die Lügen entlarvte. Wenn sein Kopf nicht länger unter den Nachwehen des verheerenden Schlages litt, würde er irgendwann die richtigen Schlüsse ziehen. Genau davor fürchtete sie sich schon jetzt. Er war zu stolz, um ihr Possenspiel zu entschuldigen.

«Wenn Ihr nicht nach Nansay Hall gekommen wäret, hättet ihr jetzt keine Kopfschmerzen», erwiderte sie dennoch ebenso praktisch wie ablenkend. Sie würde nicht so einfältig sein, ihm zu bestätigen, dass er ihr Leben aus der Bahn geworfen hatte.

d'Aval zog die kleine Hand eine Spur näher an sich. Sein Daumen zeichnete aufwühlende Kreise auf die seidige Haut zwischen Daumen und Fingern.

«Welch bewundernswert logische Antwort», sagte er

gleichzeitig. «Ihr seid eine Frau mit vielen Talenten, Mylady. Und umso faszinierender, weil Ihr sie meist versteckt. Was verbergt Ihr noch alles unter diesem traurigen, klösterlichen Gewand?»

«Ihr wollt es nicht wissen», erwiderte Marierose heiser und riss überfordert ihre Hand aus seinen Fingern. «Seid versichert, Herr Ritter, dass Ihr es nicht wissen wollt. Und nun schlaft. Ich werde Euch wecken, wenn Blanche die Mahlzeit bringt.»

«Wer könnte einem Befehl aus so berufenem Munde Widerstand leisten?»

Verflixter Kerl, schoss es Marierose halb gereizt, halb bewundernd durch den Kopf. Musste er denn immer das letzte Wort haben?

Zwölftes Kapitel

Nansay Hall
5. Juni 1091

«Befehl der Lady. Niemand darf ohne ihre Erlaubnis die Kammer betreten.»

In den vergangenen Tagen hatte Cyrus d'Aval die Stimmen der Männer unterscheiden gelernt, die seine Tür bewachten, wie die Pforten des Paradieses. Ein Vergleich, der sich ihm ganz selbstverständlich aufdrängte, wenn er an die kühlen helfenden Hände des Engels dachte, der sich seiner Wunden angenommen hatte. Oder jene der Hölle, wenn er endlich aufhörte sich selbst zu belügen. Die sanften Hände lösten zwar himmlische Gefühle in ihm aus, aber die damit verbundenen Wünsche waren unzweifelhaft irdisch und nicht die eines Ehrenmannes.

Er konnte es nicht lassen die Witwe zu berühren, sobald sie ihm zu nahe kam. Es gefiel ihm, das Erschauern zu fühlen, das sie ein jedes Mal durchlief, wenn sie ihm nicht ausweichen konnte. Es ließ das Bild des silberhaarigen Kobolds mehr und mehr verblassen, den er im Wald geliebt hatte. Er musste sich ohnehin entscheiden und er kam mehr und mehr zu dem Entschluss, dass nicht nur ritterlicher Gehorsam, sondern auch persönliche Neigung eher für Marierose von Nansay sprach. Sie war die ideale Ehefrau für einen Ritter, sanft, scheu, fromm und still. Ein abenteuerlicher Schmetterling mit zweifelhafter Vergangenheit, konnte im Leben eines königlichen Vasallen nur eine Episode bleiben. Verführerische Irrlichter wie Liliana machten einen Mann verrückt und brachten bloß Unordnung in sein Leben.

Aber all diese vernünftigen Argumente änderten wenig daran, dass er sich wie ein Betrüger vorkam, wenn er ehrlich mit sich selbst war. Weil sich ein wichtiger Teil seiner Person dennoch nach dem ungewöhnlichen Geschöpf sehnte, das er für einen zauberhaften Augenblick im Wald für die andere Hälfte seines Seins gehalten hatte. Was sie wohl tat? Ob sie sich sorgte, weil er seit Tagen die Burg nicht mehr verlassen hatte? Oder wusste sie längst was geschehen war? War sie weiter gezogen?

Wie er diese Fragen hasste! Fast ebenso sehr wie er es hasste, reglos auf diesem Lager zu liegen und darauf zu hoffen, dass sein persönlicher Zerberus ihm endlich die Erlaubnis erteilte, wieder am Leben teilzunehmen. Bisher hatte er ihr gehorcht, weil jede Bewegung ein Feuerwerk der Qual unter seiner Schädeldecke explodieren ließ. Heute indes kam es ihm zum ersten Male so vor, als könne er wieder mehr tun, als leiden und gehorchen.

An einem Ort gefangen zu sein, der ausschließlich vom Willen der Witwe beherrscht wurde, verärgerte und gefiel ihm zu gleichen Teilen. Es war reizvoll ihr zuzusehen, wie sie in eiserner Sanftheit über dieses kleine Reich herrschte. Sogar Benoit hatte sich angewöhnt, erst ihre Erlaubnis einzuholen, ehe er ihn mit den Problemen behelligte, die während seiner Abwesenheit in der Burg zur Lösung anstanden. Er spielte das Spiel mit, das alle anderen über die Schwere der Verletzung täuschen sollte und es war auch Benoit, der Lady Margaux soeben diesen Bescheid gegeben hatte und sich ihre eisige Erwiderung anhörte.

«Ihr solltet Eure Loyalitäten klüger wählen, junger Mann», drohte sie unverhohlen. «Besonders in Anbetracht der Tatsache, dass Euer Anführer so schwer verwundet zu sein scheint, dass er dem Tode näher ist als dem Leben.

Könnt Ihr es Euch leisten, die Hilfe der Lady dieser Burg für ihn abzulehnen?»

«Der Seigneur hat alles was er braucht und er wird in Kürze wieder gesunden», entgegnete Benoit in stoischer Ruhe.

«Wer sagt das? Die Gemahlin meines armen Sohnes? Muss ich Euch an SEIN Schicksal erinnern, um Euch klar zu machen, dass es tödlich sein kann, sich mit ihr zu verbinden?»

Cyrus d'Aval horchte auf. Da war ein neuer Klang in der Stimme der hohen Frau. Das Halbdunkel schärfte seine Sinne und ließ ihn Dinge entdecken, die ihm bisher entgangen waren. Unter der kühlen Kompresse musste ihm sein Gehör verraten, was das Auge nicht sah. Margaux von Nansay überspielte ihre Gefühle mit gnadenloser Arroganz, aber er hatte es dennoch gespürt. Sie hatte Angst. Die Dinge liefen nicht so wie sie es wollte.

«Ihr verleumdet eine Lady, die meinem Herrn nur Gutes getan hat», widersprach Benoit le Bras im nächsten Augenblick und erntete ein so höhnisches Lachen, dass der Verwundete gegen seinen Willen und die Spur eines neuen Gedankens verfolgte.

Er verabscheute Lady Margaux, aber war sie deswegen auch eine Lügnerin? Hatte er seiner Abneigung erlaubt, mehr Gewicht als seine Vernunft zu in die Waage zu legen? Hatte er je geprüft welchen Grund ihre heftige Abneigung gegen die ungeliebte Schwiegertochter hatte? Hatte er nicht selbst das deutliche Gefühl, dass Marierose von Nansay etwas Wichtiges vor ihm verbarg?

Alarmiert von seinen Befürchtungen, fiel es ihm noch schwerer als sonst, auf seinem Lager zu warten, bis ihm leises Röcke rascheln und vertrauter Rosenduft verrieten, dass sie gekommen war, nach ihm zu sehen. Je besser es ihm ging, umso seltener tauchte sie auf. Zum ersten Male fragte er sich, was sie mit dem Rest ihrer Zeit tat? Beten? Gereiztheit färbte seine ungnädige Begrüßung.

«Wo wart Ihr?» Er stauchte sie wie einen säumigen Knappen zusammen. «Ich warte seit Stunden auf Euch! Nehmt endlich dieses Tuch von meinem Gesicht! Ich stinke wie ein Kräutergarten. Vermutlich werde ich noch unter einer frisch geölten Turnierrüstung Kamillendünste verbreiten.»

«Ihr erspart mir die Frage nach Eurem Befinden.» Nach einem kurzem Stutzen über so viel Unfreundlichkeit, klang ihre Antwort gutmütig, fast amüsiert. «Es geht Euch besser, wenn Ihr schon wieder bellen könnt.»

«Ich bin kein Hund.»

«Aber ein Edelmann auch nicht. Die haben besseres Benehmen.»

«Zum Donner!»

Cyrus d'Aval stützte sich auf seinen Arm, nahm das lästige Tuch von der Stirn und stellte eine Menge Dinge auf einmal fest. Er hatte sich also nicht getäuscht, seine rasenden Kopfschmerzen waren verschwunden. Geblieben waren ein unbehagliches Dröhnen, ein wenig Wundschmerz und das instinktive Wissen darum, dass er sich besser nicht zu hastig bewegen sollte. Dennoch vermochte er seine Augen wieder auf einen bestimmten Punkt zu konzentrieren, ohne dass sein Schädel platzte. Das Leben hatte ihn zurück. Es war an der Zeit, die Dinge wieder in Angriff zu nehmen.

Als erstes nahm er die Witwe ins Visier. Sie war bei seiner ersten Bewegung zum Tisch zurückgewichen. Das diffuse Licht zeichnete einen hellen Umriss um ihre schmale Gestalt mit der biederen Haube, aber es ließ Gesicht und

Ausdruck im Schatten. Lediglich die straffen Schultern verrieten ihre Vorsicht.

«Es ist zu früh. Ihr dürft Euch noch nicht erheben», warnte sie eine Spur zu atemlos.

«Ich hab' Euch schon viel zu lange gehorcht», widersprach der Ritter und setzte sich am Rand seines Lagers vorsichtig auf. «Man könnte meinen, es gefällt Euch nicht, dass ich schneller gesunde, als Ihr gedacht habt.»

Marierose spürte die Kante des Tisches in ihrem Rücken und zermarterte sich vergeblich den Kopf nach der richtigen Antwort. So streitsüchtig wie er klang, würde jedes Wort falsch sein.

Cyrus d'Aval erhob sich bedachtsam auf die eigenen Füße und dehnte den athletischen Körper. Nur mit einem engen Beinkleid angetan, war er ein einschüchterndes Gebirge aus Muskeln und Kraft, das sich barfuß in ihre Richtung in Bewegung setzte. Seine Wärme traf Marierose wie ein offenes Kaminfeuer. Sie atmete in hastigen, kurzen Zügen und ihr Herz jagte so sehr, dass sie die einzelnen Schläge nicht mehr auseinander halten konnte. Die Schlinge zog sich zu, hatte sie es nicht geahnt? Unaufhaltsam trat er näher.

«Nun, wollt Ihr mir nicht antworten?»

Marierose schluckte. Sie ballte die Fäuste, damit sie nicht aus Versehen die Hände nach ihm ausstreckte und ihren Kopf an der breiten, nackten Schulter barg, die so unwiderstehlich vor ihr aufragte. Sie wollte nicht sprechen, nicht lügen, nicht erklären. Die letzten Tage hatten ihr alles an Kraft abgefordert, was sie besaß. Jetzt wünschte sie sich inständig, die Verantwortung abgeben zu können und die Augen zu schließen. Aber so wie es aussah, stand der schlimmste Kampf noch bevor.

«Es gibt nichts zu antworten ...» Sie erkannte die eigene

Stimme kaum wieder, so tonlos klang sie. «Wenn Ihr erst halb genesen den Kampf wieder aufnehmen wollt, so ist das Eure Sache. Ich habe für Eure Gesundheit getan was mir möglich ist. Der Rest ist Eure Angelegenheit.»

«Oh nein!»

Ehe sie reagieren konnte, hatte seine Hand eine ihrer Fäuste umfasst und hob sie hoch. Mit der anderen löste er die verkrampften Finger einen nach dem anderen. Schon einmal war ihr Widerstand auf so subtile Weise gebrochen worden. An jenem wundervollen Nachmittag am Waldsee. Erinnerte er sich auch an diese Geste? Das Blut in ihren Adern wurde zu schmelzendem Honig und ihr Herz raste.

«Was ficht dich an, kleine Witwe?», drang seine wohlklingende Stimme in ihr Ohr und setzte fort, was die Berührung begonnen hatte. Noch ein paar Herzschläge weiter und sie würde kraftlos in seine Arme sinken. «Hast du so viel Angst vor einem neuen Ehemann? Geht deine Abneigung gar so weit, dass du ihn lieber töten lässt, als seine Aufmerksamkeiten zu erdulden? Was hast du Lucien de Belcastel für seine Hilfe geboten, damit er dich von einem unliebsamen Bräutigam befreit?»

«Ihr ... Ihr seid verrückt ...» Marierose starrte ihn aus weit aufgerissenen, glasklaren Augen entsetzt an. Der Verdacht war so ungeheuerlich, dass sie nur noch stottern konnte. «Ich würde Euch nie Schaden zufügen. Ich ...»

Im allerletzten Moment biss sie sich auf die Zunge und erstickte das «Ich liebe Euch doch!», das sie als Beweis anführen wollte.

«Jaaaa ....»

Der gedehnte, nachdenkliche Laut verriet, dass sie ihn nicht überzeugt hatte.

Cyrus d'Aval bemühte sich, die Zartheit ihrer Hände zu

ignorieren und den Rosenduft aus seinem Bewusstsein zu verbannen. Vielleicht hatte er sich von Anfang an, von ihrer Stellung und ihrer unzweifelhaften Vornehmheit und Frömmigkeit einlullen lassen. Von jener Aura aus weiblicher Wärme, die eine Saite in ihm zum Klingen brachte, die er längst für verstummt gehalten hatte. Es war an der Zeit auch sie ausschließlich nach den Regeln der Vernunft zu beurteilen.

Das unmerkliche Zucken ihrer Finger veranlasste ihn, die blasse Hand genauer zu betrachten. Sie hatte den Ehering ihres verstorbenen Gemahls abgelegt. Warum? Weil sie sich entschieden hatte mit der Vergangenheit abzuschließen? Weil sie annahm, dass der Schutz dieses Ringes nicht mehr nötig sein würde?

Auf der Suche nach einer Antwort, fand er sich einmal mehr von einem gesenkten Kopf und einer ausladenden Haube behindert. In einem jähen Anflug von Ärger packte er die lästige Kopfbedeckung und zog sie rüde nach hinten, damit er ihr Antlitz besser sehen konnte. Haarnadeln klapperten zu Boden und er hielt mit einem Male das ganze steife Gebinde in der Hand.

Marieroses' Aufschrei traf sich mit seinem fassungslosen: «Zum Henker, was hat das zu bedeuten?»

Im Halbdunkel der Kräuterkammer leuchteten silberblonde, weiche Locken auf einem stolz erhobenen kleinen Kopf. Zerdrückt von der Haube, an den Schläfen feucht, aber kurz und unverkennbar wie der Sonnenaufgang. Mit offenem Mund starrte er die junge Frau an.

«Grobian! Tölpel!» Marierose riss sich heftig los und fuhr prüfend mit den Fingern durch die wirren Strähnen. «Genügt es Euch nicht, dass ich ohnehin kaum Haare auf dem Kopf habe? Müsst Ihr mir die wenigen auch noch ausreißen?»

Sie unterdrückte mit Mühe ein Schluchzen. Sie wollte keine Schwäche zeigen. Dann schon lieber zornig sein und den eigenen Stolz retten, wenn ohnehin alles um sie herum zusammenbrach.

«Liliana?»

In den Grundfesten erschüttert wich d'Aval vor der Gestalt im düsteren Wollgewand zurück, die ihm die unglaubliche Erinnerung an eine bezaubernde Waldfee vorspiegelte.

«Mein Gott, jetzt habe ich auch noch den Verstand verloren», murmelte er bestürzt «Ich sehe Gespenster.»

Eine andere Begründung fiel ihm nicht ein. Er wischte sich mit dem Handrücken über die Augen und taumelte zum Bett zurück. Schwäche und Unglauben setzten ihm so zu, dass er mit weichen Knien auf das Lager sank.

Marierose lachte trostlos auf, aber in ihren Augen stand Verzweiflung. «Ihr sorgt Euch umsonst, Herr Ritter. Sowohl Euer Verstand, wie Euer Blick sind ohne Fehl. Ich bin Liliana.»

Cyrus d'Aval hob den Kopf und schaute sie so ungläubig an, dass sie die Beleidigung bereits fürchtete, ehe er sie in Worte fasste. Es dauerte ein paar Herzschläge, ehe er in seinem dröhnenden Kopf nach kurzem Überlegen die einzige Erklärung fand, die seiner Meinung nach einen Sinn für diese unglaubliche Maskerade ergab.

«Du bist gar keine Edelfrau, nicht wahr? Deswegen ist Lady Margaux auch so dagegen, dass ich dich zur Frau nehme. Du bist nicht die Lady, die der König für mich bestimmt hat. Du warst nur die Buhle des jungen Lords, mit der er sich vergnügt hat und von der die Mutter erst nach seinem Tod erfuhr, stimmt's? Was ist mit der armen Lady geschehen, die er geheiratet hat? Ist sie im Kindbett gestorben?»

Marierose hörte in steigender Verblüffung zu. Mit allem hatte sie gerechnet, aber nicht mit diesem Sammelsurium aus Verdächtigungen und Dummheiten. Jetzt war sie also nicht nur eine Betrügerin für ihn, sondern auch noch eine Dirne. Am Ende seiner Tirade hatte sie nur den Wunsch, ihn so zu verletzen, wie er es eben mit ihr getan hatte.

«Wenn es je einen dummen Menschen auf dieser Insel gegeben hat, dann gebührt Euch dieser Titel, mein Ritter», fauchte sie aufgebracht.

«Nur zu, zeig' dein wahres Gesicht», knurrte Cyrus d'-Aval und beobachtete grimmig wie das blasse Antlitz rosa erglühte und die hellen Augen wahre Blitze nach ihm warfen. «Mich täuschst du nicht länger, mein Mädchen. Du hast dir die Tracht Prügel wahrlich verdient, die ich dir im Vorgriff auf deine Streiche bei unserer ersten Begegnung geschenkt habe. Es juckt mich in den Fingern, an dieser Stelle weiterzumachen.»

«Barbar!»

Marierose schleuderte ihm das eine Wort mit der ganzen fürstlichen Verachtung zu, die das Erbe ihrer edlen Eltern in ihrem Blut entzündete. Liliana von Hawkstone hatte ihren Töchtern nicht nur Schönheit und Magie vermacht, sondern auch eine viel zu große Portion Stolz. Marierose reagierte ausschließlich von diesem Erbe gesteuert. Erziehung, Schüchternheit und Zurückhaltung, alles erstickte in reinem, ursprünglichem Zorn. Zorn auf diesen Dummkopf, der sich in seinem männlichen Selbstwertgefühl getroffen fühlte. Zorn auf sich selbst, weil sie einen solchen Narren liebte.

In diesem Augenblick war sie weder Witwe noch Nonne, weder Tochter noch Ehefrau, sondern nur Eva. Im Feuer ihrer Rage wurde eine neue Persönlichkeit gehärtet, wurde endlich die Frau in ihr geweckt, deren Anlagen bisher unberührt geschlummert hatten.

Cyrus d'Aval konnte nicht umhin, die Veränderung zu bemerken. Unabhängig von Kleidung, Haarlänge oder der vermeintlichen Zartheit der äußeren Erscheinung, schleuderte sie ihm eine Herausforderung entgegen, wie er sie bisher nur im Zweikampf von Mann zu Mann erlebt hatte. Der feine Kopf mit dem absurden Haarflaum tat ihrer reinen Schönheit ebenso wenig Abbruch wie das hässliche Gewand. Sie stand in der Haltung einer heidnischen Göttin zum Kampf bereit.

«Das ist aberwitzig», rutschte es ihm heraus.

Der Schlag auf seinen Kopf schien tatsächlich anhaltende Folgen zu haben. Wie kam er sonst dazu, sie auf dieser männlichen, gleichberechtigten Ebene anzusehen? Frauen waren nicht so. Frauen waren schwach, wehrlos und bedurften der männlichen Anleitung. Gerade solche, die es wagten sich über die Grenzen zu begeben, die Anstand und Sitte ihrem Geschlecht zogen, brauchten die Hilfe eines aufrechten Mannes, um wieder auf den rechten Weg zu finden.

«Diese ganze Komödie ist aberwitzig», wiederholte er nach einem tiefen Atemzug. «Was treibt dich hinaus in den Wald und zu solchen Abenteuern, Mädchen? Kein Wunder, dass die Lady versucht, dich gewaltsam zu Frömmigkeit und Anstand zu zwingen.»

Marierose rang um Atem. Sie fand die arrogante Art, mit der er die Geschehnisse ganz und gar zu ihren Ungunsten auslegte, schlicht empörend.

«Ein Abenteuer, am dem auch Ihr beteiligt wart, Herr Ritter», erinnerte sie böse. «Ich habe Euch mit keiner Silbe gebeten, mir nachzustellen.»

«Frauen brauche keine Worte, um einen Mann zu verführen.»

«Und warum habt Ihr nicht Eure viel gepriesene männliche Überlegenheit dazu verwendet, mir zu widerstehen?»

«Ein Krieger wie ich ergreift die Gelegenheiten, wenn sie ihm geboten werden, Mädchen.»

«Ein Krieger? Wohl eher ein unverschämter Flegel ...»

Marieroses Hand flog hoch und wurde in einem erbarmungslosen Griff gefangen, ehe sie, wie beabsichtigt, zuschlagen konnte. Der Ritter zog sie heftig an sich und sie prallte hart gegen seine halbnackte Gestalt. Hatte sie wirklich vorgehabt, ihn zu züchtigen? Sie war so verblüfft über ihre eigene Attacke, dass sie reglos in seinem Arm verharrte.

«Du treibst ein böses Spiel mit mir, kleine Hexe. Eine wilde Scharade, die du mit den Gefühlen eines ehrlichen Mannes nährst. Was ist wahr in diesem Gaukelspiel aus Lügen und Verdächtigungen? Das meiste hast du zweifellos erfunden, um meine Aufmerksamkeit zu erregen. Der Pfeil, der tote Hund und weiß der Himmel was noch alles. Ich durchschaue dich, dies alles diente nur dazu, mir die Sinne zu vernebeln und meinen Verdacht einzuschläfern, bis du dir deiner Herrschaft über mich sicher sein konntest.»

Marierose schnaubte verächtlich durch die Nase. «Glaubt doch was Ihr wollt.»

«Wenn ich denke, dass ich mir Vorwürfe gemacht habe, weil ich Liliana genommen habe, während ich gleichzeitig einer tugendsamen Witwe die Ehe versprechen wollte ... Es ist der reine Hohn, weißt du das? Wie kannst du solches Schindluder mit der Ehre eines Mannes treiben?»

Sie hatte mit Vorwürfen gerechnet, aber das tatsächliche Ausmaß seiner Verdächtigungen schlug alle dummen

Vermutungen um Längen. Weshalb fragte er nicht einmal, warum sie das alles getan hatte? Hielt er sie für eine dumme Gans, die nicht über den Augenblick hinaus dachte?

Marierose stand stocksteif und versuchte sich der zunehmenden Wärme seiner körperlichen Nähe zu entziehen, indem sie hartnäckig seine charakterlichen Fehler aufzählte und seinen Verstand anzweifelte. Umsonst. Wie sie diese verhängnisvolle Schwäche hasste, die sie unter seinem Einfluss ein jedes Mal überfiel. Gab es denn kein Mittel dagegen?

Sie rettete sich in Hohn und Spott, ohne zu bedenken, dass sie ihn damit noch mehr reizte. «Wenn Ihr so leicht abzulenken seid, mein Herr, müsst Ihr auch die Folgen davon ertragen lernen.»

Cyrus d'Aval schwankte seinerseits zwischen dem Wunsch ihr den zierlichen Hals umzudrehen und jenem, sie auf das Lager zu werfen. Auch er kämpfte gegen den verheerenden Einfluss ihrer gefährlichen Berührung an. Er staunte über die Spannkraft ihrer geschmeidigen Gestalt, bewunderte die sanfte Rundung des Busens, der sich gegen seinen Brustkorb presste und verfluchte seine eigene, verräterische Reaktion auf so viel weibliche Verführungskunst.

Im Zwielicht der Krankenkammer glänzten ihre hellen Augen wie poliertes Silber. Was waren das nur für Augensterne, die je nach Licht und Laune ihre Farbe wechselten? Und dann der feuchte Schimmer ihrer rosigen Lippen! Er ließ an Küsse und nicht an Flüche denken. Genau genommen konnte er überhaupt nicht denken, wenn sie ihn so anblitzte. Er war auf pures animalisches Verlangen reduziert, auf Erobern und Besitzen. Egal ob sie nun Marierose oder Liliana hieß, sie gehörte ihm!

Mit einem lästerlichen Fluch gab er es auf, die eigenen

Wünsche noch länger zu leugnen. Sein unbarmherziger Griff wurde sanfter. Seine Finger drückten nicht länger Male in ihren Nacken, sondern sie streichelten die seidige Linie der schlanken Säule. Sie krochen unter die Haarsträhnen und umspannten den Kopf, damit sie ihre Lippen nicht vor seinem Kuss in Sicherheit bringen konnte.

Aber Marierose wollte sich gar nicht verweigern. Im Gegenteil, sie kam ihm, von der gleichen jähen Leidenschaft getrieben, der auch ihn erfüllte, willig entgegen. Sie schlang den freien Arm um seine Hüften und erwiderte seinen Kuss mit demselben Feuer, mit dem sie ihn eben noch beschimpft hatte. Es war keine Lösung ihrer Probleme, aber es war auf jeden Fall besser, als einander zu erniedrigen.

Der Überschwang ihrer Reaktion entwaffnete den Ritter fast noch mehr als die Süße ihres Kusses. Die Hitze war Liliana, der Kuss Marierose. Beides vermischte sich in seinem schmerzenden Kopf auf so unglaubliche Weise, dass er nur noch eines wusste, er wollte sie haben. Jetzt und auf der Stelle! Er wollte sie verschlingen, besitzen, brandmarken, strafen, alles gemeinsam und alles sofort.

Marierose bot ihm im Gegenzug reine Liebe. Mochte ihr Herz auch vor Traurigkeit schmerzen, weil er sie nur aus gekränkter Männlichkeit eroberte, Hauptsache er wollte sie überhaupt. Obwohl die Emotionen in den goldenen Raubtieraugen im Dämmerlicht der Kammer kaum lesbar waren, konnte sie doch deutlich fühlen, was ihn zu dieser stürmischen Unterwerfung trieb. Er war verärgert und verwirrt zugleich, weil er sich keinen Reim auf seine eigenen Empfindungen machen konnte.

Auf einer fernen Ebene ihres Bewusstseins hatte sie sogar Verständnis für seinen Zorn. Er konnte ebenso wenig über seinen Schatten springen, wie sie es vermochte. Lediglich die magnetische Anziehungskraft, die sie aufeinander ausübten, überbrückte ihre Schwierigkeiten. Mit einem Male zählte nur, dass er sie hastig aus ihren düsteren Kleidern schälte und die Einzelteile über die zerstörte Haube warf, die ihren Untergang besiegelt hatte. Er suchte Liliana unter den Stoffen und er wurde erst ruhiger, als sie in schimmernder Nacktheit auf dem bescheidenen Krankenlager ruhte, das nach Kamillenumschlägen und Cyrus d'Aval roch. Ihre reine Schönheit leuchtete ihm entgegen und sein Atem beschleunigte sich auf raues Keuchen.

«Warum musst du nur eine Lügnerin sein», hörte sie ihn zürnen, ehe er sich zu ihr legte und seine zärtlichen Küsse die Vorwürfe Lügen straften. «Ich hätte dich auf Händen getragen, wenn du es mir erlaubt hättest. Warum musstest du mich zum Narren halten?»

Merkte er denn nicht, dass seine Vorwürfe jeder Basis entbehrten? Dass es nicht in ihrer Macht gelegen hatte die Lügen zu vermeiden? Marierose wand sich unter seinen gierigen Küssen und versuchte eine Antwort zu geben, aber es gelang ihr nicht. Sie brachte kaum die Mahnung zur Vorsicht über die Lippen. Er war verletzt, er musste Kopfschmerzen haben und ...

Stattdessen entfloh ihrer Kehle ein leiser Seufzer der Wollust, als seine Hände ihre Brüste umfingen und die harten Knospen mit den Fingern auf höchst erregende Weise reizten. Das Gemach verschwamm vor ihren Augen. Ihr Körper brannte und nicht einmal der Gedanke an die Schmerzen, die er ihr bereiten würde, vermochte sie noch abzuschrecken. Am liebsten wäre sie in diesem Moment gestorben, heiß vor Leidenschaft und ihrer geheimen Liebe mit allen Fasern ihres Seins ausgeliefert.

Cyrus d'Aval beobachtete die erstaunliche Wandlung von

der wütenden Furie zur sinnenfreudigen Geliebten und machte ihr auch dies zum Vorwurf. Es erboste ihn, dass sie so geschickt von einer Rolle in die nächste wechselte. Dass sie ihn mit diesen wundervollen Brüsten und diesem geschmeidigen Leib so leicht verführen und um sein Urteilsvermögen bringen konnte. Die zarte Weiblichkeit unter dem hellen Flaum ihres Schoßes empfing seine Hand mit einladender Wärme und Feuchtigkeit, als wolle sie nichts lieber wie von ihm gestreichelt und besessen zu werden. Sie war nass und bereit für ihn. Sie verwirrte ihn, wie es die raffinierteste Kurtisane nicht besser gekonnt hätte – und genau das machte er ihr zum Vorwurf.

Er fühlte sich hintergangen und sein gekränkter Zorn erstickte die anfängliche Zärtlichkeit auf der Stelle. Jetzt diktierte das Fieber des eigenen Blutes alles Weitere. Er spreizte die schlanken Beine mit der Rücksichtslosigkeit eines Eroberers und drang mit einem einzigen wütenden Stoß in die geheimen Tiefen ihrer Weiblichkeit.

Marierose schrie ängstlich auf, aber noch im ersten Schock entdeckte sie, dass der Schmerz fehlte. Er war roh, riesig und dehnte ihr Fleisch auf unvorstellbare Weise, aber es tat nicht weh. Im Gegenteil, er füllte sie aus, weckte den dringenden Wunsch noch mehr von ihm zu spüren. Tiefer sollte er eindringen. Härter stoßen. Die lebendige Unerbittlichkeit seiner Leidenschaft mit ihrem engen Schoß entfachte ein so intensives Gefühl von Hitze, dass sie zu brennen glaubte und es kaum ertragen konnte. Sie bewegte sich, suchte Erleichterung und fügte sich instinktiv in den archaischen Tanz der Paarung.

Sie hörte sein Stöhnen und ihr eigenes Wimmern, aber sie konnte nicht aufhören. Sie wölbte sich den Stößen ihres Eroberers entgegen und schlang die Beine um seine

Oberschenkel, damit sie noch näher und inniger verbunden sein konnten. Oh Gott, es war eine Flutwelle, ein Sturm der Lust, ein Orkan, der sie in tausend einzelne Splitter zerbrach, ehe sie sich auflöste und ins Dunkel schleuderte. Genau auf diese Weise zu sterben, hatte sie sich gewünscht.

Mit jagendem Herzen, schmerzendem Kopf und wirrem Verstand tauchte Cyrus d'Aval aus dem Strudel dieser fieberhaften Vereinigung wieder auf. Wenn er ehrlich mit sich selbst war, musste er es fast eine Vergewaltigung nennen. Noch nie hatte er sich einer Frau so gewaltsam aufgezwungen. Dennoch hatte Marierose keinen Widerstand geleistet. Im Gegenteil, er hatte das Pochen ihrer Lust so unzweifelhaft gespürt, dass er wusste, dass auch sie in diesem wilden Liebesrausch Erfüllung gefunden hatte. Welch eine Frau!

Nun, er musste seine Meinung über sie ohnehin ändern. Sie war nicht die scheue, fromme Witwe, die sie ihm vorgespielt hatte. Sie war in erster Linie Liliana. Heftig, ungestüm und gefährlich wie das tückische Gift der glänzenden Tollkirsche.

«Warum hast du dich Liliana genannt?», rutschte ihm die unwichtigste aller Fragen zuerst heraus.

«Es ist der Name meiner Mutter», erwiderte Marierose heiser.

Das Verhör begann und sie hatte Mühe, in die Wirklichkeit zurückzufinden. Sie tastete instinktiv nach einem Laken, einem Kleidungsstück, mit dem sie sich bedecken konnte. Mit einem Male war ihre Nacktheit nicht mehr selbstverständlich, sondern peinlich. Die Zeit der Liebe war vorbei. Wenn die Vorwürfe von neuem begannen, wollte sie gewappnet sein.

Sie lagen beide auf der Decke die sie suchte und ihr mürrischer Liebster sah nicht so aus, als wolle er auch nur eine Bewegung machen, damit sie darunter schlüpfen konnte. Also rutschte sie hastig vom Lager und lief zu ihren Kleidern. Sie zog bereits die Schnüre des Untergewandes an, als Cyrus d'Aval endlich die Augen öffnete. Sein Blick blieb verhangen und rätselhaft. Ihre Hände zitterten ungeschickt und sie brauchte mehr Zeit als sonst für die gewohnten Handgriffe. Kein einziges Wort fiel zwischen ihnen. Sie steckte gerade die Haube wieder fest, als das Alarmsignal von den Wällen tönte.

«Die Schotten! Die Schotten marschieren auf Nansay Hall zu.» Benoit le Bras stürzte in den Raum, als wären die Kaledonier bereits in der Burg.

Marierose wich tiefer in den Schatten zurück. Musste sich der junge Ritter nicht fragen, warum sein Freund unbekleidet auf dem zerwühlten Lager ruhte? Noch dazu im Beisein einer Frau, die er im Gegensatz zu d'Aval noch für eine ehrenwerte Witwe hielt.

Aber Benoit le Bras war fern solcher Mutmaßungen. Er war ein Ritter und das Hornsignal erforderte augenblickliche Maßnahmen, die über Kleinigkeiten wie Kleidung und Moral hinausgingen.

«Lass das Tor schließen, die Gitter senken und postiere die Männer auf den Wällen. Ich möchte wetten, dass dies kein Höflichkeitsbesuch ist», befahl Cyrus d'Aval unverzüglich. «Und schick einen der Männer in meine Kammer. Ich brauche auf der Stelle meine leichte Kampfrüstung, den Helm und meine Waffen.»

«Sofort.»

Benoit le Bras eilte davon. Marierose schloss die Tür, die er in der Eile aufgelassen hatte, hinter ihm und wandte sich zum Bett. «Ihr könnt nicht kämpfen. Ihr seid noch nicht gesund.»

«Ich sterbe lieber im Kampf, als im Bett.»

«Wie Ihr wünscht.»

Die sanfte Erwiderung entlockte dem Ritter einen leisen Fluch. «Ich wünschte, ich wäre dir nie begegnet, weißt du das?»

Marierose sah ihn an und unterdrückte ein Seufzen. Warum wehrte er sich so verbittert gegen seine Emotionen? «Ich weiß, dass Ihr lügt, Seigneur.»

d'Aval lachte spöttisch auf und zog seine Hose an. «Dann passen wir ja prächtig zusammen, meine kleine Gauklerin. Du scheinst mir die Herrin aller Lügen zu sein. Geh in deine Gemächer und bete, dass die Schotten mehr Mut als Waffen haben. Diese Burg ist nicht für eine Belagerung bereit. Sie ist mehr schöner Schein als wehrhafte Festung. Und was uns beide betrifft, mein Mädchen, über dieses Problem werden wir uns auseinandersetzen, wenn wir gesiegt haben.»

Marierose senkte den Kopf und verließ stumm die Kammer. Wie auch immer der Kampf auf den Wällen ausging. Sie hatte den Ihren in jedem Fall verloren und sie konnte von Glück sagen, wenn am Ende nur ihr Herz auf der Verlustliste stand.

Zwölftes Kapitel

Nansay Hall
5. Juni 1091

«Keine Angst, wir sind in Sicherheit. Kein Schotte wird den Burgfrieden von Nansay Hall brechen.» Lady Margaux beruhigte die aufgeregte Schar ihrer Gefährtinnen mit solcher Überzeugung, dass Marierose sie dafür bewundern musste. Die Damen der Lady hatten in den langen Jahren des vermeintlichen Friedens in Nansay vergessen, dass das Leben auf einer Burg im Grenzland seine Gefahren barg. Aber bisher waren immer nur Dörfer angegriffen worden, nie eine Festung von der Größe Nansays.

Nun indes stürmten die Männer des schottischen Königs schon einen ganzen Tag lang gegen die Mauern der Burg und ein Regen aus Brandpfeilen hatte bisher zwar keinen nachhaltigen Schaden angerichtet, aber für reichlich Aufregung und Panik gesorgt. Viele Schindeldächer hatten bereits Tribut gezahlt und waren in Flammen aufgegangen. Die ersten Verwundeten lagen im Stroh der Halle, wo sich der Bader der Burg, unter Lady Margaux Aufsicht, um ihre Verletzungen kümmerte.

Allerdings taten weder sie noch ihre Damen dabei mehr als die Hände zu ringen und Unruhe zu verbreiten. Das Geflüster und Geseufze der Edelfrauen, die sorgsam ihre Säume vor den blutenden Männern in Sicherheit brachten, trug nicht dazu bei, Mut und Zuversicht zu verbreiten. Da mochte die Lady noch so tapfere Worte finden.

Marierose und Blanche waren die Einzigen, die dem völlig überforderten Bader zur Hand gingen. Viele der Männer hatten Brandwunden und Marierose versorgte jene mit Verbänden, die sich trotz ihrer Blessuren noch stark genug fühlten, sofort in den Kampf zurückzukehren. Eben strich sie sorgsam lindernden Balsam auf die Schulter eines Kriegsknechtes, der mit den Zähnen knirschte, damit ihm kein Schmerzenslaut entkam.

Blanche schnupperte wissbegierig an dem Tiegel. «Was ist in dieser Salbe?»

«Wacholder, ausgelassenes, ungesalzenes Schweinefett und feines im Mörser zerriebenes Salz», zählte Marierose die wichtigsten Zutaten auf. «Es fördert die Heilung und dämpft den Schmerz, nicht wahr?»

Die letzte Frage galt dem Mann, der ihren Blick dankbar erwiderte. «Der Herr wird's Euch lohnen, Mylady. Wir tun alles, damit die Schotten Nansay Hall nicht überrennen und Euch Schaden zufügen.»

Marierose runzelte die Stirn. Obwohl ihnen niemand Genaues über die Kämpfe sagte und es ihr natürlich nicht erlaubt war, auf die Wälle zu steigen und sich dort ein eigenes Bild zu machen, konnte sie zählen. Es wurden immer mehr Männer, die im Stroh lagen. Viele waren so schwer verwundet, dass ihr Leben in Gefahr schwebte, denn die Pfeile der Schotten trugen nicht nur Feuer, sondern auch Tod in die Burg. Die Kaledonier waren meisterhafte Bogenschützen. Ihre todbringenden Geschosse durchschlugen mühelos Panzerungen und gepolsterte Lederwesten und sie verursachten hässliche Wunden.

Wenn schon ein einziger Tag so viele Opfer forderte, dann war leicht abzusehen, dass der Kampf nicht lange währen und dass er nicht so enden würde, wie Lady Margaux es gerne gehabt hätte. Es ging um mehr, als um den Burgfrieden.

«Die Übermacht der Schotten wiegt den Vorteil unserer Mauern auf. Hab' ich Recht?» Marierose dämpfte ihre Stimme, damit nur der Verletzte und Blanche sie hörten.

«Ich hab' die Kaledonier noch nie so in Rage erlebt», räumte der Kriegsknecht zögernd ein. «Sie fordern Rache. Der Seigneur hat den Sohn des McDowell getötet. Sie sagen feige erstochen. Niemand weiß Genaues. Sicher ist nur, dass die Schotten nicht ruhen werden, bis sie den Jungen gerächt haben.»

Marierose kannte die Geschichte des Dolches und des verschwundenen Gefangenen. Sie kannte auch Cyrus d'-Aval und sie hätte ihre Seligkeit darauf verwettet, dass der keinen gebundenen Halbwüchsigen erstach. Ein solches Schurkenstück trug einwandfrei die Handschrift von Lucien de Belcastel. Bisher waren alle seine Versuche gescheitert, d'Aval zu beseitigen. Übertrug er nun dieses mörderische Geschäft den Schotten? Aber er stand doch selbst auch auf den Wällen? Wieso brachte er sich mit in Gefahr?

«Woher wisst Ihr all diese Dinge?» Blanche stellte die neugierige Frage, die Marierose gut zu passe kam.

«Sie haben einen Pfeil mit einer Botschaft geschickt», berichtete der Mann. «Sie würden abziehen, wenn man ihnen den Seigneur in Ketten nach draußen schickt. Nur Schotten können auf eine solche Idee kommen.»

«Sie haben keine Ehre im Leib.» Blanche nickte und plapperte brav die Vorurteile nach, die ihr Lady Bolton eingeimpft hatte.

«Findest du?» Marierose schnaubte leise. «Man könnte auch sagen, dass die Männer das Recht auf ihrer Seite haben, weil sie einen feigen Mord zu rächen versuchen.»

«Mag sein wie es will, Mylady», mischte sich der Kriegsknecht wieder ein, der vorsichtig die verbrannte Schulter bewegte und dabei das Gesicht verzog. «Aber es werden eine ganze Menge unschuldiger Toter sein, die diesem Jungen in die Ewigkeit folgen. Betet, dass nicht auch wir diesen schweren Weg gehen müssen. Es wär' nicht gerecht, wenn Euch der Himmel Eure Wohltaten so vergelten würde. Aber was ist schon gerecht auf dieser Welt ...»

«Passt auf Euch auf, guter Mann», riet Marierose sanft.

Seine Antwort ging im Stöhnen der anderen Verwundeten unter und erst jetzt bemerkte Marierose, dass Blanche sie heftig am Ärmel zog, um ihre Aufmerksamkeit zu erregen.

«Meint Ihr wirklich die Burg wird fallen? Aber die Lady hat doch eben gesagt ...»

Marierose sah in die weit aufgerissenen Augen ihrer Gefährtin und las die Angst in ihnen. «Lady Margaux ist vieles, aber sie ist kein Kriegsherr. Diese Frage könnte dir höchstens der Seigneur beantworten, aber der steht seit Stunden im Kampf.»

«Heilige Mutter Gottes!» Blanche bekreuzigte sich hastig. «Wenn die Schotten über uns herfallen ist ...»

«Rede keinen Unsinn», fiel ihr Marierose scharf ins Wort. «Niemand fällt über uns her und sogar im schlimmsten Fall wird sich eine Möglichkeit finden, wenigstens unser Leben und unsere Ehre zu retten.»

Blanche fuhr zusammen. Diese Art von Befehlston hatte sie von ihrer jungen Herrin noch nie vernommen.

«Habt Ihr denn gar keine Angst?», fragte sie fassungslos. «Was wird sein, wenn die Festung fällt? Wenn Euer künftiger Gemahl stirbt und seine Männer mit ihm?»

Marierose stutzte. Sie hörte einen Anflug von Verzweiflung in Blanches Worten, der gewichtigere Gründe als die Panik eines jungen Mädchens haben musste. Erst jetzt fiel ihr auf, dass Blanche bei jedem Mann, der in die Halle wankte oder getragen wurde, erblasste und ein erleichtertes Aufatmen verbarg, wenn sie ihn nicht kannte. Gleichzeitig erinnerte sie sich an die vielen Male, da Blanche und Benoit le Bras die gemeinsame Anwesenheit in der Krankenkammer des Seigneurs zum vertraulichen Geplauder genutzt hatten.

«Kann es sein, dass du dir Sorgen um einen ganz bestimmten Ritter machst, weil du ihn in dein Herz geschlossen hast?»

Blanche wurde feuerrot. «Woher wisst Ihr?»

Weil ich selbst unter dieser schlimmen Krankheit leide, hätte Marierose am liebsten gesagt, aber sie verbot sich eine solche Vertraulichkeit. Blanche war nicht geholfen, wenn ihre Herrin ebenfalls Schwäche zeigte.

So entschied sie sich für eine diplomatische Antwort: «Es gehört nicht viel Fantasie dazu, die Richtung deiner Blicke zu erkennen, meine Freundin. Aber wenn du wirklich daran denkst, dich mit einem Ritter des Königs zu verbinden, so musst du lernen, eine würdige Gefährtin für ihn zu sein. Es ist nun einmal die Aufgabe der Frauen, sich um die Folgen der Kriege zu kümmern, die ihre Männer führen. In solchen Zeiten bleibt wenig Muße über die eigenen Sorgen nachzusinnen und auch nicht für das überflüssige Gefühl der Angst.»

Ob Blanche dieser tapferen Rede glaubte? Marierose wagte nicht sie anzusehen. Sie hatte selbst die größte Mühe, Beherrschung zu zeigen. Sie zitterte um Cyrus d'Aval, der im Gegensatz zu seinen Kampfgefährten, unter den Nachwirkungen des verheerenden Hiebes leiden musste. Sie würde ihn verlieren, sie wusste es. Aber er sollte wenigstens leben und seinem König dienen können. Er würde eine andere, würdigere Gemahlin finden, als das dumme Ding, das Gil von Nansay geheiratet hatte. Der Himmel durfte nicht zulassen, dass Belcastels Intrigen so viel Ritterehre und Heldenmut zerstörten.

«Ihr müsst einen Boten zum König schicken», klang in diesem Augenblick Lady Margaux befehlende Stimme auf. «Rufus darf uns nicht im Stich lassen.»

«Wenn Ihr mir sagt, wie Ihr diesen Boten aus der Burg und auf den Weg bringen wollt, bin ich gerne dazu bereit», antwortete eine raue, müde Stimme die Marierose tief ins Herz schnitt.

Cyrus d'Aval hatte die Halle betreten und er taumelte vor Müdigkeit. Schwarze Rußspuren zogen sich über sein Gesicht, seine Augen brannten vom Rauch gereizt und überanstrengt, unter halb gesenkten Lidern. Sie sah ihm an, dass er höllische Kopfschmerzen hatte und keinen Wert auf hysterische Vorwürfe legte. Allem Anschein nach hatte er jetzt selbst begriffen, dass er nicht stundenlang auf den Wällen kämpfen konnte, ohne zu essen oder eine Pause zu machen. Die hereinbrechende Dunkelheit hatte die Kämpfe zum Erliegen gebracht und in der Nacht galt es nur Wache zu halten, Verwundete zu pflegen und die eigenen Waffen zu schärfen und auszubessern.

Marierose wischte sich die Handflächen an ihrem sowieso beschmutzten Gewand ab und trat zu ihm, ohne Lady Margaux sonderliche Aufmerksamkeit zu schenken. Die Dame überschüttete den Ritter mit Vorwürfen, Ratschlägen und Beanstandungen, während er sich in der Halle umsah und sichtlich erschrocken die Vielzahl der Verwundeten zur Kenntnis nahm.

«Ihr seid erschöpft», stellte Marierose fest und griff nach dem Arm ihres Geliebten. «Kommt mit in Euer Gemach.

Ihr braucht Essen und Schlaf. Ich werde einen Umschlag für Euren schmerzenden Kopf bereiten.»

Verblüfft starrte Cyrus d'Aval erst auf die Hand und dann in das reine, stille Gesicht der Witwe. Wie hatte er sie jemals für unscheinbar halten können? Im Licht der Fackeln und Öllampen schimmerte ihre Haut wie cremefarbene Seide und in den hellen Augen, die in diesem Moment wie Spiegel das Licht reflektierten, stand Besorgnis. Der fein geschnittene Mund war energisch zusammen gepresst und zwischen den elegant gewölbten Brauen stand eine steile Falte.

Jetzt wo er sie ansah, wusste er, dass er allein ihretwegen gekommen war. Dass er sich davon überzeugen musste, dass es ihr gut ging und dass sie in der allgemeinen fiebrigen Panik einer Burg, die um ihr Überleben kämpfte, ein Pol der Ruhe und des Friedens war.

«Kommt!»

Lady Margaux brach mitten im Wort ab, als ihr klar wurde, dass der Ritter diesem sanften Befehl ohne Widerspruch folgte.

«Das könnt Ihr nicht tun», kreischte sie wütend. «Wer ist auf den Wällen? Wer verteidigt uns?»

«Die Nacht, Madame», entgegnete er ruhig. «Wenn es dunkel ist, findet der beste Schütze kein Ziel und ich habe Befehl gegeben alle Fackeln zu löschen. Aber es wäre indes ein Dienst der Barmherzigkeit, wenn Ihr veranlassen würdet, dass die Männer auf den Wällen Essen und Trinken erhalten. Eure Frauen und Mägde können sich nun gefahrlos aus dem Haus wagen.»

«Wisst ihr das sicher?»

«Probiert es aus, dann werdet Ihr es merken.»

Die sarkastische Bemerkung trieb Lady Margaux das Blut in die Stirn.

«Kommt!» Marierose zerrte deutlich energischer an seinem Arm. «Ihr könnt Euch mit der Dame streiten, wenn Ihr wieder bei Kräften seid. Blanche, du kümmerst dich um eine Mahlzeit für den Seigneur. Schick eine Magd um frisches Brunnenwasser und sag der Köchin Bescheid, dass sie sich um das Essen für die Männer auf den Wehrgängen kümmert. Mach schon.»

Benommen vor Müdigkeit und Schmerz ließ sich Cyrus d'Aval in diesem Augenblick gerne bevormunden. Am Ende wusste er selbst nicht genau, wie er in den Nordturm gekommen war, in die stille Kammer und auf die reinen Laken des Bettes, die nach Lavendel und Sommer dufteten. Marierose hatte mit seinen Stiefeln gehadert und über die steifen Schlaufen des Harnisches geschimpft, aber am Ende doch gesiegt.

Sie hatte Blanche, das Tablett mit dem Essen abgenommen und sie augenblicklich wieder davongeschickt. «Sieh zu, dass du deinen Ritter findest. Vielleicht benötigt er ebenfalls eine freundliche Seele, die ihm durch diese Nacht hilft. Er steht genauso lange wie sein Seigneur im Kampf und muss erschöpft sein.»

«Du schickst sie zu Benoit?», murmelte Cyrus und fand trotz aller Ermüdung noch die Kraft sich zu wundern. «Wie kannst du das tun? Sie ist ein Edelfräulein, sie muss auf ihren Ruf achten. Sie kann nicht wie ein Trossweib einem Ritter nachlaufen, auch wenn Deinesgleichen dafür kaum Verständnis hat.»

«Der Himmel bewahre mich vor Euren Vorurteilen», murmelte Marierose verärgert. «Könnt Ihr nicht wenigstens für ein paar Herzschläge lang aufhören, mir zu zürnen? Ich wollte Euch nichts Böses und ich habe Euch auch nie Böses getan.»

Sie hielt sein Schweigen für Widerspruch, dabei gab er ihr im Grunde seines Herzens Recht. Sie hatte ihn verärgert, fasziniert, gereizt und beschäftigt, aber wenn er von dem absurden Gedanken Abstand nahm, dass sie hinter allem Bösen steckte, das ihm auf Nansay Hall widerfahren war, dann blieben keine Vorwürfe mehr übrig. Sie hatte ihn nicht einmal zu dieser Heirat gedrängt, die ihn für immer an eine Person unterhalb seines Standes gekettet hätte, an eine Frau von niederster Geburt und ohne jede Moral.

«Esst», forderte sie und zwang sich nicht gekränkt zu klingen. Dies war nicht der Zeitpunkt für sinnlose Debatten. Er benötigte seine Kraft für Nansay Hall. Sie spürte die Gefahr in der sie alle schwebten, auch wenn sie sich zwang, sie nicht zur Kenntnis zu nehmen.

«Würdet Ihr wirklich einen Boten zum König senden, wenn es eine Möglichkeit gäbe die Burg zu verlassen?», erkundigte sie sich, während er schweigend und mit der Präzision eines Mannes, der nicht weiß wann er die nächste Mahlzeit bekommt, eine Schüssel nach der anderen leerte. «Der König hält so weit im Süden Hof, dass es doch ohnehin sinnlos wäre.»

Der Ritter betrachtete sie aus nachdenklichen, goldfarbenen Augen. «Was interessieren dich diese Einzelheiten?»

«Es darf mich doch kümmern, ob wir mit Rettung rechnen können oder ob wir hier bis zur letzten Stallkatze von den Schotten abgeschlachtet werden», entgegnete Marierose schroffer, als sie es beabsichtigt hatte. Sein Misstrauen kränkte sie. Waren sie nicht alle gleichermaßen bedroht? Konnte er ihr nicht einmal unter diesen Umständen trauen? War es nicht ihre Pflicht ihm die Existenz des geheimen Ganges zu verraten?

«Und wenn du nun wüsstest, dass der König für diesen

Sommer einen Feldzug gegen die rebellierenden Schotten plant und vermutlich schon auf dem Weg nach York ist, wo er Hof halten will. Was würdest du mit einem solchen Wissen anfangen, kleine Stallkatze?»

Seine Stimme klang rau und beansprucht, weil er den ganzen Tag auf den Wällen Befehle gebrüllt und Männer angetrieben hatte. Marierose unterdrückte einen Seufzer. Was war dies? Eine Information oder eine Falle? Vermutlich Letzteres.

«Ich würde die Botschaft von den Wällen rufen und mich wie ein Vogel in die Lüfte erheben und davonfliegen», schnappte sie bissig zurück. Der vergangene Tag hatte auch ihrer Gelassenheit zugesetzt und die Sorge um ihn trug nicht dazu bei, dass sie nachsichtiger wurde. «Wofür haltet Ihr mich, für eine Spionin des schottischen Königs? Bin ich jetzt neben der Hure auch noch eine Verräterin?»

«Ich trau' dir nicht länger», erwiderte er knapp, trank den letzten Wein aus seinem Becher und ließ sich auf das Bett zurücksinken.

«Verständlich. Wer bin ich schon», entgegnete Marierose bitter. «Im besten Fall eine einfältige Person, der daran liegt, dass Ihr am Leben bleibt.»

«Und warum liegt dir daran?»

«Erspart mir die Antwort, Ihr würdet es mir doch nicht glauben. Könnten wir die Schotten aufhalten, bis der König kommt?»

«Wir haben zu wenig Männer und Waffen», erwiderte der Ritter erschöpft. «Aber wenn das Glück auf unserer Seite ist, wer weiß? Die Kaledonier befinden sich auf Feindesland, sie können uns nicht wochenlang belagern. Sie müssen schnell siegen oder die Zeit läuft ihnen davon. Wenn es uns gelingt, ihre Geduld zu zermürben ... Sei versichert, dass es auch in meinem Interesse ist Nansay Hall um jeden Preis zu halten.»

«Und Hilfe aus der Stadt, aus dem Kloster ...»

«Mädchen, das sind Fischer, Bauern, Mönche. Keiner von ihnen hat das Kriegshandwerk gelernt. Der Schutz der Grenzen, Städte und Dörfer obliegt dem König und seinen Rittern, nicht dem gemeinen Manne. Ganz davon zu schweigen, dass uns dieser Punkt wieder auf die Frage zurückwirft, welche Maus durch die Reihen der Schotten schlüpfen könnte, um eine solche Bitte nach draußen zu tragen.»

«Warum sagt Ihr diesem McDowell nicht, dass Ihr den Jungen gar nicht ermordet habt...»

«Weil es sinnlos ist. Diese Burg ist ein Symbol der Macht des englischen Königs, gegen dessen Einfluss sie aufbegehren. Und nun erspar mir bitte weitere Ratschläge und Fragen. Als zukünftige Nonne warst du mir lieber, da hast du mehr geschwiegen.»

Marierose wandte sich verletzt ab. Ein Ächzen und leises Rascheln sagten ihr, das der Ritter sich auf seinem Lager bequemer ausstreckte.

Bis zu diesem Zeitpunkt hatte sich Cyrus d'Aval durch die pure Kraft seines eisernen Willens aufrechterhalten, aber nun erreichte auch der seine Grenzen. Er musste schlafen, er hatte keine Energie mehr, sich mit diesem weiblichen Stachel in seinem Fleische auseinanderzusetzen.

Mit dem Sonnenaufgang drohte der nächste Angriff der Schotten. Wie lange Nansay Hall mit seiner erbärmlich geringen Zahl waffenfähiger Kämpfer diese Belagerung überstehen konnte, wusste der Himmel. Eines jedoch stand fest, die Entscheidung würde schneller fallen, als jeder Bote reiten konnte, sogar wenn der König bereits in York sein sollte. Nansay Hall war ihm zum Schicksal geworden, wie er es beim ersten Anblick gefühlt hatte.

«Ruht Euch aus», drang Marieroses beruhigende Stimme in seine düsteren Überlegungen. Ein kühler Umschlag legte sich auf seine Stirn und milderte das Toben unter seiner Schädeldecke. Sie mochte ihm böse sein, aber sie sorgte dennoch gut für ihn.

«Bleib hier!»

Er streckte die Hand nach ihr aus, weil er nicht wollte, dass sie das Gemach verließ. Mit geschlossenen Augen wartete er auf ihre Berührung.

Marierose zögerte. Die Hand war schmutzig, von Ruß und Waffenfett verschmiert und mit einer neuen, rötlichen Schramme quer über den Handrücken. Eine Hand, deren bloßer Anblick sie Stolz, Schamgefühl und Widerstreben vergessen ließ. Wie immer der verzweifelte Kampf ausging, dies war nicht der Zeitpunkt einander zu verletzten. Vielleicht waren es ja sogar die letzten gemeinsamen Stunden, die ihnen das Leben überhaupt schenkte. Sie umfing seine Finger mit ihren Händen und strich behutsam über die geplatzte Haut des Handrückens.

Die unendliche Zärtlichkeit der kleinen Geste entlockte dem Ritter ein seltsames Geräusch. Marierose vermochte nicht zu sagen, ob es ein unterdrücktes Lachen, ein Ächzen oder ein schneller Fluch gewesen war.

«Ich weiß immer noch nicht, wer du eigentlich bist», bemerkte er heiser. «Täter oder Opfer? Dirne oder Nonne? Lügnerin oder die Einzige, die unter diesem Dach die Wahrheit sagt?»

Marierose schluckte. «Das müsst Ihr schon selbst herausfinden.»

«Willst du es mir nicht wenigstens jetzt verraten? Ich

würde ungern im Kampf fallen, ohne dieses Rätsel gelöst zu haben.»

«Wenn es Euch am Leben erhält, dann werde ich es Euch nie sagen», erwiderte Marierose leise, aber mit so viel Eindringlichkeit, dass der Ritter nicht zu widersprechen wagte.

Sie schwiegen beide und lauschten in die Stille, die sie umgab. Die Kämpfe ruhten. Es kam Marierose vor, als könne sie den Atem von Nansay Hall spüren. Die Menschen, die Tiere, die Mauern um sie herum, suchten sich nach dem Schrecken des Tages zu fassen. Der leise Flügelschlag eines Nachtvogels, der vor dem offenen Fenster vorbeiflog, war der einzige Laut, den sie neben dem Schlagen des eigenen Herzens vernahm. Die Zeit stand still.

Der regelmäßige Pulsschlag unter ihren Fingerkuppen verriet Marierose, dass der erschöpfte Mann eingeschlafen war. Niedergeworfen von Anstrengung und Schmerzen entspannten sich seine Züge nur bis zu einem gewissen Grad. Marierose löschte bis auf die Stundenkerze alle Lichter im Gemach und kehrte an das Bett zurück. Sie konnte nichts anderes für ihn tun, als seinen Schlaf bewachen. Sie setzte sich vorsichtig auf die freie Seite der Matratze und streifte die flachen Lederschuhe von den Füßen. Sachte, damit er ungestört weiterschlafen konnte, richtete sie sich an seiner Seite ein, den Rücken gegen das Kopfbrett des Alkovens gelehnt und die Beine ausgestreckt.

Es dauerte keine drei Atemzüge, bis er sich mit geschlossenen Augen zu ihr wandte und seinen schmerzenden Kopf mit einem Seufzer zwischen ihre Brüste bettete. Sie hielt ihn und fühlte sein Gewicht, wie die regelmäßigen Atemzüge, die über das kleine Stückchen Ausschnitt flüsterten, wo sie die Schnüre ihres Gewandes gelockert hatte. Sie mochte das Gefühl seiner Haarmähne auf ihrer bloßen Haut so sehr und sie legte sanft den Arm um ihn, damit er es noch bequemer hatte.

Schlaf, mein Liebster! Wie wäre es wohl gewesen, wenn wir uns in Hawkstone begegnet wären? Wenn du um mich geworben hättest und es keine Missverständnisse zwischen uns gegeben hätte, nur Zuneigung, Freundschaft, unsere Liebe ...

Ganz am Rande seines Bewusstseins empfand Cyrus d'Aval Erstaunen über seinen Traum. Wie konnte er in einer solchen Nacht träumen? Und dann auch noch liebliche Szenen aus einem kostbar illustrierten Stundenbuch? Er lag unter den tief hängenden Zweigen einer mächtigen Weide in den Armen einer wunderschönen Lady. Wenn er den Kopf zur Seite drehte, konnte er unter seiner Wange das verführerische Kissen ihrer Brüste fühlen und den Rosenduft ihrer Haut atmen.

In dieser Traumwelt schien die Sonne auf zwei Pferde, die unweit des Flusses friedlich grasten, während ihn eine bezaubernde Nobeldame in grünsilbernen Seidenkleidern mit winzigen aromatischen Walderdbeeren fütterte. Jede einzelne Frucht ließ sie sich mit einem leidenschaftlichen Kuss bezahlen und ihre Lippen schmeckten nach Erdbeeren und Honig. Ein silberner Stirnreif mit einem glitzernden Smaragd in der Mitte, hielt ihre mondlichtfarbenen Locken aus der Stirn und in ihren hellgrünen Augen glitzerten Schalk und Liebe um die Wette. Die Schnüre ihres Mieders waren bis an die Grenzen der Schicklichkeit gelockert und er wusste, dass nach den Erdbeeren eine noch köstlichere Mahlzeit auf ihn wartete.

Wie er sie liebte! Wie sie begehrte! Es mochte alles Traum und Illusion sein, aber diese Gefühle waren echt. Er wollte nie wieder ohne sie erwachen!

Marierose hielt ihn, obwohl ihr der Arm einschlief und ihre Schultern im Laufe der Stunden schmerzten. Sie konnte nur das für ihn tun und sie tat es gerne. Sie hüllte ihn in ihre Liebe und die stille Nacht war ihr Helfer.

Sie hatte nicht geahnt, dass es so viele beseligende Aspekte dieses einen unglaublichen Gefühles geben konnte und sie fand in dieser Stille eine glückliche Erfüllung, die jener der fiebrigen Leidenschaft in der Krankenkammer um Nichts nachstand.

Dreizehntes Kapitel

Nansay Hall
6. Juni 1091

Cyrus d'Aval erwachte von einem Herzschlag auf den anderen, obwohl er weder die lautlosen Schritte, noch das Schließen der Tür gehört hatte. Er war allein. Die Wärme war fort. Dies und der Instinkt des Heerführers, der ihm sagte, dass der Sonnenaufgang unmittelbar bevorstand, hatten ihn geweckt. Die Stundenkerze war tief herabgebrannt, der Umschlag auf seiner Stirn längst getrocknet. Er fühlte sich beileibe nicht gesund, aber im Stande, der Welt ins Auge zu sehen.

Im Bemühen seinen Kopf zu schonen, erhob er sich langsam und rieb sich die Benommenheit mit den Handflächen aus dem Gesicht. Er hatte so tief und fest geschlafen, dass es ihm Mühe machte, in die Wirklichkeit zurückzufinden. Sein Körper stand ganz einwandfrei noch im Banne der verführerischen Träume. Das Trugbild einer Liliana, die ihn mit kaum verhülltem Busen und gelöstem, langen Haar anlächelte, hatte sich wie ein Brandmal in sein Herz gegraben. Ganz zu schweigen von der Wirkung, die es auf andere Teile seiner Person ausübte.

Mit einem Fluch stieg er in seine Stiefel und befestigte den leichten Harnisch über seinem Wams, den Marierose am Abend zuvor auf die Truhe unter dem Fenster gelegt hatte. Er bot nicht so viel Schutz wie eine schwere Rüstung, aber dafür schenkte er ihm mehr Bewegungsfreiheit und die konnte er auf den Wällen von Nansay Hall wahrhaftig brauchen. Auch heute verzichtete er auf einen Helm, denn der schwere Kopfschutz brachte auf höchst unangenehme Weise einen Teil seiner Schmerzen zurück.

Mit jedem Handgriff wurde der Nachthimmel grauer und lichter. Der Tag brach an und er richtete ein hastiges Gebet an seinen Schöpfer, dass es nicht sein letzter werden würde. Er bekreuzigte sich eben, als Benoit le Bras hereinkam und zufrieden nickte.

«Du bist wach und es geht dir besser», stellte er fest. «Ich wollte es kaum glauben, als sie es mir gesagt hat.»

«Sie?»

«Nun, die junge Lady, die Witwe, deine Braut», zählte le Bras die verschiedenen Titel auf und zeigte damit, dass er selbst nicht so genau wusste, welchen er gebrauchen sollte, wenn von Marierose von Nansay die Rede war.

«Wo hast du sie gesehen?»

«In der großen Halle bei den Verwundeten. Sie und Lady Blanche sind die einzigen Damen, die sich wirklich um die armen Kerle dort kümmern. Die anderen sind nur daran interessiert die eigene Haut zu retten. Was man ihnen indes auch nicht verübeln kann. Es steht schlecht um uns. In dieser Festung sind Waffenübungen ein Fremdwort gewesen und die Ritter haben ihre Dolche höchstens zur Jagd gezückt. Dass wir uns bisher behauptet haben, ist nur unseren eigenen Männern zu verdanken.»

Cyrus d'Aval überprüfte seine Waffen und stimmte düster zu. «Aber die sind zu wenig, ich weiß. Was uns retten könnte, wäre ein Wunder des Himmels. Da wir selbiges nicht ernsthaft erwarten können, werden wir uns auf die eigenen Kräfte besinnen müssen. Lass uns gehen.»

In der großen Halle verhielt er dennoch kurz den Schritt. Marierose beugte sich im Schein einer Fackel über einen stöhnenden Mann und reichte ihm einen Becher. Haube und Gesicht rötlich überhaucht, bot sie ihm das Bild einer barmherzigen Madonna. Wie viele Gesichter hatte diese Frau denn noch? Ohne sich Rechenschaft über sein Handeln abzulegen, trat er zu ihr und legte ihr die Hand auf die Schulter.

Marierose sah zögernd auf. Sie hatte seine Anwesenheit gespürt und sich gefragt, ob er an ihr vorbeigehen würde als ob es die vergangene Nacht nie gegeben hätte. Dass er es nicht tat, überraschte und freute sie zwar, aber ihre innere Stimme riet dennoch zur Vorsicht. Niemand hatte so viel Macht, sie zu verletzen, wie Cyrus d'Aval. Sie hatte ihre Wahl getan, aber sie hatte Angst vor den Wunden die in ihrer Folge auf sie warteten.

«Hab' Dank», hörte sie ihn überraschend sagen. «Ich weiß, dass du meinen Schlaf bewacht und die Dämonen von meiner Schwelle vertrieben hast.»

Marierose bettete den Verwundeten zurück und erhob sich. Das blutige, schmutzige Stroh raschelte unter ihren Rocksäumen und sie spürte unter dem Druck seiner Hand Ungesagtes und Neues. Etwas hatte sich verändert vom Augenblick an, da er die Augen geschlossen und sie wieder geöffnet hatte. Er machte ihr keine Vorwürfe mehr. Konnte sie es wagen, ihm zu vertrauen?

«Geht mit Gott», erwiderte sie leise. «Und erinnert Euch daran, dass Ihr am Leben bleiben müsst.»

«Das Geheimnis, ach ja ...»

Ihre Blicke trafen sich. Seiner goldfarben und auf sonderbare Weise sanft. Der ihre in der klaren Frische einer morgendlichen Quelle. Was auch immer ihr Geheimnis sein mochte, es hatte keine Spuren in ihrer Seele hinterlassen. Cyrus d'Aval wusste mit einem Mal, dass er ihr verzeihen würde. Er beugte sich vor und küsste ihre Stirn.

«Dies ist nicht der Tag für Geheimnisse, meine Kleine. Dies ist der Tag der Schotten. Bete für uns, dass es nicht auch der Tag unserer Niederlage sein wird.»

Er wandte sich zum Gehen und Marierose fasste eilig nach seinem Arm. «Wartet, da ist noch etwas, das ich Euch sagen muss. Wenn Ihr einen Boten zum König schicken wollt, dann ...»

«Dann werde ich dies mit meinen Ratgebern entscheiden, aber nicht mit einer Frau. Tu du deine Arbeit, ich werde die meine tun.»

Ehe Marierose ihren heftigen Widerspruch hinunter geschluckt hatte, war er gegangen. Dabei hatte sie ihm doch die Existenz des Geheimganges anvertrauen wollen. Wütend presste sie die Lippen aufeinander und nahm sich des nächsten Verwundeten an. Was musste sie noch tun, damit er sie nicht wie ein hirnloses Spielzeug, sondern wie einen wichtigen Teil seines Selbst behandelte? Wenn Frauen wirklich so unwichtig und nebensächlich waren, wie die Männer es behaupteten, warum hatte ihnen der Schöpfer dann Stimme und Verstand gegeben? Damit sie sich über die Hartherzigkeit der Männer aufregen konnten? Damit sie sich ihr Leben lang nach etwas sehnten, das sie nie erhalten würden?

«Welch närrische Dummheit dies doch ist ...», murmelte sie ärgerlich vor sich hin und erntete einen zustimmenden Blick des älteren Ritters, dem sie die hässliche Pfeilwunde neu verband, die er am Vortrag erlitten hatte.

«Da habt Ihr wohl Recht, Mylady», ächzte er zudem. «Narren sind wir allesamt. Sie hat unseren Gehorsam gefordert, bei unserer Ritterehre und dem Vasalleneid, den wir ihrem Gemahl geschworen haben, aber wir hätten uns dennoch widersetzen müssen. Ein Eid ist unwürdig, wenn er zu Tod und Vernichtung führt und der Dummheit die Macht gibt.»

«Ihr sprecht von Lady Margaux?»

Noch nie hatte Marierose einen der Männer so reden hören. Aber vielleicht lag es auch daran, dass sie noch nie einem von ihnen so nahe gekommen war. Zuerst hatte ihr Gemahl sie vor dem Alltag in der Burg beschützt und nach seinem Tod hatte Lady Margaux dafür gesorgt, dass sie wie eine Aussätzige behandelt wurde.

«Sie will die Macht in dieser Burg nicht abgeben. Sie hat Belcastel geholt und glaubt ein Werkzeug in ihm gefunden zu haben, aber sie unterschätzt ihn. Er wird uns alle ins Verderben reißen. Er ...»

«Was schwatzt du da, alter Mann?» Marierose stieß einen leisen Laut des Schreckens aus, als Belcastel in den Schein des Lichts trat. Er hatte jedes Wort gehört. «Auf die Wälle mit dir, dort wird jede Hand gebraucht.»

«Der Ritter ist verletzt», protestierte sie eilig. «Ihr seht doch, dass er sich kaum auf den Beinen halten kann? Warum seid Ihr nicht dort, den Verteidigern zu helfen?»

Verblüfft von ihrem unerwarteten Angriff stutzte Belcastel, während der Ritter eilig davon wankte, wohl wissend, dass es besser war dem Burghauptmann künftig aus dem Wege zu gehen.

«Weil ich Wichtigeres zu tun habe, Täubchen. Komm mit mir!» Sowohl vom Ton, wie vom Inhalt seiner Worte bestürzt reagierte Marierose zu langsam. Der Burghauptmann packte sie am Handgelenk und riss sie ohne auf ihren Protest zu achten, quer durch die Halle zur Treppe des Nordturmes. Sie stolperte, fiel fast über die eigenen Röcke und wurde dennoch rücksichtslos weitergezerrt.

«Was habt Ihr vor? Was soll das? Lasst mich auf der Stelle los!» Marierose kämpfte erbittert dagegen an, einfach davongeschleppt zu werden, aber ihre Kräfte konnten sich nicht mit denen des Mannes messen.

Immerhin verärgerte ihre Gegenwehr den Burghauptmann. Er blieb stehen und schüttelte sie so grob, dass sie ihre Haube festhalten musste, um sie nicht zu verlieren. Sogar in diesem grässlichen Augenblick gab es noch etwas Schlimmeres, nämlich vor allen Menschen in Nansay Hall geschoren und gedemütigt dazustehen. Obwohl kaum jemand Notiz von dem Vorfall nahm. Die Verwundeten hatten mit ihrem eigenen Elend zu tun, der Bader stopfte Brot und Käse in sich hinein und Blanche von Bolton wich erschrocken hinter eine Säule zurück, als sie Lucien de Belcastel entdeckte.

Sie hasste sich dafür, dass sie ihrer Herrin nicht zu Hilfe eilte, aber Ihre Furcht überwog jeden natürlichen Impuls. Was hatte Lady Marierose nur getan, um den Burghauptmann so gegen sich aufzubringen?

Zur selben Zeit stand Cyrus d'Aval auf der inneren Ringmauer von Nansay Hall und zweifelte an seinen eigenen Augen.

«Das ist unmöglich.»

Unter ihm lag das Glacis der Burg, die Landstraße und in einiger Entfernung der Wald von Nansay. Eines wie das andere menschenleer. Soweit er im Morgengrauen sehen konnte erblickte er nur Wiesen, Bäume und Klippen. Ein paar Möwen hatten einen Ausflug an Land gemacht und pickten mit gravitätisch wippenden Köpfen im Gras. Ihre heiseren Schreie hoben sich über das gewohnte Rollen und Rauschen des Meeres, das die Bewohner von Nansay Hall schon gar nicht mehr zu Kenntnis nahmen.

«Sie können sich doch nicht über Nacht in Luft aufgelöst haben?»

Auch Benoit le Bras misstraute dem, was er sah. Dort, wo noch am Abend zuvor Feuer gebrannt hatten, zeugten lediglich schwarz verkohlte Stellen von der Anwesenheit der Belagerer. Ein paar Reisigbündel, Unrat von Mensch und Tier sowie ein Wagen mit gebrochener Achse, gaben die einzigen Hinweise darauf, dass die Burg angegriffen und bedrängt worden war.

Cyrus d'Aval warf einen prüfenden Blick in die Runde. Die Festung ragte hoch über der See auf und war von Land aus nur von Süden, Norden und Westen zu erreichen. In allen drei Richtungen zeigte die aufgehende Sonne hinter ihm bloß die ländliche Idylle eines morgendlichen Sommertages. Die Belagerer, die Nansay Hall eineinhalb Tage lang in ihrem Würgegriff gehabt hatten, schienen im Schutze der Nacht ihren Rückzug angetreten zu haben. Er hätte gerne an ein Wunder geglaubt, aber sein Verstand sagte ihm, dass es eine ausgemachte Dummheit sein würde, an solches Glück zu glauben. Im besten Falle war es ein Ablenkungsmanöver.

«Wir bleiben unter Waffen», befahl er. «Ich möchte nicht wissen was ...»

«Alaaaarm! Die Schotten sind in der Buuu... Aaaah!»

Der laute Schrei brach mit einem grässlichen Gurgeln ab, dann wurde die Stille des Morgens von einer wahren Kakophonie aus Gebrüll, Waffengeklirr und den entsetzten Schreien der überraschten Burgbewohner durchbrochen. Cyrus d'Aval erhielt seine Antwort, noch ehe er die Frage ganz ausgesprochen hatte.

«Vorwärts!» Er zückte sein Schwert und eilte zur Treppe. «Wir sind von Verrätern und Feinden umzingelt, aber wir werden uns unserer Haut zu wehren wissen. Für Gott und König Rufus!»

Sein Schlachtruf mischte sich mit den kehligen Lauten der Schotten. Plötzlich quollen aus allen Ecken der Festung Männer mit wilden Bärten, die Streitäxte schwangen und systematisch alles niedermetzelten was ihnen in den Weg trat. Bis die Sonne ihren Weg über den Horizont angetreten hatte, war die verzweifelte Gegenwehr auf eine kleine Gruppe von Kriegsknechten zusammengeschmolzen, die Cyrus d'Aval und seinen Rittern zur Seite standen.

d'Aval kämpfte sich in wütender Raserei zur Halle durch, gedeckt von Benoit le Bras, der in ähnlicher Angst wie sein Freund nach einer jungen Frau Ausschau hielt, die in diesem unerwarteten Gemetzel ihres Schutzes bedurften. Es war weniger die Angst vor dem eigenen Tod, die sie beide antrieb, als das demütigende Gefühl jene nicht retten zu können, an denen ihnen mehr lag, als an ihrem eigenen Leben.

Aus zahllosen Schrammen, Kratzern und oberflächlichen Wunden blutend gelang es ihnen immerhin, die Stellung an der Treppe zum Nordturm zu halten und die Angreifer so lange zurückzuschlagen, bis ein junger Schotte mit einem Beilhieb die Halterung zertrennte, welche die gekreuzten Standarten von Nansay Hall genau über diesem Bogengang aufrecht hielt. Die eisernen Stangen glitten aus der Halterung. Eine davon traf d'Aval neben der alten Kopfwunde und riss ihn zu Boden. Seine Welt versank in Schmerz und Dunkelheit und er fluchte sich einen Narren, dass er seinen Helm nicht trug. Er hörte Benoits Aufschrei und dann fühlte und hörte er gar nichts mehr ...

«Dem Heiland sei Dank, du lebst. Ich hatte die größten Befürchtungen, das ...»

Benoits Stimme riss ihn aus seiner Benommenheit. Es hörte sich an, als würde sie mal aus weiter Ferne und dann wieder ganz nahe zu ihm sprechen. Ein besorgt wütendes Geraune das nicht zulassen wollte, dass er den dünnen Faden ausließ, der ihn mit der Wirklichkeit verband. Was war geschehen? Das Hämmern in seinem Kopf kam ihm nachgerade schon vertraut vor. Aber die Nässe, die klamme Kälte, die Dunkelheit und der abscheuliche Gestank waren neu. Auch die Ketten um seine Handgelenke und die engen Fußfesseln, die zu einer Halterung irgendwo im Dunkeln führten, verdienten dieses Prädikat.

«Hör auf zu lamentieren und sag' mir was geschehen ist», krächzte er unter Aufbietung seiner letzten Kräfte und sank mit dem Gesicht in die ekelhaft schmierige Masse zurück, die den Boden unter ihm bedeckte. Es war ihm gerade noch möglich Nase und Mund zur Seite zu drehen, um wenigstens nicht zu ersticken.

«Lucien de Belcastel hat die Schotten in der Nacht in die Burg gelassen.» Benoit le Bras garnierte die Information mit einer Reihe von anschaulichen Flüchen. «Der Schweinehund hat sich hinter unserem Rücken mit den Kaledoniern verbündet.»

Die Ungeheuerlichkeit dieses Verrats verschlug d'Aval die Sprache. Reglos lauschte er der Schilderung seines Gefährten, bis zum bitteren Ende.

«Wir sind kaum eine Handvoll Überlebender und was mit den Frauen geschehen ist, das weiß der Himmel. Ich habe nur die alte Lady gesehen. Sie hat Gift und Galle gespuckt, als ihr klar wurde, wer die Schotten in die Burg gebracht hat. Ich nehme an, man hat sie ebenso eingesperrt wie uns. Wir sind Geiseln für König Malcolm von Schottland.» Ein unterdrücktes Ächzen Benoits beendete die trostlose Bestandsaufnahme.

«Du bist verletzt?», vermutete d'Aval.

«Ein Axthieb am Oberschenkel und ein paar harmlosere Schrammen», zählte Benoit nüchtern auf. «Bisher hat mich das Wundfieber verschont. Aber frage mich nicht, wie lange wir schon hier unten sind. Man verliert das Gefühl für Zeit und Raum in dieser ach so komfortablen Herberge.»

Er musste nicht mehr sagen. Angekettet im tiefsten Verließ von Nansay Hall, dessen Boden bei Flut überschwemmt wurde, war die Wahl zwischen Verhungern oder dem Tod durch Wundfieber, jene zwischen Satan und Belzebub. Ihre einzige, vage Hoffnung bestand darin, dass König Malcolm seine Geiseln für einen politischen Schachzug benötigte und sie aus diesem Grunde vielleicht noch nicht der Rache des wütenden McDowell-Clans auslieferte, der seinen Erben in Eskbridge verloren hatte.

Halb ohnmächtig vor Schmerz und Zorn versuchte Cyrus d'Aval sich wenigstens an diesen Funken Hoffnung zu klammern, als die Tür aufsprang. Der unerwartet, grelle Schein einer Fackel blendete ihn dermaßen, dass er die Augen schließen musste.

«Gott zum Gruße, die Herrn Ritter!» Lucien de Belcastel baute sich hämisch grinsend vor den beiden Männern auf, die hilflos vor ihm im Schlamm lagen. Der eine weil er verletzt war und sich nicht aufrichten konnte, der andere weil er in Ketten lag. «Wir Ihr seht, haben die Fronten gewechselt. Ich bin jetzt der Herr von Nansay Hall.»

Der gesunde Menschenverstand gebot es, sich nicht provozieren zu lassen, d'Aval kochte jedoch dermaßen vor Zorn, dass ihm jeder Funke Diplomatie oder Vernunft abhanden kam. Hier hatte er seinen Beweis, aber jetzt nutzte er ihm nichts mehr. Es war zu spät, sich zu wünschen, er hätte auf Liliana gehört. Vielleicht hatte er mit seinem dummen Festhalten an ritterlicher Ehre und Gerechtigkeit sogar ihren Tod verschuldet.

«Ein feiner Herr seid Ihr, der seine eigenen Leute in einen sinnlosen Kampf schickt und nicht davor zurückschreckt, die Edeldamen seiner Familie in Gefahr zu bringen. Ihr seht mich beeindruckt vor soviel Verräterblut und Heimtücke. Vermute ich richtig, dass wir Euch auch das Desaster von Eskbridge zu verdanken haben?»

«In der Tat.» Der Burghauptmann lachte verschlagen. «Ihr habt mir prächtig in die Hände gespielt, mit Eurem einsamen Abendspaziergang. Ich musste nur noch den jungen McDowell zu Euch bringen und Euer Messer richtig platzieren. Es war mir ein Vergnügen, den Schotten die Leiche zu übergeben und sie darauf hinzuweisen, dass dieser Dolch dem Seigneur von Nansay Hall persönlich gehört. Sie werden sich bestimmt eine hübsche Todesart für Euch ausdenken. Immerhin haben sie sich große Mühe gegeben, Euch lebendig in Ketten zu legen, damit ihr etwas davon habt.»

«Ihr könnt nicht glauben, dass Ihr mit einer solchen Lüge besteht.» d'Aval spuckte verächtlich vor ihm aus, obwohl ihm bei der Bewegung fast der Schädel platzte.

«Ich bin es schon, mein Freund. Wie Ihr seht, kann ich in dieser Burg frei herumlaufen, während Ihr in Ketten auf Euren Tod wartet.»

«Die alte Lady wird einen solchen Verrat an England und dem König nicht dulden. Oder wollt Ihr sie ebenfalls beiseite räumen?»

«Ich gebe zu, dass mir Euer Vorschlag gut gefällt», lobte Belcastel spöttisch. «Kein Mensch wird ihr nachweinen. Auch Ihr nicht. Immerhin hat sie mir persönlich den Auftrag gegeben, Euer baldiges Ableben in die Wege zu leiten. Wäre nicht Euer geradezu teuflisches Glück, Ihr müsstet

Euch nicht einmal mehr den Kopf darüber zerbrechen, welche Todesart die Schotten für Euch erwählen.»

«Ihr seid ein Teufel», rief Benoit le Bras empört. «Habt Ihr denn gar keine Ehre im Leib?»

«Ehre?» Belcastel genoss das Gespräch, man sah es ihm an. «Mit Ehrgeiz kommt man weiter. Und der meine ist befriedigt, wenn ich der Herr dieser Burg bin und die junge Witwe unter mir liegt.»

«Wenn sie das Massaker, das Ihr unter diesem Dach angerichtet habt, überlebt hat», warf d'Aval herausfordernd ein.

«Solltet Ihr Euch gar um Eure ehemalige Braut sorgen, Seigneur?» Belcastel war so berauscht von seiner Macht über den Ritter, dass ihm gar nicht auffiel, dass er ihm eine Information lieferte, an der ihm unendlich viel lag. «Keine Angst, ich habe sie in ihrem Gemach eingesperrt, ehe die Schotten kamen. Ich werde sie zum Weib nehmen, wie es Seine Majestät dem Herrn der Burg befohlen hat, sobald wir einen Priester auf die Burg bringen können. Es wird mir ein Vergnügen sein, zwischen ihren lilienweißen Schenkeln zu liegen und ihr zu zeigen, was ein richtiger Mann dort zu vollbringen vermag.»

«Schurke!»

Der Ritter knirschte so laut mit den Zähnen, dass es sogar über dem Geräusch der gespannten Ketten zu hören blieb. Auch wenn er nach wie vor davon überzeugt war, dass Liliana die Rolle der Witwe auf Befehl von Lady Margaux spielte, so wollte er sie doch in Sicherheit wissen. Sie hatte es nicht verdient, einem Schurken wie Belcastel zu Gefallen sein zu müssen.

«Und was tut ihr mit den übrigen Damen Eurer Tante?» Benoit le Bras konnte es sich nicht versagen, diese Frage einzuwerfen. Die zarten Sommersprossen der fröhlichen Blanche hatten sein Herz erobert und der Gedanke, sie in den Pranken eines Schotten zu wissen, brachte ihn ebenso an den Rand der Beherrschung wie seinen Gefährten.

«Sie werden lernen müssen, schottischen Herrn schön zu tun», entgegnete Belcastel wegwerfend. «Unter ihren Kilts tragen sie die gleiche Ausrüstung wie ein Ritter unter seinem Waffenrock. Wenn er nicht gerade einer von der Sorte des jungen Herrn ist, der uns glücklicherweise im letzten Herbst verlassen hat.»

Benoit hatte im Schein der Fackel einen mächtigen Reif mit den Schlüsseln entdeckt, den Belcastel am Gürtel trug. Wenn dies die Schlüssel von Cyrus' Ketten waren und es ihm gelang den Kerl abzulenken ... Immerhin genoss Belcastel seine Rolle als Sieger so sehr, dass er die elementarste Vorsicht außer Acht ließ. Er hielt sie für wehrlos. Er paradierte mit seiner Macht und seinem Wissen vor ihnen auf und ab und ergötzte sich an ihrer hoffnungslosen Lage.

Wenn es ihm freilich gelingen würde, sich trotz seiner Oberschenkelwunde nach vorne zu werfen und seine Füße zu packen, konnte er ihn möglicherweise zu Fall bringen. In der ersten Überraschung hatte er durchaus eine Chance den Kerl zu erwürgen. Seine Hände waren schließlich unverletzt und stark. Aber dafür musste er ihn weiter ablenken.

«Redet», forderte er deswegen knapp. «Was habt Ihr Gil von Nansay vorzuwerfen?»

«Ich? Nichts! Seine Gemahlin, vielleicht eine Menge. Der Erbe von Nansay war einer jener hübschen Pagen, die nicht den schönen Damen zu Gefallen sind, sondern jenen Rittern, die die griechische Spielart der Knabenliebe bevorzugen.» Belcastel goss höchst bereitwillig auch diese Portion Schmutz vor ihnen aus. «Sein Vater wollte es nicht wahrhaben, deswegen hat er seine Heirat mit der der Tochter eines Freundes eingefädelt. Er dachte, wenn er ihm diesen kleinen jungfräulichen Leckerbissen ins Bett legt, besinnt sich der Junge auf seine Männlichkeit. Wisst Ihr, warum die Alte dem Mädchen so sehr zürnt? Nicht weil sie keine Kinder bekommen kann, sondern weil sie es nicht fertig gebracht hat, ihren kostbaren Sohn anderen Sinnes zu machen. Sie hält es für Ungehorsam und versäumte Pflicht.»

«Bei allen Heiligen, woher wollt Ihr all dies wissen?» Jetzt hatte Belcastel auch d'Avals volle Aufmerksamkeit. «Wer sagt mir, dass Ihr nicht lügt? Wer sagt mir überhaupt, dass die Frau, die sich als seine Witwe ausgibt, die Lady des jungen Herrn ist? Kennt Ihr sie so gut?»

«Wen kümmert das? Hauptsache der König hält sie dafür. Wenn ich sie besteige, macht das mich zum Herrn der Festung.»

«Vielleicht solltet Ihr Euch zuvor entscheiden, welchem König Ihr nun eigentlich dienen wollt», spottete d'Aval böse. «Jenem der Schotten oder Rufus.»

«Dem der mir die besten Bedingungen bietet», erklärte Belcastel überheblich. «Nansay liegt strategisch hervorragend an der Mündung des Esk. Beide Herrscher legen Wert auf diese Burg. Wer nach diesem Sommer im Norden regieren will, braucht Nansay Hall. Wenn es Rufus ist, wird er die Tatsache respektieren müssen, dass die Witwe meine Gemahlin ist. Sie wird meine Fürsprecherin beim König werden.»

Es lag eine so gemeine Drohung in seinen Worten, dass beide Ritter um das Wohl der jungen Frau fürchteten, falls die Dinge tatsächlich diesen Weg nehmen sollten.

«Sie wird lieber sterben, als Euch zu Willen sein», murmelte Cyrus d'Aval erstickt

«Sie stirbt, wenn ich es befehle.»

«Das möchte ich denn doch bezweifeln», keuchte Benoit le Bras und schwang sich mit dem Mut der Verzweiflung gegen die Beine Belcastels. Von dem unerwarteten Angriff überrascht, taumelte der Burghauptmann und stürzte wie ein Käfer auf den Rücken. Seine Fackel flog ihm in hohem Bogen davon und landete halb erloschen im Schlamm, während auch Cyrus d'Aval die unverhoffte Chance nutzte. Er mochte mit Fußfesseln an die Wand gekettet sein, aber seine Hände, mit einer Kette verbunden, waren in beschränktem Maße beweglich.

Ohne auf seinen hämmernden Kopf zu achten, warf er sich in die Richtung des gestürzten Mannes, umfing dessen Hals mit der Kette, kreuzte sie im Nacken des Opfers und zog gnadenlos zu. Belcastels Schrei wurde zum Ächzen, seine Füße zuckten hilflos vor und zurück. Dann klang nur noch das erstickte Keuchen der beiden Gefangenen durch das Verließ. Benoit fasste sich als Erster.

«Die Schüssel an seinem Gürtel. Ich bin sicher, sie passen für deine Ketten ...»

Ausgerechnet in diesem Augenblick erlosch die Fackel. Sie mussten im Dunkel nach der leblosen Gestalt tasten und sie durch den Schlick heranziehen. Cyrus d'Aval sprach ein stummes Gebet für den Toten. Er mochte ein mörderischer Schurke gewesen sein, aber er blieb dennoch ein Mensch. Sollte der Himmel über ihn richten, er selbst hatte mit den eigenen Sünden genügend zu tun. Wenngleich er die letzte Tat nicht bereute. Es war kein Mord, sondern eine verdiente Hinrichtung gewesen.

Es klirrte, als er gegen die Schlüssel stieß, aber in der absoluten Schwärze dieses Kerkers unter so vielen Schlüsseln den richtigen für ein paar Fußfesseln zu finden, entpuppte sich als nervenaufreibendes Geduldsspiel. Als das vierte Exemplar jäh in das Schloss von Cyrus' Fußmanschette glitt, stieß er einen heiseren Ruf der Erleichterung aus.

«Bei Gott, ich dachte schon ...»

«Das genügt, Ihr Herren.»

Die Tür wurde zum zweiten Male aufgestoßen und die mächtige Gestalt eines bärtigen Schotten erschien im Schein einer neuen Fackel.

«Ich dachte mir schon, dass es sinnvoll wäre, dieser verräterischen Ratte zu folgen», sagte er mit dem harten Akzent der Kaledonier, aber doch im korrekten Französisch des normannischen Hofes.

Der Mann trat näher und riss Benoit den Schlüssel und den dazugehörigen Bund so rücksichtslos aus der Hand, dass der junge Ritter erneut im Schlamm landete. Cyrus d'-Aval verengte die Augen und schwieg. Er erkannte eine Demonstration der Macht, wenn er eine sah.

Der Schotte richtete sich auf, bedachte ihn mit einem langen Blick, ehe er zur Tür trat und schweigend hinausging. Sie hörten die Riegel einrasten und blieben allein mit dem Toten, dem der Schotte keinen Blick gegönnt hatte. Ein harter Mann. Zweifellos der McDowell, Cyrus d'Aval hatte sein eigenes Todesurteil in seinem Gesicht gelesen.

Vierzehntes Kapitel

An der Straße nach York
8. Juni 1091

«Bei Gott, was haben wir denn da für ein windiges Bürschchen? Wolltest du neugierig sein, mein Kleiner? Ehe du für den König Waffen tragen kannst, musst du aber schon noch eine gute Handbreit wachsen.»

Die beiden Wachhabenden kreuzten ihre Hellebarden vor der Tür des Königs. Es war eine schlichte Tür aus grob geschlagenem Eichenholz, denn die Herberge an der Straße nach York war nicht darauf gerüstet, den mächtigsten Mann der Insel und seine Begleiter aufzunehmen. So mussten sich die meisten Ritter auch mit einem Lager unter freiem Himmel zufrieden geben. Nur der engste Hofstaat des Königs drängte sich in den drei bescheiden Räumen des Wirtshauses, die normalerweise reisende Händler, Pilger und Handwerker aufnahmen. Dennoch waren die Wachleute nicht bereit, einen abgerissenen kleinen Landstreicher vor dieser Tür zu dulden, der staubig, erschöpft, aber höchst hartnäckig darauf bestand, seine Majestät persönlich zu sprechen.

«Lasst mich durch! Es eilt, so glaubt mir doch. Ich muss unbedingt ...»

Das schallende Gelächter der beiden Männer lockte einen der Edelmänner herbei, die im Nebenzimmer ihre Mahlzeit einnahmen. Er besaß die lässige Geschmeidigkeit des geborenen Kriegers, im Verein mit scharfen Augen und guten Ohren. Etwas in der gepressten, hohen Stimme des Jungen hatte eine Saite in seiner Erinnerung angeschlagen, die ihn dazu trieb, näher zu treten und die Streiterei zu beenden.

«Warum willst du seine Majestät so dringend sprechen, Kleiner?»

Er stellte seine Frage im Sächsisch der einfachen Inselbewohner, das er mit der Vertrautheit eines Mannes sprach, der mit dieser Mundart aufgewachsen war. Seiner Meinung nach verstand ihn der kleine Strolch vielleicht besser, wenn er sich auf diese Weise an ihn wandte. Und falls sich sein völlig absurder Verdacht tatsächlich bestätigen sollte, dann würde er seine Antwort ebenfalls in akzentfreiem Sächsisch erhalten.

«Also Freundchen, was hast du vorzubringen? Du solltest antworten, sonst fliegst du hochkant wieder auf die Landstraße zurück.»

Marierose musste den Kopf in den Nacken legen, um dem gut gebauten Hünen ins Gesicht blicken zu können. Sie hatte ihn über fünf Jahre lang nicht gesehen, aber sie wusste sofort wer vor ihr stand. Ryan Fitzgeorge, der Baron von Aylesbury. Der geliebte Gatte ihrer ältesten Schwester Sophia Rose. Was bei allen Heiligen hatte ihn so weit in den Norden getrieben, fern von Frau und Kindern? Im Aufblitzen seiner blauen Augen stand ungläubige Verblüffung. Auch er wusste, wen er vor sich hatte.

«Der König muss Nansay Hall vor den Schotten retten, Seigneur», sagte sie knapp, ohne auf das überraschende Wiedersehen einzugehen und ohne die eigene Rolle mit einem Wort zu erklären. «Wenn er nicht augenblicklich mit seinen Männern aufbricht, verliert er nicht nur Land und Burg, sondern auch den Ritter, dem er beides zum Dank für seine Dienste anvertraut hat. Man hat uns gesagt, er schätzt den Ritter d'Aval, also wird er ihn kaum zum Tode verurteilen wollen.»

«Was zum Donnerwetter ...»

Ryan Fitzgeorge reagierte mit der Schnelligkeit eines Mannes, der die Schattenseiten des Lebens kennen gelernt hatte, ehe er in den engsten Kreis um den König aufgestiegen war. Er zerrte den schmutzigen kleinen Landstreicher nach draußen und wagte erst wieder zu sprechen, als sie beide unter den Apfelbäumen des Gasthauses standen, nur ein paar neugierige Schafe zur Gesellschaft.

Dann jedoch packte er die schmale Gestalt bei den Schultern und suchte die Züge des Antlitzes unter Schmutz und Kappe zu entdecken.

«Marierose? Bist du das wirklich oder spielen mir meine Augen einen Streich? Wie siehst du aus? Warum trägst du diese unpassende Knabenkleidung? Zum Donner, so sprich doch endlich!»

Der Lord hatte Mühe sein Erschrecken zu verbergen. Er erinnerte sich an ein feenhaft zartes, bildhübsches Kind mit einem Wasserfall silberner Locken. An eine verwöhnte Prinzessin in Seide und bunten Bändern, die großen Wert darauf gelegt hatte, dass man ihr stets wie einer Dame begegnete, obwohl sie kaum den ersten Kinderschuhen entwachsen war.

Bis auf die silberne Klarheit des Blickes entdeckte er in dem abenteuerlichen Geschöpf vor sich wenig von der Marierose von Cambremer, die an der Seite ihres jugendlichen Gemahls so glücklich und zufrieden in den Norden gereist war. Kein Wunder, dass ihn die geballte Macht von Gemahlin, Schwägerin und Schwiegermutter davon überzeugt hatte, dass er den König auf seinem Feldzug gegen die Schotten begleiten sollte. Es war schon immer die besondere Gabe der Lady des Rosenturmes gewesen, zu wissen, wann jene, die sie liebte, in Bedrängnis waren und ihrer Hilfe bedurften.

Marierose von Nansay sah so unzweifelhaft nach Schwierigkeiten aus, dass er einen Seufzer nicht unterdrücken konnte. Sie schien sich nur noch mit Hilfe des Apfelbaumes in ihrem Rücken auf den Beinen halten zu können und unter ihren unverwechselbaren Augen lagen tiefe Schatten der Erschöpfung.

«Berichte!», forderte er so knapp, dass Marierose ein Lächeln unterdrücken musste, ehe sie ebenso kurz und bündig antwortete.

«Ich habe ein Pferd zu Schanden geritten und bin zu Fuß weitergerannt, auf die bloße Hoffnung hin, York und den König zu erreichen. Er ist der Einzige, der Nansay Hall und seinen Menschen noch helfen kann.»

Fitzgeorge runzelte die Stirn. «Woher wusstest du, dass der König in York sein wird? Er hat sein Möglichstes getan diesen neuerlichen Feldzug gegen die Schotten geheim zu halten. Er will nicht, dass König Malcolm zu früh gewarnt wird. Kennst du Spione bei Hof, die uns entgangen sind?»

«Cyrus d'Aval hat etwas gesagt, das mich glauben ließ, es könnte möglich sein, den König zu erreichen», antwortete Marierose tonlos. «Ich habe gebetet, dass ich ihn richtig verstanden habe. Hätte ich mich getäuscht, es wäre das Ende von Nansay Hall und mir selbst gewesen.»

«Cyr? Wo steckt er? Warum lässt er zu, dass du alleine durch die Lande vagabundierst? Der König hat ihn dir als neuen Gemahl bestimmt. Hast du dich ihm etwa widersetzt?» Da der Lord die Töchter des Rosenturmes aus eigener Erfahrung kannte, wusste er um ihren Stolz. Sie beugten sich nur schwer den Befehlen eines Mannes, auch wenn dieser Mann der König war.

Marierose schnaubte, als wäre sie wirklich der ungezogene Landstreicher, den sie so erfolgreich spielte. «Das

Schicksal widersetzt sich dieser Verbindung, nicht ich. Es plant Beerdigungen und keine Hochzeiten.»

«Wo ist Cyr?» Ryan Fitzgeorge hatte an der Seite des normannischen Ritters gekämpft. Er kannte ihn gut genug, um zu wissen, dass er Marierose nie erlaubt hätte, allein davon zu stürmen. Allein die Tatsache, dass sie vor ihm stand, ließ ihn Schlimmes befürchten.

«Ich weiß es nicht.» Marierose bemühte sich ihre Stimme von allen Gefühlen frei zu halten. Sie hatte reichlich Gelegenheit gehabt, diese Fähigkeit bei Lady Margaux zu üben. «Gefangen. Verletzt. Tot. Der Möglichkeiten gibt es viele.»

Sie verdarb die nüchterne Wirkung ihrer Worte jedoch wieder, weil sie ermattet die Stirn an seine Schulter legte. Wortlos davon überzeugt, bei ihm Hilfe und Unterstützung zu finden, da er ein Mitglied ihrer Familie war. Ihr Vertrauen rührte und erboste ihn zu gleichen Teilen. Was sollte er mit diesem Häufchen Komödiantin tun, das von ihm annahm, er würde alle ihre Schwierigkeiten lösen? Ganz zu schweigen davon, was ihm ihre Schwestern und seine Schwiegermutter erzählen würden, wenn er bei dieser Aufgabe versagte, die ihm da so unerwartet in den Schoß gefallen war.

Er stieß einen abgrundtiefen Seufzer aus und beschloss keine weitere Zeit zu verlieren. «So kannst du auf jeden Fall nicht vor den König treten und ihm deine Botschaft überbringen. Es ist gegen jede Sitte, dass sich eine Frau als Mann ausgibt. Ist dir eigentlich klar, wie du aussiehst?»

Marierose lächelte bitter. «Mein Aussehen ist schon lange nicht mehr wichtig.»

«Das sagt ein Mädchen, das ganz Hawkstone in Aufregung versetzen konnte, weil es nicht wusste, welche Bänder es bei seiner Hochzeit im Haar tragen wollte? Ich vermag es kaum zu glauben.»

Auch Marierose konnte nicht fassen, dass sie einmal solche Probleme gehabt hatte.

«Es ist mir peinlich, dass ich so töricht war», gestand sie leise. «Ich lege keinen Wert darauf, persönlich vor das Angesicht des Königs zu treten. Berichte du ihm, dass die Schotten Nansay Hall durch Verrat erobert und besetzt haben. Lucien de Belcastel, Lady Margaux Neffe, hat sich mit ihnen verbündet und nachts die Ausfallpforte geöffnet, weil der König einen fremden Ritter zum Herrn der Festung gemacht hat und nicht ihn.»

«Wie ist es dir gelungen, einem solchen Überfall zu entkommen?»

«Belcastel wollte nicht nur die Burg, sondern auch mich.» Abscheu verzerrten Marieroses Lippen und sie musste tief Atem holen, ehe sie weitersprechen konnte. «Er hat mich in meiner Kammer eingesperrt ohne zu wissen, dass es dort einen Geheimgang gibt, durch den man die Burg ungesehen verlassen kann. Ich bin geflohen, sobald ich sicher sein konnte, dass er es erst merkt, wenn es zu spät ist.»

«Wie standen die Dinge, als du fort bist?»

«Nimm das Schlimmste an und du denkst das Richtige», sagte sie rau und berichtete in wenigen Sätzen von dem Überfall auf Eskbridge, der dem Kampf um die Burg vorangegangen war. «Die Schotten glauben, dass Cyrus d'Aval den Sohn des McDowell ermordet hat und sie werden nicht ruhen, bis sie diesen Tod gerächt haben. Dabei wurde er selbst schwer verletzt und hat noch längst nicht seine alte Kampfkraft zurückgefunden. Vielleicht ist es ohnehin schon zu spät für ihn ...»

«Warte hier», befahl Fitzgeorge knapp. «Und schwör mir bei deinem Leben, dass du dich nicht vom Fleck rührst und niemand verrätst wer du bist. Hast du mich verstanden? Ich komme dich zu holen, sobald ich weiß, was der König entschieden hat.»

«Geh ...»

Marierose sank in das Gras unter dem Apfelbaum, zog die Knie an und legte ermattet den Kopf auf die schmale Plattform. Es fiel dem Lord schwer, sie so erschöpft und unglücklich zurück zu lassen, aber er sah keine andere Möglichkeit. Der König hatte den Hof und die Frauen in York zurückgelassen, um mit seinen Kriegern zur Grenze zu ziehen. Wenn bekannt wurde, dass die junge Lady von Nansay in Männerkleidern mit den Truppen des Königs reiste, war ihr guter Ruf für immer ruiniert.

Als er eiligen Schrittes zurückkehrte, fand er sie schlafend im Gras. Die Wehrlosigkeit ihrer schmalen Gestalt, der Schmutz der die feinen Wangen und Hände bedeckte, rührte und verärgerte ihn zugleich. Hatte sich denn niemand gefunden, der ihr zur Seite stand? Der sie beschützte und behütete? Was hatte die unmerklichen Linien von Schmerz und Verzweiflung in ihre Mundwinkel gegraben und ...

Bei Gott, sah er richtig? Die verrutschte Kappe gab verklebte Strähnen, schlammfarbenen Haares preis. Wo war der bezaubernde Mantel aus hellblonden Locken geblieben, ihre schönste Zierde? Sie sah so grauenvoll aus. Sie sah aus wie eine ...

Ihm fehlten die Worte, denn jene die ihm in den Sinn kamen wollte er nicht aussprechen. Ihre Blutlinie zählte zu den ältesten und ehrenhaftesten der Insel. Ihre Vorfahren hatten geherrscht, ehe Römer und Normannen kamen und sie war die geliebte Tochter einer Familie, die auch in dieser Zeit über Macht und Einfluss verfügte. Was hatte sie in einen so schrecklichen Zustand versetzt?

Marierose spürte den Blick und sie konnte sich unschwer die Gedanken dazu vorstellen. Sie schlug die Augen auf und beantwortete die stummen Erkundigungen mit einer schroffen Gegenfrage.

«Was wird der König tun?»

«Seine Majestät hat Befehl gegeben augenblicklich aufzubrechen. Binnen einer Stunde reiten wir los. Da bleibt genügend Zeit für eine Mahlzeit und die Beantwortung einiger Fragen.»

Fitzgeorge stellte einen Korb neben Marierose ab und sah schweigend dabei zu, wie sie sich augenblicklich über den Inhalt hermachte. So zerbrechlich und dünn wie sie aussah, gewann er allerdings den Eindruck, als habe sie schon geraume Zeit keine vernünftige Nahrung mehr zu sich genommen. Aus Trauer um ihren verstorbenen Gemahl? In den Nachrichten, die ihre Eltern erreicht hatten, war nichts von so abgrundtiefer Verzweiflung gesagt worden. Nur von ihrer Verpflichtung in Nansay zu bleiben, weil sie es ihrem Gemahl geschworen hatte.

«Alle Welt glaubte dich zufrieden in deiner neuen Heimat im Norden, weil du nach Gils Tod darauf verzichtet hast, dich unter den Schutz des Königs zu stellen. Du siehst aber nicht aus, als hättest du in Nansay tatsächlich deinen Seelenfrieden gefunden», begann er behutsam seine Nachforschungen.

«Was hätte es geändert, die Wahrheit mitzuteilen?» Marierose hob fragend die Brauen. «Es hätte mein Missgeschick nur nach Hawkstone getragen und meine Familie besorgt. Mir ist bloß mein Stolz geblieben und den möchte ich behalten.»

Das Erstaunen des Lords wuchs mit jedem Wort. Die kleine Prinzessin war erwachsen geworden und sie trug die Bürde ihrer Erfahrungen mit einer Würde, die Schmutz und unpassende Kleidung vergessen ließ.

«Du hättest nach Hause kommen können.»

«Mein Schicksal ist mit Nansay Hall verknüpft», entgegnete Marierose schlicht.

«Jetzt ja. Du wirst mit uns zurück reiten müssen, denn nur du kennst die geheimen Wege in die Burg. Es sei denn du verrätst sie mir ...»

«Es steht nicht in deiner Macht mich abzuhalten, nach Nansay zu gehen.»

«Warum?» Fitzgeorge versuchte auch jenen Rest der Wahrheit zu provozieren, den sie erkennbar für sich behielt. «Wenn wir zu spät kommen sollten, wird dir der Anblick Pein bereiten. Du warst einmal glücklich in dieser Festung, willst du dir nicht wenigstens diese Erinnerungen bewahren?»

Marierose stopfte sehr undamenhaft ein großes Stück kalten Braten in den Mund und kaute mit beiden Backen darauf herum. Niemand konnte von ihr erwarten zu sprechen, solange ihre Kiefer dermaßen beschäftigt waren. Es hatte keinen Sinn, ihrem Schwager zu sagen, dass sie das Ende dieses Dramas mit eigenen Augen sehen musste. Ehe sie nicht erfahren hatte, welches Schicksal Cyrus d'Aval erlebt oder erlitten hatte, würde sie keine Entscheidung über ihr künftiges Leben treffen können.

Noch lebte er, das glaubte sie zu wissen. Aber der unsichtbare Kontakt, der sie mit ihm verband, wurde von Stunde zu Stunde schwächer. Da konnte sie ihn mit aller Kraft ihres Herzens und ihrer Konzentration noch so beschwören nicht aufzugeben und auf sie zu warten. Die Zeit war zur Sanduhr geworden und rann immer schneller ins Nichts.

«Ich muss es zu Ende bringen», sagte sie schließlich, von der Geduld entwaffnet mit der Ryan Fitzgeorge darauf wartete, dass sie das Wort ergriff. «Nansay Hall und die Menschen, die dort leben, haben es nicht verdient, für einen Verräter wie Belcastel zu leiden und zu sterben. Es wird nie Frieden an der Grenze geben, solange dort Männer herrschen die eine Seite gegen die andere ausspielen.»

«Dann komm.» Fitzgeorge hielt ihr die Hand zum Aufstehen hin. «Der bevorstehende Ritt wird hart. Rufus sorgt sich um Cyr und seine Männer. Er wird sein übliches Höllentempo anschlagen und kaum Pausen einlegen. Er macht sich Vorwürfe, dass er ihm nicht mehr Bewaffnete mitgegeben hat. Ich frage mich, ob deine Kräfte dieses Unternehmen ...»

«Kümmere dich nicht um mich», unterbrach ihn Marierose knapp.

«Wenn das so einfach wäre», seufzte Fitzgeorge und verzog den Mund. «Zieh diese hässliche Kappe tiefer in die Stirn. Der König hat ein scharfes Auge und wir wollen doch nicht, dass er die Lady von Nansay erkennt.»

Rufus war der Ehrengast bei ihrer Vermählung gewesen, aber Marierose bezweifelte, dass er die strahlende Braut mit ihrer heutigen Person in Einklang bringen würde. Dennoch gehorchte sie dem Befehl. Wie weit dieses prächtige Fest zurück lag. Wie blutjung und einfältig sie damals gewesen war.

«Sorgt Euch nicht», versuchte sie ihren Schwager zu beruhigen. «Die Menschen sehen meist nur das was sie sehen wollen. Die wenigsten machen sich die Mühe ihr Gegenüber richtig anzuschauen. Auch der König wird nicht mehr als einen jämmerlichen Burschen zur Kenntnis nehmen, der von Angst und Ehrgeiz getrieben für seine Heimat um Hilfe bittet.»

Ryan Fitzgeorge behielt seine Zweifel für sich. Ihm erschien es geradezu unmöglich, den anmutigen Stolz zu übersehen, mit dem Marierose von Nansay sich bewegte. Es fiel ihm schwer, sie an diesem Unternehmen teilhaben zu lassen, aber er wusste, dass es sinnlos war ihr die Sache auszureden. Die Töchter Lilianas von Hawkstone hatten ihren eigenen Kopf und man sparte Zeit und Nerven, wenn man dies respektierte.

«Dann komm, der König will Einzelheiten von dir hören, ehe er seinen Plan macht. Wirst du es schaffen, wie ein einfacher ... ja, was bist du überhaupt?»

«Pferdeknecht auf Nansay Hall», bot Marierose wie aus der Pistole geschossen an.

Ryan knurrte. «Hast du auch einen Namen?»

«Wie wäre es mit Bill?»

«Meinetwegen. Ich muss den Verstand verloren haben, den König auf diese Weise hinters Licht zu führen. Wenn ich nicht wüsste, dass deine Schwester darauf bestehen würde, dass ich es tue ...»

Marierose warf ihm einen schnellen Blick unter halb gesenkten Lidern zu. Da war er wieder, jener Anflug von Neid, den sie immer verspürte, wenn sie begriff wie sehr ihre Schwestern geliebt wurden. Gil hatte sie gemocht, aber erst jetzt wusste sie, dass es dieselbe Liebe gewesen war, die man für ein hübsches Schoßtier oder einen edlen Zelter empfindet. Ein angenehmes Gefühl, aber nichts für das es sich zu Sterben lohnte.

Wenigstens hatte sie den Unterschied kennen gelernt. Eine Leidenschaft die alles aufwog, sogar die Tatsache, dass Cyrus d'Aval sie nur begehrt, aber nie geliebt hatte. Sie hatte genügend Liebe für sie beide und solange noch ein Atemzug in ihr war, würde ihr diese Liebe die Kraft geben ihn zu retten. Sogar die Kraft vor den König zu treten und seine unverhohlene Geringschätzung vor dem schmutzigen Stallburschen zu ertragen, den sie spielte. In diesem Augenblick zählte nicht einmal mehr der eigene Stolz.

«Wenn Nansay Hall in der Hand schottischer Aufständischer ist, wie können wir die Burg erobern, ohne überflüssige Verschwendung von Leben und Waffenkraft?», wandte sich der König an seine Ratgeber. «So wie es aussieht können WIR nicht auf einen Verräter zurückgreifen, der uns des Nachts die Ausfallpforte öffnet.»

«Dafür habt Ihr einen Helfer unter Euren Männern, der einen geheimen Weg in den Nordturm von Nansay Hall kennt», sagte Marierose mit bemüht rauer, gepresster Stimme in die Stille hinein. «Das Geheimnis war nur dem verstorbenen Lord und seinem Sohn bekannt. Nicht einmal Lady Margaux hat je davon erfahren.»

Rufus blieb der Mund offen stehen und es dauerte ein paar Herzschläge bis er diese Auskunft und den Jungen geprüft hatte. «Fürwahr, es herrschen seltsame Zustände in Nansay Hall, wenn die Pferdeknechte Geheimgänge kennen und Burghauptmänner ihren Lehnsherrn und den König verraten. Vielleicht sollte ich besser zusehen, wie die Schotten diesen Ort der Schande dem Erdboden gleichmachen.»

«Das könnt Ihr nicht tun, Sire! Habt Erbarmen mit den Menschen, die dort leben.»

«Hm.»

Alarmiert von der vermeintlichen Gleichgültigkeit des Herrschers, erschrak Marierose. «Bedeutet Euch der Ritter so wenig, den Ihr mit dem Lehen von Nansay Hall bedacht habt, Sire? Er wurde ohne eigenes Zutun in Verrat und Mord verwickelt und sein Leben ist in Gefahr!»

Ryan Fitzgeorge erstickte fast an der Warnung, die er Marierose am liebsten zugerufen hätte. Wusste das verteufelte Mädchen denn nicht, dass Stallknechte anders sprachen und ihrem König anders begegneten? Hatte Rufus ... natürlich hatte er. Fitzgeorge kannte ihn gut genug, um es zu erkennen. Der König fuhr sich mit allen zehn Fingern durch seine störrische Haartracht und bedachte den vermeintlichen Pferdeknecht mit einem finsteren Blick. Marierose wusste nicht, woher sie den Mut dazu nahm, diesem Blick Stand zu halten.

Die völlige Ruhe in den klaren Augen gab dem König indes mehr zu denken, als alles andere. Er schaute zu Ryan Fitzgeorge hinüber und begegnete derselben, personifizierten Ausdruckslosigkeit. Erst die Unruhe der anderen Männer, die mit dieser stummen Konfrontation nichts anzufangen wussten, brachte ihn zu einem Entschluss.

«Man soll mir nicht nachsagen, dass ich nur ein Ohr für die Bitten meiner Untertanen im Süden habe. Ich werde tun, was du von mir verlangst, ... äh, Bill!»

Marierose errötete unter ihrer Schmutzschicht und hoffte, dass es wenigstens nur dem König auffiel. War es möglich, dass er sie durchschaut hatte und trotzdem nicht entlarvte? Dass er wie Ryan gezwungenermaßen auf das Doppelspiel einging, um ihr den Verlust von Ruf und Ehre zu ersparen? Oder bildete sie sich das alles nur ein?

«Brechen wir auf», befahl der König knapp. «Und du, mein Freund», er packte Marierose an der Schulter als wäre sie tatsächlich der Stallbursche für den sie sich ausgab. «Du wirst mit Fitzgeorge reiten. Nehmt den Hänfling vor Euch aufs Pferd, Baron. Da wir uns beeilen müssen, möchte ich nicht das Risiko eingehen, unseren kleinen Singvogel unterwegs zu verlieren.»

«Wie Majestät wünschen.»

Ryan Fitzgeorge konnte Marierose eben noch auffangen, als sie der König mit einem unerwartet barschen Stoß in seine Richtung beförderte. Über dem Kopf mit der Kappe trafen sich ihre Blicke und der Lord senkte in resigniertem Gehorsam die Lider. Er würde seinem König Rechenschaft ablegen müssen, er hatte geahnt, dass man ihn nicht hinters Licht führen konnte. Aber es gab immerhin einen Aufschub für dieses Geständnis. Erst mussten die Dinge in Nansay Hall in Ordnung kommen.

«Einen Herzschlag lang hab' ich gezittert, dass er alles herausfindet», flüsterte Marierose, als sie es sich im Schutze von Ryans Armen auf dem Streitross einrichtete. Der mächtige Hengst nahm das zusätzliche Gewicht kaum zur Kenntnis. Er erinnerte Marierose schmerzlich an den stolzen Bylord. Ob die Schotten den Hengst mit nach Norden genommen hatten? Der Verlust würde Cyrus d'Aval hart treffen. Vermutlich sogar härter, als der Verlust einer Frau wie Liliana.

«Der König weiß es, nur keine Angst», hörte sie ihren Schwager antworten.

Sie erstarrte. «Unmöglich! Woher?»

«Hattest du auf Nansay Hall keinen Spiegel? Eher vergisst ein Mann den eigenen Namen, als Augen wie die deinen.»

Marierose tat das Kompliment mit einem unwirschen Laut ab und war froh, dass sich der Reiterzug in Bewegung setzte. Rufus hatte die Elite seiner Ritter ausgewählt und er gedachte auch den fast vollen Mond zu nutzen, um die Nacht durchzureiten.

«Ich bete zum Himmel, dass du dich täuschst», sagte sie dann. «Der König soll mich vergessen. Das wäre das Beste für uns alle.»

«Er hat dir Cyr d'Aval als neuen Gemahl zugedacht», erinnerte Fitzgeorge. «Wir hielten es alle für eine gute Wahl. Cyr ist ein tapferer und ehrenwerter Mann, der dieses Lehen und eine freundliche Ehefrau verdient hat. Sogar dein Vater nahm an, dass es ihm gelingen würde, dich über den Tod deines jungen Gemahls hinwegzutrösten. Ich wundere mich, dass Cyr dich nicht gleich nach seiner Ankunft in Nansay zur Frau genommen hat.»

«Er hatte Wichtigeres zu tun», erwiderte Marierose spröde. «Außerdem bin ich nicht die Art von Frau, die er an seiner Seite sehen möchte.»

Ryan hörte den gekränkten Unterton. «Und warum setzt du dann dein Leben und die Unversehrtheit deiner Person aufs Spiel, um ihn zu retten?»

Marierose schloss die Augen und zwang sich völlig unbeteiligt zu sprechen: «Ich habe es ebenso viel und ebenso wenig für ihn getan, wie jedes andere Lebewesen in Nansay Hall. Ich will keinen neuen Gemahl. Ich habe Gil Treue über das Grab hinaus geschworen.»

«Welch ein Unsinn, du bist kaum erwachsen. Du kannst dein Leben nicht auf solche Art verschwenden, sogar wenn du den jungen Gil über alles geliebt hast. Cyr ist ein Mann, du wirst den Unterschied erkennen und auf andere Weise mit ihm glücklich werden.»

«Ich halte meine Schwüre», erwiderte Marierose eigensinnig und knirschte heimlich mit den Zähnen. Hatte sie nicht schon genügend Probleme und Sorgen? Musste sie der Himmel auch noch mit einem besorgten Schwager strafen, der glaubte ihr Vorschriften machen zu dürfen?

Immerhin spürte er die Abwehr, die ihr aus allen Poren strömte und schwieg. Unter dem Einfluss seines Schweigens gab Marierose nach und nach ihre feindselige Haltung wieder auf. Als geübte Reiterin konnte sie sich dem regelmäßigen, schnellen Trab des Pferdes problemlos anpassen und die Wärme des Mannes in ihrem Rücken machte den Ritt geradezu komfortabel. Sie konnte ihren Gedanken freien Lauf lassen und sie vorausschicken. Voraus nach Nansay Hall.

Halte durch, mein Gelieber! Lebe! Ich komme!

Fünfzehntes Kapitel

Nansay Hall
10. Juni 1091

Die Halle dröhnte vom brüllenden Gelächter der siegestrunkenen Schotten. Fackeln loderten in den eisernen Wandhalterungen und warfen bizarre Schatten auf die Wände. Bis vor wenigen Tagen hatten dort die Standarten und Wimpel des Hauses Nansay geprangt, gemeinsam mit den neuen grün-silbernen Fahnen von Aval. Immer wieder glitt der Blick der stummen Frau im hohen Lehnstuhl zu diesen kahlen Stellen, ehe er sich wieder auf den bärtigen Schotten richtete, der dieses pöbelhafte Festmahl in ihrer Halle befohlen, und ihre Anwesenheit sowie die ihrer Frauen erzwungen hatte.

Die schottischen Recken machten sich einen Spaß daraus, die völlig verängstigen Edeldamen zu drangsalieren, von denen manche sogar ihre Ehemänner im zurückliegenden Kampf verloren hatten. Ihre Herrin erhielt keine Möglichkeit für sie einzutreten. Lady Margaux mochte eine kostbare Robe tragen, aber sie war nicht weniger Gefangene wie ihre Frauen, ihr Gesinde und die wenigen Kriegsknechte und Ritter, die den Gewaltstreich überlebt hatten. Die Burg duckte sich unter den Eroberern und von der Lady bis zur letzten Küchenmagd fragte sich ein jeder besorgt, welches Schicksal ihn erwartete.

Vielleicht waren jene, die in der Runde fehlten, tot, aber die Lady war zunehmend geneigt sie um diesen Tod zu beneiden. Lady Bolton teilte diese Einstellung sicherlich. Sie saß mit aschfahler Miene neben einem schottischen Krieger und sah starr in ihren Becher. Ihr Gemahl war unter den toten Rittern und ihre Tochter wurde seit dem Überfall vermisst. Auch das Los ihrer eigenen Schwiegertochter blieb im Dunkel. Lucien hatte behauptet sie sei in Sicherheit, aber inzwischen war er ebenfalls verschwunden.

«Esst!» forderte McDowell Lady Margaux auf, als er merkte wie gedankenverloren sie vor sich hingrübelte. Er erntete einen eisigen Blick der Dame und fügte kalt hinzu: «Ich ehre in Euch das Andenken Eures Gemahls, Lady. Er war ein vernünftiger, kluger Mann, der dieses Land und seine Menschen liebte. Warum habt Ihr sein Erbe einem Verräter in den Rachen geworfen?»

Obwohl Lady Margaux von der Hinterlist ihres eigenen Neffen ebenso tief getroffen worden war wie vom Verlust ihrer Burg, verbarg sie ihren Schmerz vor dem Schotten. Ihr Stolz ließ nicht zu, dass sie dem Sieger Schwäche zeigte. «Wo ist mein Neffe? Habt Ihr ihn eingekerkert wie die anderen Männer?»

«Er hat sich in Gefahr begeben und ist darin umgekommen», erwiderte der Schotte knapp. «Vergesst ihn. Er ist Eure Fragen nicht wert.»

«Mörder!», zischte Lady Margaux hasserfüllt. Es gab nur diese Erklärung für eine solche Auskunft. «Er war der letzte meines Blutes!»

«Dann vermögt Ihr zu begreifen, weshalb mir so viel daran liegt, den Tod MEINES Sohnes zu rächen.»

«Ich hatte nichts damit zu schaffen.»

«Deswegen dürft Ihr ja auch an dieser Tafel sitzen und hängt nicht an einer Säule wie jener dort hinten.»

Lady Margaux sah zu Cyrus d'Aval hinüber, der nun seit mehr als einem Tag, an eine der steinernen Säulen neben dem Eingang zur Halle gebunden war. Im flackernden

Schein der Fackeln, erkannte sie, dass er noch immer aufrecht stand. Die Schotten verweigerten ihm Essen und Trinken, doch er begegnete ihrem Hass, wie ihrer Folter mit dem herausfordernden Mut eines Mannes, der nichts zu verlieren hatte. Sie mochte ihn nicht, aber sie musste seine Haltung bewundern. Einmal mehr ertappte sie sich bei dem Wunsch, dass Gil etwas von dieser Kraft und Integrität besessen hätte. Was hätten sie für Kinder haben können, das schöne Mädchen aus Hawkstone und ihr wunderbarer Sohn? Welches Erbe hätte auf sie gewartet!

«Was habt ihr mit ihm vor?», zischte sie aus dieser Wut heraus und deutete auf den Ritter, der trotz seiner Verletzungen und seiner zunehmenden Schwäche imponierend blieb. «Er ist ein Ritter des Königs. Wenn Ihr ihn im Kampf getötet hättet, wäre das eine ehrenhafte Sache gewesen. Dieser Pranger jedoch beleidigt die Macht der englischen Krone und Euer König ist ein Vasall dieser Krone.»

«Nicht mehr lange», erwiderte McDowell knapp.

«Ihr seid ein Narr, wenn Ihr das glaubt», entgegnete die Lady verächtlich.

«Und Ihr eine Närrin, wenn Ihr glaubt, dass Ihr das Recht habt, so mit einem McDowell zu reden, Weib!»

Ehe Lady Margaux wusste, wie ihr geschah, hatte der Schotte sie mit archaischer Gewalt am Arm gepackt und vom Stuhl gestoßen, damit sie auf Knien vor ihm im schmutzigen Stroh lag. Niemand machte sich in diesen Tagen die Mühe den Boden der großen Halle regelmäßig zu säubern oder gar die Streu zu erneuern. Die Lady kniete im überwältigenden Gestank aus Speiseresten, menschlichem Unrat und tierischen Hinterlassenschaften. Sie spürte wie sich die wenigen Bissen, die sie beim Festmahl zu sich genommen hatten in ihre Kehle drängten.

«Das ist der Platz der Euch gebührt», bellte der Schotte. «Normannische Hündin!»

Margaux von Nansay wurde erst hochrot, dann blass und am Ende blieb sie mit stolz erhobenem Kopf dort, wo er sie hingeworfen hatte.

McDowell reagierte mit einem dröhnenden Lachen auf ihren leidenschaftlichen, stummen Ausbruch. «Wie schade, dass Ihr kein Mann geworden seid, Lady! Es hätte mir sicher Vergnügen bereitet, gegen Euch zu kämpfen.»

Sein Lachen drang durch die Halle und bis in das Bewusstsein des gefesselten Mannes, der Auge und Ohr vor der wüsten Feier verschlossen hatte. Nachdem er weder Marierose noch Blanche unter den Frauen an der Tafel entdeckt hatte, war er in ein erschöpftes Dämmern geglitten, das gnädigerweise sein körperliches Unbehagen ebenso in den Hintergrund drängte, wie seine ständige Sorge um die Burg und ihre Bewohner.

McDowells dröhnende Belustigung riss ihn aus diesem gnädigen Vergessen. Mit einem Schlage war er wieder in der Wirklichkeit und Zeuge des ungezügelten Festes, das die Überlebenden auf so schändliche Weise demütigte. Er empfand sogar eine Spur von Mitleid für die Lady, die im Stroh kniete und mit ansehen musste, wie all die normannische Kultur und Zivilisation, die sie in diese Festung getragen hatte, von den Schotten verhöhnt und zerstört wurde. Er mochte sie nicht, aber er konnte ihre Gefühle verstehen.

Gleichzeitig fragte er sich, was McDowell plante? Es passte nicht zur gewohnten Taktik der Schotten, sich in dieser Burg einzunisten. Normalerweise rafften sie Beute und Geiseln an sich und flohen über die Grenze in ihre Heimat. Auch den Wunsch nach Rache hätten sie diesem Brauch untergeordnet. Immer mehr mutete es ihn an, als sei die

Eroberung von Nansay Hall nur Teil eines Gesamtplanes. Eines Vorhabens das nur der diabolische Kopf Malcolm Canmores ausgeheckt haben konnte.

Seit dem Frieden von Abernethy, hatte der schottische König immer wieder Vorstöße gemacht, sein Gebiet zu erweitern. Die Tatsache, dass er in zweiter Ehe Margarete, die fromme Schwester des Edgar Aetheling, des Erben König Harolds, geheiratet hatte, nährte diese Ambitionen. Harold war in der Schlacht von Hastings gefallen, aber sein Erbe Edgar besaß immerhin einen nominalen Anspruch auf die Krone Englands, der auf seine Kinder übergegangen war. Malcolm hatte sich dem Eroberer geschlagen gegeben und den demütigenden Frieden von Abernethy akzeptieren müssen. Er hatte dem ersten König Wilhelm den Vasalleneid geleistet, aber Wilhelm war seit fünf Jahren tot. Wagte Malcolm in diesem Sommer die endgültige Kraftprobe mit seinem Erben Wilhelm Rufus?

Ein betrunkener Schotte taumelte nach draußen, um sich zu erleichtern und stieß dabei rüde gegen den gefesselten Ritter. Cyrus d'Aval grub die Zähne in die Unterlippe, damit ihm weder Fluch noch Schmerzensschrei entkam. Er wusste selbst nicht genau was ihn dazu trieb, den Kaledoniern so hartnäckig Widerstand leisten. Da war eine lästige, ständige Mahnung in seinem Kopf. Halt durch. Gib nicht auf. Bleib am Leben. Ich komme. Ich rette dich.

Wozu eigentlich? Lag ihm überhaupt etwas daran, gerettet zu werden? Wer würde auch nur einen Gedanken darauf verschwenden, ob er lebte oder starb? Benoit? Um den stand es im Verließ vermutlich keinen Deut besser. Der König und seine Gefährten bei Hofe? Er schätzte Rufus, aber die privaten Freundschaften des Monarchen und sein seltsames Gefallen am eigenen Geschlecht konnte er nicht nachvollziehen. Er war im Grunde seines Herzens erleichtert gewesen, den Hof verlassen zu dürfen. An manchen Tagen war es schwierig, die Launen des Königs zu begreifen. Vielleicht war Rufus ebenfalls froh, seinen kritischen Geist losgeworden zu sein.

Blieb noch die Frage der Witwe, Marierose, Liliana, wie immer sie sich nannte. Die kleine Waldfee, deren Spuren sich im Chaos der Belagerung und des Überfalles verloren hatten. Belcastel hatte behauptet, sie in Sicherheit gebracht zu haben, aber wo war sie? Ebenfalls eingesperrt, ohne eine Möglichkeit zur Flucht? Nun Beute der Schotten, nachdem er den Burghauptmann getötet hatte? Der bloße Gedanke brachte ihn dazu, sich mit aller Gewalt zum hundertsten Male gegen die Lederriemen zu stemmen, die ihn verlässlich an diese Säule bannten.

Er hörte zwar das leise Knacken, aber seine Arme waren längst gefühllos und abgeschnürt. Erst als sie ohne sein Zutun nach unten fielen, ging ihm auf, dass er seine Fesseln tatsächlich zerrissen hatte. Verdutzt vom Erfolg des eigenen Kraftaktes blieb er stehen und wusste im ersten Moment nicht, was er mit der jähen Freiheit seiner Hände tun sollte.

Im selben Augenblick spürte er, wie sich auch die Fessel um Fußgelenke löste und eine Stimme raunte hinter der Säule: «Lass dich fallen, wenn dich deine Beine nicht mehr tragen. Wir werden versuchen, dich ins Dunkel zu ziehen, um dir zu helfen. Die meisten Schotten sind völlig betrunken und die wenigen Nüchternen werden im Schein der fast abgebrannten Fackeln nichts erkennen können.»

Benoit! Cyrus d'Aval taumelte, fiel auf die Knie und konnte sich eben noch auf seinen Freund stützen, um nicht vollends zu Boden zu stürzen. Er ertastete und roch ein Ale getränktes Plaid, den rauen Wollstoff eines Kilts. Hätte er seinen Freund bei besserer Beleuchtung gesehen, er hätte ihn nach Kleidung und Gestank für einen echten Schotten gehalten. Eine zweite Hand griff helfend zu und ehe er wusste wie ihm geschah, hing er, gleichfalls mit einem Plaid bedeckt, wie einer der betrunkenen Kaledonier zwischen zwei Freunden, die ihn zum Ausnüchtern nach draußen schleppten. Gleichzeitig spürte er, wie das Blut schmerzend in seine abgeschnürten Glieder zurückkehrte und unterdrückte mit äußerster Konzentration ein Stöhnen.

Erst als sie ihn wieder freigaben und er auf ein Deckenbündel sank, nahm er seine Umgebung wieder zur Kenntnis. Eine Hand drückte seine Finger um einen Weinschlauch und er griff wortlos zu, um seinen mörderischen Durst zu löschen. Die samtig aromatische Flüssigkeit fuhr wie Feuer in seinen leeren Magen und die Eingeweide, ehe sie die trügerische Illusion von Stärke verbreitete.

Der Ritter blieb wohlweislich erst einmal sitzen und versuchte das höllenschwarze Loch einzuschätzen, in das ihn seine Retter gezerrt hatten. Die wenigen Geräusche klangen dumpf und es roch nach Schimmel und Feuchtigkeit, aber nicht nach Schlimmerem wie in einem Kerker.

«Wo sind wir?»

«Im unteren Brunnenhaus neben dem Weinkeller», erwiderte zu seiner Überraschung eine weibliche Stimme.

Im selben Augenblick flammte eine Kerze auf und die modrige Finsternis bekam hellere Konturen. Cyrus sah ein Mädchen im einfachen Gewand einer Küchenmagd, mit dicken braunen Zöpfen, die ihr bis zur Taille reichten. Das runde, herzige Antlitz kam ihm bekannt vor, dennoch wollte ihm ihr Name nicht einfallen.

«Du kennst doch Blanche von Bolton», half ihm Benoit

le Bras auf die Sprünge. «Wir haben der Demoiselle unsere Befreiung zu verdanken. Es ist ihr gelungen, sich zu verstecken, als die Schotten eindrangen. Ohne ihren Mut hätten wir nie ...»

Cyrus freilich interessierten weniger die Heldentaten der jungen Edeldame als eine andere, brennende Frage, die er mit heiserer Stimme hervorstieß: «Wo ist Eure Herrin? Habt Ihr sie gesehen?»

Dass Blanche seinem Blick auswich und verlegen mit dem Ende eines Zopfes spielte, sagte ihn schon, ehe sie den Mund auftat, dass ihm ihre Antwort nicht gefallen würde.

«Ich weiß es nicht, Herr Ritter. Der Burghauptmann hatte sie in ihrer Kammer eingesperrt und als ich die Riegel löste, war ihr nur daran gelegen, Nansay Hall so schnell wie möglich zu verlassen. Sie sprach davon den König zu unserer Rettung herbeizuschaffen, aber wie sollte das möglich sein? Der König ist in Winchester oder Gloucester, weit im Süden auf jeden Fall.»

Das Mädchen zitterte vor Angst und Benoit le Bras übernahm es, den Rest zu berichten. «Die Demoiselle hat sich mit bewundernswerter Kühnheit in die Verließe gewagt und mich dort gefunden. Ich wurde nicht bewacht, da sie annahmen, dass ich mit meiner Oberschenkelwunde ohnehin bewegungsunfähig sei. Blanche hat meine Verletzung versorgt und gemeinsam fanden wir Roscoff und die anderen im Kerker nebenan, während die Schotten in der Halle ihren Sieg feierten.»

Cyrus nickte John von Roscoff und den anderen Rittern und Kriegsknechten zu, die im Hintergrund auf seine Befehle warteten. Kaum eine Handvoll Männer. Er stützte den schmerzenden Kopf in seine Hände. Es fiel ihm schwer zu denken, denn Verletzung und Gefangenschaft hatten im

Verein mit Hunger und Durst sogar seine, normalerweise unverwüstlichen Kräfte, aufgezehrt. Aber dies war nicht der Zeitpunkt, um der eigenen Schwäche nachzugeben. Er musste handeln, aber zuerst musste er noch etwas klären.

«Wie ist Eure Herrin auf den Gedanken gekommen, zum König zu gehen?», wandte er sich an Blanche von Bolton. «Und wie konnte sie die Festung verlassen? Die Schotten sind keine Dummköpfe. Sie werden kontrollieren, wer in Nansay Hall ein und ausgeht.»

«Das tun sie.» Blanche nickte. «Aber es gibt einen geheimen Gang in der Kammer meiner Herrin. Auch ich habe nichts von ihm gewusst ...»

Noch eines von Lilianas Geheimnissen. Cyrus d'Aval unterdrückte einen Fluch. «Warum ist sie nicht nach Whitby gegangen und Ihr auch? Im Kloster hättet Ihr Zuflucht gefunden, statt Euer Leben aufs Spiel zu setzen.»

Blanche gab endlich das Zopfende frei und zuckte mit den Achseln. «Ich weiß es nicht. Sie sprach davon, dass sie sicher sei, dass der König in York sein würde.»

Natürlich! Der Ritter schalt sich einen Narren. Er selbst hatte sie auf diesen närrischen Gedanken gebracht. Er rieb sich wütend die Schläfen, als könne er auf diese Weise den Fluss seiner Gedanken beschleunigen. Aber es waren keine erfreulichen Vorstellungen, die sein armer Kopf am Ende bewerkstelligte.

«Welch ein Wahnsinn. Die Landstraßen nach Süden wimmeln vor Straßenräubern. Sie wird in die Hände irgendwelcher Strolche fallen, ehe sie auch nur in die Nähe von Hutton gekommen ist», vermutete er und tauschte einen Blick mit Benoit le Bras, der gleich ihm über die Pläne des Königs Bescheid wusste. Aber konnte man sich darauf verlassen, dass Rufus sie so genau in die Tat umgesetzt hatte?

Auf gut Glück einem geheimen Kommando des Königs entgegen zu reiten, darauf verfiel nur eine Frauensperson, die keine Ahnung vom Kriegführen hatte. Tausend Dinge konnten die Pläne, die Route und die Absichten des Herrschers inzwischen verändert haben.

Cyrus d'Aval schwankte zwischen hilflosem Zorn und schwerer Sorge um diese Frauensperson. Wie typisch für die kleine Abenteurerin, die Dinge selbst in die Hand zu nehmen. Sie war in Gefahr! Wie sollte er ihr beistehen? Er hatte er wahrhaftig genügend Probleme, die eigene Lage zu klären. Wie sicher war dieses Versteck? Wie viel Zeit blieb ihnen, bis McDowell seine Flucht entdeckte?

«Wir haben einen dunkelhaarigen, betrunkenen Schotten statt deiner an die Säule gebunden. Ich nehme an, es dauert bis Sonnenaufgang, ehe irgendjemand diese Tatsache auffällt oder der Mann selbst so wach wird, dass er sich lautstark beschweren kann», lieferte Benoit zumindest die Antwort auf eine Frage.

«So lange dürfen wir nicht warten.» Cyrus wandte sich an Blanche von Bolton. «Könnt Ihr uns zu dem geheimen Gang führen, durch den Eure Herrin die Burg verlassen hat? Wir sitzen in der eigenen Falle, wenn wir in diesen Mauern bleiben. Wir sind zu wenige, um McDowell in seine Schranken zu weisen. Wir müssen Verstärkung finden, ehe wir ihn angreifen können. Wenn er unsere Flucht entdeckt, wird er jeden Stein dieser Burg umdrehen, bis er uns gefunden hat.»

Im Schein der flackernden Kerzenflamme sah er, dass sie zusammenzuckte und fragend zu Benoit le Bras sah. Es lag so viel Zuneigung und Vertrauen in diesem Blick, dass ihn im unpassendsten Moment der Neid packte. Er wünschte sich, Liliana hätte ihn ein einziges Mal so erwartungsvoll und liebend angeschaut. So voller Wissen, dass er das Richtige tun und sagen würde. Wo steckte sie? Lebte sie noch? Hätte er es gespürt, wenn ihr rebellischer Geist diese Welt verlassen hätte?

Zum Henker, dies war nicht die Zeit über solche Gefühle nachzusinnen. Es ging um ihrer aller Leben und so wie es aussah, hing es an einem seidenen Faden. Seine nächsten Befehle kamen ohne Verzögerung. Es galt die wenigen Waffen zu prüfen, die in ihrem Besitz waren und die Bilanz war ernüchternd schmal. Bis auf zwei Kurzschwerter, vier Dolche und ebenso viele Messer, die ihre Besitzer erst vermissen würden, wenn sie nüchtern genug dazu waren, besaßen sie nur Kopf und Fäuste, um aus Nansay Hall zu entfliehen.

«Ihr müsst etwas essen und trinken, Seigneur.» Blanche drückte ihm einen schlichten Holzbecher in die eine und einen Ranken Brot in die andere Hand.

Da er ihr Recht geben musste, kaute er sorgsam und spülte die erste Nahrung seit Tagen mit dem Wein hinunter. Es war ihm klar, dass das erste Wohlbefinden nicht von Dauer bleiben würde. Er hoffte nur, dass das Brot dafür sorgen würde, dass er den Wein nicht auf der Stelle wieder hinaus beförderte. Er wusste auch, dass er es nicht wagen konnte, die Spitze des kleinen Trupps zu übernehmen, er brachte seine Begleiter mit seiner Schwäche in Gefahr. Dennoch fiel es ihm schwer, Benoit die Führung zu überlassen. Immerhin machte diesen das in Blanches Augen endgültig zum Helden. In ihrem Blick stand ein Glanz, der nicht allein vom Kerzenlicht stammte, das in diesem Augenblick gelöscht wurde.

Von Ritter Roscoff und den übrigen Männern geleitet stolperte er im Dunkeln hinter Benoit und seiner Demoiselle her. Er hatte Mühe die eigenen Füße in Bewegung zu halten. Was er tun sollte, wenn sie einem Schotten begegneten, der weder betrunken, noch schlaftrunken war, wusste er nicht zu sagen. Doch die Gänge der Festung blieben still und menschenleer. Das leise Huschen ihrer Füße, ein Rascheln, wenn sie eine Ratte oder ein anderes Tier aufschreckten und das überlaute Keuchen der eigenen Atemzüge, waren die einzigen Geräusche, die an seine Ohren drangen.

Es war eine neue, ungewohnte Erfahrung für ihn, auf andere angewiesen zu sein. Bisher hatte er sich stets auf die eigene Kraft, den eigenen Geist und die eigene Geschicklichkeit verlassen können. Es war den Schotten zwar nicht gelungen ihn zu brechen, aber sie verschafften ihm dennoch eine neue, nie gekannte Sicht der Dinge. Auf die Hilfe der anderer angewiesen zu sein gefiel ihm nicht. Statt auf die eigene Fertigkeit vertrauen zu können, musste er plötzlich darauf bauen, dass seine Gefährten für ihn das Richtige taten.

Sie hatten ihre Loyalität bewiesen, indem sie ihn befreiten, aber in seinem seltsamen Zustand zwischen völliger Erschöpfung und verzweifeltem Aufbäumen, fragte er sich zum ersten Male, ob er diese Treue auch verdient hatte. War es nicht pure Dummheit gewesen, in Nansay einzuziehen, ohne sich zuvor mit den Verhältnissen vertraut zu machen? Hätte er nicht, statt mit einer Frau zu tändeln, seine Aufgabe besser tun sollen?

Selbstzweifel dieser Art waren Cyrus d'Aval so unbekannt, dass sie ihm wie bittere Galle in die Kehle stiegen. Warum sich noch weiterquälen? Warum nicht einfach aufgeben? Ohne ihn würden die anderen sich problemloser und leichter in Sicherheit bringen können. Er war eine Gefahr für sie und das Dunkel kam ihm nahe und verführerisch angenehm vor.

Aber da war wieder diese Stimme. Dieses sture, hartnäckige Flüstern in seinem Kopf: Halte durch, mein Geliebter! Lebe! Ich komme!

Sechzehntes Kapitel

Nansay Hall
11. Juni 1091

«Der junge Bill bleibt an meiner Seite!»

Ryan Fitzgeorge sah von seinem König zu Marierose und hätte am liebsten alle beide geschüttelt, damit sie zur Vernunft kamen. Wenn Rufus das kühne Spiel seiner kleinen Schwägerin durchschaut hatte, konnte er sie doch unmöglich in den Kampf verwickeln der ihnen bevorstand. Und Marierose hätte, wie es sich für eine Dame gehörte, furchtsam zurücktreten sollen, statt zu nicken und die Hand um den Dolch zu legen, der an ihrem Gürtel steckte. War der kleine Krieger wirklich das erschöpfte Mädchen, das während des eiligen Rittes so vertrauensvoll in seinen Armen geschlafen hatte? Hätte er gewusst, dass diese Ruhe einen so unheilvollen Einfluss auf ihre Entscheidungen haben würde, er hätte sie ihr verweigert.

«Wollt Ihr ihn wirklich dieser Gefahr aussetzen, Sire?», wagte er dennoch einen Einwurf.

Die von dichten, rötlichen Brauen überschatteten Augen des Königs musterten den vermeintlichen Pferdeknecht eine Spur zu spöttisch. «Ich denke, unser Freund Bill weiß, worauf er sich eingelassen hat und er macht mir nicht den Eindruck, als würde er hier in aller Ruhe auf uns warten. Vorwärts, Männer!»

Die Ritter, die sich in der Klippenhöhle unterhalb von Nansay Hall drängten, trugen leichte Harnische und kurze Schwerter. Die schweren Waffen und Pferde hatten sie mit dem Rest der Truppe im Wald zurückgelassen. Sie würden zum Einsatz kommen, wenn es den Eindringlingen gelang, die Tore der Festung für sie zu öffnen. Der König selbst führte den Stoßtrupp an, weil dies genau jene Art von Abenteuer war, die er schätzte.

Marierose spürte seine Anspannung, während sie über die engen Windungen der Steinstufen immer weiter nach oben vordrangen. Das leise Tappen der Sohlen, manchmal ein Klirren, wenn eine Waffe gegen Stein stieß und das unterdrückte Atmen von Männern, die kampfbereit jede Bewegung kontrollierten, waren die einzigen Geräusche, die sie vernahm. Die Luft vibrierte vor unterdrückter Erregung und diszipliniert gezügelter Angriffslust.

Es war eine seltsame, fremde Welt, die sich ihr seit Tagen auftat. Nach ihrer behüteten Jugend und Kindheit war sie in Gils Welt aus Luxus und Zerstreuung geraten, danach unter die engstirnige Diktatur seiner Mutter. Nie jedoch war ihr ein solcher Blick in den kämpferischen Alltag von Männern und Rittern vergönnt gewesen. Eine Welt, die von den Befehlen des Königs bestimmt wurde und in der es eine Ehre war, das eigene Leben für die Krone zu opfern. In diesem Augenblick schämte sie sich sogar für das Maskenspiel, mit dem sie diese Männer narrte. Sie hatten es nicht verdient, von einer Frau an der Nase herumgeführt zu werden.

Sie begriff auch zum ersten Male in voller Konsequenz, weshalb ihr Verhalten bei Cyrus d'Aval auf soviel beharrliche Entrüstung traf. Der vortreffliche Ehrenkodex des Ritterstandes diktierte sein Handeln. Eine Frau, die ihren Rang und ihre Bestimmung scheinbar nicht ehrte, ja die nicht einmal aussah wie alle anderen Frauen, musste ihm aus tiefster Seele unerträglich sein. Sie war eine Schande für ihr Geschlecht. Eine solche Person würde er nie lieben können, egal ob die Motive ihrer Handlung ehrenwert waren oder von leidenschaftlicher Liebe getragen.

Mit einer Spur von Trotz prüfte sie, ob ihre Kappe dicht genug auf den kurzen Haaren saß und zog die Kanten noch tiefer über die Schläfen. Sie konnte nichts daran ändern. Die Dinge entzogen sich ihre Kontrolle.

«Ist es noch weit?», drang Rufus' gedämpfte Frage an ihr Ohr, gerade als sie die letzte Windung der Treppe umrundeten und ihre Hand sich nach dem Ornament ausstreckte, das die Kaminumrandung auf der anderen Seite aufklappen würde.

«Wir sind da», hauchte sie ebenso leise zurück. «Bedenkt bitte, die Kammer ist klein und möglicherweise findet Ihr eine junge Edeldame dort vor. Tut mir den Gefallen und erschreckt sie nicht zu sehr.»

Blanche hatte es nicht verdient in Angst und Furcht versetzt zu werden. Immerhin hatte sie den verblüffenden Mut aufgebracht, ihr zur Flucht zu verhelfen, nachdem Lucien de Belcastel sie auf so rüde Art in ihrer Kammer verfrachtet hatte.

«Dir einen Gefallen zu tun ist nachgerade alles, was der König will, Bursche», mischte sich Ryan zwar leise, aber nachdrücklich ein, um seine Schwägerin an ihre Rolle zu mahnen.

Marierose zog den Kopf ein und verwünschte sich selbst im Stillen. Sie hatte sich einmal mehr von den Gedanken an den Mann ablenken lassen, der ihr ganzes Sein erfüllte. Hoffentlich kamen sie nicht zu spät, ihn zu retten. Dies war das Einzige was für sie zählte.

«Verzeiht», bemühte sie sich mit möglichst rauer und tiefer Stimme zu antworten.

Marierose bewegte den erhabenen keltischen Knoten, den ein kunstvoller Steinmetz wie einen Griff geformt hatte. Mit einem kaum hörbaren Geräusch knirschte Stein über Stein. Die absolute Finsternis, die sie bisher umgeben hatte lichtete sich zu dunklem Grau mit angedeuteten Konturen. Sie schlüpfte in die Kammer und prallte beim zweiten Schritt gegen ein großes Hindernis, das gleich ihr einen Schrei zu unterdrücken versuchte, so dass sie beide nur ein heiseres Keuchen von sich gaben. Im ersten Schock spürte Marierose, dass das Hindernis ein Mensch, ein Mann, sein musste. Die erstickende Mischung aus Schweiß, Ale und Leder gehört so unzweifelhaft zu einem Krieger, dass sie in heller Panik jede Vorsicht vergaß.

«Zu Hiii …»

Eine kräftige Hand legte sich über ihren Mund. Marierose dachte nicht lange nach, sie biss zu und wurde mit einem leisen Fluch belohnt.

«Was zum Donner hat das zu bedeuten?»

«Majestät!»

«Es ist der König!»

«Le Bras seid Ihr das?»

Stimmen mischten sich in unverhohlener Überraschung und der Griff um Marieroses Schultern und Mund lockerte sich so weit, dass sie sich mit einem kräftigen Fußtritt gegen ein königliches Schienbein befreien konnte. Inzwischen drängten sich dermaßen viele Menschen in ihrer kleinen Kammer, dass sie, ohne gesehen zu werden, auf den Söller hinausschlüpfen und sich dort hinter einer der Säulen verbergen konnte. Zwar wagte es niemand, ein Licht zu entzünden, aber der Morgen war nicht mehr fern. Hinter den halbrunden Fensterbögen zeichnete sich bereits die erste Dämmerung ab.

«Cyr? Bei Gott, bist du betrunken? Du stinkst wie ein Alefass!»

Der König selbst hielt den schwankenden Ritter fest, um den sich plötzlich alles drehte.

«Es ist sein Umhang, Sire», mischte sich Benoit le Bras eilig ein. «Wir haben ihn als betrunkenen Schotten verkleidet, um ihn aus der Halle zu bringen.»

«Aber des Redens bin ich noch mächtig.»

Marierose presste die Rechte auf ihr jagendes Herz, als sie die vertraute, wenngleich angespannte und übermüdete Stimme vernahm, die ihr so viel bedeutete. «Euer Auftauchen gleicht einem unerwarteten Wunder, Sire, woher wisst Ihr von unserer Notlage?»

«Was ist mit Euch, Cyr? Seid Ihr verwundet?»

«Es geht schon wieder», wehrte der Ritter die Besorgnis des Königs ab und zwang sich die eigene Schwäche zu überwinden. «Wie viel Mann führt Ihr mit Euch? Wenn wir gemeinsam zuschlagen, ist Nansay Hall zum Morgengebet wieder unser. Die Schotten haben die ganze Nacht ein barbarisches Gelage gefeiert und die meisten von ihnen liegen betrunken im Stroh. Bisher wurde noch nicht einmal meine Flucht entdeckt.»

Marierose lehnte die Stirn gegen den kalten Stein der Säule und lauschte mit geschlossenen Augen der dunklen Melodie seiner Worte. Sie vernahm weder die Einzelheiten des eiligen Schlachtplanes noch die Aufteilung der Männer. Sie war so in die überwältigende Erleichterung versunken, ihn am Leben zu wissen, dass sich ihr ganzes Wahrnehmungsvermögen allein auf seine Person konzentrierte. Sie fühlte, dass er wütend, verletzt, aufgebracht, hungrig, erschöpft und tausend andere Dinge war, aber er lebte! Sie waren rechtzeitig gekommen!

Das Stimmengewirr verstummte und im selben Moment schallte der schrille Ton eines Dudelsacks durch die Burg.

Alarm! Niemand hielt sich damit auf, zu fragen, wem der Alarm galt. Für König Rufus war es die Fanfare zum augenblicklichen Angriff.

«Vorwärts, Männer!»

Ehe Marierose die Augen geöffnet hatte, stürmten alle zur Tür, dem König nach. Lediglich die schmale Gestalt einer Magd blieb verloren vor dem Kreuz an der Wand stehen und faltete die Hände zum Gebet. Das Gewand täuschte Marierose für einen Moment, dann entdeckte sie in der zunehmenden Helligkeit die Sommersprossen auf Wangen und Nasenrücken.

«Blanche!»

«Oh, mein Gott!»

Blanche von Bolton fuhr herum und presste die gefalteten Hände auf ihr Herz. Auch sie benötigte Zeit, um in der abgerissenen, schmutzigen Knabengestalt ihre Herrin zu erkennen. Dann jedoch fielen sich die beiden jungen Frauen in die Arme.

«Wie seht Ihr nur aus», jammerte die Ehrendame, als es ihr endlich gelang, ihre Herrin aus der Nähe richtig in Augenschein zu nehmen. «Um ein Haar hätte ich Euch gar nicht erkannt.»

«Um so besser», nickte Marierose. «Was nutzt eine Verkleidung die jeder durchschaut. Aber du siehst auch nicht mehr wie die noble Dame von Bolton aus.»

«Einer Küchenmagd schenkt niemand besondere Aufmerksamkeit ...»

«Ebenso wenig wie einem Pferdeknecht.»

Die beiden jungen Frauen sahen sich an und brachen in ein gemeinsames Lachen aus, das ebenso schnell wieder verstummte, wie es begonnen hatte.

«Es gehört sich nicht zu lachen, während sie um unser

Leben und unsere Freiheit kämpfen», seufzte Blanche mit schlechtem Gewissen. «Wir sollten lieber beten.»

«Gebete sind gut, aber ich denke, der Herr im Himmel blickt noch freundlicher auf Menschen, die versuchen ihre Probleme selbst zu lösen», erwiderte Marierose energisch. «Komm mit!»

«Dort hinaus? Sie kämpfen in der Burg!» Blanche wich vor der Tür zurück, als führte sie geradewegs ins Fegefeuer.

«Und was ist mit Lady Margaux und ihren Frauen? Deine Mutter ist unter ihnen.»

«Sie leben und sind unversehrt. Die Schotten haben sie nur mit Worten beleidigt. Ich konnte es selbst beobachten.» Blanche strich nervös über den groben Leinenkittel, den sie über einem grauen Unterkleid trug, dessen Säume von Schlamm und Küchenschmutz schwer über den Boden schleifte. «Sie durften gestern sogar am Festmahl teilnehmen.»

Marierose konnte sich mühelos vorstellen, wie Lady Margaux' Stolz unter diesem Bankett gelitten haben musste. Dennoch vermochte sie keine Befriedigung darüber empfinden. Die Zeiten, da sie ihre Schwiegermutter gehasst hatte, gehörten der Vergangenheit an. Inzwischen dachte sie nicht ohne Mitgefühl an die Nobeldame, die sich so ausweglos in den Schlingen ihres eigenen Stolzes verfangen hatte.

«Wir müssen ihnen Nachricht geben, dass der König zu unserer Rettung herbeigeeilt ist. Wovor hast du Angst, Blanche? Eine Frau die nicht gezögert hat, die grässlichsten Verließe dieser Burg nach dem Ritter zu durchsuchen, dem sie ihr Herz geschenkt hat, wird weniger Schlimmes doch auch für ihre Mutter tun können.»

Das helle Licht des Morgens entlarvte verlegene Röte auf

Blanches Wangen. Marierose begriff, dass sie tatsächlich den Tadel ihrer strengen Mutter fürchtete.

«Sie kann dir nichts anhaben. Denkst du, dein Ritter wird zulassen, dass dir Ärger aus einer solchen Heldentat erwächst? Sogar der König wird dir Achtung bezeigen müssen, wenn er davon erfährt.»

Sie zog ihre Gefährtin am Handgelenk mit sich und auf den Gang hinaus. Ehe sie die Treppe zur großen Halle erreicht hatten, hörten sie schon das Waffengeklirr und die Schreie des Kampfes. Die schottischen Krieger verteidigten sich nach der ersten Verwirrung mit primitiver Gewalttätigkeit gegen den König und seine Ritter. Dieses Mal indes trafen sie nicht nur auf eine Handvoll Männer die sich gegen eine Übermacht verteidigte, sondern auf eine Phalanx der besten Kämpfer des Reiches. Innerhalb kürzester Zeit sahen sich McDowell und seine Kaledonier auf die Empore zurückgedrängt, wo sie noch vor wenigen Stunden als Herren der Burg getafelt hatten.

«Schickt ein paar Männer nach draußen und lasst das Tor öffnen», dröhnte die Stimme des Königs über den Lärm hinweg.

«Sieh her, Blanche.» Marierose deutete stolz nach unten. «Der Sieg ist unser. Ein zweiter Rittertrupp des Königs wartet darauf, dass sich das Gitter für ihn hebt. Nansay Hall ist wieder frei.»

Blanche antwortete nicht. Sie starrte aus angstvoll aufgerissenen Augen in das Kampfgetümmel. Es war offensichtlich, dass sie noch nie in so dramatischer Realität Männer bluten, fallen und sterben gesehen hatte. Marierose hingegen suchte Cyrus d'Aval auszumachen. Bestimmt wich er seinem König nicht von der Seite, und der kämpfte im dichtesten Tumult, dort, wo die gigantische, halbnackte Gestalt des schottischen Anführers alle anderen Männer überragte und die Engländer vorerst in Schach hielt.

McDowell verfluchte dennoch seinen schweren Kopf. Woher zum Teufel erschienen mit einem Male diese Ritter? Wer hatte sie eingelassen? Zwischen der entdeckten Flucht seiner Geisel und dem Auftauchen dieser Streitmacht, hatte er sich kaum einmal um die eigene Achse drehen können. Es war eben genügend Zeit geblieben nach seiner Waffe zu greifen, für Hemd und Plaid reichte es schon nicht mehr. Wie waren die Engländer in die Burg gekommen?

Zähnefletschend versuchte er mit seinem schweren Breitschwert das Verhängnis aufzuhalten, da entdeckte er den Ritter, der menschlicher Schwäche und körperlichem Elend zum Trotze, dennoch inmitten der Angreifer kämpfte. Der Mensch musste mit dem Teufel im Bunde sein. Er war der Schuldige nicht nur am Tode seines Sohnes, sondern an dem Blut, das seine überrumpelten Männer in dieser Halle vergossen.

«Stell dich, Mörder!», brüllte er mit einer Stimme die von der Decke widerhallte. In wilder Raserei riss er einem seiner Krieger die Streitaxt aus der Hand, weil sie zu viele Männer voneinander trennten.

Cyrus d'Aval trat an den mächtigen Kamin zurück. Zu seinen Füßen flackerten die letzten Glutreste des Feuers vom Abend. Genau an dieser Stelle hatte er eine scheue kleine Witwe davor bewahrt, bei lebendigem Leibe verbrannt zu werden. Nun diente ihm der schwere Sims als Halt, an dem er sich aufrichten und einen tiefen Atemzug tun konnte. Er sah die tödliche Waffe auf sich zufliegen und wich ihr mit einer geschmeidigen Bewegung aus, die mehr von seiner Schwäche als von seinem Geschick diktiert wurde. Die Axt verfehlte ihn, traf klirrend auf Stein und fiel zu Boden.

Bis er das Kurzschwert hob, das seltsamerweise mit jedem Hieb schwerer zu werden schien, hatte sich der Schotte bereits eine Gasse erkämpft und drang keuchend näher. Ein Rachegott im Kilt, dessen gesträubter Bart nahtlos in die Haarmatte seiner breiten Brust überging. Er handhabte den gefährlichen Beidhänder mit der Leichtigkeit eines Mannes, der über Bärenkräfte verfügte.

«So nicht, Schotte!», hörte Cyr eine helle Stimme. Im selben Moment zerbarst ein glimmendes Holzscheit auf der Brust des Schotten, sprühte helle Funken und versengte die grau-rote Matte aus Haar und Bart bis auf die Haut darunter.

In staunender Verblüffung, fern davon Schmerz zu empfinden, ließ McDowell irritiert den Beidhänder sinken und starrte auf die Rauchfäden die aus seinen glimmenden Brusthaaren aufstiegen, während immer neue Glutstücke auf ihn einhagelten. Auch der Ritter hielt abgelenkt inne und entdeckte erst jetzt einen schmalen, schmutzigen Burschen auf der anderen Seite des Kamins.

Die Hände behelfsweise mit einer ledernen Weste umwickelt, holte er ununterbrochen, gleich einem wütenden Derwisch, Scheit auf Scheit vom Rost und schleuderte es gegen den Schotten. Er hüllte sowohl ihn, wie alle um ihn herum in einen Regen aus Funken und Feuer. Schon züngelten erste Flammen aus dem Stroh auf dem Steinboden. Eine zunehmend breitere Feuerspur fraß sich unaufhaltsam auf die hölzernen Beine des mächtigen Schragentisches zu, der noch die Reste des abendlichen Gelages trug.

Der rollende schottische Fluch McDowells wurde indes

vom schrillen Kreischen einer Frauenstimme übertönt. Das Ohren zerreißende «Neiiiin!», mit dem Lady Margaux die Gefahr einer drohenden Feuersbrunst erkannte, jagte sogar dem König einen willkürlichen Schauer des Entsetzens über den Rücken. Wie eine Megäre schoss die Dame im Nachtgewand, mit gelösten Haaren, zwischen den Kämpfern hindurch auf den Kamin zu. Sie packte den Brandstifter, ohne darauf zu achten, dass dabei Glutstücke aus seinen Händen auf ihre bloßen Füße fielen.

«Hör auf, du Narr! Wirst du wohl aufhören? Du zündest uns das Dach über dem Kopf an!»

Lady Margaux stieß den Burschen mit aller Gewalt in die Bahn des schottischen Breitschwertes, das McDowell nach einem neuerlichen Fluch wutentbrannt zum Schlag hob. Cyrus d'Aval indes reagierte noch schneller. Im Grunde hatte er von Anfang an gewusst, wer das tollkühne Bürschchen war, das sich unter Hintansetzung des eigenen Lebens in seinen Kampf mischte und dabei gegen alle ritterlichen Regeln verstieß. Nur Liliana würde so waghalsig sein, ihn um jeden Preis schützen zu wollen.

Er riss die leichte Gestalt im Fluge aus der Bahn und schleuderte sie rüde hinter sich in Sicherheit. Sein Eingreifen irritierte jedoch die Herrin von Nansay dermaßen, dass sie von ihrem eigenen Schwung getragen über die Stufe der Kaminbalustrade stolperte und an Stelle des Brandstifters in den tödlichen Beidhänder stürzte. Mit einem Ausdruck unsäglichen Erstaunens sank sie lautlos zu Boden, während das Blut wie eine Fontäne aus einer klaffenden Wunde zwischen Hals und Schulter schoss. McDowell konnte selbst nicht fassen, was er getan hatte und noch während er auf die sterbende Lady zu seinen Füßen starrte, traf ihn bereits der tödliche Streich des englischen Königs, der die Tat schon rächte, noch ehe die meisten Männer um ihn herum begriffen hatten, dass sie geschehen war.

Marierose rappelte sich benommen auf. Der harte Stoß gegen die Kaminumrandung hatte ihr für einen kurzen Augenblick die Sinne geraubt. Als sie wieder sehen konnte, fiel ihr als erstes das lastende Schweigen in der großen Halle auf. Alle hatten die Waffen sinken lassen und starrten auf den König, der die beiden Toten zu seinen Füßen mit einem düsteren Blick musterte. Es stank nach Rauch und anderen, schlimmeren Dingen. Der Tisch brannte, aber niemand achtete darauf.

Marierose taumelte nach vorn und sank neben Lady Margaux in die Knie. Die toten Augen ihrer Schwiegermutter starrten hinauf, in die Balkendecke der großen Halle. Am Ende hatte sie ihr Leben für Nansay Hall gelassen. Verschroben und stur, nur darauf bedacht, diese Burg, die ihr mehr bedeutete als jedes Menschenleben, zu schützen. Konnte Marierose ihr einen Vorwurf machen? Hatte sie nicht dasselbe getan, als sie sich Blanches Warnungen widersetzend in die Halle stürzte, um Cyrus d'Aval zur Seite zu stehen?

Sie drehte sich nach ihm um. Auch er war in die Knie gesunken, bezwungen von der Schwäche und dem eigenen Körper.

Jetzt schuldete sie ihm ihr Leben, wie er ihr das seine. Remis nannte man das im Schachspiel. Kein Sieg, keine Niederlage. Nur ein unbefriedigendes Gleichgewicht der Kräfte.

Sie wusste nicht wie es weitergehen sollte. Sie achtete kaum darauf, dass in der großen Halle die Waffen niedergelegt und stattdessen die Flammen bekämpft wurden. Nansay Hall war frei, aber was nützte das den Frauen, die diesen Namen trugen? Die eine war tot und die andere zu einem Leben verdammt, das dem Tode gleichzusetzen war. Ihre Augen brannten und sie wusste nicht, ob sie um Lady Margaux oder um sich selbst weinte.

Siebzehntes Kapitel

Nansay Hall
14. Juni 1091

«Achtet darauf, dass er zu jeder Mahlzeit die Medizin zu sich nimmt und gönnt ihm und seinem geschundenen Körper ein paar Tage der Ruhe. In dem Fall wird er früher wieder auf den Beinen sein als Euch lieb ist.»

«Was ist in dem Gebräu?»

Benoit le Bras konnte sein Misstrauen schwer verhehlen. Seine Augen wanderten von der leblosen Gestalt im Alkoven zu Marierose. Sie hatte sich verändert. Sie war nicht mehr die scheue, ängstliche Kreatur, die sich vor Lady Margaux duckte.

«Kräuter», erwiderte sie vage und wandte sich zur Tür des prächtig ausgestatteten Herrengemaches in das man Cyrus d'Aval gebracht hatte.

Der Medicus des Königs hatte sich in höchsteigener Person davon überzeugt, dass der Körper des Ritters zwar geschunden und erschöpft, aber in keiner Weise lebensbedrohend verletzt war. Danach hatte er sich zusammen mit Rufus und dem größten Teil der Ritter auf den Weg gemacht, Malcolm Canmore und seine rebellischen Schotten das Fürchten zu lehren. Ryan Fitzgeorge erhielt in Abwesenheit des Königs das Kommando über Nansay Hall und die Männer, die zum Schutze der Burg zurück geblieben waren.

«Ein Schlaftrunk?» Benoit le Bras beunruhigte der tiefe Schlummer, der seinen Gefährten seit vielen Stunden umfing. «Werdet Ihr ihn danach wieder pflegen?»

Marierose warf ihm einen gereizten Blick zu. «Er hat keine Pflege mehr nötig. Nur Ruhe und Erholung. Entschuldigt mich, ich habe zu tun.»

Sie wollte keine Rechenschaft abgeben, warum ihr daran lag, dem genesenden Ritter aus dem Wege zu gehen. Sie neigte grüßend den Kopf und eilte hinaus, ehe ihm noch mehr Fragen einfielen, die sie nicht beantworten konnte. Alle Welt bestürmte sie plötzlich mit Fragen, auf die sie keine Antworten wusste.

Die Frauen hatten sich an sie gewandt, als die Entscheidungen über Lady Margaux' Beisetzung getroffen werden mussten. Die Männer, als es um die Versorgung der Verwundeten ging. Die Mägde wollten ihre Entscheidungen für Vorratskammern und Küchen und die peinlichsten Fragen hatte ihr ein grimmiger König gestellt, kaum dass sie sich hinter ihren düsteren Kleidern und dem Witwenschleier versteckt hatte.

So sehr es ihn drängte Malcolm Canmore zu stellen, Rufus wollte zuerst ein paar Erklärungen von Marierose de Nansay. Er ging zwar mit keiner Silbe auf ihre Abenteuer als «Bill» ein, aber sein schroffer Tonfall hatte die junge Frau davor gewarnt, sowohl seine Gutmütigkeit wie seine Gutgläubigkeit zu strapazieren.

«Ich will nichts über die Vergangenheit wissen, Madame», hatte er streng gesagt. «Ich möchte wissen, wie Ihr Euch die Zukunft vorstellt. Wieso seid Ihr noch nicht d'Avals Gemahlin?»

«Weil ich nach dem Tode meines Gemahles, das Gelübde getan habe, ins Kloster zu gehen», hatte sie die gewohnte Begründung auch ihm gegeben. «Der Seigneur hat meinen Wunsch respektiert. Er wollte mich nicht in eine neue Ehe zwingen.»

«Der Seigneur», hatte Rufus den Ehrentitel ätzend betont. «Wird seinem König ebenso gehorchen wie Ihr, Madame. Ich verbiete Euch den Schleier zu nehmen.»

«Das könnt Ihr nicht!»

Überraschenderweise hatte Rufus diesen trotzigen Widerspruch mit einem Lachen anerkannt. «Ich kann sehr wohl, Mylady. Ich bin der König. Ganz davon abgesehen, dass ich nicht weiß, was ich Eurem Vater sagen sollte, wenn ich solche Narretei zulassen würde. Ihr werdet in dieser Burg auf meine Befehle warten und keinen weiteren Unsinn machen, haben wir uns verstanden?»

Seit dieser Anweisung rang Marierose im Stillen die Hände. Was sollte sie tun? Sie wollte nicht die aufgezwungene Gemahlin eines Mannes werden, der ihr weder Ehre noch Moral zutraute. In d'Avals Augen würde sie immer eine Dirne, eine Gauklerin, ein leichtfertiges Frauenzimmer bleiben. In ihrer leidenschaftlichen Sehnsucht nach seiner Zuneigung hatte sie sich zu billig, zu schnell und zu bedingungslos verschenkt, um noch seine Achtung zu verdienen. Wenn der König ihm eine solche Ehe befahl, wäre dies gleichbedeutend mit einer unerträglichen Demütigung seines Stolzes.

Marierose suchte Zuflucht in der Burgkapelle, als sie geradewegs ihrem Schwager in die Arme lief, der soeben mit einem Boten des Königs gesprochen hatte.

«Malcolm Canmore hat kapituliert», gab er die gute Nachricht sofort weiter. «Er wird im nächsten Monat seinen Vasalleneid erneuern, wenn Rufus in York Hof hält. Du hast deinen Teil zu diesem Erfolg beigetragen. Wer immer Nansay Hall besitzt, festigt damit Rufus' Macht im Norden. Ist dir das bewusst?»

«Wenn das Frieden für die Menschen am Esk bedeutet, so soll es mir Recht sein», erwiderte sie betont zurückhaltend.

Ryan warf einen prüfenden Blick in ihr viel zu blasses Gesicht und wunderte sich im Geheimen, dass sie ständig diese unvorteilhaften Witwenkleider trug. Da hatte sie ihm sogar als verkleideter Pferdeknecht noch besser gefallen.

«Was ist nur mit dir, kleine Schwester?», fragte er leise und griff nach ihrer Hand. «Du weichst mir aus, wenn ich mit dir sprechen will. Man könnte meinen, du hättest ein geliebtes Familienmitglied zu Grabe getragen und nicht eine strenge Nobeldame die dir allem Anschein nach das Leben über die Maßen sauer gemacht hat.»

«Woher weißt du ...»

«Ich habe Ohren zu hören, mein Mädchen. Hinter deinem Rücken wird über vieles getratscht. Du warst nicht so glücklich, wie deine Nachrichten geklungen haben. Warum hast du die Deinen belogen?»

Marierose unterdrückte einen Seufzer. Sie war es müde, ständig der Lüge bezichtigt zu werden.

«Seit wann ist es eine Lüge zu schweigen? Weshalb fordert nur alle Welt Rechenschaft von mir? Ich dachte, ich sei niemand Rechenschaft schuldig.»

«Deinem Gemahl bist du Rechenschaft schuldig.»

«Ich habe nur einen toten Gemahl.»

«Und einen künftigen.»

Sie gab einen Laut des Überdrusses von sich. «Noch ist er es nicht. Ich weigere mich, um den Preis eines Lehens verschachert werden. Kann das denn niemand begreifen? Ich will keine Zugabe sein, die man Nase rümpfend in Kauf nimmt wie den Gestank den ein Misthaufen verbreitet, wenn man ihn im Frühjahr dazu verwendet die Felder zu düngen.»

«Hast du deswegen mit bloßen Händen in die Glut gegriffen, um deinen künftigen Gemahl vor dem sicheren Tod zu retten?»

Ryan Fitzgeorge griff nach ihren Händen und drehte sanft die Innenseiten nach oben, so dass die rötlichen Spuren verheilender Brandwunden sichtbar wurden. Die schützende Hülle der Weste hatte die Hitze des Feuers nur anfangs aufgehalten.

«Lass mich ...»

Marierose riss ihre Hände so heftig aus seinem Griff, dass ihr ein leiser Schmerzenslaut entfloh. Bisher war es ihr erfolgreich gelungen diese verräterischen Spuren unter den Ärmeln ihrer Gewänder zu verbergen. Dass sie nur selten etwas berührte, fiel niemand auf, weil Blanche ihr treu ergeben zur Seite stand, das Geheimnis wahrte und zugriff wo es nötig war.

«Du liebst ihn, willst du das abstreiten?»

«Was geht es dich an?»

«Ich will, dass du glücklich bist.»

«Kein Mensch kann immer glücklich sein», entgegnete sie mit einer leisen Bitterkeit, die weit über ihre Jahre hinaus reichte.

«Aber niemand muss immer unglücklich sein», widersprach der Ritter.

«Ich hatte meinen Teil an Glück, sorg' dich nicht», wehrte Marierose spröde ab.

«Zum Henker, du trägst denselben unerträglichen Dickkopf auf den Schultern, wie deine Schwester.»

Marierose schwieg, aber sie sah aus so unglücklichen, tränenfeuchten Augen zu ihm auf, dass er gar nicht anders konnte, als sie in den Arm zu nehmen. Er küsste sie sanft auf die Stirn, strich ihr liebevoll über den Rücken und in einem Anflug von Schwäche erlaubte sie sich, diesen Trost anzunehmen. Sie lehnte die Stirn gegen die breite Schulter des Ritters und genoss das Gefühl der Sicherheit und Stärke, das er ihr vermittelte.

Keiner von beiden dachte daran, dass mit Ausnahme des Königs, nach dem Tode von Lady Margaux, keine Menschenseele in Nansay Hall um das verwandtschaftliche Band wusste, das sie einte.

* * *

Nansay Hall
22. Juni 1091

«Wo ist sie?»

Ausgeschlafen, satt und ohne jene bohrenden Kopfschmerzen, die so lange Zeit sein ständiger Begleiter gewesen waren, blieb Cyrus d'Aval trotzdem ungeduldig und verdrießlich. Blanche von Bolton wich vor ihm zurück und senkte den Blick. Sie wusste wem die Frage galt, auch wenn kein Name fiel.

«In der Kapelle, Seigneur. Sie betet.»

«Habt Ihr meine Botschaft ausgerichtet?»

Blanche nickte scheu. Sie mochte es nicht, zwischen diesen beiden zu stehen. Ein jeder reagierte unwirsch, wenn von anderen die Rede war und dennoch stellten beide ununterbrochene Fragen nacheinander. Marierose konnte von Glück sagen, das der Seigneur nur langsam zu seiner alten Stärke zurück fand. Sobald der wieder wie gewohnt auf den Beinen war, würde Nansay Hall nicht groß genug sein, um ihn zu entfliehen. Sie warf einen Hilfe suchenden Blick zu Benoit le Bras und interpretierte seine Kopfbewegung in Richtung Tür als Aufforderung zu gehen. Erleichtert huschte sie hinaus, der Ritter würde wissen, wie er den Seigneur zu nehmen hatte.

Benoit verschränkte die Arme vor der Brust und fragte sich zum hundertsten Male, was er tun sollte? Für ihn bestand kein Zweifel daran, dass sein Freund die scheue Witwe ebenso gerne sah wie er die sommersprossige Blanche. Gleichzeitig wusste er jedoch inzwischen, im Gegensatz zu Cyr, dass die Dame ihre Frömmigkeit nur gespielt hatte.

«Man könnte meinen ich hätte die Pest, so sehr meidet sie mich», knurrte Cyr hinter ihm und schlug in einer Geste purer Verdrossenheit gegen den mächtigen geschnitzten Pfosten des Alkovens. «Warum erscheint sie nicht, wenn ich sie darum bitte. Was tut sie die ganze Zeit?»

«Ryan Fitzgeorge schöne Augen machen.» Es war le Bras herausgerutscht, ehe der die Worte zurückhalten konnte. Vielleicht auch, weil er selbst so zornig war, dass seine Einschätzung der Witwe falsch gewesen war.

«Du machst Witze. Schlechte Witze.»

«Nein.» Nachdem er einmal damit begonnen hatte, sagte Benoit die ganze Wahrheit. «Ich habe sie gesehen. Er hatte die Dame im Arm und hat sie auf die Stirn geküsst. Im Innenhof der Burg und vor aller Augen. Wenn das nicht von großer Vertrautheit der beiden zeugt, weiß ich kein anderes Wort dafür.»

Cyr d'Aval starrte seinen Freund an. Er glaubte ihm ohne jede Einschränkung. Benoit war nicht der Mann, der eine solche Geschichte erfand. Wenn er es behauptete, dann hatte er erblickt was er schilderte. Außerdem würde er sich andernfalls nicht so erkennbar über den Vertrauensbruch ärgern.

Sein Schweigen trieb Benoit die Röte in die Stirn. «Du

musst mich für ein Tratschweib halten. Ich hätte meinen Mund halten sollen.»

«Zu spät», murmelte der Ritter. Er hielt seine Gefühle eisern unter Kontrolle. Es war an der Zeit, dass er sich auf diese Fähigkeit besann und den bereits gemachten Fehlern keine neuen hinzufügte. «Ich danke dir für deine Sorge, aber künftig kann ich meine Angelegenheiten wieder selbst regeln.»

Benoit le Bras machte sich kleinlaut davon. Er konnte nicht ahnen, dass sein Gefährte entschlossen aus dem Bett stieg, sobald er das Gemach verlassen hatte.

Ryan Fitzgeorge betrachtete den hoch gewachsenen Edelmann, der mit gemessenen Schritten die Treppe herab kam, mit beträchtlichem Interesse. Er wirkte noch ein wenig hager und man sah ihm die überstandenen Strapazen an, gleichwohl er hielt sich aufrecht und in seinen hellbraunen Augen funkelte ein Feuer, das zur Vorsicht mahnte. Er zählte nicht zu Aylesburys engen Freunden, dazu hatten sie sich zu selten gesehen, aber der Baron respektierte seinen Ruf und die Tatsache, dass der König ihm vertraute.

Offensichtlich halfen ihm jedoch weder sein tadelloser Leumund noch seine respektable Kampfkraft bei der Eroberung einer so vielschichtigen und ungewöhnlichen Edeldame, wie Marierose von Nansay. Was war zwischen diesen beiden geschehen, dass seine kleine Schwägerin so hartnäckig davon überzeugt blieb, dass d'Aval sie nie zu seiner Gemahlin machen würde?

«Hat Eure gestrenge Krankenpflegerin nicht angeordnet, dass Ihr Euch schonen sollt?», erkundigte er sich mit einem humorvollen Lächeln, als der Ritter ihn erreicht hatte.

Das Lächeln wurde nicht erwidert. Aval sah ihn kühl an und überging die Anspielung auf Marierose, als wäre sie nie gemacht worden.

«Ein Mann weiß selbst, wann er auf seinen eigenen Beinen stehen kann, Fitzgeorge. Wie steht es um die Burg? Wie viele Männer hat Seine Majestät bei uns gelassen? Was hat er über die Zukunft von Nansay Hall entschieden? Welche Befehle hat er für mich?»

«Das müsst Ihr ihn selbst fragen», entgegnete Fitzgeorge nun ebenfalls seine Spur bedächtiger. «Mir hat er nur befohlen, Euch zu unterstützen, solange Ihr meiner Hilfe bedürft. Danach soll ich nach York reiten und dort mit dem Hof zusammentreffen. Zur Mitte des nächsten Monats wird Malcolm Canmore im Münster von York seinen Vasalleneid erneuern. Rufus wünscht die Edlen seines Reiches um sich versammelt, wenn dies geschieht.»

«Dann hat er gesiegt?»

«Gestern erreichte uns der Bote. Für diesen Sommer ist der Frieden im Norden gesichert. Wolle Gott, dass König Malcolm seine Lektion gelernt hat.»

«Kennt Ihr einen einsichtigen Schotten?»

Die trockene Gegenfrage entlockte Fitzgeorge ein Grinsen. Er fand seine Meinung von Cyrus d'Aval bestätigt. Er sah, was Marierose gefiel. Eine Mischung aus Beherrschung und kühler Überlegung, aber unter der Oberfläche unbestreitbar Feuer. Alles gemeinsam würde er benötigen, um die Tochter des Rosenturmes zu erobern. Aber wollte er das wirklich? Was empfand er für die Braut, die ihm der König quasi aufgezwungen hatte?

«Ich fürchte nein», entgegnete er unbeschwert und behielt seine Gedanken für sich. «Trinkt Ihr einen Becher Wein mit mir? Dann kann ich Euch in allen Einzelheiten berichten, was wir bisher unternommen haben, die Schäden des Überfalles zu beseitigen. Diese Halle frisch zu kalken, werde ich indes der Herrin des Hauses überlassen. Sie hat sicher ihre eigenen Vorstellungen, wie ihr Heim aussehen soll.»

Seine Worte rauschten an Cyrs Ohren vorbei, während er unter halb gesenkten Wimpern Ausschau nach eben dieser Herrin hielt. Auch er kannte Ryan Fitzgeorge nur flüchtig. Er wusste, dass er sächsisch-normannischer Herkunft war und sich wenig in die ehrgeizigen Intrigen des Hofes mischte. Soweit es die Gerüchte besagten, war er verheiratet und Vater einer zahlreichen Kinderschar. Was erwartete sich die Witwe von ihm? Ein weiteres Abenteuer? Je mehr er darüber nachdachte, umso zorniger wurde er.

Während der unerträglichen Stunden im Verließ und an der Säule hatte ihm der Gedanke an sie Kraft gegeben. Die Sorge um ihr Wohlergehen hatte ihn von den eigenen Schmerzen abgelenkt. Aber anscheinend hatte er sich umsonst gesorgt. Sie wusste sich zu helfen und mächtige Gönner zu finden. Je mehr er über sie herausfand, umso länger wurde die Liste ihrer Fähigkeiten.

«Die Herrin des Hauses ...» wiederholte er, tief in diese Gedanken versunken.

«Das ist nach dem Tode der alten Lady, Marierose von Nansay», bestätigte Fitzgeorge betont, obwohl ihm seine Schwägerin den Schwur abgenommen hatte sich nicht in ihre Angelegenheiten zu mischen. «Weshalb habt Ihr gezögert, sie zur Frau zu nehmen, wie es Rufus wollte?»

«Sie hat mir glaubhaft versichert, dass sie lieber den Schleier nimmt, um ihren verstorbenen Gemahl hinter Klostermauern zu betrauern.»

«Marierose? Ich bitte Euch, wenn es je ein Geschöpf gegeben hat, das die Freuden und Schönheiten des Lebens liebt, dann ist sie das.»

Das Einvernehmen, das aus seinen Worten sprach, ließ

Cyrus d'Aval förmlich rot sehen. Fitzgeorge kannte die vielen verschiedenen Gesichter von Liliana oder Marierose offensichtlich besser als er. Der Ritter verspürte das geradezu mörderische Bedürfnis, dem Baron für dieses Wissen seine Fäuste in das allzu einnehmende Gesicht zu rammen. Ein Rest von Vernunft warnte ihn freilich vor einem so unbeherrschten Angriff, aber er brachte es nicht fertig, das Gespräch fortzusetzen.

«Lasst uns ein anderes Mal miteinander sprechen. Was ich jetzt brauche ist frische Luft», quetschte er zwischen zusammengebissenen Zähnen hervor und ließ den Ritter des Königs mitten in der rauchgeschwärzten Halle stehen.

Fitzgeorge blickte ihm in einer Mischung aus Verblüffung und aufkeimendem Verständnis nach. Er war mit Marieroses' großer Schwester verheiratet. Er wusste sehr wohl in welchen Zustand die Töchter des Rosenturmes auch die vernünftigsten Männer versetzen konnten.

Cyrus d'Aval stapfte mit raumgreifenden Schritten durch den Burghof, ohne auch nur einem Menschen, der ihm begegnete, Beachtung zu schenken. Er brauchte einen Ort wo er in Ruhe nachdenken konnte und er erinnerte sich von den Wällen aus, am Fuße des Südturmes einen kleinen Garten gesehen zu haben, der ebenso vernachlässigt wie einsam zu sein schien. Es hatte ihn verwundert, dass Lady Margaux diesem Fleck Erde nicht mehr Sorgfalt angedeihen ließ. Seine eigene Mutter hatte die Beschäftigung mit Blumen und Pflanzen geliebt und er erinnerte sich verschwommen an sonnige Tage voller Duft und trägen Bienengesumms, voller Lachen und mütterlichem Verständnis in einem von Mauern umgebenen Burggarten.

Das versteckte Geviert zwischen den Mauern von Nansay war sicher ebenfalls einmal als Refugium für die Herrin des Hauses geplant gewesen. Nun indes wucherten Unkraut und Gras auf Kniehöhe, wilde Holunderbüsche und struppige Kräuter wuchsen über die Begrenzungen der Beete bis auf die Wege hinaus. Außer ein paar Taubnesseln blühten keinerlei Blumen um die steinerne Bank an der südlichen Mauer, dabei war der sonnige Ort windgeschützt und wie dafür geschaffen auch empfindlichen Pflanzen eine Heimat zu bieten.

Ein Amselpärchen fühlte sich von seinem Auftauchen gestört und stob zeternd auf die Mauerkrone hinauf. Der Lärm riss eine Gestalt aus ihrer Versunkenheit, die neben der Bank kniete und allem Anschein nach einen Rosenstock von Unkraut und Wildwuchs befreite. Marierose sprang so schnell auf ihre Füße, das sie auf den eigenen Rocksaum trat und taumelte. Cyrus d'Aval war der letzte Mensch, den sie in diesem vergessenen Garten erwartet hätte.

«Ihr?»

«Auf wen hast du stattdessen gehofft? Fitzgeorge?»

«Ryan? Weshalb ...»

«Ryan, aha ...»

Es waren nur wenige Worte, aber sie genügten, um auf beiden Seiten die Fronten zu verhärten.

«Ich habe niemand erwartet», erwiderte Marierose stolz und drückte die schmalen Schultern durch. «Aber ich hatte auch nicht erwartet, dass Ihr bereits auf den Beinen seid, Seigneur.»

«Störe ich dich?»

«Stören?» Marierose konnte mit der vorwurfsvollen Frage nichts anfangen.

«In deinem schändlichen Getändel mit Fitzgeorge?»

Marierose riss die Augen auf und konnte nicht glauben, was sie hörte. Ihre jähe Empörung achtete weder auf Vorsicht noch auf Vernunft. Würde er denn nie aufhören, sie irgendwelcher Schandtaten zu verdächtigen? Hatte sie so viel Verächtlichkeit wirklich verdient?

«Ich tändle mit niemand, Seigneur. Wenn ich jedoch Gefallen daran finde, bin ich Euch dessentwegen keine Rechenschaft schuldig.»

«Oh doch, mein Mädchen!»

Ehe Marierose begriff wie ihr geschah, hatte er sie in die Arme gerissen und eroberte ihren Mund mit einem Kuss der gleichzeitig gewalttätig und leidenschaftlich, süß und wundervoll vertraut war. Ein Kuss der Ärger und Empörung fortschwemmt, bis nur noch Sehnsucht und Begehren zurück blieben.

«Du gehörst mir, verstehst du? Allein mir und keinem anderen.»

Marierose hörte ihr Herz im Rauschen des Blutes und spürte das Erwachen ihres Leibes. Oh ja, sie gehörte ihm, viel mehr als er selbst das wusste. Ihre Hände schlossen sich um seinen Nacken und sie fühlte erschrocken, wie scharf seine Konturen geworden waren. Die Ereignisse hatten ihre Zeichen an ihm hinterlassen, aber seine Küsse schmeckten genauso erregend wie in ihrer Erinnerung. Man konnte süchtig nach diesen Küssen werden. So süchtig wie nach Mohnsaft.

Cyrus d'Aval bebte ebenso vor Verlangen, wie vor Ärger und Erschütterung über die eigene mangelnde Beherrschung. Für den Ärger fand er ein Opfer in der hässlichen Haube. Er riss sie erbost von ihrem Kopf, damit er seine Hände in den seidenweichen silberblonden Kringeln vergraben konnte, die den eigensinnigen kleinen Kopf schmückten. Sie mochten skandalös und ein schändliches Zeichen ihrer Abenteuer sein, aber sie machten sie unverwechselbar.

«Zum Henker, Weib, ich weiß nie, ob du nun Liliana oder Marierose bist», fluchte er und küsste gleichzeitig die feinen Konturen des Feengesichts, das seine Träume beherrschte wie es noch nie eine andere Frau fertig gebracht hatte. «Ich weiß nicht einmal ob du wirklich die Person bist, für die dich alle halten.»

«Ist das wichtig?», hauchte sie, überrumpelt von seinen Küssen und seiner Leidenschaft.

«Wie kannst du das fragen? Natürlich ist es wichtig!»

«Wozu?»

Damit ich entscheiden kann, ob ich dich lieben oder dir den Hals umdrehen soll, wütete Cyrus d'Aval stumm und behielt diese Antwort für sich.

«Wenn es von Äußerlichkeiten, wie einem Namen oder einer Stellung abhängt», erwiderte Marierose, als hätte sie trotzdem vernommen was er sagen wollte und nicht nur sein Unbehagen gespürt. «Dann ist es ohnehin alles vergebliche Mühe.»

Der Ritter sah in die glänzend hellen, zu ihm aufgeschlagenen Augen. Sie spiegelten das intensive Sommerblau des Himmels als verfeinertes Silberblau wider. Ein Engelsblick. Aber diese Frau war kein Engel! Im besten Fall war sie eine Komödiantin, im schlimmsten eine Buhlerin, ein liederliches Frauenzimmer, das keinen Respekt und keine Zuneigung verdiente.

Marierose spürte seine giftigen Zweifel, die alles töteten was zwischen ihnen hätte wachsen können.

«Ihr seid wie dieser Garten, Cyrus d'Aval», sagte sie ohne darüber nachzudenken, woher sie die Worte nahm. «Harte Erde, die sich den Samenkörnern des Vertrauens und der Wohltat des Regens verweigert. Es ist Eure Schuld, wenn Ihr vertrocknet.»

«Was erwartest du? Dass ich in alberner Verblendung darüber hinweg sehe, dass du nicht die bist, die du spielst? Oder hat man dich gar in den Norden verheiratet, damit der Mantel des Schweigens über deine unheilvolle Neigung zum Abenteuer und zur Täuschung gedeckt wird? Kam der Junge aus Nansay gerade Recht, der ebenfalls nach einem Weg suchte, die eigenen verhängnisvollen Anlagen zu verbergen? Bei Gott, langsam verstehe ich weshalb die Lady dir mit so viel Abneigung begegnet ist.»

Marierose erzitterte unter der ungerechten Anklage ebenso wie unter dem Wissen über Gil, das er damit offenbarte. «Wer hat Euch das gesagt?»

Ihre Sorge galt allein dem Ruf des armen Gil von Nansay, aber Cyrus d'Aval nahm es auch als Bestätigung aller anderen Vorwürfe.

«Der Teufel persönlich muss dich mit diesen Reizen ausgestattet haben, die einen Mann um den Verstand bringen. Nicht nur, dass du mich zum Narren hältst, nein, du streckst auch deine Krallen nach Fitzgeorge aus. Ist dir nicht klar, dass dieser Mann verheiratet ist?»

Marierose schnappte nach Luft. Die geballte Menge närrischen Unsinns, die der Ritter da zusammenmischte und über ihrem armen Kopf ausgoss, überstieg jedes erträgliche Maß. Gefühle überfluteten sie wie eine Sturmwelle. Zorn, Empörung, Verletztheit und am Ende Resignation, weil sie trotz allem diesen eifersüchtigen Einfaltspinsel liebte. Ein Rest von Stolz verbot ihr jedoch diese Gefühle zu zeigen. Da er sie für eine schamlose Person hielt, die von ihrer eigenen Familie verstoßen worden war, würde er ihr ohnehin keinen Glauben schenken.

«Meinetwegen könnt Ihr gemeinsam mit Ryan Fitzgeorge zur Hölle fahren», zischte sie mit schmalen Lippen.

«Mir wäre es lieb, weder mit Euch noch mit ihm je wieder etwas zu schaffen zu haben.»

Es machte den erbitterten Streit nicht einfacher, dass sie einander während der ganzen Zeit in den Armen hielten. Cyrus war sich der anmutigen Gestalt unter den hässlichen Gewändern ebenso bewusst, wie der zärtlichen Hingabe, die auf ihn wartete, wenn es ihm gelingen sollte, ihren Widerstand zu brechen. Marierose hingegen schwankte zwischen dem Zorn auf die eigene Schwäche und der überwältigenden Sehnsucht, die seine Nähe in ihr entfachte. Warum mussten sie einander wehtun? Warum konnten sie nicht einfach schweigen und ihre Liebe sprechen lassen? Sie fuhr sich nervös mit der Zungenspitze über die Lippen. Nur ein winziges Zeichen unruhiger Schwäche, aber genau darauf hatte der Ritter gelauert.

«Du lügst schon wieder», sagte er ihr auf den Kopf zu. «Gib' mich frei und ich gehe. Du musst nur deine Hände von mir nehmen, dann bist du mich für immer los.»

Ein Versprechen, das er nicht zu halten gedachte, aber Marierose war ohnehin viel zu sehr mit der Erkenntnis beschäftigt, dass er Recht hatte. Sie wollte sehr wohl mit ihm zu schaffen haben! Sie hätte mit Freuden ihr Leben, ihre Seligkeit und noch viel mehr dafür gegeben, für immer bei ihm bleiben zu dürfen. Sie würde ihm sogar in die Hölle folgen, bekäme sie nur ein einziges Wort der Liebe dafür von ihm. Solange er sie festhielt bestand noch Hoffnung. Ihn freizugeben bedeutete Einsamkeit und Verzweiflung. Ihr Griff wurde fester.

«Hexe!»

Cyrus d'Aval verstand auch diese Entscheidung falsch. Gleichwohl gefiel ihm das Ergebnis. Er suchte wie sie das selige Vergessen der Leidenschaft. Den Rausch, der alle Gedanken und Zweifel hinweg fegt und nur den Wunsch übrig lässt, ein gemeinsames Ganzes zu werden. Mit zielgerichteten Griffen löste er die Schlaufen des hässlichen, dunkelbraunen Gewandes, unter dem sie ihre Schönheit versteckte. Er weitete das Band am Ausschnitt des schlichten Unterkleides und ergötzte sich an der sanften Wölbung der seidigen Brüste. Die seidige Struktur der Haut, die Vollkommenheit der Form, wurde von der groben Wolle eher betont, als gemindert.

Marierose spürte die leichte Nachmittagsbrise auf bloßer Haut. Der Wind war im Schutz der hohen Mauern kaum mehr als ein sachtes Streicheln. Sie wusste, dass sie sich gegen die Freiheiten verwehren sollte, die er sich so herzlos nahm, aber sie tat nichts. Sie überließ sich den kühnen Zärtlichkeiten, den Küssen und den viel zu geschickten Fingern. Schon lagen ihre Brüste völlig frei und die Spitzen verhärteten sich unter seinen geschickten Liebkosungen in augenfälliger Sehnsucht. Hatte sie sich nicht genau dies gewünscht?

Im klaren Sonnenlicht schien es Cyrus d'Aval, als hätte er eine jener Elfen gefangen, an die das einfache Volk trotz allen Christentums immer noch glaubte. Er zog Marierose mit auf die steinerne Bank und barg sie in seinen Armen auf seinem Schoß. Sie schien ihm trotz ihres durchaus menschlichen Gewichtes leicht und durchscheinend, von der Zartheit eines schimmernden Libellenflügels.

«Es ist gut, dass es keine Blumen in diesem vergessenen Garten gibt», raunte er und küsste die anbetungswürdigen Hügel, mit den rosigen Knospen. «Es könnte ohnehin keine schöner sein als du.»

Das sinnlich charmante Getändel ließ Marierose bis in die Tiefen ihres Seins erbeben. Kein anderer Mann besaß diese Macht über sie. Begriff er denn nicht, dass sie füreinander bestimmt waren?

Ihre winzigen Seufzer, die unnachahmliche Art wie sie die Zähne in die Lippen grub, um sich zu beherrschen, und ihre halb hilflose, halb herausfordernde Hingabe ließen jedoch auch Cyrus d'Aval Misstrauen und Empörung vergessen. Wer konnte schon zornig sein, wenn er Aphrodite persönlich in seinen Armen hielt und spürte, wie sie in steigendem Begehren den schönen Leib an ihn schmiegte?

Sicher bemerkte auch sie das leidenschaftliche Verlangen, das sie bei ihm damit hervorrief. Weder Helligkeit noch Tageszeit oder Ort konnten ihn jetzt noch davon abhalten, sich zu nehmen, was er begehrte. Er verlangte nach ihr, wie er in seiner Gefangenschaft kaum nach dem rettenden Schluck Wasser verlangt hatte.

Auch Marierose schenkte den Umständen keine Beachtung. Sie wollte ihn fühlen, mit ihm vereint sein und jene Glückseligkeit wieder finden, die etwas Neues und Wunderbares aus ihnen beiden machte. Sie ließ zu, dass er ihr das Gewand vollends abstreifte, bis sie nur noch ihre flachen Schuhe trug, die sie der sommerlichen Temperaturen wegen am Morgen ohne Strümpfe über die schmalen Füße gezogen hatte. Die ungeheuerliche Kühnheit ihres eigenen Handelns war ihr so wenig bewusst, wie die berückende Schönheit des Bildes, das sie in ihrer Nacktheit in diesem verwilderten Garten bot.

Cyrus d'Aval kam es vor, als sei eine jener Marmorstatuen von ihrem Sockel getreten, die die Römer in so großer Zahl in Britannien hinterlassen hatten. Allerdings war diese nicht kühl und hart. Sie glühte unter der makellosen Glätte der alabasterfarbenen Haut und in ihren Silberaugen leuchtete so viel Liebe und Entzücken, dass ihm das Herz davon weit wurde.

«Komm zu mir, meine Schöne», raunte er heiser. «Nimm mich auf in dich.»

Er öffnete mit hastigen Fingern seine Bruch. Marierose keuchte halb vor Schock, halb vor Vorfreude über den hoch aufgerichteten Phallus, der aus dem engen Kleidungsstück befreit, in beängstigender Mächtigkeit nach ihr verlangte. Doch sie war bereit für ihn. Sie zögerte nicht, sich der Führung seines Griffes anzuvertrauen, der ihre Beine zu beiden Seiten seiner Oberschenkel dirigierte, ehe er ihre Hüften umfasste, damit er sie mehr gierig als zärtlich in Besitz nehmen konnte.

Sie senkte sich willig auf ihn, ohne auch nur einen Wimpernschlag lang den Blick von ihm zu lassen. Sie tauchte in die goldenen Luchsaugen, wie seine Männlichkeit in die enge Verheißung ihres Schoßes. Sie füllten einander aus und berührten sich bis in die Tiefen ihrer Seelen.

In der blendenden Klarheit dieser stürmischen Begegnung erkannte sie Cyrus d'Aval in einer Weise, die weit über oberflächliches Sehen hinausging. Sie erfasste seine Ehrenhaftigkeit, seinen Mut, seine Tapferkeit, seine Freundlichkeit, seine Wärme, aber auch seine grenzenlose Einsamkeit. Sie entdeckte das Misstrauen, den gezügelten Jähzorn und die Ungeduld. Aber auch seine tief verborgene lebenslange Angst, nicht gut genug zu sein, nicht dem ritterlichen Ideal zu entsprechen, das er sich selbst zum Ziel gesetzt hatte.

Sie begegnete all diesen Gefühlen mit ihrer schrankenlosen Liebe. Sie küsste die strengen Falten auf seiner Stirn und trieb ihm mit der geschmeidigen Bewegung ihres Leibes das Blut schneller durch die Adern. Feine Schweißperlen traten auf seine Schläfen.

«Gütiger Himmel, was tust du mit mir?» Er keuchte, bäumte sich auf und beschleunigte, mit den Händen auf ihren Hüften, das sanfte Auf und Ab zu einem wilden Ritt. Marierose schrie leise auf, das Feuer in ihrem Schoß wurde zur Lava. Zu einem Strom aus heißer Wollust, der alles mit sich riss. Die Sonne zerstob in unzählige flirrende Lichtpunkte und ihr ganzer Leib zog sich im Krampf zusammen, so hart, dass es schmerzte. Doch im Augenblick, als sie zu erlöschen glaubte, löste sich die Spannung in wundervollen endlosen Wellen, während Cyrus sich mit einem Aufschrei in ihr verströmte. Sie hörte, sie erfühlte sein Erschauern im Echo der eigenen Lust. Sie umfing ihn mit der ganzen Kraft ihres Herzens und ihres Leibes. Sie gab sich auf und wurde eins mit ihm.

«Ich liebe dich Cyrus, d'Aval. Ich liebe dich so sehr, dass ich daran sterben könnte, und dabei würde ich so gerne mit dir leben.»

Später wusste er nicht zu sagen, ob er diese Worte gehört oder geträumt hatte. Marierose war gegangen, kaum dass er sie freigegeben hatte und sie ihre Kleider wieder trug. Keine einzige Silbe war danach mehr zwischen ihnen gefallen. Jetzt kam es ihm so vor, als hätte jeder von ihnen gefürchtet, der andere würde etwas Falsches sagen.

Der Ritter stieß den Atem heftig aus. Er war in den versteckten Garten gekommen, um seine Probleme zu überdenken und Lösungen für sie zu finden. So wie es aussah, hatte er sich stattdessen ein neues eingehandelt. Er wusste jetzt, dass er ohne die süße Witwe nicht mehr leben wollte, egal ob sie dem Wunschbild einer Edeldame entsprach oder nicht!

Er erhob sich, ordnete seine Kleider und wollte eben gehen, als der Fleck Erde seinen Blick fing, auf dem Marierose vorhin gekniet hatte. Ein knorriger Rosenstock kämpfte dort in ausgetrockneter Erde um sein Überleben. Das traurige Zerrbild einer Pflanze hatte in diesem Sommer nur eine schwache grüne Ranke hervorgebracht. Schlank, fast zerbrechlich wuchs sie an der Bank der Sonne entgegen und bildete den Halt für eine einzige Blüte, die eben erst ihre Blätter geöffnet hatte.

Diese Rose indes war vollkommen. Scharlachrot, duftend und mit Blättern ebenso stark wie elegant und fein. Makellos und wundervoll wie die Liebe, die er eben erfahren hatte.

Achtzehntes Kapitel

Nansay Hall
8. Juli 1091

«Was soll das heißen, Sie ist fort? Wollt Ihr mich zum Besten halten?»

«Das liegt mir fern, Seigneur. Der Bote kam am Tag des heiligen Thomas und Lady Marierose hat augenblicklich ihre Truhen gepackt. Meine Tochter begleitet sie als Ehrendame. Macht Euch keine Sorgen um ihre Sicherheit, der König hat Ryan Fitzgeorge befohlen, die Damen auf ihrer Reise zu beschützen.»

Lady Bolton kam sich in ihrer neuen Eigenschaft als Haushofmeisterin von Nansay Hall ausgesprochen wichtig vor. Marierose hatte sie mit der Aufsicht über den Haushalt betreut und unter ihren Fittichen hatten sich auch die letzten Damen Lady Margaux' versammelt, die Nansay Hall nicht verlassen wollten. So sehr sie zu Lebzeiten ihrer strengen Herrin über ihr Leben an der Nordgrenze gejammert hatten, vor die Wahl gestellt, zu ihren Familien in die Normandie zurückzukehren oder zu bleiben, waren sie ohne zu zögern geblieben.

Cyrus d'Aval zog endlich die schweren, mit eisernen Nieten besetzten Reithandschuhe aus und sah sich in der frisch gekalkten Halle um. Auf den Steinplatten lagen saubere Binsen und frische Kräuter. Der Tisch schimmerte geschrubbt und neben dem Kamin standen in großen Messingkannen blühende Jasminzweige. Lediglich die Wände wirkten ohne die Standarten noch kahl, aber Lady Bolton und die Damen stichelten bereits eifrig an neuen Wimpeln und Fahnen. Es war ein Heim, wie es sich ein Ritter nicht besser wünschen konnte und doch fehlte ihm die Seele. Marierose hatte es verlassen.

Weil er gegangen war, ohne von ihr Abschied zu nehmen? Hatte sie denn nicht begriffen, dass er es tat, weil er sich selbst nicht traute? Sie mit Ryan Fitzgeorge lachen zu sehen, hatte ihn an den Rand seiner Beherrschung gebracht. Er hatte versucht die Dinge zu klären, indem er sie noch einmal bat seine Gemahlin zu werden, aber sie hatte sich auch dieses Mal geweigert. Aus fadenscheinigsten Gründen, wie er fand, aber er war wenigstens so klug gewesen, seinen Zorn und seinen Schmerz darüber zu verbergen.

Er hatte sich davongemacht, um die Dörfer am Fluss zu kontrollieren und in Eskbridge den Stand der Aufbauarbeiten zu prüfen. Wenn er sie mied, musste ihr doch klar werden, dass sie ihn ebenso brauchte wie er sie. Er war in der Hoffnung nach Hause gekommen, von einer reuevollen Liebsten empfangen zu werden, die gelernt hatte, die eigenen Launen zu zügeln. Die Nachricht von ihrer Abreise traf ihn völlig unvorbereitet.

«Der Bote hat auch eine Nachricht des Königs für Euch hinterlassen, Seigneur.» Lady Bolton machte wieder auf sich aufmerksam. Sie reichte ihm ein Pergament, das mit dem königlichen Siegel versehen war.

«Habt Dank.»

Cyrus d'Aval griff danach und schob es zu ihrer Enttäuschung unter sein Wams. Er hatte nicht die Absicht seine Neuigkeiten mit ihr zu teilen. Erst in der Stille seiner Kammer, die er ebenfalls gesäubert und mit frischen Laken auf dem Bett vorfand, las er die Zeilen des Königs. Sie waren knapp und verrieten keinen Deut über seine möglichen Pläne.

«Ich erwarte Euch zum Tag des heiligen Jakob in York. Kommt und seid Eurem König zu Diensten. Rufus.»

«Zu Diensten, wobei?»

Der Ritter warf das Pergament auf den Tisch und trat an das Fenster. Sein Blick reichte weit über die Klippen auf das Meer hinaus, dessen Oberfläche wie flüssiges Silber blendete. Wie Marieroses' Augen, wenn sie in vorsichtiger Distanz abwartete, was er tat. Wenn sie «Nein!» sagte, wo er ein «Ja!» erwartet hatte.

«Was willst du?», hatte er sie angefahren, enttäuscht von ihrem «Nein» und gekränkt von der Art wie sie vor ihm zurückwich. «Warten bis dein Haar wieder gewachsen ist, wie es sich für eine ehrbare Frau ziemt?»

«Ich warte bis Ihr die richtigen Worte findet, Seigneur», hatte sie stolz erwidert.

«Wenn dir meine Worte nicht passen, wirst du wohl warten müssen, bis der Esk in seine Quelle zurückfließt», hatte er das letzte Wort behalten, aber er verspürte keinen Triumph darüber.

Jetzt bedauerte er seinen Jähzorn. Er hatte sie davongetrieben. In die wartenden Arme eines anderen, der seine Gemahlin betrog. Er zweifelte keinen Augenblick daran, dass Ryan Fitzgeorge die Lady von Nansay bewunderte und schätzte. Er hatte oft genug den amüsierten, liebevollen Blick gesehen, mit dem er ihre Bitten befolgte und ihre seltenen Befehle quittierte.

Marierose hatte sich geändert, obwohl sie noch immer die hässlichen Witwengewänder trug. Sie verströmte eine Sinnlichkeit, die jeden Mann in ihren Bann ziehen musste und ihr seltenes Lächeln glich einem Wunder an Charme und unverhoffter Fröhlichkeit. Eine Heiterkeit freilich, die sie nur in Gesellschaft des anderen zeigte, nie in der seinen.

Bei ihm war sie scheu wie ein junges Reh, das seinen Jäger fürchtete. Womit hatte er solches Misstrauen verdient?

«Verflucht!»

Cyrus d'Aval wandte dem Meer den Rücken zu und versuchte seine Gedanken auf ein anderes Thema zu lenken. Sie hatte ihn verlassen und er würde ihr nicht nachtrauern. Nicht einer geschickten kleinen Dirne, die ihre verborgenen Krallen an jedem wetzte, der ihr Macht und Einfluss versprach.

Und doch ...

Nansay Hall war nichts ohne sie. Eine leere Hülle. Räume in denen nicht ihre sanfte Stimme klang, Treppen über die nicht ihre hässlichen dunklen Röcke raschelten. Er ertappte sich dabei, dass er immer wieder den überwucherten Garten an der Südmauer aufsuchte. Die einsame Rose war verblüht, die wenigen Blätter des Stammes kräuselten sich, von einer geheimnisvollen Krankheit geschlagen. Es war nur eine Frage der Zeit, bis der Rosenstock vollends verwelkt und taub sein würde. Unfruchtbar, wie es Lady Margaux ihrer Schwiegertochter so beißend vorgehalten hatte.

Kein Wunder, dass Marierose nach Anerkennung und Liebe hungerte. Dass sie die haarsträubendsten Dinge tat, um sich beides zu verschaffen. Woher nahm er das Recht sie deswegen zu tadeln? Weshalb hatte er sie nicht in so viel Zuneigung gehüllt, dass Fitzgeorge aufgeben musste?

Der König hatte nach ihr geschickt. Warum? Um sie mit einem anderen zu verheiraten, der dann der Herr von Nansay Hall sein sollte? Cyrus d'Aval entdeckte, dass ihm diese Möglichkeit das geringste Kopfzerbrechen bereitete. So sehr er Nansay Hall in sein Herz geschlossen hatte, die Tatsache, dass Marierose einem anderen gehören sollte, tat mehr weh. Wann war sie ihm so viel wichtiger geworden als seine Ehre, ein Lehen, die Gunst des Königs oder all die anderen Abhängigkeiten, die sein Leben bisher so ausschließlich bestimmt hatten?

«Vergiss die Lady», riet Benoit le Bras. Bei den Waffenübungen des nächsten Tages konnte er kaum übersehen, dass Cyrus mit seinen Gedanken in ganz anderen Sphären schwebte.

«In der Tat? Vergisst du dann auch die entzückenden Sommersprossen der Demoiselle Blanche von Bolton?»

«Das ist ja wohl etwas anderes», verwahrte sich der junge Ritter mit dumpfer Stimme, weil er eben den Helm ablegte, den er für den Trainingskampf getragen hatte.

«Inwiefern?»

«Sie ist eine unbescholtene Jungfer. Ich werde den König bitten, mir die Heirat mit ihr zu erlauben, wenn wir in York sind. Sie besitzt alles was ein Mann von seiner Gemahlin erwartet. Sie ist liebenswürdig, gehorsam, fleißig und immer bestrebt, mir zu Gefallen zu sein.»

Cyrus d'Aval reagierte mit einem unbestimmten Brummen auf diese Aufzählung. Sollte er Benoit darum beneiden, dass ein so kompliziertes Gefühl wie Liebe in seiner Aufzählung fehlte?

«Ich hoffe, du gibst meiner Gemahlin und mir in Nansay Hall ein Dach über dem Kopf», fügte Benoit zufrieden hinzu.

«Falls es mir bis dahin noch gehört.»

Der junge Ritter sah erstaunt auf. Er löste eben die Lederschlaufen der eisernen Beinschienen und die erste rutschte ihm scheppernd aus den Fingern. «Was redest du da? Es ist dein Lehen mit Brief und Siegel vom König. Wer sollte es dir streitig machen?»

«Eben dieser König», antwortete Cyrus trocken und säuberte sein Schwert mit einem geölten Leder. «Darf ich dich daran erinnern, dass ich nicht alle Bedingungen erfüllt habe, die er mir auferlegt hat?»

«Das ist nicht deine Schuld», behauptete Benoit. «Du hast gehandelt wie ein Mann von Ehre. Wer konnte ahnen, dass die Witwe keine Nonne sondern eine Dirne i...»

Er kam nicht dazu den Satz zu Ende zu sprechen, denn die blanke Spitze eines gezückten Schwertes ragte kaum einen Fingerbreit vor seiner Nasenspitze auf.

«Noch einmal dieses Wort und ich fordere dich zum Zweikampf, aber nicht mit Trainingswaffen», knurrte Cyrus d'Aval so aufgebracht, dass Benoit verdutzt einen Schritt zurückwich.

«Gütiger Himmel, wenn du die Ehre dieser Lady verteidigen willst, bekommst du viel zu tun. Hast du einen solchen Narren an ihr gefressen?»

Cyrus lachte freudlos auf. «Sag' lieber, ich BIN der Narr. Das trifft es eher.»

«Sie ist fort, hast du das schon vergessen?»

«Sie ist in York und der König hat mich zum Tag des heiligen Jakob ebenfalls nach York bestellt.»

Benoit öffnete den Mund, überlegte es sich jedoch anders und klappte ihn stumm wieder zu. Sein Gefährte hatte ihn trotzdem verstanden.

«Wenn du meinst, dass ich mir keine falschen Hoffnungen machen sollte, dann bin ich ganz deiner Meinung.» Cyrus d'Aval nickte und widmete sich wieder seinem Schwert.

* * *

Eine Kemenate in der königlichen Burg zu York
20. Juli 1091

Marierose fühlte sich unter den Damen von Prinzessin Mathilda wie eine Saatkrähe unter bunten Schmetterlingen. Die Schwester des Königs war die erste Dame des Hofes, da Rufus keine Anstalten machte sich eine Gemahlin zu suchen. Dass Mathilda jedoch mit einer ganzen Schar von Ehrendamen in York Hof hielt, bekundete die politische Bedeutung, die der König seinem Aufenthalt in dieser Stadt beimaß.

Der Hofstaat der Prinzessin bestand aus den edelsten Damen des Reiches. Nicht wenige von ihnen hegten im Geheimen immer noch die Hoffnung, bei dieser Gelegenheit die Aufmerksamkeit des Königs auf sich zu ziehen. Sie hatten das Auftauchen der ernsten jungen Witwe, die Rufus seiner Schwester persönlich ans Herz gelegt hatte, mit erkennbarem Misstrauen beobachtet. Sie hatte ihre Reverenz vor der königlichen Frau in bescheidenen Gewändern gemacht, aber nicht einmal diese hatten verbergen können, dass sie Anmut und Eleganz besaß.

Der erste Eindruck hatte allerdings schnell einem Gefühl der Überlegenheit Platz gemacht. Was nutzten Grazie und Noblesse, wenn sie mit soviel Reizlosigkeit und Schüchternheit gepaart waren? Inzwischen fand der Hof die junge Frau bereits langweilig, wenngleich immer freundlich und zu jedem Dienst bereit.

Prinzessin Mathilda hingegen war nicht umsonst die jüngste Tochter des Eroberers. Sie hatte die Fähigkeit seiner geliebten Gemahlin, ihrer verstorbenen Mutter, geerbt, die Menschen nicht allein nach Äußerlichkeiten zu beurteilen. Sie wusste zudem, dass Rufus sich noch nicht entschieden hatte, ob er Marierose von Nansay tadeln oder loben sollte. Eine Frau, die ihren selbstherrlichen königlichen Bruder an seinem Urteil zweifeln ließ, musste Mathilda in ihr Herz schließen. Sie wünschte, es gäbe mehr von ihrer Sorte, damit Rufus sich mit ihnen beschäftigen musste und nicht mit seinen Freunden, seinen Kriegen und seinen Jagden.

Marierose fragte sich zwar, weshalb Mathilda ausgerechnet sie mit ihrer Gunst ehrte, aber sie hatte ebenfalls Gefallen an der winzigen, energischen Person der Prinzessin gefunden. Sie war auch jetzt sofort zur Stelle, als Mathilda sie zu sich winkte.

«Seid so lieb und tut mir einen Gefallen, Lady Marierose», bat sie freundlich. «Der König erwartet einen seiner verdienten Ritter mit Gefolge. Da die Quartiere in der Burg jedoch überbelegt sind, hat er Master Clifford, den Handelsmann in der Stonegate, gebeten, die Gäste in seinem neuen Haus zu beherbergen. Es liegt mir daran, dass eine meiner Damen dort nach dem Rechten sieht. Ich weiß nicht, ob Master Clifford über eine Hausfrau verfügt, die alles vorbereitet wie es sich für einen Edelmann und die Seinen gehört. Ich möchte nicht, dass die Gastfreundschaft des Königs Mängel aufweist und in Verruf gerät. Ich werde Befehl geben, eine Sänfte für Euch zu …»

«Aber nein», fiel ihr Marierose ins Wort und errötete, weil ihr die eigene Unhöflichkeit zu Bewusstsein kam. «Verzeiht, königliche Hoheit. Ich wollte damit nur sagen, dass ich gerne zu Fuß gehe.»

Sie stürzte sich geradezu auf diesen Auftrag, froh der Untätigkeit unter den Damen der Prinzessin zu entkommen.

Das ständige Geplauder um Kleider, Männer, Herzensdinge und Ehen wurde ihr zunehmend unerträglicher. Wie sollte sie vergessen, was in Nansay Hall geschehen war, wenn sie ständig daran erinnert wurde?

Prinzessin Mathilda lächelte gnädig und beugte sich tiefer über ihre Stickerei, damit Marierose das vergnügte Funkeln in ihren Augen nicht entdeckte. Es war ein harmloses kleines Komplott und sie hoffte, dass es dazu beitrug die Schatten der Traurigkeit zu beseitigen, die unverrückbar in den Augen ihrer neuen Ehrendame lagen. Wie schade, dass sie ihr Gesicht nicht sehen konnte, wenn sie entdeckte, welchen Herrn sie da im Namen des Königs in York willkommen heißen sollte.

Marierose eilte in ihr eigenes Quartier, scheuchte Blanche aus ihren Träumen von Benoit le Bras und drängte zum sofortigen Aufbruch.

«Du glaubst gar nicht wie froh ich bin, diesem Hühnerstall zu entkommen», gestand sie ihrer Begleiterin, als sie auf die Straße traten und sich nach rechts zur niederen Ousegate wandten, die zum Fluss hinunter führte. «Ich habe völlig vergessen wie viele verschiedene Bänderfarben es gibt und welches Problem es sein kann, wenn ein Grün nicht zum anderen passt.»

«Vielleicht überzeugt es Euch davon, dass es an der Zeit ist, endlich andere Gewänder zu tragen.» Blanche konnte es nicht lassen, dieses Thema immer wieder vorzutragen. Es kränkte sie mehr als die eigene Herrin, wenn über sie die Nase gerümpft wurde.

«Ach, Blanche.» Marierose wich einem Gerber aus, dessen Kleider auf fünf Schritt Entfernung nach Säure und Harn stanken. «Fang nicht schon wieder damit an. Ich bin meinem Stand gemäß gekleidet.»

«Das denkt nur Ihr. Vielleicht empfängt Euch der König deswegen nicht.»

«Rufus ist kein Mann, der auf Frauenkleider Wert legt», widersprach Marierose, während ihre Augen neugierig von einer Seite der Gasse zur anderen wanderten.

Sie hat bisher nicht viel von York gesehen. Sie wusste, dass es wie so viele andere Städte Britanniens von den Römern gegründet worden war und dass die Sachsen den Ort Eoforwic genannt hatten. In seiner wechselvollen Geschichte als bedeutender Handelsplatz, hatte er ebenso Wikinger wie Dänen gesehen und war noch zu Zeiten des Eroberers von den Nordmännern besetzt gewesen.

Heute präsentierte sich die zweitgrößte Metropole des Königreiches als Ort zahlloser Kirchen, wichtiger Handelshäuser und Knotenpunkt des britannischen Nordens. In den Gassen wimmelten die Menschen und die beiden jungen Frauen hatten Mühe, sich ihren Weg zu bahnen. Seit der König in York Residenz genommen hatte, platzte die Stadt aus allen Nähten.

Doch nicht einmal all diese mannigfaltigen Bilder vermochten Marierose von ihren heimlichen Sorgen abzulenken. Dass Rufus sie nach York bestellt und Ryan sie dort wie ein Bündel überflüssiger Waren bei der Prinzessin abgegeben hatte, akzeptierte ihr Stolz eben noch. Dass sie seitdem weder ihren Schwager noch den König zu Gesicht bekommen, geschweige denn eine Nachricht von einem von ihnen erhalten hätte, gab ihr jedoch zu denken. Wenn sie Mathilda fragte, wurde sie vertröstet: Sie solle sich keine Sorgen machen. Marierose war mittlerweile halb närrisch vor Fragen und Sorgen.

Die langen Stunden bei Prinzessin Mathilda, die sie als Beute ihrer eigenen Grübeleien am Stickrahmen verbracht hatte, waren nicht ohne Folgen geblieben. Inzwischen sah sie selbst ein, wie ungewöhnlich, wenn nicht gar anstößig es auf den König gewirkt haben musste, dass sie sich in Knabenkleidern Hilfe für Nansay Hall erbeten hatte. Keine der hübschen Ehrendamen Prinzessin Mathildas wäre auf eine solche Idee verfallen. Andererseits, ohne ihr Eingreifen wäre die Burg jetzt in den Händen der Schotten. Musste Rufus dies nicht berücksichtigen?

Und dann waren da noch die Nächte, in denen sie wach lag und dummen Träumen von Liebe und Leidenschaft nachhing. Sie hätte zu gerne erfahren wie Cyrus d'Aval auf ihre Abreise reagiert hatte. Wütend? Traurig? Erleichtert? Sie wusste lediglich, wie sie selbst sich fühlte. Schwach vor Sehnsucht. Müde vor Kummer und an manchen Tagen so erschöpft, dass sie am liebsten ihr Bett nie mehr verlassen wollte.

Jeder einzelne Augenblick der verzauberten Stunde im Burggarten stand in unbarmherziger Klarheit vor ihrem geistigen Auge. Die Erinnerung peinigte sie mit der schlimmen Gewissheit, dass sie nie wieder solche Seligkeit erleben würde.

Dummerweise hatte jedes Wort ihres letzten schlimmen Streites im Gedächtnis. Wie konnte Cyrus d'Aval nur glauben, dass sie die Brosamen seiner gütigen Entscheidung mit Begeisterung schlucken würde? Wie sollte sie einen Ritter zum Mann nehmen, der ihr gnädig mitteilte, dass er bereit war, über ihre üblen Charaktereigenschaften hinwegzusehen, nur weil er sie begehrte? Sie wollte nicht begehrt, sie wollte von ihm geliebt werden!

«Das ist die Stonegate.»

Blanche blieb beeindruckt vor einem mehrstöckigen Steinhaus stehen, dessen reich gegliederte Straßenfassade einen wohlhabenden Besitzer verriet. Durch die offenen

Torflügel des Hofes sahen sie eine Reihe von Pferden, Wagen und Fuhrwerken, die gegenwärtig entladen wurden. Knechte und Bewaffnete drängten sich zwischen Hausmägden und reich gekleideten Reisenden, die allem Anschein nach soeben erst eingetroffen waren.

«Wir kommen zu spät. Sie sind schon da», vermutete Blanche. Sie deutete auf eine zierliche Dame, die einen leichten Reisemantel aus feinstem hellblauem Tuch trug. Sie brachte mit energischen Gesten Ordnung in Gepäckstücke und Menschen.

Marierose fixierte die Frau wie in Trance. Sie fasste mit tauben Fingern nach Blanches Arm. Die Häuser der Stonegate verschwammen vor ihren Augen.

«Was ist Euch?» Blanche sah bestürzt, dass ihre junge Herrin taumelte und blasser als die weiße Haube wurde, die auf ihrem Kopf saß.

«Fühlt Ihr Euch nicht wohl? He, du da!» Sie winkte eine der Mägde aus dem Hof herbei. «Das ist meine Herrin, die Lady von Nansay. Sie kommt im Auftrag ihrer königlichen Hoheit, Prinzessin Mathilda, um die Gäste in Empfang zu nehmen. Aber sie fühlt sich nicht wohl, das Gedränge in der Stadt ...»

Ihre aufgeregte, helle Stimme erreichte das Ohr der beeindruckenden Dame im Hof und ehe Blanche wusste, wie ihr geschah, wurde sie zur Seite geschoben. Marierose fand sich von vertrauten, liebevollen Armen umschlossen.

«Mein Kind!»

«Mutter!» Marierose konnte es nicht fassen. «Ich muss träumen.»

«Ich bin durchaus real, meine Kleine. Wie schön, dass du gekommen bist, uns sofort zu begrüßen. Ich hatte gehofft, dich so schnell wie möglich zu sehen.»

Marierose hörte die Stimme und verstand die Worte, aber es dauerte eine Zeit, bis sich in ihrem wirren Kopf die einzelnen Teile zu einem Bild fügten. Begreifen und sich aus den mütterlichen Armen befreien war eines. Wenngleich sie noch nicht sicher auf den Beinen stand und ihr Herz seltsam hoch und gefährlich unregelmäßig schlug.

«Mathilda hat es gewusst, deswegen hat sie mich hierher geschickt, nicht wahr? Alle haben sie es gewusst. Ryan, der König, ganz York vermutlich.» Sie merkte, dass sie theatralisch klang, aber sie konnte es nicht ändern.

«Der König und Meister Clifford, der in Geschäftsbeziehungen zu deinem Vater steht. Von ganz York kann keine Rede sein, Kind.» Die Lady des Rosenturmes entdeckte ihrerseits, dass ihre Tochter gefährlich nahe am Rande eines Zusammenbruches schwebte. Sie versuchte die Lage zu entspannen. «Willst du mich nicht deiner Begleiterin vorstellen? Und dann solltest du deinen Vater umarmen. Er ist ganz ungeduldig, seine kleine Tochter wohlbehalten in die Arme zu schließen. Lieber Himmel, lass dich ansehen. Du bist eine Frau geworden.»

Marierose verweigerte sich der mütterlichen Anteilnahme. Sie verengte die Augen und das Bild der Lady rückte in die Ferne. Sie rang angestrengt nach Atem, während die Stimmen um sie herum leiser wurden, das Licht dunkler, bis alles im Schwarz ertrank ...

Neunzehntes Kapitel

York, Stonegate
20. Juli 1091

«Woher willst du wissen, dass ihr auch wirklich nichts fehlt?»

«Du könntest versuchen, mir zu glauben.»

«Das fällt schwer, weißt du. Sie sieht so ... so anders aus.»

«Du hast vor mehr als fünf Jahren von einem Kind Abschied genommen, Lieber. Dies hier ist eine junge Lady.»

Die Stimmen klangen fern und doch wundervoll vertraut. Marierose lauschte ihnen, ohne den Wunsch zu haben, sie zu unterbrechen. Etwas in ihr kannte diese liebvollen Ermahnungen, die brummigen Antworten und das tiefe Verständnis füreinander, das jede dieser Unterhaltungen prägte.

«Auf jeden Fall finde ich es empörend, dass eine meiner schönen Töchter herumläuft wie eine Bettelnonne. Allein diese Haube ist eine Beleidigung für das Auge eines jeden Mannes. Wie soll sie jemals wieder einen Gemahl finden, wenn sie sich dermaßen verunstaltet. Nimm ihr gefälligst das Ding ab und ... was ist DAS?»

Das väterliche Gebrüll überzeugte Marierose davon, dass es an der Zeit war, die Augen aufzuschlagen. Es hatte keinen Sinn, noch länger den Fragen aus dem Wege zu gehen, die früher oder später doch über sie hereinbrechen würden. Sie wollte es hinter sich bringen.

«Kahl geschoren wie eine Verbrecherin», ächzte Raynal de Cambremer und hielt sich am Fußpfosten des Alkovens fest, in den man die ohnmächtige junge Frau in aller Eile gelegt hatte.

«Ich bin nicht kahl», protestierte Marierose entrüstet. «Wie kannst du so etwas behaupten?»

«Aber das sind nicht deine Haare. Du hattest Haar wie gesponnenes Mondlicht, das in silbernen Wellen bis über deine Hüften fiel», erinnerte sich ihr Vater geradezu wehmütig.

«Es sind meine Haare und sie werden wieder wachsen. Außerdem sind Haare völlig unwichtig. Warum hast du mir meine Haube genommen?»

«Was ist das nur für eine Begrüßung für deinen Vater?» Der Lord von Hawkstone schüttelte den Kopf, dass seine eigenen, dichten und silberweißen Haare in Unordnung gerieten.

Marierose hatte mit Vorwürfen gerechnet, aber jetzt konnte sie plötzlich nicht einen davon ertragen. Waren sie nur gekommen, sie zu schelten? Hatte sie sich nicht selbst genug über den Verlust ihres schönsten Schmuckes gegrämt? Warum ließen sie sie nicht in Frieden?

«Es ist die Begrüßung für einen Mann dem Äußerlichkeiten offensichtlich wichtiger sind als alles andere», entgegnete sie mit so unerwarteter Würde, dass es ihrem Vater die Sprache verschlug. Gleichzeitig setzte sie sich auf und machte Anstalten das Bett zu verlassen.

«Langsam, Kind.» Lady Liliana de Cambremer, die Lady von Hawkstone, legte eine sanfte Hand auf die Schulter ihrer Tochter. «Die Überraschung war zuviel für dich. Bleib' noch ein wenig sitzen, sonst wird dir wieder schwindlig.»

Marierose schenkte ihrer Mutter ein vorsichtiges Lächeln. «Es tut mir Leid, wenn ich euch erschreckt habe. Es ist nicht meine Art das Bewusstsein zu verlieren. Aber ich war nicht darauf vorbereitet, euch zu sehen. Prinzessin Mathilda hatte mich nur gebeten, mich davon zu überzeugen, dass alles für die erwarteten Gäste Seiner Majestät vorbereitet ist.»

«Also geht es dir gut?»

Marierose versuchte dem prüfenden, mütterlichen Blick stand zu halten. Dass ihr das Herz wie ein schwerer Stein in der Brust lag, ging nicht einmal Lady Liliana etwas an.

«Aber natürlich. Wo ist meine Gefährtin?»

«Master Clifford zeigt der Demoiselle Bolton gerade seine neuesten Stoffe. Es ist mir gelungen sie zu beruhigen und ihr klarzumachen, dass du bei mir in besten Händen bist. Sie scheint ein aufgewecktes Mädchen zu sein. Sie hat mir erzählt, dass sie zu deinen Damen in Nansay Hall gehört.»

Damen? Marierose hätte um ein Haar gelacht. Aber sie sandte Blanche ein stummes Dankeschön. Offensichtlich hatte sie die demütigenden Einzelheiten ihres Lebens in Nansay für sich behalten. Wenn es nach ihr ging, sollte das auch so bleiben.

«Was bringt euch nach York?» Ihre erste Freude über das unerwartete Widersehen mit ihren Eltern, wurde mehr und mehr von Vorsicht abgelöst. «Wer schickte den Boten, der euch auf die Landstraßen trieb? Ryan? Rufus? Ich habe keinen von ihnen darum gebeten.»

Der Lord von Hawkstone konnte die Augen nicht von seiner Tochter nehmen. Unerwartet kratzbürstig fand er sie, angriffslustig, geradezu herausfordernd verschlossen. Kommt mir nicht zu nahe, sagte ihre stolze Haltung und der feine Kopf mit den skandalös kurzen Locken verlieh ihr den Charme eines trotzigen Pagen. Er hatte sie sanft in Erinnerung, eine Spur zu eitel und selbstverliebt, aber liebenswürdig. Gehorsam nur, soweit es sich mit ihren eigenen Wünschen deckte. Die letzte Eigenschaft entdeckte er noch am ehesten in der ärgerlichen kleinen Amazone, die

Rechenschaft forderte, wo er nur Freude und Willkommen erwartet hatte.

«Der König wünscht die edelsten Herren seines Reiches um sich versammelt zu sehen, wenn Malcolm, der Schottenkönig, seinen Vasalleneid erneuert», entgegnete er darum seinerseits betont würdevoll. «Deine Mutter hat mich begleitet, weil es uns eine gute Gelegenheit erschien, Wiedersehen mit einem Kind zu feiern, das wir seit Jahren nicht gesehen haben. Verzeih' uns, dass wir so dumm waren und dachten, dass du dich darüber freust.»

«Ach, Papa!»

Ehe Lady Liliana den beleidigten Gemahl und die schwierige Tochter zur Ordnung rufen konnte, hatte Marierose selbst gehandelt. Sie musste sich hoch auf die Zehenspitzen recken, um den stattlichen Lord von Hawkstone umarmen zu können, aber nach dem ersten Versuch kam er ihr entgegen und zerdrückte sie in einer ungeschickten, heftigen Umarmung die alles über seine aufgewühlten Gefühle verriet.

Marierose hatte die Erinnerung an einen imponierenden Lord gehegt, den seine Kinder respektierten und dem die Menschen von Hawkstone freudig gehorchten. Jetzt entdeckte sie bestürzt die Zeichen des Alters an ihm. Seine würdevollen Bewegungen waren von einer gewissen Schwerfälligkeit gezeichnet, die Falten im Gesicht zahlreicher und tiefer, das Haar unverkennbar dünner geworden. Er bot eine Achtung gebietende Erscheinung, aber er war von der Last seiner Jahre gebrandmarkt.

«Verzeih' mir, dass ich abscheulich war», bat sie halb aus kindlicher Liebe, halb aus erwachsener Einsicht. «Es kommt mir immer noch so vor, als würde ich nur träumen, dass ihr hier seid.»

Der Lord ließ sich mehr Zeit mit seiner Kapitulation. «Hält sich deswegen deine Freude über unsere Ankunft dermaßen in Grenzen?»

Marierose löste sich aus der väterlichen Umarmung und trat zurück. Die Bewegung, mit der sie Abstand zwischen sich und ihre Eltern brachte, veranlasste den Lord und die Lady einen erstaunten Blick zu tauschen. Keines ihrer Kinder hatte je versucht sie auf Distanz zu halten.

«Das scheint dir nur so, weil ich kein kleines Mädchen mehr bin, Vater.»

Marieroses' sanfte freundliche Stimme stand in krassem Widerspruch zu der stummen Botschaft, die ihre Worte ebenfalls übermittelten. So sehr sie ihre Eltern liebte, ihre innere Stimme sagte ihr, dass sie ihre persönliche Lage nicht einfacher machen würden. Sie würden Rechenschaft fordern, sich einmischen und Ratschläge aufdrängen, wo sie keine haben wollte. Sie griff nach der Haube, die ihre Mutter noch immer in der Hand hielt, und befestigte sie wieder.

«Was ist mit deinem Haar, warst du krank?»

«Nein.» Marierose seufzte und sah ein, dass sie nicht alles für sich behalten konnte. «Nach Gils Tod war ich völlig verzweifelt. Ich wollte in ein Kloster gehen und mein Leben dem Gebet und der Einkehr widmen. Damals habe ich mir zum Zeichen meiner Trauer das Haar abgeschnitten und es wächst nur sehr langsam wieder nach.»

Dass Lady Margaux dies getan hatte, behielt Marierose für sich. Was änderte es schon, wenn ihre Eltern einer Toten zürnten? Das Ergebnis blieb dasselbe.

«Trägst du deswegen auch diese Nonnenkleider?» Der Lord war sowohl Vater wie Mann und beide entsetzten sich über die triste Erscheinung der jungen Frau.

«Ich war lange genug eitel.»

«Gils Tod muss schrecklich für dich gewesen sein», sagte Lady Liliana mitfühlend und riss das Gespräch wieder an sich. «Aber du wirst sehen, dass das Leben für dich noch nicht zu Ende ist. Du bist jung und du wirst eine neue Liebe finden. Ich weiß es, auch wenn es dir derzeit unglaublich erscheint.»

Ich habe sie schon gefunden, erwiderte Marierose in Gedanken. Es ist keine neue Liebe, sondern die eine, einzige. Aber wenn nicht ein Wunder geschieht, wird sie mir wie Wasser zwischen den Fingern hindurchrinnen.

«Berichtet mir von zu Hause», bat sie ihre Eltern und wechselte abrupt das Thema. «Wie geht es meinen Schwestern? Der kleinen Rozabel und meinem Bruder Bryan? Was machen Sophia Rose und Roselynne? Stehen die Rosen am Turm schon in voller Blüte?»

Sie sprudelte die Fragen nur so heraus und Lady Liliana versuchte sie zu beantworten, während sie Mühe hatte das eigene Erstaunen zu meistern. Sie hatte gedacht, es würde ein Leichtes sein, Marierose zu durchschauen, aber sie war nicht auf die stählerne Mauer vorbereitet gewesen, hinter der diese sanfte Tochter ihre Gedanken und Gefühle verbarg. Sie hatte Kräfte entwickelt, die den ihren glichen.

* * *

York, am Tor von Monkbar
24. Juli 1091

«Wohin?»

«Zur Burg, wo sonst sollte Rufus Wohnung genommen haben.»

Benoit le Bras verdrehte neugierig den Kopf, während sie durch die Straßen von York ritten. Die Stadt war zahllose Male erobert, gebrandschatzt und besetzt worden, sie hatte unter Normannen, Dänen und Schotten gelitten, aber sei bot ihren Besuchern trotzdem ein Bild von Wohlstand, Geschäftigkeit und überbordendem Leben.

Es bedurfte einer festen Hand, die Pferde durch das Gewimmel aus Lastenträgern, Fuhrwerken, Reitern, Müßiggängern und Neugierigen zu lenken, die sich in den engen Gassen zwischen den hohen Steinhäusern drängten. Le Bras hatte Mühe damit, während sein Begleiter in eherner Ruhe im Sattel saß und Bylord keinen Spielraum für aufgeregte Possen ließ.

Cyrus d'Aval beugte sich dem Befehl seines Königs, aber es kam ihm vor, als würde er zu seiner eigenen Hinrichtung zitiert. Welchen Dienst konnte er Rufus schon leisten, nachdem er in Nansay Hall so schmählich versagt hatte? Wieder bei klarem Kopf und in gnadenloser Selbstkritik ließ er keine Entschuldigung für sein Unvermögen gelten. Er hatte das ihm anvertraute Lehen nicht vor Angreifern schützen können und somit gegen die erste und wichtigste Pflicht eines Lehnsherrn gefehlt. Er verdiente Tadel, wenn nicht gar Strafe.

Bei näherem Nachdenken glaubte er mit diesem Fehler auch den Grund für Marieroses' Verhalten gefunden zu haben. Eine Frau wie sie, geschickt, abenteuerlustig, sinnlich und hungrig nach Anerkennung, würde nie einen Verlierer lieben. Nach allem was sie in Nansay Hall von Lady Margaux erduldet hatte, durfte er es ihr eigentlich nicht verübeln, dass sie sich einen starken Beschützer gesucht hatte. Einen Mann, der ihre Interessen wahrte und den sie vielleicht sogar lieben konnte, weil er so viel mehr der ritterlichen Tugenden besaß, wie der jüngste Sohn des Herrn von Aval.

Ritterliche Tugenden? Er betrügt seine Gemahlin mit Marierose, hast du das schon vergessen? Seit wann zählt das zu den Pflichten eines Ritters?

Seine innere Stimme hatte die lästige Angewohnheit, sich in gnadenloser Logik zu melden. Auch wenn sie Recht hatte, wollte er sie nicht hören. Sein Unbehagen zeichnete so düstere Linien in sein Gesicht, dass die Yorker dem Reiter und seinem mächtigen Streitross auf den ersten Blick aus dem Wege gingen. Dennoch verdrehte manch eine Bürgerin den Kopf nach dem stattlichen Nobelmann, dessen glänzend braunes Haar für einen Normannen zu lang war und dessen goldene Luchsaugen viel zu gleichgültig über die Wunden der Stadt glitten.

An der Ouse gelegen, ehe sie in den Foss floss, wurde die Stadt von der Burg überragt, die der Vater des jetzigen Königs während seiner Regierungszeit zu einem mächtigen Bollwerk ausgebaut hatte. Dennoch schien die Festung förmlich aus den Nähten zu platzen. Ställe, Quartiere und Hallen vermochten die Männer kaum zu fassen, die Rufus um sich versammelt hatte. Benoit le Bras sah sich unter all den Rittern, Handelsleuten, Besuchern, Bittstellern und Gesandten vergeblich nach einer Frauengestalt um. Ganz im Geheimen hegte er die Hoffnung, der fröhlichen Demoiselle von Bolton über den Weg zu laufen.

«Die Burg sieht eher nach einem Heerlager, denn nach dem königlichen Hof aus», stellte er fest, nachdem sie ihre Pferde versorgt und ihr persönliches Gepäck sicher hinterlegt hatten.

«Was hast du erwartet?» Cyrus d'Aval hieb ihm kameradschaftlich zwischen die Schulterblätter. «Rufus wäre schlecht beraten, wenn er den Schotten zu sehr traut. Lass uns hineingehen und Seiner Majestät unsere Aufwartung machen. Ich möchte es hinter mich bringen.»

Ein Wunsch, auf dessen Erfüllung der Ritter länger warten musste, als ihm lieb war. Vor dem Gemach des Königs herrschte, sofern das überhaupt möglich war, noch größeres Gedränge wie in allen anderen Teilen der Burg. Es blieb d'Aval nichts anderes übrig, als einem überforderten Sekretär seinen Namen zu nennen und sich in Geduld zu fassen.

Er war dermaßen in seine düsteren Gedanken verloren, dass er den Edelmann nicht bemerkte, der eben das Kabinett des Königs verließ. Der Mann blieb stehen und ließ seine Augen über die Menge schweifen, die auf eine Audienz bei Seiner Majestät wartete. Er trug ein langes, dunkelblaues Gewand nach byzantinischer Mode, das an Halsausschnitt und Ärmeln mit einer eleganten Goldborte besetzt war, und keine Kopfbedeckung auf den weißen Haaren. Barhäuptig und ohne Waffen wirkte er in der Schar der vielen Ritter, allein durch die Macht seiner starken Persönlichkeit. Als sich die Menge vor d'Aval teilte und der Patriarch auf ihn zu schritt, sah der Ritter freilich auf und schaute in ein paar kühle, grüne Augen, die ihn höchst kritisch musterten.

«Cyrus d'Aval?» Der Tonfall war unverkennbar jener des gebürtigen Normannen.

«Zu Euren Diensten, Seigneur.»

Cyrus respektierte sowohl das Alter des Mannes, der hoch in den Fünfzigern stehen musste, wie die Aura von Autorität, die ihn umgab. Zweifellos zählte er zu jenen immer weniger werdenden Rittern, die den verstorbenen Eroberer nach England begleitet hatten und die auch Rufus dafür ehrte.

«Begleitet mich ein paar Schritte, damit ich Euch ein wenig kennen lernen kann», befahl der Edelmann mehr als er bat. «Seine Majestät hat mir mitgeteilt, dass es sein Wunsch ist, dass Ihr eine meiner unverheirateten Töchter zur Gemahlin nehmt.»

«Gütiger Himmel, nicht schon wieder!» Der Ausruf war getan, ehe Cyrus ihn zurückhalten konnte.

Der Edelmann blieb stehen und bedachte ihn mit einem Blick, noch missbilligender, wie der erste. «Wie darf ich das verstehen, Herr Ritter?»

«Verzeiht.» Cyrus d'Aval versuchte sich zu fassen und seiner spontanen Ablehnung den Ruch der Beleidigung zu nehmen. «Es ist nur so, dass der König unheilvollen Gefallen daran findet, mir eine Gemahlin nach der anderen anzutragen, obwohl ich mich entschlossen habe nie zu heiraten.»

Im Augenblick da er es aussprach empfand er schon die Erleichterung darüber. Mit einem Mal lag seine Zukunft klar und kalt vor ihm. Er würde seinem König mit dem Schwert in der Hand dienen, nicht mehr, aber auch nicht weniger. Der kurze närrische Traum von einem Heim, von einer liebenden Gemahlin und jener Wärme die er nie kennen gelernt hatte, war ausgeträumt.

«In der Tat?» Der Edelmann verschränkte die Arme vor der imponierenden Brust und ergründete Cyrus spöttisch interessiert. «Wer seid Ihr, dass Ihr die Befehle Eures Souveräns in Frage stellen wollt?»

Etwas in diesem anmaßenden Blick mutete Cyrus d'-Aval auf gespenstische Weise vertraut an, aber er tat das Gefühl ab, wie die Reste einer Spinnwebe, die er versehentlich berührt hatte.

«Ich fürchte, das wollt Ihr gar nicht wissen, Seigneur»,

entgegnete er beherrscht. «Bittet den König, einen anderen Gemahl für Eure Tochter zu suchen, sie würde nicht glücklich mit mir.»

«Und warum nicht?»

«Weil ich eine Frau liebe, die mich für alle anderen verdorben hat.»

Noch so eine Wahrheit, die ihm erst ins Bewusstsein drang, als sie über seine Lippen kam und der er sich nichtsdestoweniger ergeben unterordnen musste. Er liebte den silberhaarigen Kobold, egal ob er nun Wilderer, Hexe, Nonne oder Dirne war. Er hatte ihn erst verlieren müssen, um zu begreifen, dass er alles gewesen war, was er sich je zu besitzen gewünscht hatte. Welch jämmerlicher Narr er doch war!

«Also werdet ihr diese Frau heiraten ...?», drang die Frage des Edelmannes in seine Gedanken.

«Nein. Sie ist mit einem anderen gegangen, der sie besser verstanden hat und der ihr mehr bieten kann.» Cyrus d'Aval tat einen tiefen schmerzenden Atemzug. «Schaut mich an und Ihr seht einen Narren, der einen Edelstein nicht von billigem Katzengold unterscheiden konnte.»

«Und das hat zur Folge, dass Ihr Euch mit Eurem König anlegen und seine Befehle verweigern wollt? Mein Freund, wenn Ihr einen guten Rat von einem alten Mann annehmen könnt, dann überlegt Euch gut, was Ihr Rufus antwortet. Und was meine Tochter betrifft, sie ist vielleicht ein wenig eigenwillig, aber dafür eine Lady von höchstem Stand und bester Erziehung. Ihre Mitgift ist übrigens auch nicht zu verachten.»

«Und wenn sie die Prinzessin Mathilda persönlich wäre, es würde nichts an meinem Entschluss ändern, Seigneur. Wollt Ihr mir nicht sagen ...»

«Vater! Ich wusste nicht, dass Ihr in York seid!»

Cyrus d'Aval verschluckte spontan einen Fluch, so dass lediglich ein heiseres Krächzen aus seiner Kehle kam, während er dabei zusah, wie der fremde Edelmann und Ryan Fitzgeorge einander umarmten. Fitzgeorges Vater! Das konnte kein Zufall sein. Bot ihm der Ritter etwa die eigene Schwester zum Trost dafür an, dass er Marierose zu seiner Buhle gemacht hatte? Zum Donner, welch elendes Durcheinander!

«Ritter d'Aval? Seine königliche Hoheit wünscht Euch jetzt zu sprechen.» Einer der jugendlich schönen Pagen die in Mengen in Rufus' Diensten standen, neigte sich vor Cyrus und erwartete, dass er augenblicklich dieser Aufforderung folgte.

Warum auch nicht? Es ersparte ihm, zu Fitzgeorge höflich sein zu müssen. Er begnügte sich mit einem knappen Kopfnicken und folgte dem Pagen.

Die beiden Männer sahen ihm nach. Er spürte ihre Blicke förmlich in seinem Rücken. Der Teufel sollte sie holen! Alle beide!

Zwanzigstes Kapitel

York, Haus Clifford
25. Juli 1091

«Ich kann nicht, Blanche.»

Marierose sank auf die Bettkante zurück, nachdem sie sich mit erschöpfender Heftigkeit in den Nachttopf erbrochen hatte. Sie wagte keine weitere Bewegung, aus Angst, die Übelkeit könnte zurückkehren.

«Aber Ihr müsst Euch anziehen, Herrin. Der ganze Hof wird dem Hochamt beiwohnen. Der König erwartet die Prinzessin und ihre Damen zu sehen. Wenn Ihr vielleicht eine Kleinigkeit zu Euch nehmt ...»

«Bitte nicht.» Marierose hob abwehrend die Hand. Schon der Gedanke an Essen stürzte ihren Magen in neuerlichen Aufruhr. «Ich bin krank.»

Blanche von Bolton starrte ihre blasse Herrin an. Sie kniete wie ein Häufchen Unglück im Alkoven und sah tatsächlich aus, als würde sie im nächsten Augenblick wieder über dem Nachttopf hängen. Blanche dankte dem Himmel, dass sie seit ein paar Tagen ebenfalls im Hause Clifford wohnten, weil die Lady von Hawkstone nicht zugelassen hatte, dass ihre Tochter sie verließ. Damit gab es eine Instanz, der sie dieses Problem vortragen konnte.

«Was höre ich? Du fühlst dich nicht wohl?» Lady Liliana eilte augenblicklich an das Lager ihrer Tochter.

Marierose öffnete die Augen, die sie erschöpft geschlossen hatte, als Blanche mit dem Nachttopf den Raum verlassen hatte. Verärgert begriff sie, dass ihre Gefährtin die Gelegenheit benutzt hatte, ihre Mutter zu alarmieren.

«Mir ist übel», flüsterte sie und schloss die Augen vor dem forschenden Mutterblick.

«Und das nicht das erste Mal», behauptete Lady Liliana seufzend.

«Woher weißt du?»

«Marierose, ich habe fünf Kinder zur Welt gebracht, du darfst mir glauben, dass ich die Zeichen kenne und weiß wie du dich fühlst.»

«Wie ich mich fühle?» Marierose wiederholte verwirrt die Worte und runzelte die Stirn. «Und welche Zeichen? Wovon sprichst du?»

«Du bist in der Hoffnung Kind. Deswegen bist du am Tage unserer Ankunft in Ohnmacht gefallen und deswegen plagt dich des Morgens die Übelkeit. Wann hast du zum letzten Male deine Mondtage gehabt?»

«Ich ...» Marierose fuhr hoch, ohne an ihre Beschwerden zu denken, und gab ein ungläubiges Schnauben von sich. «Wie sollte ich in der Hoffnung sein? Ich bin unfruchtbar. Blanche hat dir doch sicher alles weitergetratscht, was Lady Margaux in Nansay Hall über mich verbreitet hat. Ich werde nie Kinder bekommen.»

Sie zweifelte keinen Augenblick daran, dass ihre Mutter Blanche von Bolton einem eingehenden Verhör unterzogen hatte, nachdem sie selbst sich weigerte, ihr genaue Details über ihre Ehe und ihr vergangenes Leben in Nansay Hall zu erzählen.

«So wie es aussieht, war wohl eher dein armer Gemahl nicht fähig ein Kind zu zeugen», erwiderte die Lady denn auch prompt so sachlich, dass Marierose der Mund offen blieb.

Es gab ihr Zeit zu denken. Es hatte keinen Sinn ihrer Mutter zu erklären, dass Gil seine Zeugungsfähigkeit nie unter Beweis gestellt hatte. Aber Lady Liliana wusste auch, dass Gil von Nansay seit fast zehn Monaten tot war. Sie würde nicht ruhen, bis sie den Namen des wahren Vaters in Erfahrung gebracht hatte.

Mit der instinktiven Geste aller Mütter legte Marierose die flachen Hände auf den Leib und horchte in sich hinein. Sie tat es zum ersten Male, denn sie war nie auf den Gedanken verfallen, ihre Fähigkeit mehr Dinge wahrzunehmen als man mit den Augen sehen konnte, bei sich selbst anzuwenden. Nun aber spürte sie sogleich den winzigen Funken Leben, der um ihre Aufmerksamkeit heischte. Ein Kind von Cyrus d'Aval!

Heilige Mutter Gottes, ich danke dir! Welch wundervolles Geschenk!

Sie schlug die Augen wieder auf und begegnete dem Blick ihrer Mutter mit solcher Freude, dass der Lady die Frage nach dem Vater dieses Kindes fürs Erste in der Kehle stecken blieb.

«Ich wusste es nicht», flüsterte Marierose entrückt. «Ich dachte, ich wäre allein. So ist mir der Himmel am Ende doch wohl gesonnen. Es ist mit etwas geblieben, dem ich meine Liebe schenken kann.»

«Ach, Kind», Lady Liliana setzte sich an das Lager ihrer Tochter und strich über die kurzen, widerspenstigen Locken, die so gut zu der neuen eigensinnigen Marierose passten. «Ich wollte, ich hätte gegen deine Ehe Einspruch erhoben. Ich war mir damals so sicher, dass es dein Schicksal ist nach Nansay zu gehen.»

«Aber du hattest doch Recht, Mutter», widersprach Marierose. «Am Ende habe ich in Nansay genau das Glück gefunden, das du mir gewünscht hast. Eine Liebe, vom Schicksal bestimmt.»

«Dann wirst du den Vater deines Kindes zum Manne nehmen?»

«Nein.»

Die knappe Silbe rief unheilvolle Stille in der Kammer hervor.

«Und warum nicht? Wenigstens das solltest du mir sagen, wenn du schon sonst aus allem ein solches Geheimnis machst.»

Lady Liliana wagte nicht stärker auf ihre mütterliche Autorität zu pochen. Marierose war mittlerweile eine erwachsene Frau und ihr Leben in Nansay Hall hatte sie geprägt. Sie hatte zu schweigen gelernt.

Ihre Tochter zögerte genau aus diesem Grunde. Dann allerdings ging ihr mit blendender Klarheit auf, dass auch sie Mutter sein würde. Dass sie ebenfalls mit jener ausschließlichen Liebe um das Glück ihres Kindes kämpfen würde, wie es Lady Liliana tat. Mütter verdienten die Wahrheit.

«Er liebt mich nicht, Mutter. Er begehrt mich, aber er achtet mich nicht.»

Sie sagte es mit solcher Würde, dass ihre Mutter verstummte und schließlich mit einem tiefen Seufzer erwiderte: «Stolz ist eine ehrenwerte Eigenschaft, Tochter, aber ich fürchte wir haben dir zu viel davon vererbt.»

«Wenn ich ihn ablege, bin ich nicht mehr ich selbst», erwiderte Marierose still.

«Willst du mir nicht wenigstens sagen, wer es ist?»

Marierose neigte den Kopf zur Seite und schenkte ihrer Mutter ein geradezu mitleidiges Lächeln. «Wen willst du täuschen? Mich? Du weißt es doch längst. Ich möchte wetten, Ryan hat euch erzählt, was ich getan habe, um den König nach Nansay Hall zu bringen.»

Lady Liliana hob besiegt die Hände mit den Innenflächen nach außen. «Gestatte mir eine letzte Frage, hast du auch an die Reaktion deines Vaters gedacht, wenn er hiervon erfährt?»

«Was auch immer er sagt und tut, du darfst nicht zulassen, dass er sich einmischt.» Marierose griff nach der Hand ihrer Mutter und presste sie so heftig, dass der Lady ein Schmerzenslaut entfloh. «Cyrus d'Aval ist ehrenhaft und stolz, er würde nicht zögern mich zur Gemahlin zu nehmen, und dann säße ich in einer schlimmeren Falle als bei Gil. Denn dieses Mal liebe ich den Gatten, der mich demütigt und meine Frauenehre mit Füßen tritt.»

«O Gott, welch ein Durcheinander ...» Lady Liliana massierte sich die Schläfen mit den Fingerspitzen. «In diesem Fall muss ich dir raten aufzustehen, eines der hübschen Gewänder anzuziehen, die dir dein Vater gekauft hat, und deinen Platz unter den Damen von Prinzessin Mathilda einzunehmen. Nur so kann es dir gelingen, dein Geheimnis zu wahren, bis wir den Weg entdeckt haben, den dein Leben künftig nehmen soll.»

«Und wenn es mir wieder übel wird?»

«Es geschieht nur morgens, das hast du doch sicher bereits festgestellt. Außerdem werde ich dir ein Kräuterelixier mischen, das die Beschwerden besänftigt. Ich nehme doch an, dass es in York einen Apotheker gibt, der die Zutaten dafür vorrätig hat.»

Lady Liliana behielt Recht. Marierose konnte den Alkoven verlassen und während Blanche ihr beim Anlegen der neuen Gewänder zur Hand ging, entdeckte sie eine Spur des alten Vergnügens am Schmücken zurück. Sie hatte so lange keine schönen Gewänder mehr getragen und die damenhaften Roben einer Lady waren etwas völlig Neues für sie. Gil hatte es geliebt, sie in leichten, schlichten Hauskleidern zu sehen, wenn nicht gar in den verbotenen Knabenkleidern ihrer heimlichen Ausflüge. Heute wusste Marierose, dass er in ihr die Kameradin und nie die Frau gesucht hatte.

Die Edeldame, die mit Prinzessin Mathilda wenig später dem feierlichen Hochamt in der Kirche zur Heiligen Dreifaltigkeit beiwohnte, glich in nichts der farblosen Nonne, die nach York gekommen war. Über einem zartblauen Atlasgewand, mit eng anliegenden langen Ärmeln, trug sie eine ärmellose Tunika aus azurblauem Brokat. Der Saum dieses höchst modischen Kleidungsstückes endete eine Handbreit über dem bestickten Silbersaum des unteren Kleides und war ebenso wie der Ausschnitt mit einer doppelten Borte aus cremeweißen Perlen verziert. Gegürtet mit einer feinen Kette aus Silbergliedern, betonte es auf das Trefflichste die zerbrechliche Anmut der scheuen Lady von Nansay.

Das Dilemma der kurzen Haare hatte Lady Liliana mit einem perlenbestickten, steifen Käppchen gelöst, von dessen Kante ein hauchzarter hellblauer Schleier wehte. Vereinzelte verspielte helle Löckchen an Stirn und Schläfen verrieten die ungewöhnliche Farbe ihres Haares, aber insgesamt erweckte das Gebilde den Eindruck, als wäre es auf Marieroses' hochgesteckten Haaren befestigt.

Sie zog mehr als nur einen Blick auf sich, während sie in versunkener Anmut ihre Gebete mit einem Lächeln auf den Lippen verrichtete. Ein Lächeln, das dem neuen Leben galt, das jetzt ihre Tage teilte, das aber die männlichen Mitglieder des Hofes geradezu dazu anstachelte, die Köpfe nach der unbekannten Schönen zu verdrehen.

«Ich freue mich, dass Ihr Euch entschieden habt, der

Wirklichkeit wieder zuzulächeln», hatte Prinzessin Mathilda ihre spektakuläre Verwandlung kommentiert.

Die jüngeren Edeldamen ihres Gefolges, die Marierose bisher so mitleidig geduldet hatten, waren erkennbar weniger begeistert von diesem Entschluss. Auch jetzt hielten sie Abstand und betonten auf diese Weise sogar die besondere Stellung der jungen Frau. Auch Cyrus d'Aval, der unter den Rittern des Königs stand, fiel die Hofdame im Perlengewand auf. Da er sie indes nur von hinten sah, konnte er lediglich die Anmut ihrer Haltung und die Eleganz ihrer Robe bewundern. Immer wieder wanderten seine Blicke zu ihr und er fragte sich verwirrt, was ihn an der Unbekannten so faszinierte.

Das Rätsel löste sich erst beim anschließenden Empfang in der Burg. Rufus hieß dort den höchst mürrischen, schottischen König Malcolm, dessen Gefolge, die eigenen Edelmänner, die Honoratioren von York und die Gesandten anderer Herrscher willkommen, die ebenfalls zum Jakobstag nach York geeilt waren. Die festlich geschmückte große Halle quoll über vor Menschen. Die Ritter des Königs umgaben Rufus mit einer beeindruckenden Mauer aus hoch gewachsenen Kämpfern, die Malcolm Canmore ohne Worte davor warnte, den Frieden erneut zu brechen. Auch Cyrus d'Aval war unter diesen Männern und er fragte sich nicht zum ersten Mal, ob das wirklich alles war, wofür ihn sein König nach York bestellt hatte.

Rufus' Begrüßung war die eines beschäftigen Monarchen gewesen, der seinen Ritter augenblicklich an dessen Kameraden weiterreichte und allem Anschein nach Wichtigeres zu tun hatte, als über das künftige Schicksal von Nansay Hall zu entscheiden.

«Wir werden darüber reden, wenn die Schotten wieder

fort sind», hatte er Cyrus nicht die kleinste Möglichkeit gegeben, seine eigenen Pläne vorzutragen.

Der Klang der Fanfaren verkündete den Einzug Prinzessin Mathildas und ihrer Damen und er riss d'Aval aus seinem trüben Nachsinnen. Eher desinteressiert ließ er die Blicke über die vielen Köpfe gleiten. Die mächtige Gestalt des Edelmannes, der ihm seine Tochter angetragen hatte, stand ganz in der Nähe und die Lady an seiner Seite war durchaus einen zweiten Blick wert, auch wenn sie ihm im Alter nur wenig nachstand.

Die silbernen Strähnen in den hochgesteckten, nachtschwarzen Haaren wirkten an ihr wie eleganter Schmuck und ihre hoheitsvolle Gestalt in der burgunderroten Samtrobe, bewegte sich mit altersloser Anmut, als sie sich zu ihrem Begleiter neigte und eine Bemerkung machte. Cyrus beobachtete, dass sich die harten Züge des Nobelmannes zu einem Lächeln verzogen, das in seiner Zuneigung so intim und privat wirkte, dass ihn jäher Neid durchzuckte.

Irritiert ließ er seine Augen weiter wandern und entdeckte ein paar Damen hinter der Prinzessin ein Aufblitzen von Blau und Silber. So zerbrechlich zierlich war die Unbekannte, die ihm in der Kathedrale aufgefallen war, dass sie von ihren größeren Gefährtinnen völlig verdeckt wurde. Erst als sie im Gefolge der Prinzessin dem König ihre Reverenz erwies, blieb ihm von einem Herzschlag zum anderem der Atem weg. Nur eine einzige Frau in ganz Britannien besaß diese tänzerische Grazie und neigte den Kopf mit so unverwechselbarer Eleganz. Die Dame in blau war Marierose von Nansay!

Cyrus d'Aval zuckte so heftig zusammen, dass er einen verwunderten Blick von Benoit le Bras und Robert von Mortain erhielt, die ihn zu beiden Seiten flankierten. Er suchte sich zu fassen, während ihm die Hitze in die Stirn stieg und sein Herz stolpernd wieder in Gang kam. Dies war weder ein Kobold, noch eine Nonne, weder eine Gesetzlose, noch die Geliebte aus dem verwilderten Garten. Vor dem König verneigte sich eine betörende Fremde, mit der er nichts mehr zu schaffen hatte. Dennoch konnte er nicht verhindern, dass es ihn traf wie der heimtückische Hieb eines Schwertes, als er sie mit Ryan Fitzgeorge plaudern sah, nachdem der offizielle Empfang sich auflöste und der König mit seinen Ehrengästen zur Tafel schritt. Sie flirtete dermaßen auffällig mit dem Baron von Aylesbury, dass ihm die Galle hochkam und seine Fäuste sich ganz von selbst ballten.

Doch halt, hatte er sie jemals so bezaubernd, so unbeschwert und liebenswürdig erlebt? Ohne die ängstliche Scheu, die sie sonst bedrückte? Obwohl er das wunderhübsche Gewand hasste, das sie so verwandelte und am liebsten die exquisite, törichte Schleierhaube von ihrem Scheitel gestoßen hätte, musste er zugeben, dass sie und Fitzgeorge ein bildschönes Paar abgaben.

Zu Zeiten der verstorbenen Königin hätte die Zuneigung des verheirateten Barons zu einer ungebundenen Witwe einen tollen Skandal hervorgerufen, aber Rufus kümmerte sich selten um das Privatleben seiner Ritter. Er war genügend damit beschäftigt, die eigenen Neigungen zu vertuschen. Schon aus diesem Grunde würde er beide Augen zudrücken, um seinem Freund und Gefährten Fitzgeorge den Spaß nicht zu verderben.

Cyrus verfluchte Gehorsam und Stand, die ihn dazu zwangen, das verdrießliche Getändel mit anzusehen. Seine goldenen Augen schossen wahre Blitze des Unmuts in Fitzgeorges Richtung, während er gleichzeitig mit steinerner Miene auf seinem Platz verharrte. Die Schotten machten sich gegenseitig auf ihn aufmerksam. Für sie war er der Ritter, der Nansay Hall bis zum Ende verteidigt und die Führer des Clans McDowell ausgelöscht hatte. Einer jener verdammten Normannen, die dafür sorgten, dass der Süden Britanniens fest in der Hand von Wilhelms Sohn blieb. Ein Feind, schlimmer als der König, der sie erpresste.

Marierose brauchte niemand der sie auf den Edelmann aufmerksam machte. Sie spürte seine Gegenwart mit allen Fasern ihres Seins. Sie brachte sie dazu das Kinn höher zu recken, die Schultern zu straffen und Ryan noch strahlender anzulächeln.

Sieh her, Cyrus d'Aval! Das ist die Dirne, die dir nicht gut genug für deine Liebe ist. Auch sie hat ihren Stolz und sie wird dir nicht zeigen, dass sie am liebsten auf Knien um deine Küsse betteln würde. Sie wird dir nicht sagen, dass sie deinen Sohn trägt!

Ryan Fitzgeorge schüttelte den Kopf über ihre halsstarrige Verweigerung. «Willst du nicht aufhören dem armen Aval dieses schändliche Theater vorzuspielen, kleine Schwester?»

«Niemand hindert ihn daran, die Wahrheit in Erfahrung zu bringen», widersprach Marierose, ohne ihr Lächeln aufzugeben. «Bin ich daran schuld, dass er die eigene Meinung für so unverrückbar hält, dass er es nicht tut? Ich zeige ihm nur, dass es mich nicht schert, was er von mir denkt.»

«Dickkopf!»

Marierose zuckte mit den Achseln und lächelte eisern weiter. «Du entschuldigst mich? Die Prinzessin braucht vielleicht meine Dienste.»

Eine Ausrede, sie wussten es beide. Dennoch verneigte sich Ryan höflich vor seiner Schwägerin und sah ihr sinnend nach, als sie durch die Gäste des Festes schritt, die in

Anerkennung ihrer Anmut und Schönheit vor ihr zurückwichen. Auch Cyrus konnte die Augen nicht von ihr lassen und er setzte sich wie von einem Magneten angezogen in Bewegung.

Er musste sich freilich mühsam durch die Menge der Menschen drängen, die sich vor ihr freiwillig geteilt hatte. Dennoch erreichte er gleichzeitig mit ihr den Ausgang. Sie standen sich so unverhofft gegenüber, dass ihnen beiden im ersten Atemzug die Worte fehlten. Auch Marierose hatte den Ritter noch nie im festlichen Waffenrock gesehen, das lange Haar mit einem Lederband aus dem Gesicht gehalten und das Schwert im juwelenbesetzten Waffengehänge. Das Licht der Fackeln und Kerzen brach sich in den geschliffenen Steinen und spiegelte sich im goldenen Feuer seines eindringlichen Blickes.

Die Menschen um sie herum versanken in Bedeutungslosigkeit. Cyrus d'Aval vergaß zum ersten Male seit er ein erwachsener Mann war, was sich für einen Ritter ziemte und welche Ziele er im Auge hatte. Nur eines war ihm wichtig: Diese Frau!

Marierose vermochte ihre Verstellung ebenfalls nicht länger aufrecht zu erhalten. Cyrus entdeckte Schmerz und Sehnsucht in ihrem Blick. Eine Traurigkeit, die ihn erschütterte und augenblickliches Handeln erforderte. Ehe sie begriff, wie ihr geschah, hatte er ihren Arm genommen und zog sie aus der Halle. Blind und taub gegen das Aufsehen, das er damit erregte und gegen den leisen Protestschrei, mit dem auch die junge Frau nicht zulassen wollte was er tat.

«Hör auf zu zappeln», beschied er ihr knapp. «Es macht den Aufruhr nur noch größer. Ich will lediglich einen Ort aufsuchen, wo wir miteinander reden können, ohne dass halb York mitsamt den Klatschbasen des Hofes die Ohren aufsperrt und uns zuhört.»

Marierose widersetzte sich dennoch. «Ihr seid närrisch, lasst mich los. Ihr seid hier nicht in Nansay Hall, wo Ihr über mich bestimmen könnt.»

Sie starrte in das kantige Antlitz und fragte sich, was sie tun sollte? Ihrer Empörung weiter Luft machen oder die Gelegenheit nutzen, um jede einzelne Linie seines geliebten Gesichtes dem Schatz ihrer Erinnerungen hinzuzufügen? Was wollte er von ihr? Sie neuerlich kränken?

Erst in der düsteren Kapelle der Burg gab Cyrus d'Aval seine Geisel frei. Von schweren Steinsäulen getragen wölbte sich das niedere Dach des Gotteshauses über ihren Köpfen. Das Steinkreuz mit dem leidenden Heiland über dem Altar blieb ein Schatten, über den das Licht der flackernden Kerzen im Luftzug der zufallenden Tür hinweg huschte. Es roch nach kaltem Weihrauch und feuchten Wänden, nach Kerzenwachs und welken Blumen.

Sie waren allein. Sogar der Mönch, der normalerweise vor dem Altar auf Knien für das Wohlergehen des Königs betete, hatte sich den Neugierigen angeschlossen, die die Festgäste begafften und den neuesten Klatsch über die hohen Herrschaften austauschten. Ein Tratsch der sich mit Sicherheit auch des stürmischen Aufbruchs der Witwe Nansay, an der Hand des königlichen Ritters, annehmen würde.

«Wieso bist du nicht glücklich?» Cyrus d'Aval verschränkte die Arme vor der Brust, damit er sie nicht nach ihr ausstreckte und sie von neuem erschreckte. «Du hast doch jetzt alles was ein Frauenherz begehrt. Schöne Kleider, Juwelen, einen freundlichen Geliebten und den Respekt des königlichen Hofes.»

«Einen freundlichen Geliebten ...»

Marieroses Stimme versagte vor Empörung. Wieso kränkte es so schrecklich, dass er sie für eine leichtlebige Dirne hielt? Sie wusste doch längst, dass er weder die Tiefe, noch die Einmaligkeit ihrer Liebe begreifen konnte.

«Antworte.»

Sie versuchte den schweren Schlag ihres Herzens außer Acht zu lassen und die faszinierende Nähe seiner viel zu vertrauten Gestalt zu leugnen. Allein es war nicht möglich. Er berührte sie schon durch seine Gegenwart.

«Ihr habt kein Recht Antworten von mir zu fordern.» Ihre Stimme klang trotzig, gleichwohl verräterisch dünn.

«Dann schau mir in die Augen, schwöre mir, dass du glücklich bist. Dass du alles hast, was du dir vom Leben wünschst.»

«Was sollte das für einen Sinn ergeben?»

«Wenn du mich überzeugen kannst, werde ich gehen und dich künftig in Frieden lassen.»

«Ihr würdet mir ja doch nicht glauben», schnappte Marierose gekränkt zurück. «Für Euch bin ich eine Lügnerin, eine Dirne, eine Frau ohne Anstand und Moral, die Eure Achtung nicht verdient. Ein Gegenstand, den Ihr gebraucht, wenn Euch der Sinn danach steht und den Ihr in die Ecke stellt, wenn Ihr Wichtigeres zu tun habt.»

«Du bist die Frau die ich liebe.»

Marierose seufzte kaum vernehmbar. Vernahm sie bereits Stimmen, die nicht zu dieser Welt gehörten? Hatte er es geschafft, sie in die Umnachtung zu treiben?

«Ihr macht Scherze ...», hauchte sie schließlich erschöpft, als ihr klar wurde, dass er länger auf ihre Antwort warten würde, als sie sein Schweigen ertrug. «Das Wort Liebe ist in Eurer Rede noch nie vorgekommen. Ihr wisst nicht, was es bedeutet.»

«Ich kann es dir nicht nachtragen, dass du so von mir denkst», erwiderte er voller Reue. «Ich habe kein Recht auf deine Verzeihung. Aber wenn du mich wirklich für immer fortschicken willst, musst du es mit Worten tun, die mich für sich gewinnen.»

«Und falls ich das nicht vermag?»

«Werde ich einen Priester finden, der uns zusammen gibt, damit ich jeden künftigen Tag meines Lebens damit verbringen kann, dir die Liebe zu erweisen, die ich erst durch dich kennen gelernt habe.»

«Ihr wisst nicht, was Ihr sagt und tut.» Marierose verweigerte sich seinen Worten. «Oder Ihr wisst es nur zu gut. Sprecht Ihr so, weil Euch der König keine andere Wahl lässt und Ihr für Nansay Hall sogar den Teufel küssen würdet?»

Cyrus d'Aval zuckte zusammen. Er nahm den Schlag mit Haltung. «Ich bin nach York gekommen, um dem König meine Rechte an Nansay Hall zurückzugeben. Ich habe bei der Aufgabe versagt, die Burg und ihre Menschen zu beschützen.»

«Das ist nicht wahr!»

«Ich hätte erkennen müssen, dass Lady Margaux vor nichts zurückschreckt und Belcastel ein Schurke ist. Sogar als du mich mit der Nase darauf gestoßen hast, war ich nur damit beschäftigt, deine Fehler zu zählen, statt meine eigenen auszumerzen und so zu handeln wie du es von mir gefordert hast.»

Marierose fühlte die Aufrichtigkeit seiner Worte, aber sie blieb weiterhin misstrauisch.

«Ihr habt mir nicht geglaubt, weil ich eine Frau bin. Vielleicht sollte ich Euch nicht glauben, weil Ihr ein Mann seid.»

«Noch dazu ein Mann, der beim König in Ungnade fallen wird. Rufus wird es mit Sicherheit als Verrat betrachten, dass ich Nansay Hall für immer verlassen habe. Es ist sogar möglich, dass er seine Ungnade auch auf dich ausdehnt, wenn du mir folgst. Du musst es bedenken, ehe du dich für Fitzgeorge oder mich entscheidest. Ich kann dir anfangs kaum mehr bieten als ein Dach über dem Kopf in der Burg meines Bruders. Kleider wie dieses übersteigen mein geringes Vermögen.»

«Ihr meint es tatsächlich ernst.» Marierose fasste nach seinen Händen. Sie brauchte eine Bestätigung die über das gesagte Wort hinaus reichte. «Und was ist mit meiner tadelnswerten Neigung zum Abenteuer? Meinem verwerflichen Charakter und meinem ungestümen Benehmen, das Euch daran zweifeln lässt, dass mein Blut so edel wie das Eure ist?»

«Es macht dich unverwechselbar. Es macht dich zu der Frau, die ich mehr liebe als Ehre und Besitz.»

Marierose prüfte die Wahrheit seiner Worte und erschauerte unter dem Fluss seiner Emotionen. «In Nansay Hall habt Ihr anders gesprochen.»

«Ich musste dich erst verlieren, um zu begreifen wie viel du mir bedeutest.»

«Und wenn ich nun doch Ryan bevorzugen sollte ...» Ein unheilvoller Dämon zwang sie, das Spiel bis zum bitteren Ende zu wagen.

Unter dem Druck ihrer schmalen, aber kräftigen Finger fühlte sie den Schock, der ihn durchlief. Das Stolpern seines Herzens, das sich über Stolz und Ehrgefühl hinweggesetzt hatte, gefolgt von einer tragischen Ergebenheit in ein unabwendbares Schicksal.

«Dann wünsche ich Euch Glück. Vergesst mich, Mylady, auch wenn ich Euch nie vergessen kann.»

Er befreite sich von ihren Händen, machte einen Schritt zurück, bedachte sie mit einer steifen Reverenz und ging zur Tür.

«So bleib, ich bitte dich!» Marierose stolperte über ihre kostbar bestickten Säume, weil sie in der Eile die Röcke nicht schnell genug anhob. «Ich hab' doch nur gesagt wenn ... Ich könnte mich nie für Ryan entscheiden und ich werde es nie tun. Er ist mir teuer wie ein Bruder, aber die andere Hälfte meines Wesens bist du. Wie sollte ich leben können ohne dich?»

Cyrus d'Aval sah in das glühende, rötlich überhauchte Gesicht und fand plötzlich all das Leben und das Glück in ihrem Blick, das er zuvor so vermisst hatte.

«Und Fitzgeorge?»

Marierose schnaubte höchst undamenhaft. «Ohne den kann ich gut leben.»

«Dann komm mit!»

Dieses Mal zog er sie sanfter vorwärts und er blieb erst stehen, als sie beide vor dem Altarkreuz angekommen waren. Dort sank er auf das rechte Knie, legte die Schwurhand auf sein Herz und griff mit der anderen nach ihren Fingern.

«Ich schwöre dir beim unsterblichen Licht meiner Seele, dass ich dich bis ans Ende meiner Tage lieben und ehren werde, als meine Gefährtin und Frau, als die Mutter meiner Kinder, als die alleinige Dame meines Herzens.»

Bezwungen von dem leidenschaftlichen Schwur, sank auch Marierose vor dem Altar auf die Steinquadrate. Er konnte nicht ahnen wie besonders der letzte Teil dieses Schwures sie bewegte. Dennoch wagte sie einzuwenden: «Und wenn ich nun wirklich so unfruchtbar bin, wie Lady Margaux es behauptet hat?»

«Dann werden wir uns unter der Schar meiner Neffen einen Erben suchen, falls wir irgendwann etwas zu vererben haben sollten.»

Marierose umfasste sein geliebtes Gesicht mit beiden Handflächen und sah ihm tief in die unverwechselbaren Luchsaugen. «Dann schwöre auch ich dir beim Licht meiner Seele, dass ich dich bis ans Ende meiner Tage lieben und ehren werde», wiederholte sie mit fester Stimme. «Als meinen Gefährten und Mann, den Vater meiner Kinder und den ewigen Herrn meines Herzens.»

Keiner von ihnen wusste zu sagen, wie viel Zeit vergangen war, bis sie zu sich fanden. Sei knieten vor dem Altar, die Blicke ineinander versunken, durchdrungen von der Gewissheit, dass Nichts und Niemand sie jemals wieder voneinander trennen durfte.

Cyrus d'Aval, der an diesem Morgen an sich selbst, an seinem Schicksal und der Welt gezweifelt hatte, entdeckte jäh die Fähigkeit in sich, es mit allen diesen Widrigkeiten auf einmal aufzunehmen. Er schloss Marierose in seine Arme, küsste sie leidenschaftlich und fand in diesem Kuss die Kraft, sogar dem König die Stirn zu bieten.

«Was willst du tun?»

Marierose erbebte unter dem Ansturm seiner jähen Energie. Sie kam sich vor, als würde sie in das Zentrum eines Wirbelsturmes hineingerissen.

«Einen Priester suchen, der uns traut. Benoit Bescheid sagen, dass er unsere Abreise vorbereitet für heute Nacht und eine Unterkunft finden, in der du darauf warten kannst, dass ich all dies für uns regle.»

«Ich habe eine Unterkunft.» Marierose wusste nicht ob sie lachen oder protestieren sollte.

«Bei den Damen der Prinzessin, ich weiß», nickte Cyrus

d'Aval. «Fitzgeorge wird dich dort zuerst suchen, wenn man dich vermisst.»

«Warum sollte er das tun?»

«Denkst du, ein Mann kann dich so einfach vergessen, meine Liebe? Ich habe es versucht und ich sage dir, es ist sinnlos. Sobald du verschwunden bist, wird er jeden Stein in York anheben, um zu sehen, ob du darunter liegst. Vertrau mir, ich werde dafür sorgen, dass er dich nicht findet, ehe du meine Lady bist. Die Gattin eines d'Aval muss er respektieren, denn trotz seiner verderblichen Schwäche für Damen die nicht seine Ehefrauen sind, ist er Ritter und Ehrenmann.»

Marierose konnte es nicht fassen. So unsinnig seine Vermutungen auch waren, es blieb die Tatsache, dass er alles akzeptierte und alles auf sich nahm, weil er sie so sehr liebte, dass es ihm egal war.

«So warte doch. Wir können nicht einfach davon stürmen und alles hinter uns lassen», bat sie atemlos.

«Wir können. Vertrau mir.»

Marierose überließ sich dem Wirbelsturm.

Einundzwanzigstes Kapitel

York, Saint Mary on the walls
25. Juli 1091

Trotz der Sommerhitze, die den ganzen Tag über den Dächern von York gebrütet hatte, war die Kapelle von St. Mary on the walls ein kühler, stiller Ort der Ruhe. Das kleine Heiligtum lag neben dem Pförtnerhaus der neuen Benediktinerabtei von St. Marys und es stand den Bürgern der Stadt für ihre Gebete offen. An diesem Abend freilich waren die Frommen schon nach Hause gegangen und die Verzweifelten suchten lieber Trost in den Schänken. Als Marierose und Cyrus eintraten, lag das winzige Gotteshaus im diffusen Halbdunkel weniger Opferkerzen. Obwohl die junge Frau einen grauen Umhang über dem blausilbernen Kleid trug, fröstelte sie mit einem Male.

«Bist du sicher, dass alles seine Richtigkeit hat?», vergewisserte sie sich.

Der Ritter drückte ihre Hand und nickte. «Es gibt keinen besseren Tag als heute. Alle Welt ist damit beschäftigt das Schauspiel in der Burg zu beobachten und die Schotten zu belauern. Benoit kennt den Pater der uns trauen wird persönlich, er hat mit ihm gesprochen. Ich bin sicher er erwartet uns bereits. Oder hast du am Ende doch Bedenken einen landlosen Ritter zu ehelichen?»

Marierose schüttelte den Kopf. So ängstlich sie sonst auch war, vor dem Schritt den sie jetzt tun wollte, fühlte sie weder Furcht noch Ungewissheit. Ihr schwindelte lediglich bei der Eile mit der ihr Geliebter zu Werke ging. Sie suchte seinen Blick und begriff, dass er mit dieser Hast Sicherheit zu schaffen versuchte. Dass seine letzte Bemerkung nicht so scherzhaft gemeint gewesen war, wie sie geklungen hatte. Er fürchtete tatsächlich, dass sie es sich im letzten Augenblick noch anders überlegte. Was konnte sie schon tun ihn vom Gegenteil zu überzeugen, außer den Dingen ihren Lauf zu lassen? Für Erklärungen würde später noch genügend Zeit sein.

Rechtfertigungen, die auch Blanche von Bolton zukamen, die sich hinter ihnen an Benoit le Bras klammerte, als sei er der einzige Halt in diesem selbst verursachten Unwetter. Die beiden hatten nicht einen Herzschlag lang gezögert das Abenteuer zu teilen, das Herrin und Freund so überstürzt eingingen.

«Ich habe Euch in Nansay Hall geschworen, dass ich Euch nie im Stich lassen werde und ich halte diesen Schwur», hatte Blanche tapfer behauptet.

«Du weißt, dass ich denselben Eid geleistet habe», hatte Benoit hinzugefügt, während Marierose und Cyrus einen fragenden Blick getauscht hatten.

«Ihr könnt doch nicht heiraten, nur um bei uns zu bleiben», hatte die Lady von Nansay am Ende ratlos ausgerufen.

«Wer sagt Euch denn, dass nur Ihr die Liebe gefunden habt?»

Blanches ruhige Frage hatte den Ausschlag gegeben. Jetzt würden sie zu viert vor den Altar treten, wo sie die dunkle, ruhige Gestalt eines Mönches bereits erwartete.

«Cyrus? Dann hat mich mein Bruder also doch nicht zum Narren gehalten? Ich hätte nie gedacht, dass ein Mann Eures Ranges in aller Heimlichkeit getraut werden möchte? Aber ebenso wenig hätte ich auch angenommen, dass ein Leichtfuß wie Benoit einmal sein Herz für eine einzige Dame entdeckt.»

Die Stimme des Mönches weckte eine ferne Erinnerung in d'Aval und er beugte sich näher, um das Gesicht im Kerzenschein zu mustern.

«Thomas le Bras? Ist das die Möglichkeit?»

«Jetzt, Pater Thomas.»

Der Mönch, der einmal Thomas le Bras gewesen war, ehe er sich dem Dienst Gottes zugewandt hatte, lächelte über die Überraschung seines alten Kampfgefährten. Ihre Wege hatten sich getrennt, als Thomas le Bras bei einer der zahllosen Schlachten verwundet worden war, welche die Söhne des Eroberers gegeneinander führten. Nach seiner Genesung hatte er ein steifes Knie behalten, so dass er ihnen ein wenig schwerfällig entgegenhumpelte.

«Du bist Priester?» Cyrus konnte es nicht fassen.

«Auch der Himmel braucht heutzutage tüchtige Streiter, mein Freund.»

Die beiden Männer umarmten sich und Marierose war sich des Umstandes bewusst, dass der Mönch die beiden jungen Frauen genau in Augenschein nahm, die sein Bruder und sein Freund erwählt hatten.

«Ehrwürdiger Vater.» Sie entboten ihm gemeinsam einen respektvollen Gruß.

«Seid willkommen im Hause Gottes, meine Töchter», erwiderte der Mönch ruhig. «Ihr kommt aus freiem Willen, vor Gott dem Herrn, diese beiden Ritter zu Eurem Gemahl zu nehmen?»

«Das tun wir, ehrwürdiger Vater.»

«Kann es sein, dass Ihr ohne die Einwilligung Seiner Majestät diesen Bund eingehen wollt?»

«Der König selbst hat Cyrus nach Nansay Hall geschickt, damit er mein neuer Gemahl wird», erklärte Marierose, während Cyrus noch nach der passenden Antwort suchte.

Die Wahrhaftigkeit ihrer ruhigen Erwiderung überzeugte den Mönch. Blanche und Benoit fragte er nicht, es schien, als hätten die Brüder diese Fragen bereits im ersten Gespräch geklärt.

«Dann kommt, lasst uns beginnen», sagte der Pater nach einer kurzen Spanne der Besinnung. «Der Bruder Pförtner und unserer Zellerar, Bruder Eusebius, werden den Akt bezeugen.»

Der Mönch versenkte die Hände in den weiten Ärmeln seiner Kukulle und trat zu einem stummen Gebet an den Altar. Marierose griff nach Cyrus' Arm und versuchte die zahllosen Fragen zu vernachlässigen, die ihr dabei durch den Kopf schossen.

Was würden ihre Eltern zu diesem neuerlichen Abenteuer sagen? Was der König und Prinzessin Mathilda? Egal, wenn die Kirche ihren Bund gesegnet hatte, konnte ihn der König nicht mehr auflösen, das war alles was in diesem Augenblick zählte. Danach würde es leichter sein, Cyrus die Dinge zu erklären, die er bisher noch nicht wusste.

Sie war so aufgewühlt, dass sie weder den hageren Mönch wahrznahm, der die Wirtschaftsführung des Klosters beaufsichtigte, noch den kugelrunden Bruder Pförtner, bei dem sich das Kapuzengewand der Mönche über einem beachtlichen Bauch spannte. Nicht einmal Blanche und Benoit, die ihnen zur Seite knieten und die gleichen Gelübde ablegten, schienen Wirklichkeit zu sein. Erst als sie mit ihrer sorgfältigen Unterschrift im Kirchenregister bestätigte, dass die Dame von Nansay am Tage des heiligen Jakob im Jahre 1091 den Ritter von Aval zum Manne genommen hatte, atmete sie tief durch.

Pater Thomas hob erstaunt die Brauen, weil diese Braut so schwungvoll wie ein Mann unterschrieb, während Blanche eher zögernd nach der Feder griff und ersichtlich mühsam ihren Namen auf das Pergament malte. Es war sogar für eine Dame von hoher Geburt höchst unüblich, dass sie flüssig schrieb und las. Für ihn ein weiterer Beweis für den Umstand, dass hier Dinge geschahen, die der König nicht gerne sah. Aber inzwischen diente er ja glücklicherweise nicht mehr den weltlichen Mächten. Es konnte ihm egal sein, ob Marierose von Nansay eine jener besonderen Partien war, bei deren Eheschließung Rufus seine Hand im Spiel haben wollte.

«Möge der Himmel Euren Bund segnen und ihn vor allem Schaden bewahren», sagte der Pater und zeichnete Marierose ein segnendes Kreuz auf die Stirn, ehe er die Rechte ihres Gemahls mit festem Griff umspannte. «Möge er Euch auch die Diplomatie und das Geschick spenden, den Unwillen des Königs zu besänftigen.»

Cyrus verzog den Mund. «Bete für uns, Thomas, dass wir York schon hinter uns haben, bis der König von diesem Streich erfährt.»

«Wohin wollt ihr?»

«In die Normandie. Mein ältester Bruder herrscht in der Nähe von Falaise über das Lehen von Aval. Er wird uns vielleicht nicht begeistert, aber doch im Namen der Familienbande aufnehmen. Dort sehen wir dann weiter.»

«Verbinde dich bloß nicht mit Robert von Anjou, das würde dir Rufus noch weniger verzeihen als diese heimliche Ehe», warnte der Mönch.

Der Zwist zwischen den Söhnen des Eroberers ging bis in die Zeiten ihrer Kindheit und Jugend zurück. Jeder Ritter des Königs war automatisch ein Feind seines Bruders, der auf der anderen Seite des Kanals über die französischen Ländereien der Krone herrschte.

«Ich werde mein Möglichstes tun, mich und die Meinen von der Politik fern zu halten», versprach Cyrus und trat mit Marierose zur Seite, damit Bruder Thomas aus Benoit und Blanche segnen konnte.

«Die Normandie», wisperte Marierose leise. «Du willst wirklich über das Meer?»

«Wir werden nach England zurückkehren, sobald sich Rufus' Zorn gelegt hat», versprach Cyrus. «Er ist jähzornig, aber nicht ungerecht.»

Marierose erschauerte. Sie wusste nicht woher sie die sichere Gewissheit nahm, dass diese Reise nie zustande kommen würde. Auch fehlte es ihr am Mut, Cyrus von ihren Vorahnungen zu berichten. Vielleicht täuschte sie sich ja auch. Möglicherweise lag es daran, dass dieser besondere Tag ein solches Wechselbad der unterschiedlichsten Emotionen für sie bereitgehalten hatte. Was Wunder, dass sie sich selbst nicht mehr traute.

In den Gassen der Stadt herrschte trotz der späten Stunde noch reges Leben. Fackeln, Öllichter und flackernde Kerzen brannten in Schänken und Herbergen und mancher Bürger von York schwankte auf seinem Heimweg in einer Dunstwolke aus Ale oder Wein von einer Seite der Gasse zur anderen. Nicht nur in der Burg, auch zu ihren Füßen wurde der Frieden mit den Schotten gefeiert. Zwei Paare, die sich im Dunkel zu halten versuchten, strebten zwischen all den fröhlichen Bürgern und ihren Gästen eilig in Richtung des westlichen Stadttores.

«Benoit hat am Nachmittag einen der Wachhabenden bestochen, damit er uns durch eine Ausfallpforte ins Freie lässt», beantwortete Cyrus die besorgten Fragen seiner jungen Gemahlin. «Pferde und Gepäck warten bei einem Fischer an der Mündung des Foss auf uns. Wenn alles nach

Plan geht, wird man uns frühestens morgen um die Mittagszeit vermissen.»

Marierose hatte auf eine Gelegenheit gehofft, ihrer Mutter eine Nachricht zu schicken, aber so wie es aussah, musste sie froh sein, wenn ihr genügend Zeit zum Luft holen blieb. Geschweige denn, dass sie Möglichkeit erhielt, Cyrus ein paar Dinge mitzuteilen, die er dringend wissen sollte. Die rechte Hand zur Faust geballt, damit ihr der schwere goldene Reif mit dem Smaragd nicht vom Finger rutschte, den er ihr angesteckt hatte, versuchte sie zudem das hartnäckige Gefühl zu vertreiben, dass jeder ihrer Schritte aus dem Dunkel hinter ihnen belauert wurde.

Dem Gestank nach, hatten sie inzwischen das Viertel der Färber und Tuchwalker erreicht, das sich am Ufer des Foss erstreckte und bis zur Stadtmauer reichte. Hier gab es keine Gasthäuser mehr, nur noch stille Gassen, erfüllt von den scharfen Aromen der zahllosen Färberbottiche und dem Gestank eng aufeinander wohnender Menschen. Eine Katze strich vor ihnen über den Weg und Blanche entkam im ersten Schreck ein leiser Aufschrei. Im selben Atemzug tauchten wie von Geisterhand herbeigezaubert vier Männer vor ihnen auf. Kompakt, groß und im Kilt der schottischen Krieger trat ihnen der Anführer entgegen.

«Stell dich, Cyrus von Aval und Nansay!» Der raue Akzent der Kaledonier, verlieh der Aufforderung zusätzliche Bedrohung. «Arthur McDowell fordert Rechenschaft von dir, für das Blut seines Bruders und seines Neffen!»

Marierose wurde hastig nach hinten und aus dem Weg gestoßen. Cyrus' leise Stimme traf ihr Ohr. «Bringt euch in Sicherheit, schnell.»

Mit der gleichen Bewegung zischte sein Kurzschwert aus der Scheide und Benoit folgte seinem Beispiel. «Ich habe weder deinen Neffen noch deinen Bruder getötet, McDowell. Ich gebe dir das Wort eines königlichen Ritters darauf.»

«Das Wort eines mörderischen Schweins!», röhrte der Schotte und schon klirrten die Schwerter aufeinander.

«Heilige Mutter Gottes», jammerte Blanche erstickt. «Sie werden uns zu Witwen machen, ehe wir Ehefrauen geworden sind.»

Marierose schäumte empört über so viel Einfalt und mangelndes Zutrauen in die Kampfkraft ihrer Männer. Sie packte ihre Gefährtin am Handgelenk und deutete zurück in die Gasse. «Lauf zur Burg. Hol Hilfe. Schnell. Die Schotten brechen den Frieden. Die Garde muss kommen, ehe ein Unglück geschieht.»

Marierose verstand nicht viel vom Kräftemessen der Männer, aber das Verhältnis Vier gegen Zwei kam ihr ungerecht vor. Zudem sah sie, dass die Schotten sogar im Vergleich gegen die hoch gewachsenen Ritter noch Riesen waren und ihre Schwerter mit beiden Händen führten, während die Normannen ihre kleineren Waffen in der Rechten hielten und an Geschick wett machen mussten, was die anderen an Stärke voraus hatten. Das Klirren der Waffen, das Keuchen und Fluchen der Männer durchbrach die Stille der Nacht und von Ferne näherten sich eilige Schritte.

«In Gottes Namen, lauf!»

Cyrus sah aus den Augenwinkeln, dass Marierose keine Anstalten machte, diesem Befehl zu folgen. Er fluchte erbittert und wurde noch wütender als Benoit unter dem mächtigen Hieb eines Schotten taumelte. Er würde nicht zulassen, dass sein Hochzeitstag in Blut und Tränen endete! Er griff mit solcher Vehemenz an, dass Arthur McDowell überrascht zurückwich und den ersten Treffer einstecken musste. Cyrus setzte ins Dunkle nach und Marierose vernahm einen gurgelnden Schmerzensschrei, der unvermittelt abbrach.

Hinter ihr wurde ein anderer Schrei laut. Das hysterische Kreischen einer Frauenstimme. Blanche! Auch Benoit hatte ihn gehört und drehte abgelenkt den Kopf in Richtung des Rufes.

Cyrus rettete ihm das Leben, indem er aus dem Dunkel wieder auftauchte und den Hieb seines Gegners auffing, ehe er Benoits Nacken erreichte. Danach schlug er mit solcher Wucht auf den Mann ein, dass er über dem Getöse der Waffen den Ruf erst vernahm, als er zum zweiten Male wiederholt wurde: «Im Namen des Königs, haltet ein!»

Mit einem Male beleuchteten Fackeln den kleinen Platz und die Färberhäuser die ihn umstanden. Zwei Schotten lagen reglos in ihrem Blute. Benoit war auf die Knie gesunken und die restlichen drei Männer ließen ihre Waffen sinken, als sie erkannten, dass Robert von Mortain, der Earl von Cornwall und Cousin des Königs, die Garde anführte, die gekommen war die Kämpfe zu beenden.

«Dem Himmel sei Dank», wisperte Marierose und bekreuzigte sich hastig.

Blanche stolperte an ihre Seite, sie war Mortain direkt in die Arme gelaufen und nun presste sie ängstlich die geballte Faust an den halb geöffneten Mund um ihr Schluchzen einzudämmen.

«Was geht hier vor?»

Cyrus d'Aval stieß mit einem Aufatmen sein Schwert in die Scheide zurück und strich sich das Haar aus der Stirn, das sich beim Kampf aus dem Lederband gelöst hatte.

«Wir wurden von diesen Kerlen angegriffen, Mortain. Dem Anschein nach sind es McDowells, die mir den Verlust von Nansay Hall nachtragen. Man sollte ihnen endlich beibringen, was ein Friedensvertrag ist.»

«Setzt sie fest und schafft die Toten fort», befahl der Earl, ehe er sich den beiden Edeldamen zuwandte. Marierose hatte den Arm um die zitternde Blanche gelegt und wappnete sich für den kommenden Schlag. Noch vor Cyrus sah sie das Stirnrunzeln des königlichen Cousins und registrierte die Tatsache, dass keinerlei Freundlichkeit oder Nachsicht in seinem Gesicht stand.

«Was Euch betrifft, Aval: Ihr seid verhaftet! Der König hat angeordnet, Euch und Euren Gefährten unter Arrest zu setzen. Die Damen desgleichen. Seine Majestät schätzt es nicht hintergangen zu werden.»

Marierose atmete zitternd aus. Sie hatte es geahnt.

«Was bringt der König gegen meinen Gemahl vor», fragte sie dennoch mit einer Ruhe und einem Mut, den sie bei weitem nicht empfand.

«Das werdet Ihr früh genug erfahren», schnauzte der Earl, der sie noch am Nachmittag beim Empfang mit bewundernden Blicken verfolgt hatte.

Marierose senkte ergeben den Scheitel. Welch kurzer, zerbrechlicher Traum ihr Glück doch gewesen war.

Zweiundzwanzigstes Kapitel

Königliche Burg in York
27. Juli 1091

Der blanke Sonnenschein brach so strahlend durch die offenen Fenster, dass er sogar die matten Steinquadrate des grauen Steinbodens zum Glänzen brachte. In den Bäumen des Obstgartens hinter dem Gästehaus von St. Marys sangen die Vögel um die Wette und wenn sich Marierose weit aus dem Fenster beugte, erhaschte sie sogar einen Blick auf den Lauf des Flusses. Ein Bild des Friedens, das in krassem Gegensatz zu ihren eigenen, angespannten Nerven stand. Sicher hatte sie bereits einen Weg in den Steinboden gefräst, so oft war sie von ihrem bescheidenen Lager zum Fenster und wieder zurück gelaufen.

Der zweite Tag ohne Nachricht und ohne Erklärung zerrte an ihrer Selbstbeherrschung. Der Friede des heiligen Ortes, nach dem sie sich einmal so gesehnt hatte, machte sie nun fast verrückt in seiner gleichmäßigen, unerschütterlichen Ruhe. Wo war Cyrus? Wo Blanche und Benoit? Was hatte der König mit ihnen vor und warum ließ er sich so lange Zeit mit seiner Anklage? Warum erlaubte man ihr nicht einmal ihre Eltern zu benachrichtigen?

Bei Gott, so konnte es nicht weitergehen. Sie würde nicht in dieser Kammer sitzen und darauf warten, dass über ihr Schicksal entschieden wurde. Das hatte sie in Nansay Hall getan und sie hatte aus diesem Fehler gelernt. Dieses Mal würde sie kämpfen! Ohne zu zögern stand sie auf und ging zur Tür. Eine von außen verriegelte Tür aus festem Eichenholz, so viel hatte sie schon in Erfahrung gebracht.

Es war an der Zeit herauszufinden, ob sie wirklich allein in diesem Gästehaus gefangen war. Sie hob die Fäuste und begann gegen die Tür zu trommeln, gleichzeitig hob sie die Stimme und brachte jene beachtliche Summe sächsischer Flüche und Verwünschungen vor, mit denen sie schon ihren Gemahl in staunende Verwunderung versetzt hatte, als er noch nicht wusste, wer in der Maske des jugendlichen Wilderers steckte.

Nicht das passende Benehmen für eine wohl erzogene, fromme Edeldame. Allein, es brachte binnen einer Viertelstundenfrist einen entrüsteten Abt herbei, dessen hochroter Kopf verriet, dass er sehr wohl einen Teil dieser fantasievollen Tirade verstanden hatte. Marierose hielt seinem entrüsteten Blick mit hoch gerecktem Kinn und wütenden Augen stand.

«Ich habe mich fast zwei Tage wie eine Edeldame benommen, ehrwürdiger Vater, und es hat mir nicht mehr eingebracht, als zerschlissene Nerven», entgegnete sie gelassen auf seine Vorwürfe. «Ich wünsche, dass man augenblicklich einen Boten zu meiner Mutter in das Haus Clifford schickt. Lady Liliana de Cambremer wartet darauf und es schickt sich nicht, die Dame noch länger in Ungewissheit zu lassen.»

«Der Himmel bewahre mich vor weiteren Gästen, wie Euch, werte Lady», schnaufte der Abt, dem man ansah, dass er als Gefangenenwärter für eine Lady vom Schlage einer Marierose d'Aval schlicht überfordert war. «Da ist mir ja das arme Kind in Eurer Nachbarkammer lieber, das ununterbrochene Ströme von Tränen vergießt.»

«Blanche ist auch hier? Lasst mich zu ihr!»

Marierose wusste selbst nicht genau, woher sie den Mut nahm, den frommen Mann einfach zur Seite zu schubsen und auf den Gang hinaus, in die Nachbarkammer zu stürzen. Blanche fuhr aus ihren Gebeten hoch und fiel ihrer Herrin um den Hals. Ohne sie aus ihrer Umarmung zu lassen, funkelte Marierose den Abt an, der in der offenen Tür stand.

«Eine schöne Gastfreundschaft ist das, die Ihr uns hier bietet, ehrwürdiger Vater. Gefällt es Euch, Frauen weinen zu sehen?»

«Der Befehl des Königs lautete, Euch in getrennten Kammern, bei Fastenkost unterzubringen. Im Gegensatz zu Euch gehorchen wir dem König.»

«Und warum dieser Befehl?» Marierose hatte es satt leise und höflich zu sein. Sie entdeckte, dass es erleichterte, laut und böse zu werden. «Was haben wir verbrochen? UNS wurde Unrecht getan! Nicht dem König. Man hat uns überfallen und bedroht. Man hat unsere unschuldigen Männer verhaftet und fort gebracht. Ich will Gerechtigkeit für mich und die Meinen!»

«Die sollt Ihr bekommen, meine stürmische Freundin», erwiderte eine höchst unerwartete Stimme im Rücken des Abtes.

Prinzessin Mathilda stand da, begleitet von Lady Liliana. Beide trugen ein so amüsiertes Lächeln in den Mundwinkeln, dass Marieroses erste Freude neuerlicher Empörung wich. Waren ihre Plagen nun schon Grund für königliche Heiterkeit?

«Königliche Hoheit.» Der Abt machte sichtlich erleichtert für die neuen Besucher Platz. «Wenn Ihr gekommen seid, die Damen mit Euch zu nehmen, so ...»

«Werdet Ihr über die Maßen erleichtert sein und mir keine Steine in den Weg legen, ich weiß», setzte die Prinzessin seine Rede fort. «Bei allen Heiligen, ich habe nicht gewusst, dass Eure Tochter über ein so heftiges Temperament verfügt, Lady Liliana.»

«Ich bekenne mich schuldig, bei ihrer Erziehung gefehlt zu haben, königliche Hoheit», erwiderte Marieroses' Mutter trocken und bedachte die beiden jungen Frauen mit einem strafenden Blick.

Ihre Tochter reagierte mit neuer, unerschütterlicher Würde darauf. Sie hatte ihr Ziel erreicht und Bewegung in die Dinge gebracht, mehr hatte sie nicht gewollt.

«Wir sind bereit zu gehen.»

Sie drückte Blanches Arm, ehe ihre Freundin mit der einen Frage heraussprudeln konnte, die auch ihr am Herzen lag. Sie durchschaute sowohl die Prinzessin wie ihre Mutter. In Gegenwart des Abtes würden beide kein Wort über die Angelegenheit sagen. Beide zürnten ihr und sie musste einräumen, dass sie ein Recht dazu hatten. Allein, was hätte sie tun können?

* * *

Königliche Burg in York
27. Juli 1091

«Euer junger Freund wird zwei hübsche Narben behalten, aber sonst kann ich keinen bleibenden Schaden entdecken», sagte der Medicus und trat von dem einfachen Strohsack zurück, auf dem Benoit le Bras lag. «Die Wunden an Arm und Schulter heilen gut. Wenn er die nächsten Tage kein Fieber bekommt, ist er in einer Woche wieder fähig eine leichte Waffe zu führen. Seid Ihr ebenfalls verletzt?»

«Nein. Habt Dank», sagte Cyrus d'Aval heiser. «Wer hat Euch geschickt, der König?»

«Seine Majestät ist augenblicklich so schlecht auf Euch zu sprechen, dass Ihr nicht auf seine Gefälligkeiten hoffen solltet», sagte eine Stimme von der Tür her.

Cyrus d'Aval entdeckte mit höchstem Erstaunen den silberhaarigen Edelmann, den Ryan Fitzgeorge «Vater» genannt hatte.

«Ihr?»

«Was ich mit dieser Angelegenheit zu schaffen habe?» Der Lord von Hawkstone hatte die Frage in der einen Silbe sehr wohl vernommen. «Familienbande, fürchte ich. Wenngleich ich sie mir nicht ausgesucht habe.»

«Eure Tochter», erinnerte sich Cyrus. Er stieß ein Ächzen aus. «Ich werde sie nicht heiraten, wie oft soll ich's noch sagen? Nicht einmal um den Preis meiner Freiheit. Wenn es dann überhaupt noch eine Freiheit wäre ...»

«Ein Mann der Spitzfindigkeiten, schau an», erwiderte der Lord gallig. «Seine Majestät hat angeordnet, dass Ihr in Haft bleibt, bis der letzte Schotte die Stadt verlassen hat. Seltsamerweise liegt ihm trotz allem daran, dass ihr nicht wegen eines McDowell über die Klinge springen müsst. Dem König habt Ihr es auch zu verdanken, dass Mortain und seine Männer rechtzeitig eingegriffen haben. Als unserem Herrscher auffiel, dass die Schotten Euch beim Empfang übertriebene Aufmerksamkeit schenkten, hat er Euch einen Beschützer zur Seite gestellt. Wie es scheint, hat der Mann einen äußerst interessanten Tag verbracht, bei dem Versuch Euren seltsamen Aktivitäten heimlich zu folgen.»

«Ich bin ihm zu Dank verpflichtet», erwiderte Cyrus mindestens genauso mürrisch wie sein Besucher und nahm von seiner Idee Abschied, dem König seine Ehe vorerst zu verheimlichen. «Und wann werden die Schotten fort sein?»

«Malcolm Canmore hat gestern im Beisein der Edlen

Englands und Schottlands seinen Eid geleistet. Er ist heute Morgen aufgebrochen und York hat ihm und seinen schottischen Kriegern keine Träne nachgeweint.»

«Das heißt, wir können dieses gastliche Quartier verlassen?»

Cyrus' Kopfbewegung umfasste den Raum mit seinen Strohsäcken, einem Eimer und dem Wasserkrug. Es war nicht das schlimmste Verließ der Burg von York, aber es hatte seinen Teil an vierbeinigen Unerquicklichkeiten für sie bereitgehalten. Jeder Mann mit Vernunft kehrte ihm nur zu gerne den Rücken und sogar Benoit setzte sich stöhnend, aber eifrig auf.

«Fürs Erste soll ich Euch zu Rufus bringen und Euren Gefährten in ein vernünftiges Quartier.»

Der Ritter fügte sich mit einem Achselzucken und half Benoit beim Aufstehen. Seine Wunden an Arm und Schulter waren schmerzhaft, aber sie erlaubten ihm zu gehen. In ihren blutigen Kleidern, zogen sie viele Blicke auf sich, ehe sich ihre Wege trennten. Der Lord schickte Benoit mit einem Diener in dunkelgrüner Livree davon und brachte Cyrus d'Aval in das Kabinett des Königs.

Rufus stand mit verschränkten Armen am Fenster und sah ihnen entgegen. Die Sonne umgab seinen eckigen Schädel mit rostrotem Feuer. An Stelle einer Antwort auf ihren respektvollen Gruß ernteten der Ritter und sein ehrwürdiger Begleiter nur ein unwilliges Knurren.

«Ich habe Euch gesagt, dass ich mich Eurer Probleme nach den Schotten annehmen werde», bellte der König Cyrus ohne große Vorreden an. «Könnt Ihr nicht warten, bis Euer König handelt? Müsst Ihr alles durcheinander bringen und einen solchen Zwischenfall provozieren?»

Der Ritter biss die Zähne zusammen, dass sich die Bewegung bis in die starren Halsmuskeln übertrug und schwieg. Es hatte keinen Sinn Rufus zu antworten, solange er in so unfreundlicher Stimmung tobte.

«Wie könnt Ihr es wagen, über meinen Kopf hinweg Entscheidungen zu treffen? Wie kommt Ihr dazu, ohne meine Einwilligung ein Weib zu nehmen und wohin wolltet Ihr überhaupt fliehen? In die Normandie? Zu Robert? Auch noch Verrat zu allem Überfluss?

«Glaubt Ihr das?»

Cyrus begegnete dem wütenden Blick des Königs ohne mit der Wimper zu zucken. Es war ein Duell mit Blicken, das der König mit einem Fluch als Erster abbrach, denn er hatte in den vergangenen Jahren wahrlich genügend Beweise für die unerschütterliche Treue und Loyalität seines Ritters erhalten.

«Nein, ich glaube es nicht, sonst hättet Ihr das Verließ nie verlassen. Ich wünsche auf der Stelle eine klare Schilderung aller Ereignisse von Euch, d'Aval. Angefangen vom Tag Eurer Ankunft in Nansay Hall bis heute. Und wagt es nicht, mir auch nur eine einzige Information vorzuenthalten.»

«Unter vier Augen, Majestät», forderte Cyrus beherrscht.

Die Blicke des Königs und des alten Lords kreuzten sich zum ersten Male. Er sah, dass der Lord ein Kopfschütteln andeutete, das der König mit einem Stirnrunzeln akzeptierte. Was hatte das zu bedeuten?

«Ich stelle hier die Bedingungen», sagte der König aufgebracht. «Ihr seid gut beraten, wenn Ihr endlich beginnt.»

Cyrus d'Aval konnte nicht umhin, auch die Abenteuer seiner Gemahlin in die Erzählung mit einfließen zu lassen, aber es entging ihm, dass der Lord in Anbetracht der ersten Tracht Prügel im Wald mit einem Lachen kämpfte, während bei der Schilderung von Lady Margaux' Taten kalte Wut in seinen Augen glitzerte. Er war viel zu sehr darauf bedacht, die Reaktionen des Königs zu belauern, der längst in einem Lehnstuhl Platz genommen hatte und die kräftigen Füße von sich streckte. Es galt auch jene besonderen Episoden auszuklammern, die allzu privat waren und keinen der Männer etwas angingen, die ihm lauschten.

«Und was hat Euch am Ende dazu bewogen, die ungewöhnliche Lady doch zu Eurer Gemahlin zu machen, erkundigte sich der König, als er endlich schwieg. «Mir scheint, sie ist nicht die Art von sanfter, stiller und gehorsamer Ehefrau die ein Mann sich wünscht. Was Ihr berichtet habt und was Ihr verschwiegen habt, hört sich eher nach einem gottverfluchten Stachel im Fleisch eines jeden Mannes an.»

Cyrus ertappte sich bei einem unerwarteten Lächeln. «Da habt Ihr wohl Recht, Sire. Aber mittlerweile hab' ich mich an den Schmerz gewöhnt. Ich würde ihn vermissen, wenn er mir fehlte.»

«Dann nehmt diesen Stachel und begebt Euch nach Nansay Hall, wie es von Anfang an vorgesehen war.» Der König stand auf und legte eine Hand auf die Schulter des Ritters. «Ich wusste nicht, dass ich Euch in ein solches Rattennest schickte, Cyrus. Ihr solltet mir eine Basis für meinen Sommerfeldzug gegen die Schotten schaffen und nicht Euer Leben dort verlieren. Aber ich denke, wir sind quitt. Ihr habt mir am Jakobstag ebenfalls einen schönen Schrecken eingejagt. Ich schätze es nicht, wenn sich meine besten Ritter hinter meinem Rücken über königliche Befehle hinwegsetzen. In diesem besonderen Fall verzeihe ich Euch jedoch, da ich die Dame und ihre Schwestern kenne. Die Töchter des Rosenturmes verstehen es, einen Narren aus dem vernünftigsten Manne zu machen.»

Der nächste Abschied galt dem Lord und d'Aval vernahm erstaunt die halb launige halb strenge Bemerkung des Königs.

«Soweit ich weiß, habt Ihr noch eine Tochter in Hawkstone. Tut mir den Gefallen und sperrt sie weg, wenn sie alt genug ist, sich einen Gemahl zu suchen. Es missfällt mir, dass meine besten Streiter zu Wachs in den Händen Eures Nachwuchses werden.»

«Ich werde mein Möglichstes tun, Sire», erwiderte der Lord gelassen. «Seid versichert, dass es auch in meinem Sinne ist, wenn dieser Demoiselle der Arrest des Königs erspart bleibt.»

«Aaah, Ihr tragt es mir nach.» Rufus lachte schallend. «Fragt die Dame, dann werdet Ihr erfahren, dass es durchaus einen Grund für diese Strafe gibt. Der König liebt es nicht von einem naseweisen Fratz zum Narren gehalten zu werden, auch wenn es ein tapferer Fratz ist. Diese Strafe hat Bill verdient.»

Der König verließ sie, immer noch lachend, während der Lord dem Ritter die Tür aufhielt.

«Kommt. Ich nehme an, Ihr werdet das Frauenzimmer sehen wollen.»

«Eure Tochter?» Cyrus d'Aval stieß die Luft scharf aus. «Wie oft muss ich Euch noch sagen, dass ich Eure Tochter nicht heiraten werde? Habt Ihr nicht gehört, was ich dem König erzählt habe? Ich BIN verheiratet.»

«In der Tat», nickte der Edelmann und bedachte d'Aval mit einem kritischen Blick. «Daran ist nichts zu rütteln. Der Eintrag im Kirchenregister wurde ordnungsgemäß unterschrieben und ich kann nicht sagen, dass mir die Sache gefällt.»

«Euch muss sie nicht gefallen», widersprach der Ritter und zwang sich zur Höflichkeit. «Verzeiht, ich will Euch nicht zu nahe treten, Ihr seid ein Vertrauter des Königs und Euer graues Haar verdient meinen Respekt, dennoch wüsste ich nicht, was Ihr mit meiner Ehe zu schaffen hättet.»

«Nur die Kleinigkeit, dass Eure liebenswerte Gemahlin meine Tochter ist», erwiderte der Lord bedächtig. «Sie wurde als Marierose de Cambremer geboren und ihre Mutter ist die Lady von Hawkstone, meine liebste Gemahlin, Liliana von Cambremer. Zur Lady von Nansay wurde Marierose erst, als sie den Sohn meines besten Freundes heiratete und daran scheiterte, ihn zum Manne zu machen.»

«Gütiger Gott.»

Sie hatte den Namen ihrer eigenen Mutter verwendet! Dieser Umstand überzeugte den Ritter mehr als jedes andere Argument davon, dass jede Silbe dieser Auskunft der vollen Wahrheit entsprach.

Der Lord quittierte den Ausruf mit einem dünnen Lächeln.

«Folgt mir.»

Gehorsam setze er sich in Bewegung und folgte der beeindruckenden Erscheinung des Lords von Hawkstone. Cyrus konnte sich nicht erinnern, wann er sich zum letzten Male wie ein kleiner Knabe vorgekommen war. Er war so fassungslos, dass er gar nicht bemerkte, dass sie die Räume von Prinzessin Mathilda betraten, in denen sich eine ganze Reihe der verschiedensten Personen aufhielt. Erst als er die hoch gewachsene Gestalt des Barons von Aylesbury entdeckte, der lachend mit seiner Gemahlin plauderte, erwachte er wieder zum Leben.

«Was zum Donner ...»

«Da seid ihr ja endlich!» Die fabelhafte Lady mit den silbernen Schläfen rümpfte die Nase. «Nein, wie Ihr ausseht, du lieber Himmel. Ich werde meine Umarmung auf später verschieben, mein Bester, wenn Ihr ein wenig präsentabler geworden seid und besser riecht. Marierose wird solche Skrupel sicher nicht haben ...»

Sie hatte noch nicht ausgesprochen, als Cyrus bereits die zierliche Gestalt seiner kleinen Gemahlin im Arm hielt und ihren besorgten Blick mit einem erleichterten Lächeln erwiderte.

«Ja, ich bin gesund. Nein, ich bin nicht verletzt. Ja, der König hat mich gerügt, aber in Gnaden entlassen. Aber was zum Teufel hat ER hier zu suchen?»

«Er?»

Marierose folgte lachend der Richtung seines Blickes, bis er bei Ryan Fitzgeorge landete, dessen Anwesenheit in dieser Familienszene sich Cyrus beim besten Willen nicht erklären konnte.

«Willkommen im Clan des Rosenturmes», erbarmte sich Ryan Fitzgeorge seinem höchst verwirrten Schwager und hielt ihm die Hand hin. «Da ich mit der Schwester dieses kleinen Satansbratens verheiratet bin, kann ich Euch nachfühlen, wie Euch zu Mute sein muss.»

«Ihr ...»

Cyrus räusperte sich, um den Rest seiner Worte ungesagt wieder hinunterzuschlucken. Sie waren nicht dazu geeignet, ihm das Wohlwollen seiner charmanten Schwiegermutter und Prinzessin Mathildas zu sichern, die mit größtem Vergnügen diesem Zusammentreffen beiwohnten.

Die einzigen die weder zuhörten noch zusahen waren Blanche und Benoit. Sie saßen versunken eng nebeneinander in einer Fensternische und hielten sich an den Händen. Glücklich allein darüber, dass sie dies tun durften.

«Ich sollte dir den Hals umdrehen», entschied sich d'-Aval einen Teil seiner Empörung bei seiner Gemahlin abzuladen, die wie er noch immer das Gewand des königlichen Empfanges trug, das jetzt so aussah, als habe sie auch darin geschlafen.

«Das willst du nicht wirklich», widersprach sie ihm und legte eine sanfte Hand an seine Wange. «Ich hab' es nie gesagt, es fand alles in deinem Kopf statt. Im Grunde muss ich dir verzeihen und nicht du mir.»

«Das fragt sich. Kannst du mir sagen, was es mit einem gewissen Bill auf sich hat, an den dich Rufus erinnern will, falls du dich über die Tatsache beschwerst, dass er auch dich in Arrest genommen hat?»

Marierose gluckste. «Ich wusste, dass er früher oder später seine Rache haben will. Nun gut, was hat er bestimmt?»

«Wir werden nach Nansay Hall gehen», erwiderte Cyrus mit einem tiefen Atemzug. «Du erinnerst dich? Wenn ich die Witwe heirate, gehört es mir.»

Marierose kümmerte sich weder um ihre Eltern, noch um ihre Fürstin oder ihre Gefährtin, sie legte die Arme um den Hals ihres Gemahls und suchte seine Lippen wie ein Verdurstender das Wasser suchte, ein Einsamer Gesellschaft und ein Heiliger Gott. Ihr Kuss beendete die Suche und schloss den Kreis. Sie gehörten einander für immer.

Epilog

Nansay Hall,
15. August 1091

Im ersten Augenblick wusste Marierose nicht zu sagen, was sie geweckt hatte. Ein Albtraum? Nein, ihr Schlummer war tief und ihre Träume sanft gewesen ...

Dennoch blieb da etwas in der Stille der lauen Sommernacht, das sie nicht mehr schlafen ließ und am Ende hellwach machte. Der Duft blühender Rosen lag in der Luft. Ein Mondstrahl fiel genau über den Strauß im silbernen Krug, der mitten auf dem Tisch stand. Bei ihrer Heimkehr hatten sie den Rosenstock im verwilderten Garten in voller Blüte vorgefunden. Die ersten Ranken machten sich bereits daran die Mauern zu erklimmen.

Neues Leben. Du hast endlich gelernt, dafür zu kämpfen und der Sieg gehört dir.

Marierose lächelte, als hätte sie die Worte gehört und nicht nur gedacht. Unwillkürlich legte sie die Handflächen auf ihren Leib. Die Aufregung der vergangenen Wochen hatte ihr kaum Zeit gelassen, das Wunder dieses neuen Lebens zu realisieren. Die Heimkehr nach Nansay Hall, der Besuch ihrer Eltern, die atemlose Verblüffung Lady Boltons, alle hatten sie ihr Recht an Aufmerksamkeit und Erklärung gefordert und den winzigen Funken Leben in den Hintergrund gedrängt, der dank Lady Lilianas Elixier auch nicht mehr so unangenehm an jedem Morgen auf sich aufmerksam machte.

«Du bist wach ...?»

Die leise Stimme ihres Gemahls drang in das Zwiegespräch mit den eigenen Gedanken. Marierose wandte sich ihm zu und suchte mit täglich wachsender Vertrautheit seine Lippen für einen zärtlichen Kuss. Ihn neben sich zu wissen war ein ebenso großes Wunder, wie das Leben in ihrem Schoß.

«Was hält dich wach?»

Die besorgte Frage entlockte Marierose ein verführerisches Lächeln.

«Ich weiß nicht, was mich geweckt hat. Aber jetzt, da ich wach bin, gefällt es mir.»

Der Mondschein, der die Rosen beleuchtete, tauchte auch auf das Antlitz in Licht, das von hellsten, feinen Locken umrahmt mit so ausschließlicher Liebe auf Cyrus d'-Aval herabsah.

«Das Mondlicht macht dich noch schöner, weißt du das?», raunte er, bezaubert von ihrem Lächeln und der Gewissheit, dass sie ihm gehörte. Seine Hand strich über die seidig gerundete Schulter und umfing eine Brust, die ihm mit jedem Tag verführerischer und voller zu werden schien. «Vielleicht sollten wir diese wundervolle Nacht wirklich nicht mit Schlaf vertun, meine Süße.»

«Warte.»

Schon ein wenig atemlos kämpfte Marierose gegen das Verlangen, das er so ohne jede Anstrengung in ihr entfachen konnte. Sie griff nach seiner räuberischen Hand und legte sie sanft nach unten auf jene Stelle unterhalb des Nabels, die noch nicht gewölbt, aber doch bereits anders als jemals zuvor war.

«Was spürst du?»

«Dich.»

«Und sonst ...»

Von der Dringlichkeit ihrer Stimme verwundert, suchte Cyrus d'Aval mehr zu fühlen als die glatte Wärme verführerischer Haut, die verlockende Nähe ihrer Weiblichkeit und den Wunsch die Hand weiter nach unten wandern zu lassen und jene Seufzer zu hören, die nur ihm und seinen Zärtlichkeiten galten.

«Nur dich», wiederholte er nach einiger Zeit. «Aber das ist auch alles was mir etwas bedeutet. Deine Wärme, deine Nähe, dein Feuer und deine Sanftheit. Ich möchte all dies nie mehr missen. Es hält mich am Leben.»

«Und es schenkt dir Leben», sagte Marierose sanft und bedeckte mit ihren eigenen Händen seine Hand. «Unser Kind wächst hier. Mutter sagt, es wird zum Ende des Januars zur Welt kommen.»

Cyrus d'Aval erstarrte und für einen Augenblick lang kam es ihm vor, als gäbe es da unter seiner Hand tatsächlich eine Verbindung zu einem Wesen, das sich seiner Berührung entgegenreckte und seinen Schutz forderte. Eine nie gefühlte, tiefe Rührung überlief ihn gleichzeitig mit unzähligen anderen Gefühlen. Freude, Stolz, Sorge und eine so überwältigenden Liebe, dass er ein höchst seltsames Brennen in den Augen fühlte.

«Der Erbe von Nansay», sagte er schließlich heiser.

«Unser Kind», verbesserte Marierose leise. «Lady Margaux hat sich getäuscht, ich bin nicht unfruchtbar. Es lag nur daran, dass Gil nicht einmal in all den Jahren das Lager mit mir geteilt hat. Er wollte es nicht und mir war es nur Recht, weil ich keine Ahnung davon hatte wie richtige Liebe aussieht. Er hat mit den Schwur abgenommen, sein Geheimnis zu wahren und nie einer Menschenseele zu verraten, dass zwischen uns nichts geschehen ist. Hast du nie bemerkt, dass du der erste Mann in meinem Leben warst?»

Cyrus erinnerte sich an die Blutflecken auf seinem Mantel und den Nachmittag am Waldweiher. An die eigene

Dummheit und Sturheit. «Ich wollte es nicht wahr haben, denn sonst hätte ich schon damals meine Niederlage anerkennen müssen.»

«Hm ...» Marierose warf ihm einen mutwilligen Blick zu. «Niederlage klingt gut. Müssen besiegte Ritter nicht Lösegelder aufbringen und dem Sieger auf vielfältige Weise huldigen ...»

Sie löste ihre Hände und legte sie stattdessen um seinen Hals. Sie drängte sich dem festen Bollwerk seiner athletischen Gestalt entgegen und bewegte dabei höchst verführerisch ihre Hüften gegen die begehrlichen Regionen seines eigenen Leibes.

«Ich bitte dich.» Cyrus fand sich zum ersten Male nicht bereit auf das leidenschaftliche Spiel einzugehen. Die Sorge siegte über das Verlangen. «Du musst besser auf dich aufpassen. Du darfst nicht mehr auf Knien im Garten arbeiten und mit Lady Liliana im Wald nach all diesen Kräutern suchen. Auch deine Besuche auf dem Baugerüst für die neuen Ställe ...»

Marierose kicherte und unterbrach seine Litanei mit einer ganzen Flut von kleinen verspielten Küssen, die auf jede Stelle seines Gesichtes regneten.

«Ich bin nicht krank, mein Herr. Es geht mir hervorragend und es wird auch unserem Kind hervorragend gehen, wenn Ihr davon abseht, mich einzusperren und an den Stickrahmen zu verbannen. Derlei Beschäftigungen langweilen mich.»

«Aber du musst dich schonen! Du musst schlafen ...»

«Aber ja, Geliebter. Mit dir, in deinen Armen ...»

Der besorgte Protest verstummte mit einem Luftschnappen, als Marieroses Küsse und Hände tiefer wanderten. Sie hatte schnell gelernt, ihre Macht an ihrem Gemahl zu üben und zu demonstrieren. Sie fand mit raffinierter Geschicklichkeit all jene Stellen die ihn entwaffneten und zu dem Wachs in ihren Händen machten, das der König fürchtete.

Es war der letzte vernünftige Gedanke, der Cyrus d'Aval durch den Kopf schoss. Danach gehörte die Nacht der Leidenschaft und einer Liebe, die umso kostbarer war, weil sie sich dieses Mal mit Vertrauen und Ehrlichkeit paarte.